U0542587

负笈百年

负笈百年

张春田

编

南京大学出版社

图书在版编目（CIP）数据

负笈百年 / 张春田编. —南京：南京大学出版社，
2016.9

ISBN 978 - 7 - 305 - 17399 - 8

Ⅰ.①负… Ⅱ.①张… Ⅲ.①散文集-中国-
现代②散文集-中国-当代 Ⅳ.①I266

中国版本图书馆 CIP 数据核字(2016)第 188501 号

出版发行 南京大学出版社
社　　址　南京市汉口路 22 号　　　　　邮　编 210093
网　　址　http://www.NjupCo.com
出 版 人　金鑫荣

书　　名　负笈百年
编　　者　张春田
责任编辑　芮逸敏　　　　　　　　编辑热线　025 - 83597520

照　　排　南京紫藤制版印务中心
印　　刷　南京爱德印刷有限公司
开　　本　787×1092　1/32　印张 18.25　字数 304 千
版　　次　2016 年 9 月第 1 版　2016 年 9 月第 1 次印刷
ISBN　978 - 7 - 305 - 17399 - 8
定　　价　65.00 元

网　　址　http://www.njupco.com
官方微博　http://weibo.com/njupco
官方微信　njupress
销售咨询　(025)83594756

＊ 版权所有，侵权必究
＊ 凡购买南大版图书，如有印装质量问题，请与所购
图书销售部门联系调换

小　引

　　如果从容闳 1850 年入耶鲁大学学习，并于 1854 年获文学士学位开始算起，中国人的现代留学历史已经有一百六十多年了。即使从容闳组织第一批官费留美学童于 1872 年渡洋赴美开始算起，也已经有一百四十多年了。在这期间，为数甚多的神州青年们"走异路，逃异地，去寻求别样的人们"（鲁迅《〈呐喊〉自序》）。"西达欧洲，东游新陆"，漂洋过海，负笈跋涉，上下求索，别求新声于异邦，既为寻求知识和真理，更思"为中国造新文明"（胡适《非留学篇》）。中国人的现代留学生涯置身于民族和文明双重危机的背景之下，因此有着不同于承平年代一般的文化交流的特征。它从一开始就与 19 世纪后半叶以来的中国革命、启蒙与建国的大业密切相关，也始终联系着甚至带动着古今中西的重大道路选择。留学是救亡图存，也是文明互鉴；是教育变革，也是知识转型；是时代里的个人选择，也是潮流中的集体行动。一方面，留学生们"开眼看世界"，推动西学东渐，全方位冲击着传统的种种格局与机制；另一方面，他们经历的文化震荡，特别是对"世界大舞台"的深入观察、了解与反

I

思,也促使其不断反身理解并重建个人的认同及关怀,在普遍与特殊、文化与文明之间形成健康的"自觉"。一拨拨中国留学生在"旧邦新命"的现代中国历史上足印深深,他们的志向与心情,光荣与梦想,甚至挫折与困境,都已经成为我们民族重要的精神遗产和资源。

关于现代中国的留学潮的研究,已经成为学界一个重要的话题。较早的,如舒新城《近代中国留学史》(1927,上海书店出版社2011年新版)、实藤惠秀《中国人留学日本史》(1960,北京大学出版社2012年新版),都是奠基性的著作;近年出版的优秀之作,包括王奇生《中国留学生的历史轨迹:1872—1949》(1992),刘晓琴《中国留英教育史》(2005),李喜所《近代留学生与中外文化》(2006),《中国留学史论稿》(2007),叶隽《异文化博弈:中国现代留欧学人与西学东渐》(2009),史黛西·比勒《中国留美学生史》(2010),李喜所主编《中国留学通史》(2010),陈潮《近代留学生》(2010),周棉《中国留学生论》(2012)叶维丽《为中国寻找现代之路:中国留学生在美国》(2012)等,都从不同侧面探讨了留学历史及思想史意义,初步绘就了一幅中国留学史的地图。而像钱钢、胡劲草《大清留美幼童记》(2010)、张倩仪《大留学潮:记动荡时代的逐梦青春》(2015),则以较为通俗的叙述笔调展现了留学状况。

考虑到相对于专深研究和综述式的撰述，普通读者可能对于一些耳熟能详的留学人物的个案更感兴趣，而这些留学者个人的自述、回忆或书写可能更有助于读者回到历史现场，感受特别的灵氛。我们曾在 2012 年编选了一本《留学时代》，收录了 25 位学人关于留学生活的所见所闻、所思所想，希望更直观也更微观地呈现那些大家的异域留学的心路历程。此书由生活·读书·新知三联书店出版后，反响很不错，很快加印。豆瓣网上不少网友（特别是一些目前正在国外留学的读者）谈到他们阅读此书的兴趣与收获，甚至不禁会反省留学的意义，这都让我们感动。

但仅仅只选 25 篇，自然不免有太多遗珠之憾。在南京大学出版社编辑芮逸敏女史的鼓励和支持之下，最近两年我又重新翻读那些留学生的文本，从中再次选择了 35 篇留学生涯的记录，汇成一编。从周作人到雷竞璇，从美国、德国到日本、印度，从准备考试的焦虑、勤工俭学的艰辛，到逛书摊、看电影的享受，从初来时语言不通，思家心切，到生活久了，他乡也成为故乡，——有笑有泪，众声喧哗。吉光片羽，彼此参差对照，更好呈现了百年留学潮的多个侧面和丰富议题，于是名之曰"负笈百年"。这些有学养更有性情的文字，以及文字背后的青春气息、世界视野和理想主义情怀，或者唤起你对留学的一种向往,"世界这么大,我想去看看";又或者会让你产生某种共鸣,感叹太阳底下并无新事;还有可能会震动你的心灵,虑及对所属社群的贡献,唤起时代久违了的大抱负与大追求。无论如何,如果前辈的故事除了作为轶事,还能够给今日留学潮中的年青人一些启发、提醒或助益,那么我们编选此书的初衷就实现了。

1902年,梁启超在《敬告留学生诸君》中提醒留学生要注意立身行己,"立国家政治之基础","立社会道德之基础"。1912年,在美国留学的胡适写下《非留学篇》,强调留学不是"进取仕禄之阶",声言"留学当以不留学为目的"。这些话用心良苦,在今之全球化风暴中依然振聋发聩。而陈寅恪所谓"一方面吸收输入外来之学说,一方面不忘本来民族之地位"(《冯友兰〈中国哲学史〉下册审查报告》),不仅是对思想者的期望,也同样值得未来的留学生深深体会。

最后非常感谢本书责编的辛劳。虽经广泛联系,仍有少数作者或著作权持有人未联系上,请见书后联系出版社,以便商定版权事宜。

编　者

2016 年 7 月 5 日

目　录

怀东京

周作人

周作人（1885—1967），现代作家，1906 年至 1911 年留学日本，在法政大学（预科）和立教大学学习。

我写下这个题目，便想起谷崎润一郎在《摄阳随笔》里的那一篇《忆东京》来。已有了谷崎氏的那篇文章，别人实在只该搁笔了，不佞何必明知故犯的来班门弄斧呢。但是，这里有一点不同。谷崎氏所忆的是故乡的东京，有如父师对于子弟期望很深，不免反多责备，虽然溺爱不明，不知其子之恶者世上自然也多有。谷崎文中云：

"看了那尾上松之助的电影，实在觉得日本人的戏剧，日本人的面貌都很丑恶，把那种东西津津有味的看着的日本人的头脑与趣味也都可疑，自己虽生而为日本人，却对于这日本的国土感觉到可厌恶了。"从前堀口大学有一首诗云：

在生我的国里

反成为无家的人了。

没有人能知道罢——

将故乡看作外国的

我的哀愁。

正因为对于乡国有情，所以至于那么无情似的谴责或怨嗟。我想假如我要写一篇论绍兴的文章，恐怕一定会有好些使得乡友看了皱眉的话，不见得会说错，就只是严刻，其实这一点却正是我所有对于故乡的真正情愫。对于故乡，对于祖国，我觉得不能用今天天气哈哈哈的态度。若是外国，当然应当客气一点才行，虽然无须瞎恭维，也总不必求全责备，以致吹毛求疵罢。这有如别人家的子弟，只看他清秀明慧处予以赏识，便了吾事。世间一般难得如此，常有为了小儿女玩耍相骂，弄得两家妈妈扭打，都滚到泥水里去，如小报上所载，又有"白面客"到瘾发时偷街坊的小孩送往箕子所开的"白面房子"里押钱，也是时常听说的事（门口的电灯电线，铜把手，信箱铜牌，被该客借去的事尤其多了，寒家也曾经验，至今门口无灯也），所以对于别国也有断乎不客气者，不过这些我们何必去学乎。

我曾说过东京是我第二故乡，但是他究竟是人家的国土，那么我的态度自然不能与我对绍兴相同，亦即是与谷崎氏对东京相异，我的文章也就是别一种的东西了。我的东京的怀念差不多即是对于日本的一切观察的基本，因为除了东京之外我不知道日本的生活，文学美术中最感兴趣的也是东京前身的江户时代之一部分。民族精神虽说是整个的，古今异时，变化势所难免，我们无论怎么看重唐代文化的平安时代，但是在经过了室町江户时代而来的现代生活里住着，如不是专门学者，要去完全了解他是很不容易的事，正如中国讲文化总推汉唐，而我们现在的生活大抵是宋以来这一统系的，虽然有时对于一二模范的士大夫如李白韩愈还不难懂得，若是想了解有社会背景的全般文艺的空气，那就很有点困难了。要谈日本把全空间时间的都包括在内，实在没有这种大本领，我只谈谈自己所感到的关于东京的一二点，这原是身边琐事，个人偶感，但他足以表示我知道日本之范围之小与程度之浅，未始不是有意思的事情。

我在东京只继续住过六年，但是我爱好那个地方，有第二故乡之感。在南京我也曾住过同样的年数，学校内外有过好些风波，纪念也很不浅，我对于他只是同杭州仿佛，没有忘不了或时常想起的事。北京我是喜欢的，现在还住着，这是别一回事，且不必谈。辛亥年秋天从东京归国，住在距禹迹寺季彭山故里沈园遗址都不过一箭之遥的老屋里，觉得非常寂寞，时时回忆在东京的学生生活，胜于家居吃老米饭。曾写一篇拟古文，追记一年前与妻及妻弟往尾久川钓鱼，至田端遇雨，坐公共马车

（囚车似的）回本乡的事，颇感慨系之。这是什么缘故呢？东京的气候不比北京好，地震失火一直还是大威胁，山水名胜也无馀力游玩，官费生的景况是可想而知的，自然更说不到娱乐。我就喜欢在东京的日本生活，即日本旧式的衣食住。此外是买新书旧书的快乐，在日本桥神田本乡一带的洋书和新旧书各店，杂志摊，夜店，日夜巡阅，不知疲倦，这是许多人都喜欢的，不必要我来再多说明。回到故乡，这种快乐是没有了，北京虽有市场里书摊，但情趣很不相同，有些朋友完全放弃了新的方面，回过头来钻到琉璃厂的古书堆中去，虽然似乎转变得急，又要多花钱，不过这也是难怪的，因为在北平实在只有古书还可买，假如人有买书的瘾，回国以后还未能干净戒绝的话。

去年六月我写《日本管窥之二》，关于日本的衣食住稍有说明。我对于一部分的日本生活感到爱着，原因在于个人的性分与习惯，文中曾云：

“我是生长于东南水乡的人，那里民生寒苦，冬天屋内没有火气，冷风可以直吹进被窝来，吃的通年不是很咸的腌菜也是很咸的腌鱼，有了这种训练去过东京的下宿生活，自然是不会不合适的。”还有第二的原因，可以说是思古之幽情。文中云：

“我那时又是民族革命的一信徒，凡民族主义必含有复古思想在里边，我们反对清朝，觉得清以前或元以前的差不多都好，何况更早的东西。"为了这个理由我们觉得和服也很可以穿，若袍子马褂在民国以前都作胡服看待，在东京穿这种衣服即是奴隶的表示，弘文书院照片里（里边也有黄轸胡衍鸿）前排靠边有杨皙子的袍子马褂在焉，这在当时大家是很为骇然的。我们不喜欢被称为清国留学生，寄信时必写支那，因为认定这摩诃脂那，至那以至支那皆是印度对中国的美称，又《佛尔雅》八，释木第十二云："桃曰至那你，汉持来也。"觉得很有意思，因此对于支那的名称一点都没有反感，至于现时那可怜的三上老头子要替中国正名曰支那，这是着了法西斯的闷香，神识昏迷了，是另外一件笑话。关于食物我曾说道：

"吾乡穷苦，人民努力吃三顿饭，唯以腌菜臭豆腐螺蛳当菜，故不怕咸与臭，亦不嗜油若命，到日本去吃无论什么都不大成问题。有些东西可以与故乡的什么相比，有些又即是中国某处的什么，这样一想也很有意思。如味噌汁与干菜汤，金山寺味噌与豆瓣酱，福神渍与酱咯哒（咯哒犹骨朵，此言酱大头菜也），牛蒡独活与芦笋，盐鲑与勒鲞，皆相似的食物也。又如大德寺纳豆即咸豆豉，泽庵渍即福建的黄土萝卜，蒟蒻即四川的黑豆腐，刺身（sashimi）即广东的鱼生，寿司（sushi）即古昔的鱼鲊，其制法见于《齐民要术》，此其间又含有文化交通的历史，不但可吃，也更可思索。家庭宴集自较丰盛，但其清淡则如故，亦仍以菜蔬鱼介为主,鸡豚在所不废,唯多用其瘦者,故亦不油腻也。"谷崎氏文章中很批评东京的食物,他举出鲫鱼的雀烧(小鲫鱼破背煮酥,色黑,形如飞雀,故名)与叠鳎(小鱼晒干,实非沙丁鱼也)来做代表,以为显出脆薄,贫弱,寒乞相,毫无腴润丰盛的气象,这是东京人的缺点,其影响于现今以东京为中心的文学美术之产生者甚大。他所说的话自然也有一理,但是我觉得这些食物之有意思也就是这地方,换句话可以说是清淡质素,他没有富家厨房的多油多团粉,其用盐与清汤处却与吾乡寻常民家相近,在我个人是很以为好的。假如有人请吃酒,无论鱼翅燕窝以至熊掌我都会吃,正如大葱卵蒜我也会吃一样,但没得吃时决不想吃或看了人家吃便害馋,我所想吃的如奢侈一点还是白鲞汤一类,其次是鳖(乡俗读若米)鱼鲞汤,还有一种用挤了虾仁的大虾壳,砸碎了的鞭笋的不能吃的"老头"(老头者近根的硬的部分,如甘蔗老头等),再加干菜而蒸成的不知名叫什么的汤,这实在是寒乞相极了,但越人喝得滋滋有味,而其有味也就在这寒乞即清淡质素之中,殆可勉强称之曰俳味也。

日本房屋我也颇喜欢,其原因与食物同样的在于他的质素。我在《管窥之二》中说过:

"我喜欢的还是那房子的适用,特别便于简易生活。"下文又云：

"四席半一室面积才八十一方尺，比维摩斗室还小十分之二，四壁萧然，下宿只供给一副茶具，自己买一张小几放在窗下，再有两三个坐褥，便可安住。坐在几前读书写字，前后左右皆有空地，都可安放书卷纸张，等于一大书桌，客来遍地可坐，容六七人不算拥挤，倦时随便卧倒，不必另备沙发，深夜从壁橱取被摊开，又便即正式睡觉了。昔时常见日本学生移居，车上载行李只铺盖衣包小几或加书箱，自己手提玻璃洋油灯在车后走而已。中国公寓住室总在方丈以上，而板床桌椅箱架之外无多馀地，令人感到局促，无安闲之趣。大抵中国房屋与西洋的相同都是宜于华丽而不宜于简陋，一间房子造成，还是行百里者半九十，非是有相当的器具陈设不能算完成，日本则土木功毕，铺席糊窗，即可居住，别无一点不足，而且还觉清疏有致。从前在日本旅行，在吉松高锅等山村住宿，坐在旅馆的朴素的一室内凭窗看山，或着浴衣躺席上，要一壶茶来吃，这比向来住过的好些洋式中国式的旅舍都要觉得舒服，简单而省费。"从别方面来说，他缺少阔大。如谷崎润一郎以为如此纸屋中不会发生伟大的思想，萩原朔太郎以为不能得到圆满的恋爱生活，永井荷风说木造纸糊的家屋里适应的美术其形不可不小，其质不可不轻，与钢琴油画大理石雕刻这些东西不能相容。这恐怕都是说得对的，但是有什么办法呢。事实是如此，日本人纵使如田口卯吉所说日日戴大礼帽，反正不会变成白人，用洋灰造了文化住宅，其趣味亦未必遂胜于四席半，若不佞者不幸生于远东，环境有相似处，不免引起同感，这原只是个人爱好，若其价值是非那自可有种种说法，并不敢一句断定也。

日本生活里的有些习俗我也喜欢，如清洁，有礼，洒脱。洒脱与有礼这两件事一看似乎有点冲突，其实却并不然。洒脱不是粗暴无礼，他只是没有宗教与道学的伪善，没有从淫逸发生出来的假正经。最明显的例是对于裸体的态度。蔼理斯在论《圣芳济及其他》(St. Francis and others) 文中有云：

"希腊人曾将不喜裸体这件事看作波斯人及其他夷人的一种特性，日本人——别一时代与风土的希腊人———也并不想到避忌裸体，直到那西方夷人的淫逸的怕羞的眼告诉了他们。我们中间至今还觉得这是可嫌恶的，即使单露出脚来。"他在小注中引了时事来证明，如不列颠博物院阅览室不准穿镂空皮鞋的进去，又如女伶光腿登台，致被检察，结果是谢罪于公众，并罚一巨款云。日本现今虽然也在竭力模仿文明，有时候不许小说里亲嘴太多，或者要叫石像穿裙子，表现官吏的眼也渐渐淫逸而怕羞了，在民间却还不尽然，浴场的裸体群像仍是"司空见惯"，女人的赤足更不足希奇，因为这原是当然的风俗了。中国万事不及英国，只有衣履不整者无进图书馆之权，女人光腿要犯法，这两件事倒是一样，也是很有意思的。不，中国还有缠足，男女都缠，不过女的裹得多一点，缚得小一点，这是英国也没有的，不幸不佞很不喜欢这种出奇的做法，所以反动的总是赞美赤足，想起两足白如霜不着鸦头袜之句，觉得青莲居士毕竟是可人，不管他是何方人氏，只要是我的同志就得了。我常想，世间鞋类里边最美善的要算希腊古代的山大拉（sandala），闲适的是日本的下驮（geta），经济的是中国南方的草鞋，而拖鞋之流不与也。凡此皆取其不隐藏，不装饰，只是任其自然，却亦不至于不适用与不美观。不佞非拜脚狂者，如传说中的辜汤生一类，亦不曾作履物之搜集，本不足与语此道，不过鄙意对于脚或身体的别部分以为解放总当胜于束缚与隐讳，故于希腊日本的良风美俗不能不表示赞美，以为诸夏所不如也。希腊古国恨未及见，日本则幸曾身历，每一出门去，即使别无所得，只见憧憧往来的都是平常人，无一裹足者在内，令人见之愀然不乐，如现今在北平行路每日所经验者，则此事亦已大可喜矣。我前写《天足》一小文，于今已十五年，意见还是仍旧，真真自愧对于这种事情不能去找出一个新看法新解释来也。

　　上文所说都是个人主观的见解，盖我只从日本生活中去找出与自己性情相关切的东西来，有的是在经验上正面感到亲近者，就取其近似而更有味的，有的又反而觉到嫌恶，如上边的裹足，则取其相反的以为补偿，所以总算起来这些东西很多，却难有十分明确的客观解说。不过我爱好这些总是事实。这都是在东京所遇到，因此对于东京感到怀念，对于以此生活为背景的近代的艺文也感觉有兴趣。永井荷风在《江户艺术论》第一篇《浮世绘之鉴赏》中曾有这一节话道：

"我反省自己是什么呢，我非威耳哈伦（Verhaeren）似的比利时人而是日本人也，生来就和他们的运命及境遇迥异的东洋人也。恋爱的至情不必说了，凡对于异性之性欲的感觉悉视为最大的罪恶，我辈即奉戴此法制者也。承受'胜不过啼哭的小孩和地主'的教训的人类也，知道'说话则唇寒'的国民也。使威耳哈伦感奋的那滴着鲜血的肥羊肉与芳醇的蒲桃酒与强壮的妇女之绘画，都于我有什么用呢。呜呼，我爱浮世绘。苦海十年为亲卖身的游女的绘姿使我泣。凭倚竹窗茫然看着流水的艺妓的姿态使我喜。卖宵夜面的纸灯寂寞地停留着的河边的夜景使我醉。雨夜啼月的杜鹃，阵雨中散落的秋天树叶，落花飘风的钟声，途中日暮的山路的雪，凡是无常无告无望的，使人无端嗟叹此世只是一梦的，这样的一切东西，于我都是可亲，于我都是可怀。"永井氏是在说本国的事，所以很有悲愤，我们当作外国艺术看时似可不必如此，虽然也很赞同他的意思。是的，却也不是。生活背景既多近似之处，看了从这出来的艺术的表示，也常令人有《瘗旅文》的"吾与尔犹彼也"之感。大的艺术里吾尔彼总是合一的，我想这并不是老托尔斯泰一个人的新发明，虽然御用的江湖文学不妨去随意宣传，反正江湖诀（Journalism）只是应时小吃而已。还有一层，中国与日本现在是立于敌国的地位，但如离开现时的关系而论永久的性质，则两者都是生来就和西洋的运命及境遇迥异的东洋人也。日本有些法西斯中毒患者以为自己国民的幸福胜过至少也等于西洋了，就只差未能吞并亚洲，稍有愧色，而艺术家乃感到"说话则唇寒"的悲哀，此正是东洋人之悲哀也，我辈闻之亦不能不惘然。木下杢太郎在他的《食后之歌》序中云：

"在杂耍场的归途，戏馆的归途，又或常盘木俱乐部，植木店的归途，予常尝此种异香之酒，耽想那卑俗的，但是充满眼泪的江户平民艺术以为乐。"我于音乐美术是外行，不能了解江户时代音曲板画的精妙，但如永井木下所指出，这里边隐着的哀愁也是能够隐隐的感着的。这不是代表中国人的哀愁，却也未始不可以说包括一部分在内，因为这如上文所说其所表示者总之是东洋人之悲哀也。永井氏论木板画的色彩，云这暗示出那样暗黑时代的恐怖与悲哀与疲劳。俗曲里礼赞恋爱与死，处处显出人情与礼教的冲突，偶然听唱义太夫，便会遇见纸治，即是这一类作品。日本的平民艺术仿佛善于用优美的形式包藏深切的悲苦，这是与中国很不同的。不过我已声明关于这些事情不甚知道，中国的戏尤其是不懂，所以这只是信口开河罢了，请内行人见了别生气才好。

我写这篇小文，没有能够说出东京的什么真面目来，很对不起读者，不过我借此得以任意的说了些想到的话，自己倒觉得愉快，虽然以文章论也还未能写得好。此外本来还有些事想写进去的，如书店等，现在却都来不及再说，只好等将来另写了。

廿五年八月八日，于北平

（选自周作人著，钟叔河编《周作人文类编·日本管窥》，湖南文艺出版社，1998年）

纽约生活

蒋梦麟

蒋梦麟（1886—1964），现代教育家，1908 年至
1917 年留学美国，在加州大学、哥伦比亚大学学习，
1917 年获哥伦比亚大学哲学博士学位。

时间一年一年的过去，我的知识学问随之增长，同时自信
心也加强了。民国元年，即 1912 年，我以教育为主科，历史与
哲学为两附科，毕业于加大教育学系，并承学校赠给名誉奖，旋
赴纽约入哥伦比亚大学研究院续学。

我在哥大学到如何以科学方法应用于社会现象，而且体会
到科学研究的精神。我在哥大遇到许多诲人不倦的教授，我从
他们得到许多启示，他们的教导更使我终生铭感。我想在这里
特别提一笔其中一位后来与北京大学发生密切关系的教授。
他就是约翰·杜威博士（Dr.John Dewey,1859—1952）。他是胡
适博士和我在哥伦比亚大学的业师，后来又曾在北京大学担任
过两年的客座教授。他的著作、演讲以及在华期间与我国思想
界的交往，曾经对我国的教育理论与实践发生重大的影响。他

的实验哲学与中国人讲求实际的心理不谋而合。但是他警告我们说:"一件事若过于注重实用,就反为不切实用。"

我不预备详谈在哥大的那几年生活,总之,在那几年里获益很大。我对美国生活和美国语言已感习惯,而且可以随时随地从所接触的事物汲取知识而无事倍功半之苦。

纽约给我印象较深的事物是它的摩天大楼,川流不息的地道车和高架电车,高楼屋顶上的炫目的霓虹灯广告;剧场、影院、夜总会、旅馆、饭店;出售高贵商品的第五街,生活浪漫不拘的格林威治村,东区的贫民窟,等等。

在社会生活方面,新英格兰人、爱尔兰人、波兰人、意大利人、希腊人、犹太人等各族杂处,和睦如邻,此外还有几千名华侨聚居在唐人街附近。当时在这个大都会里的中国菜馆就有五百家之多。纽约市密集的人口中龙蛇混杂,包括政客、流氓、学者、艺术家、工业家、金融巨子、百万富翁、贫民窟的贫民以及各色人等,但是基本上这些人都是美国的产物。有人说:"你一走进纽约,就等于离开了美国。"事实上大谬不然。只有美国这样的国家才能产生这样高度工业化的大都市,也只有美国才能出现这种兼容并蓄的大熔炉。种族摩擦的事可说绝无仅有。一个人只要不太逾越法律的范围,就可以在纽约为所欲为。只要他不太违背习俗,谁也不会干涉他的私人行动。只要能够找到听众,谁都可以评论古今,臧否时政。

法律范围之内的自由,理智领域之内的思想自由和言论自由在纽约发挥得淋漓尽致,大规模的工商业,国际性的银行业务,发明、机械和资源的极度利用,处处显示美国主义的精神和实例。在纽约,我们可以发现整个美国主义的缩影。我们很可能为这个缩影的炫目的外表所迷惑而忽视美国主义的正常状态,这种正常状态在美国其余各地都显而易见。

暑假里我常常到纽约州东北部的阿地隆台克山区去避暑。有一年暑假,我和几位中国朋友到彩虹湖去,在湖中丛山中的一个小岛上露营。白天时我们就到附近的小湖去划船垂钓。钓鱼的成绩很不错,常常满载而归,而且包括10斤以上的梭鱼。我们露营的小岛上,到处是又肥又大的青蛙,我幼时在我们乡下就曾学会捉蛙,想不到到了美国之后居然有机会大显身手。一根钓竿,一根细绳,一枚用大小适当的针屈曲而成的钓钩,再加一块红布就是钓蛙的全副道具了。这些临时装备成绩惊人,我们常常在一小时之内就捉到二十多只青蛙,足够我们大嚼两餐。彩虹湖附近的居民从未吃过田鸡,他们很佩服我们的捉蛙技术,但是他们的心里一定在想:"这些野蛮的中国人真古怪!"

晚上我们常常参加附近居民的仓中舞会,随着主人弹奏的

提琴曲子婆娑起舞。我还依稀记得他们所唱的一支歌,大意是:

> 所有的户枢都长了锈,
>
> 门窗也都歪斜倾倒,
>
> 屋顶遮不住日晒雨漏,
>
> 我的唯一的朋友,
>
> 是灌木丛后面的,
>
> 一只黄色的小狗。

这支歌反映山区孤村生活的孤独和寂寞,但是对城市居民而言,它却刻画了一种宁静迷人的生活。

我们有时也深入到枝叶蔽天的原始森林里。山径两旁的杜松发散着芬芳的气息。我们采撷了这些芳香的常绿枝叶来装枕头,把大自然带回锦衾之中,阵阵发散的芳香更使我们的梦乡充满了温馨。

有时我们也会在浓密的树林中迷途。那时我们就只好循着火车汽笛的声音,找到铁路轨道以后才能回来。经过几次教训以后,我们进森林时就带指南针了。

在乡下住了一段时间之后,重新回到城市,的确另有一番愉悦之感。从乡村回到城市，城市会显得特别清新可喜；从城市到了乡村，乡村却又显得特别迷人。原因就是环境的改变和鲜明的对照。外国人到中国时，常常迷恋于悠闲的中国生活和它的湖光山色；而中国人到了异国时却又常常留恋外国的都市生活。因此我们常常发现许多欧美人士对中国的东西比中国人自己更喜爱。在另一方面，也有许多中国人对欧美的东西比西洋人自己更喜爱。这就是环境改换和先后对照的关系，改换和对照可以破除单调而使心神清新，但是事物的本身价值并不因心理状态的改变而有所不同。

我在纽约求学的一段时期里，中日关系突起变化，以致两国以后势成水火。日本经过约 50 年的维新之后，于 1894 年一击而败中国，声威渐震。中国人以德报怨，并未因战败而怀恨在心。这次战衅反而意外地引起中国人对日本的钦仰和感激——钦仰日本在短短 50 年内所完成的重大革新，感激日本唤醒中国对自己前途的乐观。甲午之战可说燃起了中国人心中的希望。战后一段时期中国曾力求追随日本而发奋图强。

每年到日本留学的学生数以千计。中国在军事、警务、教育各方面都采取了新制度，而由留日返国的学生主其事。中国开始从日本发现西方文明的重要。日俄战争更使中国的革新运动获得新动力——日本已成为中国人心中的偶像了。

中国通过她的东邻逐渐吸收了西方文明，但是中国不久发现，日本值得效法的东西还是从欧美学习而来的。更巧的是美国退还了八国联军之后的庚子赔款，中国利用庚款选派了更多的留美学生。在过去，中国学生也有以官费或自费到欧美留学的，但是人数很少，现在从西洋回国的留学生人数逐渐增加，而且开始掌握政府、工商业以及教育界的若干重要位置。传教士，尤其是美国的传教士，通过教会学校帮助中国教育了年轻的一代。

因此，中国与日本的文化关系开始逐渐疏远，中国人心目中的日本偶像也渐行萎缩，但是日本人却并未意识到这种转变。

日本利用第一次世界大战的机会，在民国四年即 1915 年突然向袁世凯政府提出著名的二十一条要求，如果中国接受这些要求，势将成为日本的保护国。日本之所以突然提出二十一条，是因为西方列强在战事进行中自顾不暇，同时帝俄军事力量急剧衰退，以致远东均势破坏。中国既受东邻日本的逼迫，乃不得不求助于西方国家，中日两国从此分道扬镳，此后数十年间的国际政治也因而改观。如果日本具有远大的眼光，能在中国的苦难时期协助中国，那末中日两国也许一直和睦相处，而第二次世界大战的情形也就完全不同了。

驻华盛顿的中国大使馆经政府授意把二十一条要求的内容泄漏了，那时我正在纽约读书。这消息使西方各国首都大为震惊。抵制日货运动像野火一样在中国各地迅速蔓延以示抗议，但是日本军舰已经结集在中国的重要口岸，同时日本在南满和山东的军队也已经动员。民国四年即1915年5月7日，也就是日本提出二十一条要求之后四个月，日本向袁世凯提出最后通牒，袁世凯终于在两天之后接受二十一条要求。

后来情势演变，这些要求终于化为乌有，但是中国对日本的钦慕和感激却由此转变为恐惧和猜疑。从此以后，不论日本说什么，中国总是满腹怀疑，不敢置信；不论日本做什么，中国总是怀着恐惧的心情加以警戒。日本越表示亲善，中国越觉得她居心叵测。

我们的东邻质问我们："你们为什么不像我们爱你们一样地爱我们？"我们回答说："你们正在用刺刀谈恋爱，我们又怎么能爱你们？"

九一八事变前几年，一位日本将官有一天问我："中国为什么要挑拨西方列强与日本作对？"

"为保持均势，以免中国被你们并吞。"我很坦白地回答。

"日本并吞中国！我们怎么会呢？这简直是笑话。"

"一点也不笑话，将军。上次大战时列强自顾不暇，日本不是曾经乘机向中国提出二十一条要求吗？如果这些要求条条实现，日本不是就可以鲸吞中国吗？"

"哦，哦——?"这位将军像是吃惊不小的样子。

"一点不错。"我直截了当地回答。

（选自《西潮 新潮》，中国工人出版社，2015 年）

留学时代的丁在君

李毅士

丁在君（1887—1936），即丁文江，现代地质学家，1902年秋东渡日本；1904年夏，受吴稚晖影响，由日本前往英国留学，在剑桥大学和格拉斯哥大学学习，1911年获格拉斯哥大学动物学及地质学双学士学位。

在君病殁，举国悲伤。我们做朋友的念他生前为国尽瘁的勋劳，自应当于他死后使国人知道他的好处。在君自十八岁出洋赴英迄至二十五岁回国，和我差不多常在一起，他在这个时期的生活，除非他生前自有记载，我想恐怕没有第二个人知道得像我这样完全。况且这八年要算是在君一生中一个最要紧的时期，他的学业是在这个时候完成，他的性格也是在这个时候养成。我想，关于他的记载，倘若没有这时期生活的一段小史在内，决不能称为完全。我想念及此，虽然笔懒，总觉得我责任上应该在此地把他留英八年间过去约略叙述一下。

我幼时的生活是不甚有规则的，日记是懒得做，亲友给我的书信也没有想到保存，所以关于在君和我两人在英的生活，现在一点可以供稽考的笔记资料都没有。我以下所记都凭我脑中所留的印象写下来，虽然不会大错，但对于事的年月地名人名等等往往都说不出来了。

我初次会见在君是在光绪二十九年。他先我一两年到了日本，在东京和家兄祖虞及我许多旧友都往来相熟，所以我到日本不久便和他会面。他起初和我往来不密，因此我不能记载他在东京的生活。后来日俄战争发生，在东京的中国留学生颇受日本人的诽笑，有许多学生因受了刺激，便无心读书，在君那时也是其中之一人。又在那个时候吴稚晖先生方居留在苏格兰的蔼丁堡城中。他常有信给东京留学生，称苏格兰生活的便宜，劝人去留学，据他的计算：中国学生到那里留学，一年只要有五六百元的学费，便够敷衍。在君受了这种引诱，便动了到英国去留学的意思。我那时是和一个同乡学生庄文亚君同住，庄君也在这时候起意要到英国。他和在君一旦遇见，彼此一谈，志同道合，他们出洋的酝酿，即就此开始。在君搬到我们那里来同住了。他们时常商量出洋事，自然也冲动了我去英的念头。但是我的家况和他们的不同，我父亲是一文没有，家用都是我先长兄祖年所供给。我长兄那时是山东现任知县，虽还有钱，但是我兄弟很多，我不敢望他特别待遇我。我到日本是和亡弟祖植同去的，由我母亲特别向我长兄商量，才得成功。若我这时忽然又想出西洋,不但我长兄不见得肯,便是我的母亲也要觉得不好意思开口了。后来是在君出主意,由他先资助我路费,且同我去,到上船以后,再报告家中,商量以后的学费。家兄祖虞和亡弟祖植都是同在东京,当然都瞒不过的,均由在君代我向他们疏通。现在我回想到这件事,我是一方面十分感激在君肯为朋友仗义任劳,同时我也不肯抹杀我兄和我弟的慷慨,竟允许我和丁、庄二君同去。

我们三人既决定出洋以后,还继续住在神田区某下宿里,预备了大约有一两月的英语,在君的英语是一点根基都没有,比庄文亚和我都差,然而到我们出发的时候,一切买船票等交涉,都是他出头了,足见他求学的聪明,真可令人佩服。至于我们那时为什么不立即出洋,要在东京挨延呢?我已记不清原由了。大概是因为他们家款都还没有准备好,或者是因为我三人都手头拮据,没钱出发。

我们离开东京是光绪三十年,时间大概是春夏之交。我们那时所谓经济的准备,说来也甚可笑。在君的家中答应给他一千元左右,交他带去,至于以后的接济,他家虽允筹划,却毫无把握。文亚得他家中的资助不过四五百元,以后却再无法想了。至于我呢?那时正值我家把我和我弟祖植半年在东京的学费(三百元)寄到,我们就向家兄祖虞商量,先把此款尽数归我带去,总算起来,我们所谓准备好的经费,统共不过一千七八百元。依我们当时的计算,日本邮船价廉,三等的舱位每人不过一百数十元,倘加上治装和沿途开支三五百元,我们到英国时至少可以有好几百元余款。不料那时适因日俄战争,日本船不能乘。于是改乘德国船,每人船价是三百元左右。还有,我们沿途开销也不能如我们理想。我们自东京到横滨,再自横滨到上海,已差不多把我的三百元用完。我们在上海是须得耽搁一阵,因为丁、庄二君的家款都约定在上海交付,因此我们途中开销,又增加了一笔旅馆费。统计一切,到我们上船赴英的时候,我三人手中,只剩了十多个金镑。兹把经济之事抛开,且说我三人到达上海以后,文亚因为家在上海,回家去住了。在君是有他父亲和长兄到上海来送他,惟有我只得隐身客栈里,等他们把一切事务办了,三人一同上船。我们上船的日子,应该是我们的一个重要纪念日,不幸我把它忘了,真是惭愧。

我们于上船以后,除说我在香港寄信到家中报告我出国外,沿途本不应富有可记载之事,岂料在半途中,我们竟有一个最可纪念的奇遇。我们到英国去,虽然手中钱不多,却以为到彼遇见稚晖先生之后,终有法想,所以沿途仍是一样花钱游玩,并不着急。有一天在君听得人说,蔼丁堡距离伦敦甚远,每人火车费要若干镑。计我们当时手中所剩的款,已经是不彀买车票到蔼城去会见吴先生了。试想我们三人远在异国，语言不通，举目无亲，果真缺钱流落，就是讨饭也没有处讨，我们当时的焦急是可想而知。岂料我们竟有一个奇遇，解了我们的危险。和我们同船的有一个福建人方某。他虽然乘的头等舱，却爱和我们做伴。船抵新嘉坡，是他约我们上岸探访林文庆先生。林先生那时在新埠行医，和方君相识。我们承他的招待得饱餐了一顿。他在席间说起来康南海现住槟榔屿。槟榔屿是我们的船要经过的口岸，因此他给了我们南海的地址，嘱我们路过时往访。我们那时主义虽不倾向保皇，对南海还是崇拜的，会他一面岂不荣幸？因此船到槟埠，我们果然登门叩谒，南海出见我们后，问过姓名即发了一篇劝诚青年的宏论，说毕随即问及我们各人的情况。代表我们答他的是在君。在君的言语是很得体的，绝没有向他求助的口吻，然而究竟我们的情况奇苦，有许多地方在君也遮掩不住。南海闻听之下，很代我们焦虑，一方面应允我们于他到英时（他说不久要去）为我们筹永久办法，一方面由身边取出十个金镑奉赠，并有一函托我们带给他女婿罗昌君。

康南海的赠金既救济了我们途中的危险，岂知他所托我们转交的信，也是我们的一个重大救星。我们船抵英国，大约是七八月间，在南汉泼登口岸登陆，再乘船公司包定的火车到伦敦。同船的方君是第二次到英了。他是有友人到车站接他。我们由方君的朋友顺便招待，当晚得上了北行的火车。方君友人的招待也是我们途中一件极侥幸之事，因为我们如果没有他招待，势必须要沿途问讯和耽搁，又要花不少钱，甚至于到蔼车费仍归要不敷。我们到蔼以后，稚晖先生已代我们觅好了住所。我们这住所里的待遇，先打破了我们的迷梦，使我们知道我们当初的计划又要失败了。我们在日本时，大家相约于到英国后，要住居陋巷，凭面包白水过日子。今在这里有如此的华居肉食，恐怕经济上又要发生问题。待我们卸定行装，向稚晖先生诉述我们的情况并报告我们的志愿后，我们方知道我们以前的计划果然是梦想。据稚晖先生之见，在蔼城过我们预计的那种生活是不可能的，因为本城中国人少，城中人都注意我们。如果我们在此过那寒酸的生活，是要为中国人丢脸的。倘我们愿意，他可以和我们同到苏格兰的葛兰斯哥（Glasgow）或英伦的利物浦（Liverpool）去住，那两处常有中国水手往来，那地方的人对于中国人的寒酸气是司空见惯了，所以我们在那里不要紧。我们对稚晖先生所说，虽没有什么不同意，然而我们钱囊已竟又是空了，即使要搬走，也不是一朝一夕能做到。若要说借贷，稚晖先生也穷得很，无钱可借，那末我们目前的几日将如何度过？幸而我们到蔼的第二天，即把罗昌君的信转寄给他，岂料他于我们千愁百虑的时期中，给我们一封回信，附了二十镑的汇款。我们受南海先生之赐实在不浅。后来康南海到英，在君重又会见了他。至于所赠三十镑，我听在君说，于南海先生逝世以前，曾偿了他一千元以示不忘旧德之意。

罗昌君的二十镑支持了我们不少日子。后来我家款也寄到了，家信里也答应了我要求的学费，我们的经济问题算告了一个小段落。至于到葛城或利城去的问题，经大家商议结果是稚晖先生和文亚两人同到利物浦去，在君和我仍留蔼城。文亚所以要离开我们，大概是因为他家无钱，不愿常为我们之累。在君和我们所以不去，是恐怕那里生活不宜读书。若不读书则不免失去了我们到英国来的目的。

我上面所述似乎是记载我们三人出洋的经过，不像纪念在君的文字。但是读者要知道我三人之中，在君实在是领袖，我们一切的计划、言论、行动，大半是他出主意。我们如此的冒险出洋究竟对不对，功过可说都是在君的。所以我把这一段的故事详细的记载了。至于我对这件事的评论，以为在君那时虽免不了幼年的卤莽，他一切行动，皆因受爱国心冲动而出。在君那时的爱国心很切，那是无疑的。他在日俄战争之时无心读书；他在由横滨到上海的船上，遇见一个菲律宾革命党，虽语言不甚相通而竟和他十分同情，几成莫逆。他对于救国方法，那时并无具体计划，但是他觉得学问非常要紧，要救国必先要求学。他冒险出洋，也是受了这个见解的驱使。我常想天下的冒险事，不计成功失败，只要有正当目的的即是勇敢，若是任性胡行的则是糊涂；那末我们冒险到英，不能不算是在君一件勇敢之事。

稚晖先生和文亚去后，在君和我留在蔼城，从一个苏格兰女子孔马克（Cormack）夫人学习英语。（孔夫人后随其夫孔大夫于民国初年在北京行医。）如是未久，因一个曾在中国传道的司密士（Smith）医士的介绍，到英伦林肯府（Lincolnshire）一个小城名司巴尔丁（Spalding）的，入了那里的中学。我们到那里去的理由，大半是省钱，也因为司医生家在那里，我们顺便得许多招呼。那时中国学校不像现在这样功课完备，留学生到外国时常常一点普通知识没有。在君到英国时，除国学和英语外，一点都不知道，所以我们到中学去读书，算不得屈就。我们到那学校后，颇受校长土意持（Tweed）的青眼，虽然骤然间我们须同时学许多门新功课（如拉丁文、法文、数学、史地、理化等等），居然于第一学期终了时都还得了奖。这学校里还有一个教员格灵胡（Greenwood），对在君分外器重，后来在君学业的猛进，很得他教导之功。我们在司巴尔丁约有两周年，在君考取了剑桥大学的入学试验，我是蒙教员司拜塞（Spicer）的介绍，入了约克府（Yorkshire）董克司多（Doncaster）城内的美术学校。

我们在司巴尔丁两年的生活里值得记载的是，除在君对功课的努力外（假若读者要知道剑桥大学入学试验之难，便知道在君的用功），在君后来能彻底了解英国人实基于此时。我们在此，中国人一个不见，终日所交际的都是诚实的村人，且司密士的家族亲友，经司密士介绍后，都把我们当自己人看待，家庭琐碎绝不对我们有所隐藏，更兼格灵胡为尽其教育的责任，对所见所闻，处处对在君加以解释和指示，所以在君此后可以对英国人的心理和思想，用正当的眼光去观察，不至于误解他们了。

至于我和在君，虽未曾完全住在一处（起先我住校中，在君在外寄住），当然是常在一起。因为那时在君的家款尚不能按时接济，我们是经济通用，患难相共的。我还记得有一次我们手中缺用，我去家函催电催汇款都没有回信。我的鞋头开口几不能步行，不记得在君为什么也焦急万状。我两人携手在校门前踱来踱去约有两个钟头，没有想出办法。到第二天我家款幸而寄到，救了急，但是这两个钟头的情景，在君和我都始终没有忘记。去岁在君还把这件事详告我小女，以表示我们当时患难相共的情况。至于我们以后六七年间的经济，我顺便在此说一下，免得再行提起。我的家款是可以稍有伸缩，大约是每年在八百元左右，在君后来也有家款寄来，听说多半是他本县的公费，但到我们到了葛兰斯哥（Glasgow）之后，在君承公使汪大燮帮忙，补了每月十镑半的官费。至于我们两人间，则自始至终，经济通用，没有分开。

在君进了剑桥大学之后，选习的大概是文科，但我记不清楚了。他于年假（光绪三十二年底）的时候到董克司多来和我小住，说他不再到剑桥去了，因为那里局面很大，我们的经济支持不住的。从这时候到能改进别的学校时候还有八九个月的光景无事可做，他便到欧洲大陆去游历。他在大陆上住得最久的地方是瑞士的罗山（Lausnne）。到光绪三十三年七月间他来信约我同到苏格兰的葛兰斯哥（Glasgow）去读书，因为他探听得那里的美术学校很好。至于他呢？他已决定改入伦敦大学学医，但是该校有外读的规则（External Student），他可以不必去伦敦，所以也预备到葛城来和我同居。我遵从了他的意旨，迁移到葛城，他也从大陆来，两人在此重复相聚。

在君这一年间虽说是荒废了学业，却增长了不少以后有用的才能。他在剑桥大学时，受了名师的指导，于英文一项，竟告完成。他的文字居然于这个时期在一两大杂志里发表。至于他在大陆上居住，不特使他对于欧洲政治的观察有了长进，又使他的法语可以谈话自如。

在君在葛兰斯哥住了将近四年。第一学年里，他是在本城的专科学校（Technical College）选科，至学年终了时往伦敦应试。伦敦大学的考试规则是分中间试验（Intermediate）和毕业考验（Final），每次考试是要各门功课同时录取，若有一项不及格，则全部作废。在君这次的考试，一则因伦敦大学的考试为全国最难，二则因在外预备究竟有许多隔膜，其中竟有一门未能及格。这一件事要算是在君求学上唯一的失败事，然而也可以算是他失马得福的一件事。在君经过了此次失败，即抛弃了他学医的志愿，改入了本城的大学（在君以剑桥大学的资格考入别校都不成问题），选习了动物学。在君此时的思想已转移倾向于科学方面，又急急要毕业回国，因此他那时的意思只望指望任选一种科学读书，便了结他的志愿。按葛兰斯哥大学的规程，凡选读科学的，须先选读数、理、化等四五门科学一年后，即受初次试验（First Science Examination）。初试及格后，则应选读主要学科（Principal Subject）一种，副科（Subsidiary Subject）两种。这种学科的试验是于初试及格后任何时可应考，但正式毕业则至少须要两年。在君的初次试验是一试即取不成问题。他以后所选的主要学科是动物学，副科是地质学和还有其他一种。他于第一学年终了时（宣统二年），把两种副科考过，主要科也考取了一部分。到第三学期开始，他觉得很闲，因增修了地质学也作为主要科并地理学为副科。到宣统三年他是葛兰斯哥大学的动物和地质学双科毕业。

在君在这四年期间的生活，除每逢假期远出游历外（最远是到德国）我所可记的是他的科学化的性格的养成。我记得他有一次不知在哪一个实验室里工作觉得很难，颇感棘手，他归家对我一方面表示他的师长的佩服，一方面自励说："我必须养成这种好习惯，方始有真正求学和做事的才能。"即此一件事，我们可以知道在君后来所以能在中国地质界中做许多伟大事业，都是他在格兰斯哥努力的结果。

关于在君的事，我还有一段最后的记载，这是讲他回国的途中。我先要说：在宣统二年的时期，我们忽有补全官费的希望。那时在君因将要回国，请把官费让给了我。代我们中间斡旋其事的人是现在实业部的张轶欧先生。承他的大方，我不但于宣统二年的夏间补了官费，并且把我的官费自一月算起一次补给了我一百多镑。我得了此费没有什么用处，仅玉成了在君一件大事。在君性好游历，我是说过的。这次他毕业回国，他便想在中国旅行一下。他的计划是由美坐船到安南的西贡，由西贡到云南，再由云南在中国内地旅行东行回家。在那个时期，内地的旅行岂是容易事！不是他卓绝的勇敢，谁敢干这种辛苦冒险的事？他当时要如此行路，是不是专为调查地质，则我不记得了。但他此行却帮助他以后事业的成功则是无疑的。我们所多余的一百多金镑,解决了在君旅行经济问题,他于宣统三年春间,学校毕业以后(我记得仿佛没有等待举行毕业典礼),便依照了他的计划,沿中国内地回返故乡,我于民国四年返国,与他重逢,民国五年与他同居北京,虽同居还有数年,但因他的事业是和我两途,我愿意把关于他以后的记载的责任,让给和他共事的诸位先生们。

(原载《独立评论》第 208 号,1936 年 7 月 5 日)

在哥伦比亚大学①

顾维钧

顾维钧（1888—1985），著名外交家，1904年至1912年留学美国，在库克学院、哥伦比亚大学学习，1912年获哥伦比亚大学法学博士学位。

现在再回过头来谈谈哥伦比亚大学。我已经说过，我曾受到二年级学生的多次恶作剧。我还不止一次地见到同班同学被他们扔进水池。但他们却以很友好的态度走过来和我说话。我感到外国学生在哥伦比亚大学都受到很好的对待，这使我在一定程度上感到自在。并不是我属于例外，因为许多其他外国学生也是一样。我在校内结交的朋友中有一个波斯人，一个俄罗斯人，还有一个来自南非的祖卢兰德的百分之百的黑人。我还记得他们，因为他们表现得都很不错。那个祖卢学生参加了一次演讲比赛，并获得了奖品。我感到哥伦比亚大学对待外国学生的这种友好态度正说明它为什么这样有名。不仅

---

① 标题为编者所加。（本书脚注除特别注明外，皆为编注。）

中国,而且亚洲其他国家以及欧洲国家,都对哥伦比亚大学评价很高。很多人在离开他们祖国之前,就想要来哥伦比亚大学学习。

那时候,哥伦比亚大学有一支出色的教师队伍,由世界各地的著名学者组成。其中有研究宪法的伯吉斯,研究行政法的古德诺,研究经济学的塞利格曼,研究国际法和外交学的穆尔,研究历史的比尔德,研究欧洲史的罗宾逊,研究社会学的吉丁斯,研究近东和西亚的杰克逊。我可以指出几十位来。所有这些学者都负有国际声望。

除杰克逊外,其他人的课我都选过。但我对杰克逊很了解,因为他组织了一个社团。后来,我又选修法学院一些教授开设的课程,如著名的克尔奇威、库欣和讲罗马法的史密斯教授。

是的,我得说我有机会在这些名师的教导下读书确实是三生有幸。我逐渐对他们有了了解。他们对我特别感兴趣,邀请我去他们家吃午饭,吃晚饭,或者参加茶会。

当我上比尔德的课时,他还是一位青年教师。他的讲课十分有趣,他绝不是一位墨守成规的教员。他准是刻苦备课,因为他所讲的历史事实除时间、地点外,还充满了人物的活动。我记得听比尔德的课是在早晨8点10分。早上总要赶紧起床才能在上课前赶上吃一顿一个小面包和一杯可可的早点。一天，我和一位同学和平常一样，起床晚了。我们急忙跑到食堂去吃早点，食堂离教室相当远。我们看了一下挂钟，就匆匆奔向教室。他从窗口跳进教室，我没有考虑，也照办了。教室里鸦雀无声。我们看到比尔德教授笔挺地站在那里，态度十分安详。我们感到惊奇。直到我俩入座，他才开始讲话。他本来正在点名，并正点到"K"字头的名字。他叫了我的名字，我回答"到"，然后，他看着我，很镇静地说："顾维钧，我们看见你赶到了，但是你进教室的方法可不大文雅。"他指着门说那才是正规的入口。他说得这样沉着，致使全班同学哄堂大笑，甚至鼓掌喝彩。我们都为他这样周到所感动。

我还认识比尔德教授的夫人玛丽。作为一位学者、作家，她也给我以深刻印象。他俩对学生特别是外国学生很感兴趣。我觉得他们对人是非常友好的。

古德诺是一位第一流的教师。当然，他是公认的行政法权威。我记得他对我特别感兴趣。我经常向他请教，所以他简直成了我的顾问。我也常去穆尔教授那里求教。特别是在后来的几年里，每当我遇到一些问题需要解决时，我主要是请教穆尔教授和比尔德教授。

穆尔是一位令人敬佩的老教授。我不仅把他看作是自己的恩师，而且还把他看作是首席顾问。他给我的印象是：兴趣广泛，心地善良。他在家里举行茶会曾多次邀请我去参加。这些茶会，是招待纽约社会人士，而不是招待学生的。星期天他常约我和他一家人共进午餐。他是一位一丝不苟的学者。他强调学会做以下两件事的重要性：第一，不论是为了写文章还是为了求知，要知道到哪里去找自己所需要的材料；第二，学会推理。他说，不必让一个人费脑子去记事实、日期、人名和地点，重要得多的是学会到哪里去找这些资料。这样，你就能保持头脑清醒，进行独立思考，而不只是一位编年史的汇编者。我想，在他脑子里可能有一些国际法学者和作者是我们不应该仿效的。

穆尔的教学有独到之处，效果极好。我记得有时早已下课，但他还留在教室里回答问题。他常和我以及其他人讨论他在讲课中提出的论点，一谈就是十分钟、二十分钟，有时甚至半小时。他总是设法讲清观点，有时还在极其亲切的气氛中进行争论。和大多数教授不同，他有实际经验。他一度曾担任助理国务卿；我想，他还多次担任过代理国务卿。当然，他还是《国际仲裁》和《国际法汇编》这两本不朽著作的作者。

巴特勒校长给我的印象呢？

巴特勒校长的人品、言谈和他重视实际的精神，都给我们以深刻的印象。我总是感到他具有头等的行政管理才干。他对校外生活、特别是政治生活的极大兴趣，给我们的印象极其深刻。校园里盛传着有关他的政治野心和他在纽约的共和党领袖中的活动的流言。我想他把促进与纽约各界领袖的友谊，当作是一项政策。这说明他为什么能够成功地募集基金和以后为大学的发展取得各方面的支持。他的成就确实很大。我记得，虽然我入学时哥伦比亚大学已是一所很大的学府，但是远不如我离开时那样令人难忘。我在哥伦比亚大学的七年期间，学校之所以能够修建这样多的新建筑，得到这样大的扩充和发展，这一切都应归功于巴特勒校长的影响、工作和努力。他还有结识世界学术名流的能力；这或许能说明为什么他能聘请各个学术领域里这么多的著名学者来哥伦比亚大学任教。他对于大学在国内以及在世界上所起的作用，具有真正全面而广泛的见解。我觉得部分原因在于他每年都到美国国外各地旅行。

在管理哥伦比亚大学方面，巴特勒校长是一位独裁主义者。他留心教师的一切活动。有的教师喜欢对哥伦比亚大学的工作提出批评。巴特勒校长对批评意见并不总是同意的。

作为一个学生，我见到他的次数至少不比其他学生少。他不知怎么很了解我；也许由于我是外国人、在参加一些集会时容易惹他注意。我曾好几次去他办公室求教。在那个时代学生进校长办公室远不像现在这样困难。我记得很清楚,当我去见哥伦比亚大学秘书克佩尔并向他提出问题时,他总设法让我去见巴特勒校长。后来,克佩尔担任了哥伦比亚学院院长,法肯索尔也会让我去见巴特勒校长。我记得那时候法肯索尔在楼上,有一部自用电梯。而克佩尔却依然把他的办公室安置在洛氏纪念图书馆的楼下,一进门向左转弯的地方。他的办公室在左侧,而校长办公室则进大厅后还得往里走。

我现在不记得当时我都有哪些问题。大概是个人问题或中美关系问题之类。在我的学生时代,巴特勒校长在我参加的一些有他讲话的集会上或在一些社交场合,曾有一、两次亲自提到过我。他的这一举动很不寻常。有一次,在校长为一年级学生举行的招待会上,他转身向我,并说:"谈到不同国家的文化,这里有个中国文化的例子。注意其善于适应!"是的,我必须说我是他的敬慕者之一。当然,不是每个人都敬慕他。他有坚强的性格,办事坚决果断,如果还算不得是严厉或无情的话。

拉丁文和地质学

我在哥伦比亚大学第一学年的学习安排比较简单,因为某些课程都是一年级学生的必修课。直到年底，我才遇到一个问题，这个问题其实是我自己造成的。我发现凡是未修拉丁文甲班课程的学生只能获得理学士学位。但是我想攻读文学士学位。我向大学注册处和我的顾问询问，他们进一步证实了这一规定。我立即决定在二年级学习拉丁文。院长告诉我说，如果中学没有学过，就不要指望能跟班听课。尽管如此，他还是建议我去见拉丁文系主任麦克雷教授。麦克雷教授见到我时，感到十分为难。他说，拉丁文甲班是所有攻读文学士学位的学生的必修课，但是它以学生在中学学过四年拉丁文为先决条件。他还没见过不经初步训练而能跟上拉丁文甲班听课的人。我告诉他，我可以在暑期开始学拉丁文，为二年级跟上拉丁文甲班听课做好准备。他很怀疑一个学生能在一个暑期里学完通常需要学习四年的课程内容。他问我为什么想学拉丁文，又为什么这样强烈地要求攻读文学士学位。我说我自己也并不真正了解为什么；我只是感到我该得的是文学士而不是理学士，因为我对自然科学没有多大兴趣。他向我解释，理学士学位并不意味着获得者都是学自然科学的学生，而只是意味着他是学科学的。这仅标志出哥伦比亚学院两种学生的差别。一种是完成了除拉丁文甲班课程以外的所有必修课，将授予理学士学位；另一种是学完了拉丁文甲班课程，将授予文学士学位。

最后，麦克雷教授说，要是美国学生的话，他决不鼓励他争取上拉丁文甲班课程。由于我是一个中国学生，同时他也不了解中国学生有多大能力，所以他认为我不妨试试，但是我需要一位很好的教师。在我的要求下，他向我推荐了霍勒斯·曼学校的一位拉丁文教师。我和这位教师取得了联系并做了安排。他要到康涅狄格州米德尔城的维斯理学院教书；我也到那里去，和他住在一起，以便跟他学习。一切安排就绪，我就开始学习拉丁文。我从头开始，要在大约六到八周内学完四年的拉丁文。

他每天为我授课两小时。两周后，他为我已经完成第一年的课程而十分高兴。正在这时刻，圣约翰有位同学给我打来电报，说他即将来美。他把他们小组的到达日期告诉了我，并要求我到纽约去接他们。我不能把这事置之不理，就要求请假两天。最初，老师极力反对。他想尽办法阻止我去。他说，如果我去纽约，那么回来时，将发现两周的努力前功尽弃。这时我真是左右为难。最后，我告诉老师，我不能不去，因为这个小组的成员大部分是我在圣约翰的同学。由于亲身经历过来美途中的难处，我觉得他们需要我的帮助。老师勉强同意了，但警告我不得超假。我去了，接了他们，然后又回来了。老师想考一考我还记得多少。他感到吃惊的是，我还记得挺多，但忘掉的也不少。因此他说，唯一办法是复习，把更多时间花费在已经学过的内容上。这整整用了我两天时间。此后，老师认为我的学习令人相当满意。六周结束时，我学完了四年的全部课程。老师完成了他的教学任务，我们便分手了。

我回到哥伦比亚大学，拜访了麦克雷教授，把情况告诉了他。他说，他已收到我的老师的报告，并感到相当惊奇。但是他说，为了让我参加拉丁文的入学考试，他要当场对我进行测验。他先从书架上拿下西塞罗的作品，要我翻译，我照办了。然后他又拿弗吉尔和霍勒斯的作品，要我翻译他指定的一些诗句。我尽力办了。显然，他很满意。他说，在我第二学年开始前，他将为我安排拉丁文甲班的考试。我参加了考试，并急切地希望得知结果。他总算不错，没有让我久等。下午我去见他；他说："你及格了。现在你可以上拉丁文甲班课了。"这使我万分高兴。这是一门一年的课程。前半年我的成绩是"乙下"。这在他看来，不算太坏。但是后半年的成绩更好。我实际上得了"甲上"。就这样解决了我在哥伦比亚大学学习中的一个问题。

另一个有趣的经历发生在第二学年。在哥伦比亚大学，我有一位亲密的中国朋友，他是矿业学院的学生。他时常给我讲发展中国采矿工业的重要意义。我觉得很有意思；于是我就想懂一点采矿知识。他说,学习地质学有助于入门。我去见肯普教授。他当时是矿业学院院长或者说是哥伦比亚大学的主要地质学家。他问了一下我的学习经历,并告诉我说:"地质学Ⅰ"是相当先进的课程。矿业学院的新生只有这一门课程可学。我也想学这门课。最初他想打消我的念头,但是当他看到我那样坚决想学,最后同意让我试一试。我记得所用的教科书是很薄的一本,可能不超过一百页。第一节课讲了开始的一页半,可是我对这节课讲的内容一点也摸不着头脑。我一而再、再而三地阅读这一页半书,虽然不理解,还是下决心要弄明白。我发现几乎每一行里都有五六个字需要查字典。这是十分吃力的,但是我不想放弃。

实际上,我把这头一页半书至少读了十天。最后,我突然感到非常振奋,我完全弄懂了这一页半书!从那时起,我发现这本书比较容易读了。同时我很喜欢每星期六的实验课;化验各种石头,并写出实验报告。我记得实验辅导教师对我特别关心,他知道我学习地质学的基础很差。结果,我通过了所有的测验,这种测验每六周举行一次。因此,我及格了,不但我自己满意,而且看来我的老师们也满意。

体育活动

现在我想谈谈我在哥伦比亚大学的课外活动,包括体育和其他一些活动。首先,我对运动场上和体育馆里的很多活动感兴趣。我记得几乎所有各项运动都把我迷住了。

在同学们的建议和敦促下,我参加了划船队。划船要求身强力壮,我则个子矮小,体重不足一百零五磅。但他们不是要我当划手,而是当舵手。教练也竭力鼓励我干。我花了两周时间在哈莱姆河上划船。我尽了最大努力,但有的划手不听指挥。教练让我骂他们。两周之后,我决定退出。我告诉教练我不会骂人。他说,任何人都能学会骂人,这是一件很容易做到的事。我说,不行,我的英文还不足以用来骂人。就这样,我不干了。

不久,我加入了田径队。我参加了一百码短跑和二百二十码跳栏比赛。我的速度不够快,因此,在教练的指导下,我练习四分之一英里和半英里长跑,但取得的进步不大。于是他建议我试一下越野赛跑。从哥伦比亚大学大楼或体育馆后身起跑,沿着河滨大道到第96号街。比赛是很艰苦的。不少运动员在返回的途中掉队,我也很想开小差。但教练和助手在沿路各站组织了很多高年级学生；他们向我高喊："顾维钧，别掉队！别开小差，坚持下去！"这些话对我产生了强烈的影响。每次赛跑我都坚持到底；通常不是倒数第一，就是倒数第二，比先到终点的运动员落后好几分钟。

我在越野赛跑方面虽然未取得成功，但我努力练习短跑。我每天很早起床去南操场练习。南操场在哈特利和利文斯顿两幢宿舍楼的前面。甚至在暑期离校期间，如我和拉丁文教师在米德尔城度夏时，我也十分努力地练习了六周，希望能取得一些进步。但是哥伦比亚大学的竞争非常激烈，我也始终没在跑道上成为重要人物。唯一一次感到满意的，是我赢得了南操场上两幢宿舍楼之间的接力赛。

在体育馆馆长的劝说下，我参加了夺棒活动。但是我只参加了两三个星期，因为我认识到用全部力量去夺取对方的棍棒是难以理解的。棍棒约有棒球棒那样长，但两头是一样粗细的。为了夺棒，两人扭作一团。这对锻炼臂力有好处，但是我兴趣不大。再说，这是一种室内活动，而我喜欢室外运动。我相信，现在已经没有人进行这种活动了。

还有网球运动也引起了我的兴趣。我学打网球，可是这又是一项对我不太适合的运动，或者不如说我不太具备条件。我相当矮小，身高不够。经过两年刻苦练习之后，我唯一感到满意的是 1910 年夏中国学生会议时赢得了双打比赛。当时我在底线，我的搭档在网下。打赢这场比赛是由于他在网下的精湛球艺，而不是我在底线的功夫。

我对足球也有兴趣。我喜爱足球是因为小时候在圣约翰就踢过球。但是有一天，球打中了我的腹部正中，我当场昏倒。我对足球的兴趣也就此结束。

（选自《顾维钧回忆录》[第一分册]，中华书局，1983 年）

请官费学医

杨步伟

杨步伟（1889—1981），中国最早的现代女性之一，先生为语言学家赵元任。1913 年至 1919 年留学日本，在女医学校学习。

东京驿是一个大极了的新车站，站外扎了一个大松枝的牌楼，因为这一天是大正接位后第一个生日（十月二号？），热闹得很。我们叫了四个东洋车到苏家。苏淑贞的母亲一见我们就问："你们不是说昨天到的吗？为什么今天才到，又这么迟？"我给闹笑话的事都说给她听，她莫名其妙，但是她回过头去抓着九哥的手就哭起来了。因为她最爱贯虹的，九哥长得非常像她妹妹，所以从生的想到死的。给柏家三个人和苏家的二女、女婿看着一哭一笑，不知如何办法，连林九哥也不知如何是好。还是我停了哭，大家才起头谈话。

半点钟后淑贞回来了，就带我们到她给我们预备的房子那儿去。看看是一所小矮房子，里面一间八块席子，一间六块，进门一间三块的，一个小厨房，厨房内有一个火头的煤气炉子放在地下（日本都是如此），一个水龙头，地下一个木头做的池子，就算出水道。屋租是三十五元一个月。隔了一下子，卖素菜的、卖鱼的都来了。我们就开始做家了。但是我并不会做菜，也不会管家。幸亏柏沁芳知道一点，多半买日本的干咸菜吃，他们的酱油好，所以随便煮煮还可以有点中国味。有一天早上我打鸡蛋，两个蛋打好了，白都到地上去了。那个时候我们也不在乎吃，大家就急了要学日本话要紧。用了一个下女，五元一个月，打扫和煮饭。我们饭吃得少极了，因为日本米黏。但是米买的多得不得了，我记得第一个月吃了十八元的米，以后才知道大半是下女偷。又请了一个教日本语文的先生，每天来教四点钟，从一点到五点。苏淑贞给接洽好，凡是有卖东西的人来，都叫他们在那个时候来，先生可以帮忙，告诉告诉他们，我们要些什么。因为日本卖东西的写的那些字我们不容易认得，不过汉字他们有点认识，又买了些日本家具。我顶喜欢的就是那个灰盆，中间烧一块炭火，叫ひばち（火钵），人的身子可以靠在边上烤火的，上面有一个铁壶也可以烧开水。如此过了二十天，林九哥回国了，只我们四个人住。因恐钱不足的缘故，我就拼命地学日本语文，两样并行，可以早点考入女医学校。因为中国政府定的，凡考上五大学校的，政府一定给官费的，中国政府在那个时候派的中央监督住在东京，只要入了学，就可以直接去请官费,对中央监督申请到教育部,教育部再调查分派各省出钱,归中央驻日监督发给学生。我从十月学字母起,到第二年四月就正式考入学校了,说话当然不能那么流利,可是医学的书半汉字半日本字母我都可以知道。又起头补习德文,因为在日本学医,名词都是用德、日、汉跟拉丁四种,所以就以一身二百多骨头计算,也一千多名词了。我因入学后太忙,又加柏家全家来了,我就另外住到日本人家的一间屋里头去了。连吃带用二十五元一个月,六张席子的房间,一切都不管,只念书而已,觉得舒服多了。可是吃的真坏,常常加点鸡蛋吃吃。有时柏家送点菜来,给我加在里头吃几顿。并且第一年我恐他们记得我是加入第二次革命里的,不敢去请官费,所以换了自己的首饰紧紧地用。有时柏文蔚也从南洋寄一二百元来,可是学费很贵的,起初每年三百,以后加到五百。我的父亲在国内又无事,不能接济我。

过了半年,李贯中(字韵娴)从中国回来了。她是一个老日本留学生,音乐家的女儿,以前在日本随她父母住过三四年的,以后又在日本上中学,和贯虹是很好的朋友。她也要学医的,说的一口好日本话,举动和日本人一样(但是我始终不大喜欢她)。她回国去了两年,请到了河北省官费,又回来学医。她因为我是贯虹的朋友,又常听见过贯虹说我的为人,所以她一到日本就来找我，并且要我和她同租房子住，又再三对我说她有官费可以和我合起来用，省点。我也正是吃日本饭吃腻了，所以又租了房子和她同住，用了一个下女。这次我可上当了，她一点中国菜不会做，她只说说话，样样归我管。她中国衣服首饰一点没有，都用我的。我那时虽无官费，可是手边钱还不少。她知道我不肯穿日本衣（中国学生大半穿日本衣），就要我做洋服穿，把我些灰鼠衣三件改作两个小外套等等的事。又叫我不要正式上课，先在预科读一年，她包给我弄官费。这一样我始终不肯答应她的。我说我要早学早回国做事。苏淑贞常来劝我不要信她的，她就同苏大闹，有时晕过去了，做出种种行为来。我就想搬开，不过有时我总想，起初她好意帮助我，不管她帮没有帮，我总应该感激她的，她也觉得如此。所以有一天她到中央监督处（监督名言搬）领官费，就提起我的名字来，问能不能请官费。监督就说可以，她（就是指我）既已入正科了，并且我听说她是一个很有资格的，杨府上祖老太爷我都知道的，你叫她来请好了，安徽省一定可以批准的，叫她请六年的好了（这是钱学琴和她同去以后告诉我的）。她回来就和我大吹特吹她如何困难，给我请求到官费了。我真感激她万分，因为学医非五六年不可，我自己只有两年的钱，以外要靠随时的来，又不一定。所以我当晚就写了请求书前去。她叫我不要自己去，寄去好了。又叫我千万不要告诉别人，恐有人反对我。其时我处处觉得她给我设想，我只存感激，没有余地想到别的上面去。

两个月以后（九月十四号），官费下来了，并且还补了以前三个月的，每月三十六元，学费归政府给。其时我手边还有七百余元，首饰在外。所以贯中就出了一大些主意来。三个月的费她说已过去了，我们两个人做了两套灰哔叽的三节的洋服（上身现在还在呢，给小孩做短外套了），把我存出的钱拿二百元来定打两张床，两张书桌，两顶书柜，四把椅子，两套夏天的洋服，一部新版的解剖书。我也是向来慷慨和喜欢用钱的，苦了这一年，现在六年读书不烦心了，自然就可以大用起来了。三天工夫给房子里摆得像一个"西洋间"。别的学生来看见了非常诧异，不过她们说，想我和革命党的人往来，总是有钱的，其实是在胡闹。过日子今天要西洋料理，明天去看好电影。

到年终考书，她非要我不去考。我说我第一期考得好好的，为什么不让我去考呢？我非去不行，她就装病，日夜地闹我。我不管，还是预备，她才对我实说，她到日本这样久了，将来和我一年毕业不好看，所以要我迟一年，给我弄到了官费还不能报她这一点恩吗？我说别的可以，叫我等，比你迟一年，我无论如何不能。我同你到监督处去退还官费。闹得同学的都来了，全说没有这个理。以后我还是去考了，她反倒是开学前再去补考的。每次去考我们两个人坐在一道,她想告诉我抄她的,但是我怕她造谣,我总先快快地交卷子。以后老同学告诉我,学校里两个日本通,成绩都不好,因为她们知道的东西少,中文也不通(在日本留学,中文关系非常的大。要是学文学的,可以全用中文写答案,不算错的,所以好些中国学生在日本读文科的可以不用上课,就去考考就是了),有一个学生第二年就开除了。李贯中也重考过一次,她每次大考总在我下一两名。她恨极了,就和我分开住了。因此我清净多了,可以好好地读完前期(就是前两年的各种理论大纲)。

我读完了前期就回国一趟。父亲见我,喜欢得不得了。其时我父亲在湖北湛家基造纸厂做帮办。我到家时不过才读完生理解剖等等的理论,并还不知医病。可是我父亲逢人总说医生来了,要我给弟弟带到日本上中学。我回家一个月,什么都做给我吃,做了一大箱四十多件新衣给我,我也给贯中的尺寸做了六件。看五叔处四妹出嫁,鲍家非常有钱,下定来了不少首饰,我父亲一点不羡慕,说我的女儿将来做医生,自己不知可以赚多少钱,何必要人家的东西呢?每大早我父亲亲自坐小火车到江边去等买鲜鱼给我吃。晚上总问我将来愿学哪一门,在什么地方开医院,他好给我预备。厂内同事请我吃饭,父亲总同去,父亲总对人说,我有一个女儿胜十个儿子(其时弟弟正不肯读书），一面说一面吃酒。（我写到这儿我心里非常伤心。第一，当时没料到这一次就是和我父亲永别了，以后是奔丧回国的，赶我真成了医生，我父亲没有看见，这真是我终身的遗恨。第二，我一生并未做出于国家与社会大有用的事，负了我父亲的希望，所以我现在不赞成女儿们学医——除非不嫁才可以。所以我第二个女儿新那想学医我不赞成，花很多时候和钱，不能做什么，除非不嫁。她说她就不嫁好了。我说你长得太美了，若是不嫁岂不是暴殄天物吗？她以后学了化学。）

一个月匆匆地过去了。就带了弟弟上船到上海，上船后还看见我父母在趸船上招手。到了上海以后住林家，林九哥在黑龙江做事，有信给他太太，叫她带两个小的随我到日本治肺病。我是向来人家托我的事我从不推辞，所以带了四个人再到日本去。贯中听见了又要租一所大房子和我们同住。我是喜欢人多的，我又答应了，只给九嫂送到疗养院去，其余的我们五个人又住下来了。过了一星期柏家全家回上海，给他的妹妹留下给我关照，连一个下女，七个人，闹得我真不能念书，半年下来我几乎留级。贯中这半年什么都没有闹，因人多吃玩由她，所以她高兴得很。林家九嫂在千叶不惯，要到东京来。我回信说肺病不能同住，她还气我，所以给小孩带回国了。柏沁芳也因她父母给她说了亲，要回国出嫁。我给弟弟送到宿舍住了半年，

053

因母亲病，回国去了，又只剩了我们两个人，自然不住大房子了。我们又分开住在日本人家内，一直到回国。其时贯中知道是不可欺负，也好点。中饭大家总在学校旁边一个小店里一道吃，晚上各人回各人的家，并且在后期忙得不得了，大家也没空闲时候来想到吵了。

我在这清净读书的前期内，我还要追说一件自己做了一样怪事。我喜欢看长片电影，因为我向来最喜欢看长篇小说。在中国学校时，若是一部长篇小说要紧的地方没有看完，一直到考书时出了题，我还在看呢，所以对电影也是一样。那时正放一个叫《怪手》的电影（又叫《拳骨》，英文叫 *The Claw*），主脚是 Lionel Barrymore 做的。每次只演两段，每星期三下午两点换片子，可是那正是上无机化学的时候，我能不上总不上，就去看那个电影。结果前期考无机时我两夜没有睡，不过考了一个刚及格而已。

在这两年内和日本人的接触真是使人可气可恨。先说工作的习惯不同，同班方面，他们和我们对于上课上有一种最不同的地方，就是日本学生不管如何，人人都低下头来拼命地写，不管先生说什么，或是发人的议论，或与功课上无关的，他们都要写下来，一点不看先生，只低着头快写而已。在他们也有一个难处，医书非常贵，不能人人有，又无好图书馆，所以全靠讲义才行。中国学生第一赶不了他们那样快，第二差不多人人仰着头望着听先生说，到要紧处用笔记下来。我一班内十四个中国学生也有三四个人是照他们的办法，可是赶不上，下课时有好些同学的，就借给他们补抄起来。可是日本人的人情非常薄，你这次用他们的赶快，就须回他的人情，否则下次你就不要想问他再借了。考书也是这种办法，不知写多少，考卷像一本书似的。

我写得少也有写得少的好处。我考卫生时先生报告出来说，有一位中国学生写的答案又简单又明了，你们大家应该拿她的做模范。给我的三张考卷就放在桌上让大家传观。这个先生以后我在一九二一年结婚后第一次到美国时，在西比利亚丸船上还遇见他的。他就是那个船上的船医，名字好像叫井上。

我在日本上课时候的办法是尽做自己所知道的。我一个人到日本的日子最浅，来不及读那样多，我就给各种近乎先生所用的书买来，第一天先看了，带着书上课，先生说到要紧的地方，我就用红铅笔划一划，要是说的不同的地方就加上去，又有工夫又准备。可是那些书画得不像样了。日本同学的看见就说，杨样（他们读"よーさん"），你这个书不能再卖了，可惜得很。因为日本人医工书可以打折扣拿去换新版，或卖或当都可以，所以有多少医书和财产一样。我也做过一回，一百元的书当了六十五元出去过暑假了，因为我的书划的红蓝条子太多，他不肯给那么些，我留了一个条子答应暑假后一定赎，他就照办了。

有一样最欺人的地方，就是在解剖派班的时候，一个尸体归四五个人解剖，找筋肉、神经、血管，等等，归同班领头人派，他不给中国人照日本字母派，给中国人全体派到最后。近暑假了，臭得不得了再给我们来做这种工作。尸体都是死后两天的人给解剖，不是像美国有些用药泡过了，过后才给解剖的。有时还给我们颗粒结核性的尸体用。我们一班共十四个人，中国人分五班，每班三个中国人一个日本人。怎么我们知道这种弊病的呢？就是从这个上面得来的理由。因为每次派到了，那个日本人总吵，为何派他在我们一道？并且危险得很，这种结核性的尸体不应拿来做生理解剖用的。而且解剖时这个日本人总不动手，在旁边看着，问这个问那个的。一次两次我们动起疑心了，想日本人向来对事不让人的，就是臭味他们也是做的，为何这几个人如此呢？并且我们把神经血管找到时，他拿一本书用一个钳子夹着来慢慢和书上对，一下工夫就去洗一次手消毒。我们就觉得为什么这样呢？起初还以为他们派不中用的日本人和我们在一道，等到有一次他们又不按字母，派一个高丽姓许的来,事情才闹穿了。

原来这个姓许的是住在日本人宿舍里的,和中国一个姓许的认本家,两个人非常的好,同用书同玩,一同进出。日本同学都妒忌他们。那次给他加入了,他大闹,一直闹到监学那儿,监学是校长的丈夫,叫吉冈次太郎,他出来说公平话了,给班长叫来骂一顿(他也管学校事的,其实尸体也从他们派来的,实在他知道,我也不敢一定断定),我们才知道用病体做生理解剖是犯法的。

这个时候全靠李、戴两位的日本话好了。戴比李会说,办得也好,所以在第一年里只差一分就给他开除了。怎么知道日本人不愿我们太日本通呢?日本人和其他国不同,中国人到英美的都是以语言通的受欢迎,而日本则反之。并不是我们中国人瞎疑心,有一大些例子可以举出的。戴被开除时,他去要求他们再补考一门,无论如何不肯,再三说也不肯。其时校长正在学校办公室说,戴样他话说得这么好,为什么读书不好呢?监学就在旁边说,因为他话太好了,爱讲理,爱和人辩,所以没有空工夫读书了,因此破例不让他再考,决定开除。戴也一气就不再说了。戴的成绩本不大好,可怜的中国人那时也没有法子去和他们小事上办交涉,只人人饮恨而已。不但如此,凡留日学生开学生会时,每次总有几件不平的事报告出来。大家在一道，也总是恨恨地骂，希望一天打倒小鬼。好学生他们妒忌，坏学生他们看不起。还有一种就是受他们骗骗玩，上学的功课由他们包办，到考时背背好了，其余的时间他们陪着玩，无所不来。所以日本留学生回国分两部，一部极恨日本，一部做汉奸卖国，都是从这种因果上得来的。不像从英美回国的学生都愿谈和那国亲善（当然也不能一概而论）。归根一句话，日本人做事和行为上都是小器"促掐"，而也专在小事上招人恨。做化学试验、组织学标本等等时候，也是一到分派到我们中国人上头，种种材料不是这样分量缺乏，就是那样材料没有了。但是收我们中国人的实习费则不少，只有多。

这些大大小小的刺激，我们在日本是天天的家常饭菜。有时也碰到同学同你谈中日亲善的，可是谈谈总提醒你甲午之战中国败得那么样。他们讲亲善还有一种讲法，就是劝你们为什么不嫁日本人——这当然都是男学生问的了。像这样子，日本人还常常不明白，为什么中国到欧美的留学生回来了总说他们好，而留日的多半是回来了比去以前说的坏。

说句公道话，我得承认到日本去的中国人各色人等也都有。因为那时生活便宜，路程又近，所以有好些人并不是为留学而留学去的。我其实根本不相信大批大批的人一回到哪一国去，对于所谓文化交换或在国交上，一定会有好处。看十九世纪华工到美洲就留了那种"Chinaman"的印象。在二次大战美国的兵士在中国西南留的印象也不太好。如果是真正学生和其他知识阶级人来往，只须那些百分之一的人数，那结果好多了。

我们在日本那时从中国来"上釉子"留学渐渐地多了，日本人有时就特别组织容易毕业得文凭的学校给中国人入学。他们说你们好多学生不在乎认真念书嘛，所以他们就此藉辞不让中国学生进这个，不让他们进那个了。这样过下去，留日学生在中国渐渐地成了次等留学生的名气了。所以有好些日本回来的学生都要到欧美去上一层第二道的"釉子"。我还更进一步，我嫁了一个留美学生，跟他又一同到美国去。不过这是后话。

（选自《一个女人的自传》，广西师范大学出版社，2014年）

哈佛研究院

赵元任

> 赵元任（1892—1982），语言学家，1910 年至 1918
> 年留学美国，在康奈尔大学、哈佛大学学习，1918 年
> 获哈佛大学哲学博士学位。

现在回过头来简单看一下在哈佛这三年（1915 年到 1918
年），好像不过是继续完成研究院哲学专业的学业，然后拿一个
文凭，中间生了几场病，到附近几处地方走了走。不过翻翻日
记后才发现生活要丰富得多，我学生时代的最后一段儿可谓喜
忧参半。

第一年是在学院宿舍一个人过的，教堂街和麻省大道正好
在哈佛广场交叉，学院宿舍就在交叉口的一角。跟我在康奈尔
住一个屋的胡明复，一年后才来到哈佛，然后我就跟他搬到了
牛津街的波尔金司楼（Perkins Hall），先是住得 77 号房间，后来
又搬到 85 号房间，再后来又搬到波尔金司楼对面的柯南特楼
（Conant Hall）的 38 号房间。明复回国后，我和他的远房表弟胡
正祥住一个屋。有一回在牛津街上，有个男孩子在我后面喊：

"嘿!那家伙该理理发了!"我在街上碰到熟人老是忘记打招呼,所以还在康奈尔读二年级的时候儿,人家就给我起了个外号叫"教授"。除了心不在焉外,我做事还总是犹豫不决。1916年11月3日的日记里头写着:"我今天已经24岁了,还是优柔寡断。"我念了好多罗素的书,还有拉尔夫·巴顿·佩里(Ralph Barton Perry)①和约西亚·若伊思(Josiah Royce)②的书。我到第二年年中的时候儿才起头儿考虑论文的题目。最后选定的题目是"连续性:方法论的研究"。我在论文里头提出了这么几个问题:差别什么时候是程度的差别,什么时候是种类的差别,种类的差别能不能还原成程度的差别,诸如此类。对于我的优柔寡断的毛病,这篇论文一点也没派上用场。指导我论文的是协佛教授,论文答辩通过后,答辩主席威廉·E. 霍金(William E.Hocking)③教授问我,写论文对我的性格有没有什么作用,我只好回答说,横是在这方面一点用处也没有。

打住——我把后面的事儿提前讲了!还是回过头来讲讲

---

① 拉尔夫·巴顿·佩里(1876—1957),美国哲学家,新实在主义运动的代表人物。——译注

② 约西亚·若伊思(1855—1916),依赵元任译名,现通译作罗伊斯,美国哲学家,客观唯心主义者。——译注

③ 威廉·E. 霍金(1873—1966),美国哲学家,若伊思的学生。——译注

这三年平常的学习生活。我选了不少课，大部分都是讨论课，课上读了各种各样的论文，比如有一篇是《法则是否变化？》，还有一篇是讲偶然性的，最后我才把论文题目定在"连续性"上。若伊思教授指导我研究，他的形而上学讨论课是最棒的。他介绍我去读 C.S.皮尔士（C.S.Peirce）①，这位哲学家的"逻辑"意义很丰富，很有趣，可是学起来太难了。若伊思英年早逝，1916年9月14日就去世了，他的位子是别人替代不了的。他在遗嘱中把克勒克·麦克斯韦（Clark Maxwell）的两卷本《论电与磁》（Electricity and Magnetism）②送给了我，书上有他的批注，1938年抗战时候，我从南京逃难到云南，随身只带了几本书，里头就这一本，现在还在我的书架上。佩里教授和 E.B.霍尔特（E.B.Holt）教授差不多把我变成了个实在主义者，不过唯心主义者霍金教授在哲学和个人两方面都给我很大影响。R.F.A.霍恩雷（R.F.A. Hoernlé）教授来自英格兰，他思想开明包容，给我印象很深。伍兹教授没教过我，不过在我第二次回剑桥

① 克勒克·皮尔士（1839—1914），美国哲学家，逻辑学家，实用主义的创始人。——译注

② 克勒克·麦克斯韦（全名 James Clerk Maxwell，1831—1879），英国物理学家，数学家。他建立的电磁场理论，将电学、磁学、光学统一起来，是19世纪物理学最重要的成果。1873年出版的《论电与磁》，被认为是继牛顿《原理》之后一部最重要的物理学经典。——译注

（1921—1924），想在哈佛开中文课程的时候，他起到了关键作用。我在前面讲过，我的论文指导教授是协佛，他最有名的一件事儿是发明了斜线符号"/"，用来表示"既不……也不……"的意思，从这儿就能引出形式逻辑和数学的全部内容，怀特海和罗素就是这么干的，他们的巨作当然是《数学原理》（Principia Mathematica）。不过，大多数学生——不管是不是数学和哲学专业的——跟我一样，觉着这本书的前驱，罗素的《数学原理》（Principles of Mathematics）更好读些。

　　我拿不定主意是选心理学还是选科学史做我的副科，所以干脆两科都选了些课。雨果·孟斯特伯格（Hugo Münsterberg）教授讲课生动精彩，令人难忘，不过我还是觉着从 H.S.朗菲德（H.S.Langfeld）教授那儿学到的东西更多，他的太太也教过我钢琴。L.J.亨德森（L.J.Henderson）和乔治·萨顿（George Sarton）①教授教我科学史，那会儿这还是个顶新的学科，萨顿教的两门课班上都只有我一个学生。他在威德纳图书馆（Widener Library）有一间小书房，我们就在那儿上课。我老是拿不定主意，是应该点头称是呢，还是应该像一般学生那样，老

---

　　① 乔治·萨顿（1884—1956），美国科学史家，出生于比利时，被认为是科学史学科的奠基人。——译注

老实实坐着。我没选过亨廷顿教授的课,不过在论文和课外活动方面,我问过他的意见。多亏他鼓励我去图书馆乱翻,我才发现了 F. 里格(F. Rigg)的文章《两百年前的一幅中国星图》,此文发表在 1916 年 1 月号的《通俗天文学》上;还有古斯塔夫·施勒格尔(Gustav Schlegel)1875 年出版的《中国星图学》(Uranographie Chinoise),里头有很丰富的资料,这些我在写《中西星名图考》这篇文章的时候都用上了,文章分两部分发表在《科学》杂志第三卷(1917)的第 1 期和第 3 期上。

我对语言还是顶有兴味,选了查尔斯·H. 格兰德(Charles H.Grandgent)教授的语言学导论。在哈佛的最后一年,我认识了以"基本英语"(Basic English)闻名的伊沃尔·A. 瑞恰慈(Ivor A.Richards)①,后来我在清华大学成了他的同事,见面次数就多了。他和 C. K. 奥格登(C.K.Ogden)创立了基本英语,我后来对基本英语也很有兴趣,还写了一本基本英语的教科书,我给这本教科书录了一套朗读课文的留声片,读的时候儿尽量

---

① 伊沃尔·A. 瑞恰慈(1893—1979),英国文学批评家,语言教育家。"新批评"理论的创始人之一。1929—1930 年在中国清华大学任教。他和奥格登创立的"基本英语",是在对英语加以简化的基础上,以 850 个左右的英语单词作为基本语汇的一种人造语言,以帮助母语非英语的人尽快掌握英语,促进各民族之间的交流。——译注

不带美国口音。① 那几年里有一个顶有趣的语言方面的体验，就是听又盲又聋的天才海伦·凯勒（Helen Keller）讲演。她平常都有一个翻译，用手语跟翻译讲话，可是这次她得自己学着大声讲，不过我发现要想听懂非常难。过了三十多年，我才能跟贝尔电话实验室的聋哑声学家埃德加·布鲁姆（Edgar Bloom）先生顺畅的谈话，我是他们的顾问。他们后来发明了光谱仪，把言语里头不同频率的要素的相对强度（而不是声波）用光谱表现出来，这样初学者就能看到他声音的形态，再把它跟他要模仿的声音进行比较。我对中国方言照样兴味盎然，有好多机会听哈佛和麻省理工学院的中国朋友说家乡话，跟他们学。有一个朋友叫张云（音），是陕西西安人。他教我的一段话是这样念的：

> lai′ hieh lai′ hieh!
>
> ghen′ na wa˘, tzai fu_fang_dou′ fu_gni.
>
> tzai′ di wa˘, na fo′ fer fa˘ fei˘ gni.
>
> bu˘ sheh_chi, shih ta_erba˘ gni.

---

① *Basic English Records*（《基本英语留声片》），中华书局 1934 年版，随书附送留声片。——译注

sheh_chi ta_gniang ̄ ke buhieng.

chi ̄ hieh,chi ̄ hieh, jiao wa fa ̀ chi fa ̀ chi!

这里头的 gh 代表浊摩擦音，就像普通德语单词 wagen 里头的 g 一样（跟标准的舞台德语〔stage-German〕里头发音很硬的 g 相反），也像法语里头的 gn。除了这一点外，上面的这段模拟主要是要突出印象，而不是摹写语音。翻成汉字应该是这样的（也许不太符合京话的习惯）：

来下，来下！

人家娃，在书房读书呢。

咱的娃，拿勺勺儿耍水呢。

不说起，是他二爸呢。

说起他娘可不行。

去下，去下，叫娃耍去耍去！

顶好玩的是，中国不少地方本来应该念 shu-的好多字都念成了 fu-，我们就学他讲话，觉着格外有趣。张云已经去世了，不过让我高兴的是，1973 年 4 月 28 日那天我去找他的时候儿还见到了他，看到我竟然还记得他说的"勺勺儿耍水"（念成 fofer fa fei），他很开心。

虽然有那么多的考试、作业和论文要做，我还是有时间鼓捣许多课外活动。我在康奈尔上过天文学的课，一直喜欢看星星。1916年6月，我学会了从仙后座的位置来认时间。我买了一台望远镜，1918年8月18日，当人马座消失在月亮背后的时候儿，我能看到人马座的月掩①现象。课外阅读方面，我顶喜欢怀特的《自传》(Autobiography)，阿诺德·本内特(Arnold Bennett)的《一天二十四小时》(Twent-Four Hours a Day)，德·摩根(De Morgan)②的《悖论汇编》(Budget of Paradoxes)，还有路易斯·加乐尔的《猎鲨记》(Hunting the Snark)③。我还选了好多函授课程，比如说个人效率方面的课。我横是更关心效率这个观念，而不是怎么想办法让自己更有效率。我不怎么去听公共演讲，倒是常常儿去听塞缪尔·克洛泽(Samuel Crothers)在一神教堂的布道，这个教堂就正好在我在学院宿舍住的那间

① 月掩是指月亮运行至地球和另一星体中间，三个星体呈一条直线，月球将另一星体遮掩的天文现象。——译注

② 怀特（全名 Andrew D. White, 1832—1918），即前文提到的康奈尔大学的首任校长，康奈尔大学的创始人之一。本内特（全名 Enoch Arnold Bennett, 1867—1931），英国小说家，新闻作家。德·摩根（全名 Augustus De Morgan, 1806—1871），英国数学家，逻辑学家。——译注

③ 书名应作 The Hunting of the Snark，加乐尔的另外一部重要作品，是一首奇幻题材长诗。——译注

屋的对面。我喜欢听他布道，倒不是因为我信一神论，而是因为他文章写得好，讲话也很雄辩。我对各种俱乐部的活动也还是那么热心，像哲学俱乐部、数学俱乐部、世界主义俱乐部，还有中国学生俱乐部。我还参加中国学生联盟每年在不同城市举行的年会，跟我在康奈尔的时候儿一样。我写的独幕笑剧《挂号信》在年会上上演不止一次，我记得有一次是在达马里斯科塔（Damariscotta），另一次是在哈佛。跟往常一样，最花时间的活动就是编《科学》杂志了，编辑部已经搬到了哈佛，因为大多数活跃分子都到了哈佛（最后又搬回到了中国）。有一阵儿这些活动已经弄得不可开交了，我只好向我的教授求救，请他写信告诉我怎么减少课外活动。

不过那只是借口，我还是照样做我喜欢做的活儿，不管它是不是影响我的正事儿。我照样弄音乐，选了一门高级和声的课。我在《科学》杂志上发表了三四篇文章，我用不着排队排到凌晨两点，就能弄到桑德斯剧院（Sanders Theater）和交响乐厅（Symphony Hall）的票，去听福朗查雷四重奏（Flonzaley Quartet）①、帕德鲁斯基（Paderewski）和霍夫曼。我在日记里头激情满怀地

---

① 福朗查雷四重奏，美国著名弦乐四重奏乐团，1902 年创立于纽约，1928 年解散。——译注

描写了柴可夫斯基的第四交响曲和贝多芬的第九交响曲。后面这首曲子我在钢琴上练了好几天才登场演奏。我那时候儿的趣味是有些保守的，现在恐怕也一样。我在日记（1916年1月27日）里头说，福朗查雷四重奏演奏的斯特拉文斯基，"简直是不知所云"。我去看戏没有听音乐会多。我喜欢看《查理的姑妈》（Charlie's Aunt）①，不过看了舞台上的《金银岛》（Treasure Island）②后，我觉着"已经没什么斯蒂文森味儿了"（1917年5月19日日记）。好在我一直都顶喜欢的加乐尔的作品，在我把它们翻成中文之时（《阿丽思漫游奇境记》是1922年翻译出版的，《走到镜子里》的译本是1938年和1968年出版的），它们还未被人在舞台和银幕上糟蹋。

我没怎么讲当时世界上发生的大事，原因很简单，因为我没怎么在意。我提到1914年欧战的爆发，就说了一句"真蠢！"1917年4月17日美国对德国宣战，我作为一个外国人，得向征兵局登记，要不然就要去服役打仗，那天是1917年6月15日。我到20世纪50年代才归化成美国人。后来在芝加哥的时候

---

① 英国剧作家瓦尔特·布兰登·托马斯（Walter Brandon Thomas，1848—1914）创作的一部三幕闹剧。——译注

② 《金银岛》是苏格兰作家斯蒂文森（Robert Louis Balfour Stevenson，1850—1894）的代表作，是一部探险小说，曾被多次改编为戏剧和电影。——译注

儿，1918 年 11 月 11 日这天，整晚上大家都在闹腾，庆祝停战。

　　这三年我身体大多数时候一直都顶好，各种活动都没耽误，不过每年至少有一回大麻烦，要上医院。1916 年，我在波士顿的柯普医院（Copp Hospital）做了盲肠炎手术，主刀医师是杜德利（Dudley）大夫。7 月 21 日做的手术，过了一个星期，我在日记里头写了十三页，花了两个钟头来写手术的经过。麻醉的时候儿，我数数数到七十三，就不省人事了。因为这个手术，我跟护士菲尔波特（M.E. Philpott）小姐成了朋友，这段友情维持了好多年。也是因为手术，我错过了那天夏天中国学生年会上的一英里竞走比赛，以后就再也没赢过了。1917 年 1 月，我在床上呕吐个不停，有一阵子差不多儿都昏过去了，只好又去医院住了几天。下半年我心脏又跳得厉害，这是打十一二岁以来就老犯的毛病，可是我的大夫贝利（Bailey）说没事儿。到了12 月，我又因为"鼻膜不正"动手术，这一回他们用上了氧化氮和乙醚，结果我数到二十三就不省人事了（1917 年 12 月 2 日日记）。可是我出院只过了三天，我的鼻子又堵上了，结果被送到眼耳鼻科医院，又做了一次手术。我在那儿待了三个星期，一切才又恢复正常。尽管我身体情况反反复复，不管什么时候，只要有可能，我都保持活泼的状态，那肯定有好处。我还照样走很长的路，当然不像绮色佳的山路那儿崎岖不平了。有一次我走了十五英里，过了剑桥大桥（"盐罐儿桥"，Salt-Shakers Bridge）①到东波士顿，然后又从哈佛桥回到哈佛广场，一共花了四个钟头。那会儿我还常常儿骑车，不过我还是觉着走路更好。

我提了好多教授（包括老师和朋友）的名字，不过除了科学社的朋友外，我还没有讲到其他朋友，科学社的朋友大多数都来自康奈尔。我在哈佛交的美国朋友比在康奈尔的时候多些。跟我在一个系的有拉尔夫·戴莫斯（Raphael Demos），物理学家维克多·伦曾（Victor Lenzen）在好几门课上跟我是一个班，我现在在柏克莱还常常儿看见他。我们常去牛津街的福克斯克罗夫特（Foxcroft）餐厅，在那儿吃饭的时候儿，老是跟卫挺生②开玩笑，叫他"顶卫生"，因为他格外在意吃的东西是不是卫生。青年天才诺伯特·维纳（Nobert Wiener）③那会儿也在那儿，不

---

① 剑桥大桥（Cambridge Bridge）是查尔斯河（Charles River）上一座公路铁路两用桥，连接剑桥和波士顿，"盐罐儿桥"是其昵称，因桥中央四座盐罐形状的塔楼而得名。该桥建成于1906年，1927年为纪念美国诗人朗费罗（Henry Wadsworth Longfellow，1807—1882）而更名为朗费罗桥。——译注

② 卫挺生（1890—1977），湖北枣阳人，经济学家。1911年赴美留学，先后在密歇根大学和哈佛大学就读。——译注

③ 诺伯特·维纳（1894—1964），美国数学家，控制论的创始人。少年时即表现出过人的天赋，1912年18岁时在哈佛大学获得哲学博士学位。其父列奥·维纳（1862—1939），美国历史学家，语言学家。生于俄国，精通多门语言。——译注

过因为他父亲列奥·维纳(Leo Wiener)关注语言学,我跟他父亲更熟。后来诺伯特去过中国,我又回到哈佛,这之后我们就熟起来了。我还跨出门墙,看了好多 A.D.谢菲尔德(A.D. Sheffield)的书,还跟他大谈特谈中国语言问题。

除了佩弗家的姑娘外,我到现在还没怎么讲我交女朋友的事儿。我在哈佛(拉德克里夫学院和卫斯理学院)交的女朋友比在康奈尔的时候多。我约会的女孩儿里头,韩美英是最漂亮的一个。王瑞娴是我音乐上的朋友,她在波士顿音乐学院主修钢琴。当然我那时候儿轧根儿不知道,她是我未来的太太在上海中西女塾的同学。她后来嫁给了我在康奈尔的同学董时,生了四个孩子,他们都成了有成就的音乐家,两个女儿是音乐会上的钢琴手,两个儿子在宾州交响乐团当指挥。还有一个女朋友叫李美步,就她的年龄来说,可以说是格外成熟。有一次我在演讲比赛中名落孙山,她给我仔细分析演讲稿,我感觉好多了。我还经常见到牛惠珠,她是我在哈佛学医的朋友牛惠生①的姊妹。有一回,邓莱普博士请我们俩吃饭,她带着一件还没织完的毛衣,我手里拿着毛线球,不小心弄丢了,我们俩都没注

---

① 牛惠生(1892—1937),上海人,中国最早的西医骨外科医师。1914年毕业于哈佛大学医学院,获博士学位。——译注

意到,她就这样拖着毛线穿过拉德克里夫校园,走了大概三十码远,我们才回过神来。我在哈佛最后两年最经常见面的女孩儿是周淑安,我也常常儿看到她的兄弟(英文名 Benjamin),因为我们都对语言感兴趣。我跟淑安常常儿一块儿散步,一块儿弹钢琴二重奏(比如德沃夏克《自新大陆》交响乐里头广板的改编曲),分开的时候给她写很长的信。

虽然我跟这些女朋友约会,一块儿玩,我从来没有认真地喜欢过谁,也许淑安是个例外,不过她和我 1910 年一块儿考取清华庚款留学美国的胡宣明订婚了,我就没再敢跟她走得太近。我也不是情窦未开,我早就迷上侬姑了,而且觉着跟我的一些男性朋友也格外亲密,比如说我在常州念书时的同学李宗棠,还有哈佛的 C.H. 胡同学。老实说,有一阵子胡同学觉着我对他太好了,想要跟我断交。不过,大体上说,我对感情的事儿还是比较犹豫的。我觉着主要原因可能是家里头已经替我订了婚,我到现在还没能退亲。那还是在常州那会儿,我的家人替我和一个叫陈仪泉的远房表亲订了婚,自然没有征求我的同意。这应该是在 1904 年以后的事儿,因为我的父母没提起过。我那时候儿心向革命,到了美国后,我没把这桩亲事太当回事儿,可是总觉着这件事儿没了结,心里头有一种负担。到了 1916

年 1 月 10 日这一天，我决心要了结这件事儿。过了几年①，我花了两个多钟头，给我的舅舅冯聘生写了封信，解决这个问题。我在日记里头说，我从伦理上掂量这件事儿，它给我的负担也是伦理上的。他到 5 月 10 日才给我回信，言辞有点含含糊糊。后来，1917 年 5 月 14 日这天，我给上海的远房叔祖赵竹君写信，他思想开明，对我很同情，处理这件事儿也公平。不过还是等到三年以后，这桩亲事才算解除了，我可以找自己的意中人了。

得了乔治和玛莎·德比哲学奖学金以后，我又拿了希尔斯奖学金、詹姆斯·沃克尔奖学金，最后离开哈佛的时候得了雪尔登旅行奖学金，这是一项博士后旅行奖学金。平常人们拿了这个奖学金以后都会出国旅行，可是我怕一战后的欧洲太乱，所以决定就在美国旅行，先去芝加哥，然后去加州。不过走之前我还闲逛了好一阵子。

（选自赵元任著，季剑青译《赵元任早年自传》，商务印书馆，2014 年）

---

① 原文如此，似应为"几天"。——译注

创造十年（节选）

郭沫若

郭沫若（1892—1978），作家，诗人，学者，1914 年
至 1923 年留学日本，在东京第一高等学校（预科）、冈
山第六高等学校、九州帝国大学学习，1923 年获九州
帝国大学医学学士学位。

1918 年的夏天，我由日本的第六高等学校毕了业，升入了
九州帝国大学，由冈山转到福冈。

福冈是日本西南端九州岛的中心都市，在岛的北端，沿着
博多湾海岸。市街是由两个旧市合并而成，西段是福冈，东段
是博多。大学的医学部在博多市外，背面就是博多湾。这博多
湾在历史上是有名的地点，它是 650 年前元世祖的大将范文虎
征伐日本时，遇着大风全军覆没了的地方。（日本史家称为"弘
安之役"，当西历 1281 年。）当时的遗迹在那沿海一带还是不
少，有所谓"元寇防垒"、"元寇断首台"、"元寇纪念馆"。纪念馆
中搜存着元军所遗留下的兵器及服用器具之类。

市东尽头处有一带大松原，沿着海湾就和围墙一样，怕有

五六里远。日本人称为"千代松原",在古书上又称为"十里松原"。这"十里"怕是中国人替它取的名字,因为日本的里数一里是要当中国七里。在松原中,离大学后门不远处,有一座大神社,叫箱崎神社,供的是日本人的守护神八幡大明神。那种神社在日本国内随处都有,从前骚扰中国海边的倭寇,中国的古书上记载着他们在船上打着"八幡大明神"的旗帜。今年的上海事件①,把闸北化成了一片焦土的日本兵也打着"八幡大明神"的旗子,日本的报上还拍了一些照片下来,这是他们自己意识着就是倭寇,同时也就可以看到日本人信仰八幡神的程度了。

　　日本的神社是有等级的,就像官有官阶,学有学级。那箱崎神社是所谓"官币大社",用学制来譬比,就是所谓"国立大学"。神社面着海,但由社门走向海岸,相隔还有五六百步路光景,一直成为一条甬道,两边是松林,道旁对立着无数石灯。

　　到了福冈之后,我住在离大学后门不远的一家性质与"当铺"相当,但规模较小的"质屋"里面。时候是八月下旬,学校还没有开课。有一天中午,我很早吃了午饭,为逃避午后所易起的慵倦和睡意,我跑出寓所来,在松林里面散步。正走到箱崎

---

　　① 指"一·二八"事变。

神社前的甬道上，无心之间我遇着由海岸上走来的张资平。

——"哦，你怎的到这儿来了？"

——"哦，你也怎的到这儿来了？"

差不多是同时叫出的两人的声音。

张资平本是一高预科时的同学。那时候的日本的高等学校是分成三部的，第一部是文科，第二部是理工科，第三部是医科。一高里面为中国留学生特设的预科也就照样分成三部，但是学医的人少，又加以和文科的性质相近，一、三两部合班讲授。如像物理、化学、博物一类的功课，因为讲堂大，便是一、二、三三部合班讲授。资平学的是理科。我学的是医科。因为不同班，彼此虽没有甚么往来，但也同了一年的学，差不多天天都在见面的。一年的预科毕业，我被分配到冈山的六高，他也分派到别的地方去了，彼此便足足分别了三年。

——"我是来进这儿的医科的，你是进这儿的工科吗？"

——"哪里！我们还没有毕业呢。"老张的梅县的广东官话说得分外激越。

——"怎么还没有毕业？"

——"我们五高的校长很顽固，他说我们是因为排日回国的，他不准我们补考。我们说别的高等学校都补了考，为甚么我们又不可以补考？他说：'你们又要爱国，又要诳文凭，二者是不可得兼的。'"

　　他这样说我才记起了他是被分配到熊本五高的。熊本也是九州岛上的一个都市，离福冈只有半天工夫的火车。他因为学校还没有开课，便一个人到福冈来洗海水澡来了。

　　原来在那 1918 年的 5 月，日本留学界为反对"中日军事协约"①，曾经闹过一次很剧烈的全体罢课的风潮。在那次风潮中还有一个副产物，便是有一部分极热心爱国的人组织了一个诛汉奸会。凡是有日本老婆的人都被认为汉奸，先给他们一个警告，叫他们立地离婚，不然便要用武力对待。这个运动在当时异常猛烈，住在东京的有日本老婆的人因而离了婚的很不少。不幸我那时候和安那已经同居了一年有半，我们的第一个儿子和夫产后已经五个月了。更不幸我生来本没有做英雄的资格，没有吴起那样杀妻求将的本领，我不消说也就被归在"汉奸"之列了。但好在我是住在乡间，"武力"的滋味我倒还没有领略过。

　　全体罢课支持了有两个礼拜的光景，所反对的协约并没有因而取消，于是乎便又产生了全体回国的决议。这一决议下

────────

　　①　日本为干涉俄国十月革命，侵占我国东三省并控制中国军队，于1918 年 5 月，以防德、奥为名义，与段祺瑞政府在北京秘密签订《中日陆军共同防敌军事协定》《中日海军共同防敌军事协定》。

来，凡是有钱在手里的人回了国的也就不少，不幸像我这样的"汉奸"每月所领的三十二圆的官费是要养三个人口的，平时所过的早就是捉襟见肘的生活，更那有甚么余钱来做归国的路费呢？没有钱便失掉了"爱国"的资格，"汉奸"的徽号顶在头上，就好像铁铸成的秦桧一样。我这人的泪腺似乎很发达，自来是多眼泪的人，当年我受着这样的懊恼，在无人的地方真不知道流过多少的眼泪。但说到回国上来，我也是有经验的人。我初来日本的第二年，日本提出了"二十一条"逼着中国承认，我在那年5月7日的一天跟着几位同学也曾回过上海一次。那时我还作过这样的一首律诗：

> 哀的美敦书已西，冲冠有怒与天齐。
> 问谁牧马侵长塞，我欲屠蛟上大堤。
> 此日九天成醉梦，当头一棒破痴迷。
> 男儿投笔寻常事，归作沙场一片泥。

　　但是，慨当以慷地回了国的"男儿"在上海的客栈里待了三天，连客栈附近的街道都还没有辨别清楚，又跟着一些同学跑回日本。谁料隔不到两年我又变成了"汉奸"呢？
　　——"回国后到底得到了甚么结果？"

——"哪有甚么结果？跑北京的代表们听说是段祺瑞亲自接见过一次，嘉奖了他们，要他们回到日本安心求学，说政府是决不做有损国体的事的。这一部分的代表有的早回来了，有的留在北京在运动做官。又有一部分南下到了上海，和派到上海的代表们合在一道，现在在办着《救国日报》。空空洞洞地只是一些感情文章。我看他们通是一些政客！"

——"真正爱国的人怕也很不少罢？"

——"受牺牲的倒很不少，特别是一些年纪较小的朋友，他们很热心，四处去卖报，去宣传。但那样的生活能够支持好久呢？能有多大的影响呢？要救国怕还是要有点实际的学问才行罢。"

老张很雄辩，大约也是因为落了一年第，所以特别地愤懑。我自己是有过一番经验的人，自己的爱国心觉得也并不比谁落后。

——"假使中国的政府真正能够同那一国开战，跑回去当兵倒还有些意思。不然只是空跑啦。"我对他这样说。

两个人在那甬道旁边的一座石灯下谈了好一会，老张问我吃了午饭没有，他说他要回寓去用饭。我也就跟着他到了他的寓所。他原来就落宿在邻近村落里的一家新修的下宿屋里面。他是住在楼上的。六铺的草席上连矮桌也没有，只有一个藤手篓，手篓旁边散乱着几本书。我顺手拿了一本来看，是当时以淫书驰名的《留东外史》。

——"你怎么在看这样的书？"

——"怎么，不好吗？我觉得那写实手腕很不坏啦。"

我没有再说甚么，看了一下书的内容是旧式的章回体；我又把书给他放还原处去了。

等资平吃了中饭，两个人又走到海边上来。

就在箱崎神社的正面，社前的甬道通向海滨的地方，展开了一片银白的沙原。临海处西侧有水族馆和筑港事务所；东侧有一座旅馆，是城堡般的西式建筑，名叫抱洋阁。自欧战开始以来，西欧的资本家因受战事的影响一时遭了挫折，日本的资本主义便乘着这个机会勃发了起来。那时的日本政府正是在财政上采取积极政策的政友会的原敬内阁，对于产业热特别加以煽扬，于是乎有好些通常的家屋都改成了各种各样的小规模的工厂。它们的最大销路不消说就是我们伟大的贵中华民国。中国便替日本人造出了很多的"成金"（Narikin）——暴发户来。那些暴发户一有了钱，痛头的便是怎样来把钱消费。依着经济上的铁则，他们自然要向着规模较大的再生产的方面去灌注，而同时是向着享乐一方面去挥霍，物价便如像受着魔术的呼遣一样，暴涨了起来。在这"成金风"吹煽着的时候，日本的企业家自然是遇着了名实相符的黄金时代，一切的无产阶级和中小商人倒也还没有梦想到失业和破产的危险。在这时候最受着打击的是没有营业本领的中产人家和没有劳力出卖的知识阶级。日本的官公吏和教职员等增加了薪水的是在这个时候；中国的官费留学生，高等学校级的每月由三十二圆增加成四十三圆，大学级的由四十八圆增加成七十二圆的，也正在这个时候。抱洋阁和筑港事务所对峙着的箱崎海岸，就是那时候的"成金风"的标志了。

博多湾中有筑港工事在进行着，是商办的有限公司，打算把博多湾浚深起来成为海港，好推进福冈附近的石炭产业，以夺取长崎港的地位。博多湾的外貌很是像一个大湖。在东北角上有一个细长的土股名叫海中道，一直伸向海中，就像缩小了的意大利半岛一样，把外海的玄界滩和内部的博多湾隔断了。博多湾真是风平浪静的，比太湖的湖水还要平稳。

——"令人有点不相信啦，元军的几百艘战舰，在一夜之间通统沉没在这里了。"

——"那是遇着'二百十日'的大风啦，那样的大风一来，听说是排山倒海的。这个时期不久就要到了。'二百十日'你懂么？是从春分起算到第二百零十天，正是夏秋之交，北半球的空气寒冷了起来，和南太平洋上在夏天晒得灼热的空气生出猛烈的对流,便激起那股大风。"

资平到底不愧是学理科而且打算学地质学的人,他这样启蒙地对我说。

抱洋阁前面停着好几部汽车,有好些,一看便可以知其为"成金"的人,带着"艺伎"在那儿进出。有时也挟着些戴四角帽的大学生在里面。听说那里面有海水浴池可以男女共浴,又还有好些娱乐的设备,如像台球之类。时而从楼上的窗口中,于男女的笑声之外,响出撞球的声音。

两个人在滨海的一座石造灯台旁边把衣服脱了,便向海里走去。海水是满潮的时候,但那博多湾真是"远浅",在水中走了很远很远,依然还可以踏着海底。一只浚海机在将近湾心的地方刮拉刮拉地运转着。运转机械的动力用的是煤油,待我们在海里凫了一会之后,想来是风头转换了,本来是很清洁的海水,一海面都浮起了煤油,在阳光中反映着种种的虹彩。糟糕!糟糕!两个人匆匆忙忙地又赶快朝岸上逃跑。眼望着抱洋阁上临海的大楼,一些寻乐的男女,坐在楼头畅饮啤酒。

上了岸,把衣服穿好了,向右手松原角上停放着两尊大炮的地方走去。炮是日俄战争时的捕获品,是涂着红油漆的。这种废物,日本国内无论神祠、佛寺、学校、官衙,大抵都有陈列,一方面以夸耀他们的武功,同时并唤起国民的军国主义的观感。

在两尊大炮附近的松树脚根上坐着,纳了一会凉,又谈了一些东西南北的事。但在这时有一番话使我永远留在记忆里的了。

我是三年没有回国的人。又住在乡下,国内的新闻杂志少有机会看见,而且也可以说是不屑于看的。那时候我最不高兴的是商务印书馆出版的《东方杂志》和《小说月报》,那是中国有数的两大杂志。但那里面所收的文章,不是庸俗的政谈,便是连篇累牍的翻译,而且是不值一读的翻译。小说也是一样,就偶尔有些创作,也不外是旧式的所谓才子佳人派的章回体。报章的乱七八糟,就在今天也还没有脱出旧态,那可以不用说了。隔了三年的国内文化情形,听资平谈起来,也还是在不断地叹气。

——"中国真没有一部可读的杂志。"

——"《新青年》怎样呢?"

——"还差强人意,但都是一些启蒙的普通文章,一篇文字的密圈胖点和字数比较起来还要多。"

——"丙辰学社出的《学艺》杂志名誉还好吗?"

——"那和《新青年》比较起来又太专门,太复杂了。陈启修的政治论文被蔡元培看中了,聘去做了北大的教授,他便不再做文章了。许崇清的哲学论文,和蔡元培大打其官司,老陈从北京写信到上海,叫社里的人不要再做反对蔡老头子的文章,大家都很不满意。我看中国现在所缺乏的是一种浅近的科学杂志和纯粹的文学杂志啦。中国人的杂志是不分性质,乌涅白糟地甚么都杂在一起。要想找日本所有的纯粹的科学杂志和纯粹的文艺杂志是找不到的。"

——"社会上已经有了那样的要求吗?"

——"光景是有。像我们住在国外的人不满意的一样,住在国内的学生也很不满意。你看《新青年》那样浅薄的杂志,不已经很受欢迎的吗?"

——"其实我早就在这样想,我们找几个人来出一种纯粹的文学杂志,采取同人杂志的形式,专门收集文学上的作品。不用文言,用白话。科学杂志,我是主张愈专门愈好的,科学杂志应该专门发表新的研究论文;像浅近的科学,我想各级学校有各级的教科书和参考书,不已经够了吗?似乎用不着办杂志。像《学艺》里面所收的科学论文,专门翻译讲义的钞本,我最不赞成。"

——"出文学杂志很好,但你哪里去找人?"

——"据我所知道的,我们预科同班就有一位郁达夫……"

——"哦,不错,不错,老郁是会作诗的。听说他常常做旧诗到《神州日报》上去发表。听说他也在作小说呢。"

——"对，我想他可以来一个。我还知道一位我们在冈山同过学的成仿吾。他去年进了东大的造兵科，恐怕他今年也回了国。他也是很有文学趣味的。他的英文很好，他似乎也可以来一个。你可还认得些甚么文学上的朋友吗？"

——"我可没有的。比我们早的同学如像文范村、吴君毅，都在《学艺》上发表小说的翻译，但他们恐怕不肯和我们一道。比我们后的同学我就不知道了。在熊本的人是一个也没有的。"

——"大高同学①的系统之外怕还有些人罢？"

——"有或许有，但我可不知道。"

数来数去可以作为文学上的同人的还是只有四个人，便是郁达夫、张资平、成仿吾和郭沫若。

——"我想就只有四个人，同人杂志也是可以出的。我们每个人从每月的官费里面抽出四五块钱来，不是便可以做印费吗？"

资平很赞成我这个办法。他约定就以我那儿为中心，待学

---

① 指日本帝国大学和高等学校的出身者而言。他们曾自称为"大高同学"，有大高同学俱乐部。——原注

校开课以后，征求仿吾和达夫的意见，再策进行。

这一段在箱崎海岸上的谈话，在我自己留下了很深刻的印痕。我和资平发生交谊实际上是从那时起头。我知道他有文学上的趣味的也是从那时起头。所以我一想到创造社来，总觉得应该以这一番谈话作为它的受胎期。我这部《创造十年》要从这儿叙起，也就是这个原故。

在海岸上谈了一会，日脚渐渐偏西了。我约资平到我寓里去吃晚饭，他也乐于同行。从那陈列大炮的地方穿进松林，走向我寓居着的"质屋"，为时只消两分钟光景的。

——"我们在研究自然科学，"我一面走着，一面这样说，"只是在教我们观察外界的自然。我是想由我们的内部发生些甚么出来，创作些甚么出来。"

——"要创作，不也还是先要观察吗?"

资平这样地回答了我，我当时觉得他似乎没有懂到我的话。但到现在想来，这两句话正是两人当时的态度不同的地方。资平是倾向于自然主义的，所以他说要创作先要观察。我是倾向于浪漫主义的，所以要全凭直觉来自行创作。我现在觉得他的话是比我更有道理了。无论是怎么深渊的精神活动，没有外界的素材是不行的。

进了我的寓所，我替资平把安那介绍了。资平到这时候才知道我是有日本老婆的人。他回头便用中国话来对我这样说：

——"你把材料提供给我罢，老郭，我好写一部《留东外史》的续篇。"

我听了他这话，觉得受了一番小小的侮辱。在我心里这样想："这家伙太不客气。这家伙的趣味真是下乘!"但我没有说出口来。看他倒并没有侮辱我的意思，反觉得他这人的自信力很强，他直觉到我是不会作小说的人，要叫我把材料提供给他。

在这次会面后，不两天，资平便回学校去了，大学也开起课来了。

（选自郭沫若著，郭平英编《创造十年》，云南人民出版社，2011年）

官费留日之初[①]

张资平

张资平（1893—1959），小说家，1912 年至 1922 年
留学日本，先后在东京第一高等学校、熊本第五高等
学校、日本帝国大学学习。

廿一早黎明，法国邮船又在上海起锚了。这趟才真正是离
开故国，渡黄海，渡日本海到三岛去啊！那天晚上，风浪非常险
恶。同伴中，十之八九都晕船了。因为船客个个都吐呕得厉
害，舱里就臭得像一口大粪缸了。大众都到甲板上来睡觉。在
《冲积期化石》里面有一段是描写这时候的情况，我也不再重复
地写了。总之，我是初次经验十多天的海上生活，当时觉得有
无穷的趣味。法国邮船三等舱的西餐，虽不算怎样好，但比霞
飞路一带的俄国大菜却好得多了。我想能够长期吃这样的大
餐过去，就永远不到日本去也算了。一句话，我当时的感情是
像一个茶房，陡然升任为厅长般的那样愉快了。

---

① 标题为编者所加，有删减。

八月一日的风浪比昨夜更加凶暴了。有些胃弱的先生们，躺在甲板上，真像是死人一样了。叫了船医来，他们还要问是不是因为少吃了两顿西餐，便病倒了，他们真的把医生逗笑了。

我们到了神户。因为我们所乘的不是日本船，港医处有些故意地严行检验。他不许我们上岸，理由，是上海发生了虎列拉流行病，这种病有七天的潜伏期。从离上海之日起计，现在还没满七天所以难保无病人在这船里面。那些穿着黑色制服的医生们，又在船内大加消毒，洒了不少的石灰水。特别是对于我们的三等舱，骚扰得很厉害。我视为天堂的，而他们竟当它毒菌培养室。嗟乎！

但是我看那些日本医生，脸色非常苍黑，牙粪也没有刷干净，都抬起双肩，装模作样地左一扭右一扭走上来，作威作福。我想，他们也有医生的资格来这船上执行卫生事宜么？

"你们还是把牙粪刷干净了再来说话吧！"

我当下这样想。但法国的船长，——胖得像一只大啤酒桶的船长，竟在二等餐室中招待他们吃大餐，对日本小鬼尽情的巴结。

"日本的外表也不过如是如是，还赶不上我们。他们有什么强处呢？"

我当下问了那个陈领袖。但大家谈论的结果是，日本虽然穷，但他们有海军、陆军和努力研究的学者，所以比我们强！

那些医生喝够了葡萄酒，吃饱了大餐，便向法国船长宣告，到横滨时，如果不发见虎列拉的病人，就可以自由上岸了！

九月四日早九点，我们到了横滨。留日中国青年会派了代表来招呼我们登岸。好奇心逼得我很焦急地想快些上去，观光观光这个新进国是怎样的景象。但是，税关上的人把我们留住了。等大家的行李检查完了时，已经十一点多钟了。我们像羊群一样，给青年会的代表领导着，走到火车站来。站名樱木町。

我们里面有些是穿学生服的，有些是穿反领西装的，服装并非不好，但款式和日本人的不同，似乎是狭窄了一点，把各人的身体捆得紧紧的，不甚大方。由日本人的眼睛看来，当然会表示惊异。在我们走过去的地方，都有日本人立住足看。但我们还是很得意地大踏步，不睬那些东洋鬼。

我们购买三等车票，二等车不比三等车混杂。问了一下车价，只二三角钱，我想这真便宜，二等车里的座席是敷着绿色天鹅绒的梭化，不单好看，坐下去也非常的舒适。

望望车外，大部分是用铅皮盖屋顶小房屋，再过一会，便是东一所西一所的高低不一的木造房子。火车似乎是在乡间驰走了。左侧右面有矮山有田园有小木屋，有神社，风景十分幽雅，但是看不出一点伟大的东西来。自明治维新以来，近五十年了，他们的建设，只是如是如是么？

我在那时候，总存着一种偏见，即是觉得日本的人物及事业尽都是小小巧巧的，虽然精致，但值不得我的崇拜。

"我是从有长江大河的大中华来的人物啊！"

我坐在车中，暗暗地唱起"中国男儿，中国男儿！要将双手撑天空！……"的歌儿来了。

当时对于日本的批评，确是我的皮毛之见，即刚入日本的国门，对日本便下了这样的肤浅的批评，真是太荒谬了。

但是坐在火车中，所望见的日本的一切，只有使我失望。我想，我国现在革命成功了，当局如能开诚布公，极力去改革建设，那还怕赶不上日本么。我当时对于广东的新政府是十分信仰，希望胡汉民和陈炯明能和衷共济，希望他们其彻底改革而从事新的建设。因为民元的广东当局，确是有精神，有诚意，比之现在，真是有霄壤之别！现在的政府比清末的还不如哟！

"等我留日十年学成回去时，中国早比日本进步，早比日本富强了吧。我当按照在教育司茶话会时所填写的服务条约为本省服务啊！"

火车在新桥站停住了。我们都下了车。最初领袖们想把我们安顿在北神保町青年会去。问了一问青年会的代表，没有这多的空房间了。无可奈何，我们只在候车室等候领袖们为我们找旅舍。领袖们和青年会代表商量的结果，决定送我们到神田区各家下宿屋去住。不过当天来不及了，只好在新桥站附近住一夜的旅馆。每人只需一元五角，但我还觉得太贵了。旅馆名叫石板屋。这是我初在日本睡觉的旅馆。应该纪念纪念。

第二天一早，陈虞光领袖来说，他们已经为我们交涉定了，由神田的三崎馆和圣天馆两家下宿容纳我们。

我和几个朋友是被分配到今川小路的圣天馆。日本住室的大小以叠数计算，叠是一种土席，每张宽约二尺，长约四尺余，面积有一定的。普通个人的寝室最大的是八叠，其次六叠，其次四叠半，又其次三叠，我在这里不惮其烦地说明日本住室之大小，是因为它可以表示居住者之穷富。譬如有人问你，你租的房子是几叠的？你如说，是八叠。那么，他们就要说你是阔气了。若你说是三叠，他们便会看不起你了。普通学生在公寓里住六叠和四叠半的。圣天馆大部分是六叠和四叠半。有些朋友喜欢宽点的住室，则住六叠的。我因为行李简单，也想省费，便住了四叠半的，六叠的每月连伙食十六元。四叠半的，则十四元半。只差一元半的数目，所以蔡君劝我住六叠的。但这时候光线好的六叠室已经全给人家占去了。我仍然住了四叠半室，在三楼上，正当扶梯口，我喜欢它光线充足。不过同乡的老留学生走来看见我的住室的位置，谓为不妥。因为若遇着有白撞进来，必先偷我房间里的东西。我说，有二楼做第一防线，不要紧。

我非常拙于交际，也不善辞令。每当老留学生，或为小同乡，或为间接的朋友，走来看我们时，我总不愿意开怀地和他们恳谈，第一是因为怕那些进了正式学校的学生看不起我这个新米。（与"新参"同音，即新角色的意思。例如初进营的新兵，和初进学校的低年级生，都给"老参者"——老兵或老学生——当傻瓜。）第二在他们中也有态度傲慢，神气十足，说起话来又多混用日本话的，看见听见都讨人厌。但从另一方面说前者是由于自己的神经过敏，而后者则由于直觉力太强。特别是因为直觉力太强，所以常常毫不容情地指摘人家所隐讳的或不爽直的事实。结果，我唯有落落寡合，只有蔡君脾气和我相似，比较合得来。

我不单不喜欢席地而坐，也不喜欢席地而睡。但买不起铁床，只好忍耐。特别是每天早晨要把被褥折叠好，搁在"押入"（壁橱）里，到了晚上又重新搬出来铺，在"叠"上睡觉。这是何等的麻烦啊。所以我买了四枚小钉子，四条绳子，像张搭天幕般的，把老远从广州带来的棉纱罗帐挂起来，也把毡褥铺好，俨然像一张床铺一样。每天早上，下女来扫除时，她替我收拾好，堆进"押入"里去，免得妨碍了她的扫除工作。但是等她走了后，我仍然又把帐子挂起，毡褥铺好。即是白天，我也睡在里面看书或睡觉。后来，我阻着下女，不许她收拾我的中国式床铺了。及今想来要，真是一个丑态，给下女一宣传出去后，有许多下女都走来看，看了就哈哈大笑。我问我同住的老留学陈君，她们笑什么，陈君说：她们笑我的床铺像一个神坛呢。后来接受了几位老同乡的忠告，才把我的"神坛"撤销了。

我进了圣天馆下宿第二天，即九月六日，就在附近的一桥通高等日语学校报了名。从九月七日便上课了，只是上午二小时，每月缴纳束修日金三元。另外向学校买讲义两册，共去日金一元。最初一课是什么呢，最初一课是：

请看吧！（Goramnasai）

请听吧！（Okikinasai）

请读吧！（Oyominasai）

回到下宿来时，便高声朗诵起来，也不怕笑坏下女们的肚皮。第二课的内容是："姐儿请给我茶，姐儿请给我开水，姐儿请给我饭，……"等的日常用语。还有一册讲义是文法，论拼音以至动词的语根变化。什么四段，上二段，下二段，上一段，下一段等等，一塌糊涂，弄不清爽，我想日文比英文还要难呢。于是我恨日本的动词，何以不一律规定为四段变化，岂不容易些么？日本话的发音虽然比英文容易，但是每一句话，音数拖得很长，听去只是 Kiriko Siriso 一类的音响，莫名其妙。想跟着说一番，但总是念不下去，过了一个多星期，虽学了一二句简单的会话，但向着商店的店员或下宿的下女说时，他们总要发笑，真是笑得又愧又恼。于是我常常悲观着想：

"我和日本无缘了。留学不成功了。纵有官费可领，但在日本不单腥鱼和臭萝卜难得下咽，日文日语也难得入脑。算了吧！赋归去来兮吧！……"

的确下宿的饭真是难吃。有时叫厨房加两个炒蛋，便要一角钱，并且还混了许多美利坚粉进去。美利坚粉者，灰面也，吃进口里不似炒鸡蛋，但也不似咸蛋糕。我想这真是糟糕！

最初，我以为每月十四元，连房租包食伙，总不算贵了，但同住的老留学生姓陈的告诉我，他在三崎町二丁目找着了一家下宿，名叫富山馆，四叠半的房子包伙食只需十一元。房子虽然不比圣天馆的好，但环境清静，住客也不多，并且多是日本学生，所以也比圣天馆干净。

在高等日语学校上了约一个月的课，一点没有进步。不单不会说半句日本话，并且也还不会念中学程度的科学书，陈君劝我请一个日本人到下宿里来单人教授。或许比较有进步，因为可以和他习习会话。我听从了他的话便请了一个姓松岛的日本人来教日文，每天下午由二时至四时，教二小时的课月奉束修金五元。这位松岛先生是专门任单人教授，教中国新留学生习日本文的。每天一早从八点起，至晚上十时止他常奔走于神田各下宿之间。

松岛是一个朋友推荐的，教授法十分平常。因为可以和他做笔谈，他反向我询问了许多关于政治方面的事，多半是问中国的某政治家如何，某军人如何。我也随便地回他几句，结果，我做了每月倒贴五元薪水的政治顾问了，我想，他真是岂有此理！有一天，他忽然写了一行字："我以为袁世凯较孙文更伟大，君意如何？"他就是这样地有书不教，每天只是胡说八道。不满三星期，我便送了一张五元钞票，叫他滚蛋了。

同住富山馆的中国留学生只有三个人，除我和陈君之外还有一个日本大学专门部的学生，也是姓张的。他们是老留学生，喜欢在咖啡馆出入，尤其是姓陈的，在神乐板某咖啡店看中了一个女招待，常常去进攻。我也跟着他去过几次，因为不会说话，只是陪着他们喝闷啤酒而已。那是在民国元年十月中旬，我最初晓得有所谓咖啡店就是在这时候。

到日本人的眼镜店里去看过来，金丝眼镜的价钱真贵得吓人。陈君看见我想戴眼镜，便对我说，日本学生多戴铁丝眼镜，到劝工场去买一副铁丝眼镜好了,并问我以什么理由要戴眼镜。我当时真惭愧得回答不出话来,唯有说防风防尘埃而已。但我终于买了一副铁丝眼镜,价值一元多。青年人的见解真幼稚,以为戴了眼镜,会增加美观。其实只有增加丑态而已。说我的眼睛近视么?我直到进大学时的目力测验仍然是二十二分之二十二。

总之,有了官费,稍稍从经济的压迫下解放出来了。我的精神便有些弛缓了,失掉了向上进取的能力。有时略一反省,也知道不该不努力用功。但在另一方面,又自宽自慰地对自己说:

"慢慢来吧。还早呢。在省城二三年,物质上太受苦了。休息一年半年,逗逗气吧。"

嗣后,还跟他们到古原和浅草十二阶下去游览。(前者是公娼所在地,而后者是私娼群集的地方。)虽幸未堕落下去,但也常感着不小的诱惑。

"你是革命政府新派遣来日本留学的官费生!"

想着自己的资格既如此,但自己的学力又如彼,也常感着一种矛盾的痛苦。但是在那时候,我完全不知道应如何努力,应进什么学校。到后来,我知道我之不努力,一半是由于自己之不振作,一半是缺乏互相切磋琢磨的朋友。若不早日改变一下环境,那只有堕落之一途了。

同乡有一二位先进劝我,要进正式学校不该单习日语。若同时习一般科学,则日本文进步更速。因为各科都是用日文讲授。他们劝我若不入成城学校,便进目白的同文书院吧。我当时若进了比较严格一点的成城学校,那末在大学预科的时代,也不至于那样吃苦吧。但是,我一半是因为怕住堂太束缚,一半是因为同文书院的学费省一点,我就决意迁入目白,进同文书院了。当时我是何等的因陋就简啊。每月省出十元八元来做什么呢? 寄家帮助父亲么? 不是的。拿来看电影和吃中国料理而已。

迁入市外的目白后,和一位同乡姓袁的同住在一家广东料理店的楼上。在这里吃纯粹的中国菜饭了。其实是至不卫生,但在那时代我尚吃不惯日本菜,觉得至平常的肉丝炒白菜也非常适口,按生理上说,恐怕是我们初从中国来,体质上仍保持着老习惯,需要充分的脂肪分和盐分吧。

在同文书院,我进初年级。第一学期,专习日文。有三个教员来教我们。第一个是教务长,文学士十时弥,是最无用而又最狡猾的先生,把中国留学生当作玩具,给他消消遣而已。我的直觉力比较锐敏,对于他的说话自然也有过度曲解的地方吧,总之我非常讨厌他。其次是一个姓柴田的,据说他是北京住过几年，会说中国话。但他的态度仍然不真挚，只有胡子像高警学堂的大胁先生的那样长，和教授法比较明了一点而已。他那种蔑视中国人的态度，就叫人看见生气。所以我也讨厌他。第三是姓鸟海的，这位先生态度非常真挚，也会选些名人逸话给我们读。他除在我们级里担六小时的功课外，还在教务处当头等杂役一类的书记，每遇见十时弥，便不住地鞠躬。但听说，学校只给他每月十二元的薪水。他对于纪律非常严格。而我自到日本来后，更变成为一匹无缰之马了。到后来，我和这位鸟海先生冲突起来了。他走下坛来拉我的手，要我滚出教室外去。我当然和他抵抗。到后来，我便无课可上了，白白地送了一学期的学费。我只闷坐在广东小料理店的楼上，天天翻看汉译日本文典。

原来同文书院是中日两国人士捐资建筑的。听说中国政府也帮了很大的款项，目的是专教育中国留学生。但是我进去那年，日本人——东亚同文会，却拿这个校舍来办中学了，名目白中学，专收容日本人，而将纯中国人的同文书院附属于目白中学。这是十时弥不甚重视同文书院的最大理由。

我厌倦了同文书院，也厌倦了目白，同时也厌倦了脂肪过多的中国餐。大概是多吃了日本水和日本米，体质上起了变化，对于脂肪分和盐分之要求逐渐低减了。

同文书院是怎样的性质呢？它是一个规定二年毕业的（中学三年级程度）速成中学。我因为不愿留在初年级，便要求插入在次年暑期即可毕业的二年级。他们日本人是不管我们有没有程度，只要缴得出学费，便批准了，所以在民国二年春我便跨进了同文书院的二年级，并且是习第二学期的功课。二年级有些什么科目呢？日文、英文、代数、几何、历史、地理、物理、化学等。我又花了一笔大款，买了这些科目的中等教科书，听讲了两星期，似乎也还赶得上。因为虽然不甚了了，但是会通读那些教科书了。

我插班的最大理由是，想在暑期毕业后去报考官立高等或专门学校。同文书院的先生们虽允许我们用中文做答案，但是投考那些高等学校是必须用日文作答的。这却难为了我。因为我只会读而不能写啊！

不过自己有时亦有些得意忘形起来，自己佩服自己到日本来，尚不满五个月，居然会念中等教科书了。自己也定了东京朝日新闻来读了。但除标题以外，内容仍然不甚了解，把报纸摆在书桌上，只是骗骗下女而已。

民国二年二月初旬我又从目白搬出市内来了，住在今川小路的千代田馆。千代田馆正在圣天馆的后面，蔡君还住在那家下宿里。他的性质比我沉着，自到日本以来，没有搬过家，而我

101

已经转寓了四五次了。我每天都搭院线电车（院线者铁道院所属之铁路，和东京市办的有别）到市外目白去上课，也学了日本学生的习惯，带便当盒到学校去吃冷饭了。

关于这些琐事，本无记述的必要。但因为每天要搭院线电车往返，激动了我许多的情绪，也增加了我许多的智识，特别是对于日本女性发生了兴趣。我由水道桥坐车至代代木或新宿换车，再赴目白，沿途看见有不少的日本女学生上上落落。有时拥挤的时候，常触着她们的肩部和膝部。发香和粉香真是中人欲醉。不过有时也会有一阵硫化亚摩尼亚的萝卜臭冲了过来，大杀风景。但在下半天归途的车中，可以享受这种少女所特有的香气。有时乘电车的振动，故意扑身前去，准备给她叱一声也愿意。然而她的回答竟是嫣然的一笑。啊！像在这样的场面之下，如何得了哟！她们在车中交互地低声细语，也只有以"旧式语""莺声燕语"来形容它了。反谓"巧笑倩兮美目盼兮"，我也是在这时候才实地的领略。我在广州住了二三年就不曾看见过有女学生。但在日本，只在这一段的高架的电车中，那些美人的女学生已经像"过江名士"了。我不单在这时代认识了日本的女性美（日本女子的态度举动似乎都受过人工的训练，而在体格上则极力保持着她的自然美。这点恰恰和中国的女子相反。中国女子的态度举动则过于奔放自然，太无拘

102

束,结果失掉了女性所必具的"淑"的条件,而对于身体则加以束缚如束胸禁止其自然地发展等是),同时也震惊于日本女子教育和小学教育的发达。

高架电车所经过之地,真是风景宜人,耐人鉴赏。特别是在四谷驿,穿过隧道以后,不论是晴天雨天,春夏秋冬,应各种时节,有各种不同的景色。

其次在车中也常看见种种的有趣的社会现象。有的会叫人苦笑,有的会令人哭笑不得,有的又会使人流泪。社会现象似乎比广州复杂。广州是何等单调的,杀风景的城市啊!

对于日本的女性,日本的风景,日本的都市社会现象,我觉得纵令无诗才加以吟咏,也应当用散文加以描写。于是我决意写我的笔记了。这是我的"篷岛×年"的起源。后来以其中的一部分改名为"艺术的泉源"。虽有一小部分采入我的初期的小说中了,但大部分则已散失。

日本少女虽然可爱,但日本的男子则非常鄙俗。除极小的一部分外,中年以上的男子尽是拜金的"町人",而青年以下的男儿则尽是未孵化的帝国主义者。日本的老妇人如何呢? 她们结算下宿费时,一分一厘都不苟且,算盘工夫非常的熟达,她们尽是极端的功利主义的内助。但在日本人的全体中,也有一种共通性,即皆为工作而拼命。夜学校和日曜日学校之林立,这是表示什么呢？表示他们不单努力工作，同时也非常好学！

坐在电车里我在一方面想效法日本学生之勤勉，取出教本或笔记来读。但又悲叹我书包内容的贫弱，终于未果。在另一方面，我又想向那些小燕儿般的女学生追求恋爱，但又因为不能流畅地说日本话，也未便进行。听说同伴来日本的，也有几个居然娴识了日本女学生了，双飞双宿。那是何等令人羡慕啊！我当时便起了一个疑问。即：

"生理上起了变化，岁数又满了二十周年的青年男女是否应当使他有条件地获得性的满足？"

我的答案是不应当！因为青年在这时代正是努力于造成学问和锻炼身心的时代。但是在当时的我何以竟那样的矛盾！我在那时候的思想，真是可以说渐趋堕落，同时看见报纸上有许多日本青年因求学不遂而自杀的，也曾暗暗地惭愧。

天气渐热了，我又和蔡君在高田村鹑山，租了一所四叠半和六叠的小房子。即是不住下宿，改住贷家了。从这个地方到同文书院去上课，也不甚远。我在这村间的广场上，每天下课回来，便学驶脚车以疲劳我的身体，免得发生许多妄想和欲念。

六月间我试去投考过第一高等的特别预科，以图侥幸的一中。日本不比中国，成绩的检查（体格在内）比较严格。我当然失败了。恰好在这时候，第二次革命爆发了，但和我之应考第一高等一样失败了。陈炯明给龙济光赶下台了。龙济光之所以能取胜，不外是有"袁头"的津贴。故我敢说，民国成立后的贪污之风，是袁世凯酿成的。直到现在，日益加长。所谓革命精神早消磨净尽了。袁世凯为个人的独裁而敢行其收买的贪污手段，遂致上行下效，风靡全国，至今日而益不堪收拾。故以袁世凯为民国之罪人，为独夫，决非过苛之论。但袁世凯今也成为古人了。今人对之，感慨将如何？

蔡君说要回国去参加第二次革命。因为他是陆军小学的毕业生。他说，我们千辛万苦（蔡君在广东光复时，当过炸弹队）造成的中华民国，怎可容"袁头"瞎闹。袁世凯懂得什么？只知道用金钱收买政策，蔡君并没有预料着这个金钱政策，正是在中国最有效的政策。

蔡君走后我们便解散了贷家。我也想利用暑假回家去看看父亲和老祖母，可怜我在那时，每月官费用得精光，还亏空了许多。幸喜友人的担保，在经理处多预支一个月的官费，才回到家里来。即在七月初旬，我的官费已经预支到八月了。并且听说最后几月广东并无款汇来，接着又听见陈炯明和钟荣光的出奔，我当时便直觉着我们的官费一定有被取消的一天了。

"一年来太不努力了！和自己同榜的，不是半数以上考进了一高和高工么？"

105

自己常暗自惭愧，很想不再回东京去。在家中住了一个多月，觉得自己是一个不中用的人。在省城念书时，是一个成绩最优的学生，但到日本去了，便落伍了。听着父亲催促我动身，我心里更加痛苦。父亲到底是有经验的人，他说：领着官费不读书，是不对的。第二，没有考进正式学校，更应当早回日本去努力预备。我说，早稻田或明治的专门部只消三年就可毕业，也比较容易进去，进学是无问题的。父亲也希望我能早日出来社会服务，所以给我骗了。我当时也因有官费可领，竟有那样不长进的求学思想。

　　十月中旬，又回到日本来了。到经理处去一问，仍旧有官费可领，真是喜出望外，我在途中，只担心着官费会被革掉呢。

　　渐次和梅县的先进——进官立学校的——认识了。他们问我志望进哪一家学校？我说早稻田或明治的专门部。他们又问，我想这样快毕业回去做什么？我说想做法官或县长。引得他们都笑了。他们对我说，我岁数那样小，并且有官费可利用，应当好好的用功，再考第一高等，进帝国大学。我想，帝国大学？那不容易吧！对于这个日本的最高学府，我真有些望洋兴叹，半点进取的勇气也没有。

　　章士钊的"老虎"在东京出现的那年春三月，我投考大冢的高等师范学校，但结果仍是失败了。只拿一二本普通科表解来暗记，而不彻底地进学校补习科学，欲考上日本的官立学校，那比中彩票还要艰难。我也是因为有早稻田明治等私立学校可进，对于科学的准备，便麻胡了。这是在我的求学史上最大的失败，也是最大的羞耻！

春假又过了。我以同文书院毕业的资格，欲进早稻田的预科。因为我决意进五年的大学部（二年为预科），不再想进三年的专门部了。这是由于友人的责难，说我年纪轻轻，便贪图简便，太堕落了。但是经理处回信来说，早稻田的招生期已经截止了。我只好到"明治"去报名。"明治"对中国学生更麻胡，五元的钞票交了去，便换得了一张听讲证，只填了一张姓名籍贯表，便算手续完了。这时候，我住在代代木，距"明治大学"太远了。不得已，再搬出神田来住。

明治大学的预科生有千人以上吧。在一间大礼堂里上课。坐在后面听不见教授在说些什么，只看见他在黑板上写一二个英国字，而双唇则不住地在伸缩张动。我想，像这样，哪里像是上课，只是看"无言剧"罢了。有教本的如英文等科目还可以自修。要笔记的科目，那真要我的老命了。上了一星期的课，又灰心了。

"丢了五块算了。还是再进预备学校补习，准备考官立学校吧。在私立大学上课，是摸不出一点头绪来的。"

我正在发誓，痛改前非，往后要努力考官立学校。但已经迟了！革除官费的噩耗已经传到东京来了。

四月中旬的一天，像要下雨，天色阴晦。住在经理处的友人钟君，穿着日本服，走来了。一看见我们，便低声地说：

"公事到了哟！"

"什么公事？"

蔡君，他因第二次革命失败，又回来东京了，返问钟君。"你们的官费都停止了。只发七十元的川资返国。"

最后，钟君还说，龙济光政府，因为是发见了那些有功民国的学生一面领官费，又一面回香港去捣他们的乱，所以决意革除前年所派的留学生的官费了。有些人是归咎经理员。谓他不该不为学生力争。蔡君表示满不在乎。他说，他可以自费，或回国去升进陆军中学。然而，我当取什么态度呢？

这个消息不单对我目前的生活加以极大的打击，对于今后求学前途，也给了一个致命伤，我当时的情状，只能以欲哭无泪来形容了。

"暑期有几家官费学校可考，你等到考了那些官费学校再定行止吧。"

有朋友这样来劝我。我虽然想，但距考期只有两个多月，而我尚没有半点准备，普通科学基础一点也没有，纵会去投考，还不是失败么？我只频频地叹气。

一般绝望了的人，只好在绝望中再求出路。我也只好如此了。我决意一面写信报告父亲，一面以所发的七十元来维持二三个月的生活，努力补习普通科学。我决意济河焚舟了。

这时候，我在神田住贷间，用费较大。我再不能继续那样的生活了。我另外找了一家小贷间，住三叠室，点五烛电灯了。每月连伙食只需十二元，加上学费零用等项，每月不超过二十元了。同时想及一年余来的浪费，又后悔，又心痛。

我在上午补习理化，下午补习数学，夜间补习日本文。上了一个月课，我觉得日本文进步，最好练习笔记（日文叫"书取"）。我知道考官立学校以日文为最重要。于是把上午的理化放弃了，而加习"书取"，过了第二个月，自己知道日本文的进步颇速。

上午由十点上课至十二点，下午由一点上课到五点，夜间又由八点上课至十点，其余的时间便伏在三叠室中自修。每夜没有在十二点以前睡过。

恰巧是考高等工业的前星期，我右脑后的颈项上，生了一个大疽。朋友来看我的都说是用功过度，虚火上攻的结果。可怜我在那时候一点卫生及医学知识也没有，连绊疮膏还是房主人——一个三十多岁的中年妇人——告诉我的。她看见我那样刻苦求学，似乎表示十分的同情。

考高等工业算保持住了最后一天的受考权。（因高工的入学考试，是每天削除人数的。）但因图画和日本文考坏了，又归失败了。

考后的三天，接到高工寄来的一封信。女主人很高兴地送信来给我。她一看见我，便为我道喜。她说：

"你这样用功的人，一定考得上的！"

她表示为我十分的欢慰，当时她仅笑着看我，我也不转瞬地望她。我们当时都感着一种神秘吧。但我一因她并不是怎样漂亮，而态度也不很高雅。二因她是有夫之妇，三因我在那时全无勇气，所以对她无一点积极表示。不然，恐怕堕落下去了呢。过后，我才知道她是在恋爱着我呢。倒霉！倒霉！

"否，一定落第了。若是及了第，学校是用明片通知的。"

"不会吧。"

她还笑着尽立在我的桌旁不走，似乎不相信我的话，只当我是不好意思。

"真的。"

我一面说，一面开信封，信的内容大意是我这次考试成绩甚佳，惜投考人数太多，按成绩顺序录取，超出了规定名额，不便录取了。并劝我不要灰心，当更奋发，以待第二次的机会。

110

"张样。像你这样勤勉的人，真是对不住你啊。"

她脸上的笑痕，也立即消失了，只频频地为我叹息。

考高等工业失败后，我再无心上课补习了。我知道，我的失败不是因为预备科学不够，而是精神太紧张，一进场，胸部便会起悸动的结果。于是我再由神田搬回代代木和一位堂兄同住了。我一面收拾行李，一面等候投考第一高等，作背城的一战。如再失败，唯有回广益学校去当小学教员了。这是父亲的意思。父亲恐怕我因官费之取消及考学校之失败而悲观，由悲观而自杀，故常来信安慰我，也劝导我说，"功名是身外之物，还是身子要紧"。在平时，我或忽视了这句话。但在目前，前无出路后无倚靠的困难当中，我因神经衰弱，终于流泪了。父亲说，第一高等考试又失败时，立即回来，有两条路可走。一是回高警补习，要了一张毕业文凭出来后再说。二是回广益学校教书，他已商得了汲牧师的同意。这真是"父母爱子之心无所不至"！我很想要求父亲为我勉筹半年的用费，每月寄我二十元，我明春一定考进高等师范给他看。但我一想到父亲的劳苦和家计的状况，我又不忍启口了。

但是到了七月中旬，我考上了第一高等了。

（选自《资平自传》，中国华侨出版社，1994年）

悲鸿自述（节选）

徐悲鸿

徐悲鸿（1895—1953），画家，1919 年至 1927 年留学欧洲，在巴黎国立美术学院学习。

欧战将终，旅华欧人皆欲西归一视，于是船位以预定先后之次第，在 6 月之间已无位置。幸华法教育会之勤工俭学会，赁日本之伦敦货船下层全部，载八十九人往。余与碧微在沪加入，顾前途之希望焕烂，此惊涛骇浪，恶食陋居，初未措诸怀。行次，以抵非洲西中海岸之波赛为最乐。以自新加坡行至此，凡三星期未见地面，而觉欧洲又在咫尺间也。时当吾华 3 月，登岸寻览，地产大橘，略如广州蜜橘与橙合种，而硕大尤过之，大几如碗。甘美无伦，乐极，尽以余资购食之。继行三日，过西班牙南部，英炮台奇勃腊答峡，乍见欧土，热狂万端。遂入大西洋，于将及英伦之前一日，各整备行装，割须理发，拭鞋帽，平衣服，喜形于面。有青者，如初苏之树，其歌者，声益扬。倭之侍奉，此日良殷，以江瑶柱炒鸡鸭蛋饷众，于是饭乃不足，侍者道歉，人亦不计。又各搜所有资，悉付之为酬劳。食毕起立舢板，西望郁郁葱葱者，盖英之南境矣。一行五十日，不觉春深，微雨和风，令忘离索。

抵伦敦，欢天喜地之情，难以毕述。余所探索，将以此为开始。陈君通伯，即伴游大英博物院，遂沉醉赞叹颠倒迷离于巴尔堆农残刊之前。呜呼！曷不令吾渐得见此，而使吾此时惊恐无地耶？遂观国家画院，欣赏委拉斯凯兹、康斯太布尔、透纳等杰构及其皇家画会展览会，得见沙金《西姆史》等佳作。

留一星期，于 1919 年 5 月 10 日而抵巴黎。汽车经凯旋门左近，及公各而特广场、大宫小宫等，似曾相识。对之如醉如痴，不知所可，舍馆既定，即往卢浮宫博物院顶礼，大失所望。其中重要诸室，悉闭置。盖其著名杰作，悉在战时运往波而多城安放，备有万一之失，而尚未运回也。惟辟一室，达·芬奇作《莫娜丽莎》，拉斐尔之《美园妇》《圣母》等十余幅，以止游客之啖而已。惟大卫之室未动，因得纵览。觉其纯正严重，笃守典型，殊堪崇尚。时 Calolus Durand 初逝，卢森堡博物院特为开追悼展览会，悉陈其作，凡数百幅，殊不易也。乃观沙龙，得见勃纳尔、罗郎史、达仰、弗拉孟、倍难尔、莱尔米特、高而蒙等诸前辈作物，其人今悉次第物故矣。

吾居国内，以画谋生，非遂能画也。且时作中国画，体物不精；而手放帙，动不中绳，如无缰之马，难以控制。于是悉心研

113

究，观古人所作，绝不作画者数月，然后渐渐习描。入朱利安画院，初甚困。两月余，手方就范，遂往试巴黎美术学校。录取后，乃以弗拉孟先生为师。是时识梁启超、蒋百里、杨仲子、谢寿康、刘厚。各博物院渐复旧游观，吾课余辄往，研求各派之异同，与各家之精诣，爱提香之富丽，及里贝拉之坚卓。于近人则好库尔贝、勃纳尔、罗郎史。虽夏凡之大，斯时尚不识也。时学费不足，节用甚，而罗致印刷物，翻览比较为乐。因于欧陆作家，类能举指。

1920年之初冬，法名雕家唐泼忒（Dampt）先生夫妇，招待茶会，座中俱一时先辈硕彦。而唐夫人则为吾介绍达仰先生，曰："此吾法国最大画师也。"又安茫象先生。吾时不好安画，因就达仰先生谈。达仰先生，身如中人，目光精锐，辞令高雅，态度安详。引掖后进，诲人不倦，负艺界重望，而绝无骄矜之容。吾请游其门，先生曰："甚善。"因与吾六十五号 Chezy 其画室地址，命吾星期日晨往。吾于是每星期持所作就教于先生，直及1927年东归。吾至诚壹志，乃蒙帝佑，足跻大邦，获亲名师，念此身于吾爱父之外，宁有启导吾若先生者耶。

先生初见吾，诲之曰："吾年十七游柯罗（Corot，大风景画家）之门，柯罗曰 Conscience（诚）、曰 Confidence（自信），毋舍己徇人。吾终身服膺勿失。君既学于吾邦，宜以嘉言为赠。"又询

114

东人了解西方之艺如何，余惭无以应，只答以在东方不获见西方之艺。而在此者，类习法律、政治，不甚留心美术。先生乃言："艺事至不易，勿慕时尚，毋甘小就。"令吾于每一精究之课竟，默背一次，记其特征，然后再与对象相较，而正其差，则所得愈坚实矣。弗拉孟先生历史画名家，富于国家思想。其作流丽自然，不尚刻画，尤工写像。吾入校之始，即蒙青视，旋累命吾写油画，未之应，因此时殊穷，有所待也。时同学中有一罗马尼亚人菩拉达者，用色极佳，尤为弗拉孟先生重视。吾第一次作油绘人体，甚蒙称誉，继乃绝无进步。后在校竞试数次，虽列前茅，亦未得意。而因受寒成胃病。

1921年夏间，胃病甚剧，痛不支，而自是学费不至。乃赴德国居柏林，问学于康普（Kampf）先生，过从颇密。先生善勃纳尔先生，吾校之长也，年八十八，亦康普前辈。时德滥发纸币，币价日落，社会惶惶，仇视外人。盖外人之来，胥为讨便宜。固不知黄帝子孙，情形不同，而吾则因避难而至，尤不相同，顾不能求其谅解也。识宗白华、陈寅恪、俞大维诸君。时权德使事者，为张君季才。张夫人籍江阴，善碧微。张君伉俪性慈祥，甚重吾好学，又矜余病。乃得姜令吾日食之，又为介绍名医，吾苦渐减。其情至可感也。

既居德，乃得观门采儿作，又见塞冈第尼作，及特鲁斯柯依之塑像,颇觉居法虽云见多识广,而尚囿也。又觉德人治艺,夸尚怪诞,少华贵雅逸之风,乃叩诸康普先生曰:"先生为艺界耆宿,长柏林艺院,其无责乎?"先生曰:"彼自疯狂,吾其奈之何?"实则其时若李卜曼、若科林德等,亦以前辈资格,作荒率凌乱之画,以投机取利。康普之精卓雄劲,且不为人所喜。康普先生曰:"人能善描,则绘时色自能如其处。"其描为当世最善描者之一,秀劲紧强,卓然大家;其于绘,凝重宏丽,又阔大简练;其在特赉斯屯之《同仇》《铸工》,及柏林大学壁画,皆精卓绝伦。他作则略少秀气,盖最能表现日耳曼民族作风者也。

吾居德,作画日几十小时,寒暑无间,于描尤笃,所守不一,而不得其和,心窃忧之。时最爱伦勃朗画,乃往弗烈德里博物院临摹其作。于其《第二夫人像》,尤致力焉,略有所得,顾不能应用之于己作,愈用功,而毫无进步,心滋惑。时德物价日随外币之价增高,美术印刷,尤为德人绝技,种类綦丰,亦尽量购之。及美术典籍,居室上下皆塞满,坐卧于其上,实吾生平最得意之秋也。吾性又嗜闻乐,观歌剧,恒与谢次彭偕,只择节目人选,因所耗固不巨也。时吾虽负债,虽贫困,而享用可拟王公,惟居室两椽,又为画塞满,终属穷画师故态耳。

一日在一大画肆,见康普、史吐克、区个儿、开赖等名作甚多,价合外金殊廉,野心勃勃,谋欲致之。而吾学费,积欠十余月,前途渺茫,负债已及千金,再欲举债,计将安出,时新任德使为魏宸组,曾蒙延食之雅。不揣冒昧,拟往德商之。惧其无济,又恐失机,中心忐忑,展转竟夜,不能成寐。终宵不合眼,生平第一次也。

翌日,鼓起勇气至 Kurfurstendamm 中国使馆。余居散维尼广场之左,与之密迩,步行往,叩见公使,魏使既出,余因道来意,盛称如何其画之佳妙,如何画者大名之著,其价如何之廉,请假资购下,以陈诸使署客堂,因敝居已无隙可置,特不愿失去机会,待吾学费一至,即偿。吾意欲坚其信,故以画质使馆当无我虞也。魏使唯唯,曰:"将请蒋先生向银行查款,不知尚有余否。下午待回音如何?"魏使所操为湖北语,最好官话也。

无奈更商之宗白华、孟心如两君,及其他友好,为集腋成裘之策,卒致康普两作,他作则绝非力之所及矣。因致书国内如康南海等,谋四万金,而成一美术馆。盖美术品如雕刻绘画铜镌等物,此时廉于原值二十倍,当时果能成功,则抵今日百万之资。惜乎听我藐藐,而宗白华又非军阀,手无巨资相假也。

柏林之动物园,最利于美术家。猛兽之槛恒作半圆形,可三面而观。余性爱画狮,因值天气晴明,或上午无范人时,辄往写之。积稿颇多,乃尊拔理、史皇,为艺人之杰。

1922 年,吾师弗拉孟先生逝世,旋勃纳尔先生亦逝,学府以倍难乐先生继长美校，倍延吕衷西蒙代弗拉孟。是年年底闻学费有着，乃亟整装。1923年春初，复归巴黎，再谒达仰先生，述工作虽未懈，而进步毫无，及所疑惧。先生曰："人须有受苦习惯，非寻常处境为然，为学亦然。"因述穆落脱（Aimé Morot，法十九世纪名画家），天才之敏，古今所稀，凭其秉赋，不难成大地最大艺师之一，但彼所诣，未足与达·芬奇、米开朗琪罗、拉斐尔、提香等相提并论者，以其于艺未历苦境也。未历苦境之人，恒乏宏愿。最大之作家，多愿力最强之人，故能立至德，造大奇，为人类申诉。乃命吾精描，油绘人体，分部研究，务能体会其微，勿事爽利夺目之施（国人所谓笔触）。余谨受教，归遵其法，行之良有验，于是致力益勇。是年余以《老妇》一幅，陈于法国国家美术展览会（所谓沙龙 Salon des Artistes francais）。学费又不继，境日益窘，乃赁居 Friedland 之六层一小室，利其值低也。顾其处为富人之区，各物较五区为贵，吾有时在美校工作，有时在蒙班奈司各画院自由作画及速写，有时往卢浮宫临画，归时恒购日用所需，如米油菜肉之类，劳顿甚，胃病又时作。

翌年春3月，忽一日傍晚大雨雹，欧洲所稀有也。吾与碧微才夜饭，谈欲谋向友人李璜借资。而窗顶霹雳之声大作，急起避，旋水滴下，继下如注，心中震恐，历一时方止。而玻璃碎片，乒乓下坠，不知所措。翌晨以告房主，房主言须赔偿。吾言此天灾，何与我事，房主言不信可观合同，余急归取阅合同，则房屋之损毁，不问任何理由，其责皆在赁居者，昭然注明。嗟夫，时运不济，命途多乖，如吾此时所遭，信叹造化小儿之施术巧也。吾于是百面张罗。李君之资，如所期至，适足配补大玻璃十五片，仍未有济乎穷。巴黎赵总领事颂南，江苏宝山人，曾未谋面。一日蒙致书，并附五百元支票一纸，雪中送炭，大旱霖雨，不是过也。因以感激之私，于是 7 月为赵夫人写像。而吾抵欧洲五年以来勤奋之功，克告小成。吾学博杂。至是渐无成见，既好安格尔之贵，又喜左恩之健。而己所作，欲因地制宜，遂无一致之体。前此之失，胥因太贪；如烹小鲜，既已红烧，便不当图其清蒸之味，若欲尽有，必致无味。吾于赵夫人像，乃始能于作画前决定一画之旨趣，力约色像，赴于所期。既成，遂得大和，有从容暇逸之乐。吾行年二十八矣，以驽骀之资，历困厄之境，学十余年不间，至是方得几微。回视昔作，皆能立于客观之点，而知其谬。此自智者，或悟道之早者视之，得之未尝或觉。若吾千虑之得，困乃知之者，自觉为一生之大关键也。

吾生与穷相终始，命也；未与幸福为缘，亦命也。事不胜记，记亦乏味。1925 年秋间，忽偕张君梅孙游巴黎画肆，见达仰先生之 Ophelia，爱其华妙，因思致之。会闽中黄孟圭先生倦游欲返，素与友善，因劝吾同赴新加坡。时又得蔡孑民先生介

绍函两封，因决行。黄君故善坡巨商陈君嘉庚，及黄君天恩，遂
为介绍作画，盖又江湖生活矣。陈君豪士，沉毅有为，投资教育
与公益，以数百万计，因劝之建一美术馆，惜语言不通，而吾又
艺浅，未能为陈君所重。比吾去新加坡，陈君以二千五百金谢
吾劳。

　　归国三月，南海先生老矣，为之写一像。又写黄先生震之
像，以黄先生而识吴君仲熊，时国中西画颇较发展，而受法画商
宣传影响，浑沌殆不可救。春垂尽，仍去法。是年夏，偕谢次彭
赴比京，居学校路。日间之博物院，临约尔丹斯《丰盛》一图，傍
晚返寓，寓沿街。时修水管，掘街地深四五尺，臭甚，过此，须掩
鼻，入夜又出，又归，则不甚觉其臭，明日试之亦然，因悟腹饥，
则感觉强，既饱则冥然钝。然则古人云："穷而工诗"者，以此
矣。吾人倘思有所作，又欲安居温饱，是矛盾律也。在比深好
史拖白齿之作，惜不甚多。10月返法，是岁丙寅。吾作最多，
且时有精诣。

　　吾学于欧凡八年，借官费为生，至是无形取消，计前后用国
家五千余金，盖必所以谋报之者也。

　　丁卯之春，乃作意大利之游，先及瑞士，吾旧游地也。往巴
塞尔观荷尔拜因，及勃克林之作，荷作极精深。至苏黎世观贺
德勒画。亦顽强，亦娴雅，易人处殊多，被称为莱茵河左岸之印

像派作者，其艺盖视马奈、雷诺阿辈高多矣。彼其老练
（Conviction）经营之笔，非如雷诺阿之浮伪莫衷一是也。

夜抵米兰，清晨即往谒达·芬奇耶稣像稿，观圣餐残图，令
人低徊感慨无已。拜达·芬奇石像，遂及大教寺，竭群山之玉，
造七百年而未竟之大奇也。

徘徊于拉斐尔雅典派稿，及雷尼圣母，达·芬奇侧面女像
之大者，两半日，而去天朗气清之岛城威尼斯。既入海，抵车
站，下车即阻于河。遂沿河觅逆旅，一浴，即参拜提香之《圣母
升天》，吾最尊崇者之一也。奈天雾，威古建筑受光极弱，藏升
天幅之教堂尤甚，览滋不畅。于是过里亚而笃桥，行至圣马可
广场。噫嘻！其地无尘埃，无声响。不知有机械，不识轮之为
物。周围数千丈之广场，往来者皆以足。海鸥翔集，杖藜行歌，
别有天地，非人间矣。乃登太塔瞭望此二十万人家之水国，港
汊互回，桥梁横直，静寂如黄包车未发明时之苏州。其街头巷
角小市所陈食用之属，亦鲜近世华妙光泽之器。其古朴直率之
风，犹令人想见范乐耐、丁托列托之时也。其美术院藏如贝利
尼、丁托列托之杰作无论矣。吾尤爱提埃坡罗之壁饰横幅，长
几十丈。惜从他处取下移置美术馆院时，不谨慎，多褶断损坏。
提之画，壁饰居多，人物动态，展扬飘逸，诚出世之仙姿。信乎
18世纪第一人也。古迹至多，舍公宫之范乐耐之威尼斯城加

冕外，教寺中尤多杰作，客班栖窝，老班而迈，提埃坡罗等作，触目皆是。念吾五千年文明大邦，惟余数万里荒烟蔓草，家无长物，室如悬磬。威尼斯人以大奇用香烟熏黑，高垣扃闭，视之亦不甚惜，真令人羡煞，又恨煞也。

意近人之作。吾爱丁托列托。又见西班牙大家索罗兰补蓬，英人勃郎群多种，皆前此愿见之物也。

美哉威尼斯，吾愿死于斯土矣！游波伦亚，无甚趣味。至佛罗伦萨，中意之名都，唐推奇欲笃及文艺复兴诸大师之故土。

吾游时，意兴不佳，惟见米开朗琪罗之大卫像，及未竟之四奴，则神往。余虽极负盛名之乌菲齐美术馆，梵蒂冈。吾所恋者尚在希腊雕刻也，负曼特尼亚、波提切利多矣。购一摩赛克（镶嵌画），其工甚精，惜其稿不佳。吾意倘能以吾国宋人花鸟作范，或以英人勃郎群画作范，皆能成妙品，彼等未思及此也。一桌面之精者，当时只合华金五百元耳。游罗马，信乎吾理想中之都市矣。Forum 之坏殿颓垣，何易人之深耶。行于其中，如置身二千年之前。走过市，目不暇接。至国家美术院及Captole，如他乡之遇故知，倾吐思慕之殷且笃者。尤于无首臂之 Cirene 女神，为所蛊惑，不能自已 。新兴之意大利，于阐发古物，不遗余力，有无数残刊，皆新出土，昔所未及知也。既抵圣保罗大教堂，入教皇之境，美术之威力益见其宏大。遂欲言清都紫微，钧天广乐，帝之所居。于是浏览亘数里埃及以来名雕，及于西斯廷大教堂，览米开朗琪罗毕身之工作，又拉斐尔、波提切利庄整之壁画，无论其美妙至若何程度，即其面积，亦当以里计。以观吾国咬文嚼字者，掇拾两笔元明人唾余之残墨，以为山水，信乎不成体统。又有尊之而谤骂西画者，其坐井观天，随意瞎说，亦大可哀矣。第三日乃参谒摩西（Moise），大雄外腓，真气远出，信乎世界之大奇也。游国家美术院，多陈近世美术，得见避世笃而非椎凿，高雅曼妙，尤以塞冈第尼《墓人》，为沉深雅逸之作，以视法负盛名之布尔德，超迈盖远过之。又见萨多略之两巨帧，证其缥缈壮健敏锐之思，与德之史土克异趣。蔡内理教授为爱迈虞像刻浮雕数丈，虚和灵妙，亦今日之杰，皆非东人所知。东人所知，仅法人所弃之鄙夫，自知商人操术之精，而盲从者之聩聩也。

既及庞贝古城而返法，恋恋不忍遽去，而又无法多留几日也。

境垂绝，只有东归，遂走辞达仰先生。先生卧病，吾觉此往殆永别，中心酸楚，惧长者不怿，强为言笑，而不知所措辞，惟言今年法国艺人会（所谓沙龙），征人每幅陈列费八十法郎，是牟利矣。先生喟然长叹曰："然。"余曰："余今年送往国家美术会，凡陈九幅。"先生曰："亦佳。顾耗精力以求悦于众，古之大师所

123

不为也。"余然，先生曰："闻汝又欲东归，吾滋戚，愿汝始终不懈，成一大中国人也。"余因请览画室中先生未竟之作，先生曰："可。"余之苟有机缘，当再来法国，先生又勉勖数语，遂与长辞。先生去年 7 月 3 日逝世，年七十八。

余居法，凡与达仰先生稔者，皆得为友，如 Muenier、Arnic、Worth 等，俱卓绝之人也。所谈多关掌故，故星期日之晨甚乐，今惟 Muenier 存矣。倍难尔（Bernard）先生，一世之杰也，曾誉吾于达仰先生，今年已八十余，不识尚能相见否。吾营营若丧家之狗，魂梦日往复于安尔泼山南北之间，感逝情伤，依依无尽也。

吾归也，于艺欲为求真之运动，唱智之艺术，un art savant 思以写实主义启其端，而抨击投机之商人牟利主义（mercantile），如资章黼而适诸越，无何等影响，不若流行者之流行顺适，吾亦终无悔也。吾言中国四王式之山水属于（型式）Conventional 美术，无真感。石涛八大有奇情而已，未能应造物之变，其似健笔纵横者，荒率也，并非（真率）franchise。人亦不解，惟骛型式，特舍旧型而模新型而已。夫既他人之型，新旧又何所别？人之贵，贵独立耳，不解也。中国之天才为懒，故尚无为之治。学则贵生而知之者，而喜守一劳永逸之型。

中国画师，吾最尊者，为周文矩、吴道玄、徐熙、赵昌、赵孟颀、钱舜举，周东邨（以其作《北滨图》，鄙意认为大奇，他作未能称是）、仇十洲、陈老莲、恽南田、任伯年诸人，书则尊钟繇、王羲之、羊欣、爨道庆、王远、郑道昭、李邕、颜真卿、怀素、范宽、八大山人、王觉斯、邓石如。

　　吾欲设一法大雕刻家罗丹（Rodin）博物院于中国，取庚款一部分购买其作，以娱国人，亦未尝有回响。盖求诸人者，固难以逞，吾求诸己者，欲精意成画百十幅，亦以心烦虑乱，境迫地窄，无以伸其志。虽吾所聚，及已往之作，亦将为风雨虫鼠伤啮尽。念道旁有饿死之殍，吾诚不当责人以不急之务。而于己，又似不必呕呕作此不经摧毁之物，以徒耗精力也。而又无已。

　　吾性最好希腊美术，尤心醉巴而堆农残刊（Parthenon），故欲以惝恍之菲狄亚斯（Phidias）为上帝，以附其名之遗作，皆有至德也。是曰大奇（merveille），至善尽美。若史珂帕斯（Scopas）、李西泼（Lissip）、伯拉克西特列斯（Praxiteles），又如四百年来达·芬奇（Leonardo da Vinci）、米开朗琪罗（Michelangelo）、拉斐尔（Raffaelo）、帝切那（Tiziano）、伦勃郎（Rembrandt）、委拉斯开兹（Velazquez）、鲁本司（Rubens），近人如康斯太布尔（Constable）、吕德（Rude）、夏凡（Puvisde de Chavannes）、罗丹（Rodin）、达仰（Dagnan）、左恩（Zorn）、索罗兰（Sorolla），并世如倍难尔（Bernard）、避世笃而非（Bislofi）、勃郎群（Branqwyn）皆具一德，造极诣，为吾所尊其德之至者。若华贵，若静穆，再则若壮丽，若雄强，若沉郁，至于淡逸冲和，清微曼妙，皆以其精灵体察造物之妙，而宣其情，不能外于象与色也。不准一德，才亦难期，大奇之出，恒如其遇。而圣人亦卒无全能，故万物无全用，虽天地亦无全功。吾国古哲所云尊德性，崇文学，致广大，尽精微，极高明，道中庸者，其百世艺人之准则乎？

若乃同情之爱，及于庶物，人类无怨，以跻不同。或瞎七答八，以求至美，或不立语言，比喻大道，凡所谓无声无臭，色即是空者，固非吾缥缈之思之所寄。抑吾之愚，亦解不及此。苟西班牙之末于葡萄，能更巨结四两之实，或广东之荔枝，可以植于北平西山，或汤山温泉，得从南京获穴，或传形无线电，可以起视古人，或真有平面麻之粉，或发明白黑人之膏，或痨虫可以杀尽，或辟谷之有方，或老鼠可供驱使，或蚊蝇有益卫生，或遗矢永无臭气，或过目便可不忘，此世乃大足乐，而吾愿亦毕矣。

（选自《艺要自述》，杭州大学出版社，1998年）

留学美英^①

金岳霖

金岳霖(1895—1984),学者,1914 年至 1920 年留
学美国,在宾夕法尼亚大学、哥伦比亚大学学习,1920
年获哥伦比亚大学政治学博士学位;1921 年至 1925
年留学英国,在伦敦大学经济学院学习。

到美国留学

1913 年我六哥的死,对我是很大的打击。他在我的兄弟
中是我最好的朋友。

1914 年我到美国去了。

到美国费城后不久,我就幸运地住到故德瑞利区
(Goodrich)家里。她家那时只有她这老太太和她的女儿,丈夫
曾经在一家保险公司供职,早已过世。女儿是大学毕业生,比
我大十岁,有对象在纽约。这家的房子是三层小楼,底层大房

----

① 标题为编者所加。

间是客厅,二楼临街的一间好房子租给学生,已住有人,我住三楼一间小房子。老太太对我可以说很优待,总说我远离父母,可怜。我也待她像母亲一样。我从1914年秋到1917年夏天毕业,都住在她家。我那时以为她们与政治不相干,其实那是错误的,她们只是不"玩"政治而已。她们常接待的朋友有两家。

一家是一位律师,也是"怪"律师,他教我们唱歌,我现在还记得他教我们唱的一首歌。另一家也是母女俩,住得很近,差不多完全是那一家来做客,故德家从来不到那一家去。女儿一来就唱歌。我能装模作样地哼一哼的美国歌,除校歌外,都是从她那里学来的。1915年没有什么特别,过去了。1916年袁世凯要做皇帝,我坐在故德家临街走廊上大哭了一阵,没有告诉她们。1917年夏天我毕业了,暑假没有完我就转学到纽约哥伦比亚大学去进研究院了。到了1918年,故德全家搬到芝加哥去了。故德老太太不久也去世了。

她们这一家是有特点的,这也就是说她们是有一般性的。她们有文化,可是不是文化人;她们有相当多的知识,可是不是要推动知识前进的知识分子;她们没有多少钱,租房子给学生,可以帮助零用,可是她们也不靠房租过日子;她们没有势力,老太太娘家的侄子只是市政府的小职员,不是官。美国参战后,女儿和一个临时的海军军官结了婚,生了几个男女。看来这个新家庭和旧家庭差不多。

那时候的美国,这样的家庭何止千万,所谓"白领子奴隶"就是这种家庭的人。他们可能在工厂工作,可是他们不是直接参加体力劳动的、穿着很厚的蓝布裤子行动快速的工人,而是慢条斯理的普通人。这样的家庭是那时民主美国的背脊骨。他们没有他们自己的领袖,在近代最接近于他们的总统可能是第一次大战期间的总统魏尔巽。这位总统在当选前是一个大学校长,在华盛顿衣冠楚楚的人当中难免有些土头土脑,后来他到欧洲去当美国的议和代表,比较起来,差不多就成为乡下人了。但是,在代表中曾有人想到要把世界变成一个对民主人民没有危险的世界,可能正是他。当然他失败了,他可能不只是失败了,而且自以为成功了。这就不只是可笑,也可悲了。

由学商业转学政治

话还是要说回来。我到美国去,开头学的商业。这玩意引不起兴趣,转而学政治。

到了哥伦比亚大学,我着重选了两门课,一门是比亚德的美国宪法,一门是邓玲的政治学说史。前者不是简单地讲宪法的,而是讲宪法的经济理解。这门课不为学校的权势所容,教授也只得辞职。我对政治学说史发生了最大的兴趣,后来我的博士论文就是在邓玲老先生指导之下写的。这位先生的头光得可以照人,嘴唇上两片白胡子往上翘,出门时戴一顶圆顶硬壳礼帽(久矣乎不存在了)。冬天里在讲台上,在办公室里都戴一顶中国式的瓜皮帽子。出门上街时,冬天里总是穿一件Chesterfield式的外套,夏天里他也穿一套黑衣服。喜欢讲笑话。张奚若和我都在他的班上。老朋友张奚若可以说是不写文章的,可是在那时候,他却写了《主权论沿革》一文,刊在上海印的《政治评论》上。我认为主权论仍应该强调,我们的宪法里应该有主权论内容。中华人民共和国是有主权的,台湾没有,台湾一直被美国的海军、空军包围了,无法行使我们的主权。

毕业后,我转而学习政治思想。我的博士论文就是写英国一位政治思想家的政治思想(那时我反对写中国题目,因为导师无法指导)。在1918年到1920年这一段时间之后,我就没有离开过抽象思想。这一习惯形成之后,我虽然是一个活的具体的人,我的思想大都不能在活的具体的事上停留多少时候。这仍然是基本事实。

上面我曾提到我反对留美学生在写博士论文时写中国题目,尤其不要用英文写古老的中国古文格式文章。有一位先生用英文翻译了"闵予小子,不知天高地厚……"教师说:"我也不知道天高地厚,你要知道那个,干什么!"这里说的是七十多年前的事,现在这类的事想来没有了。

在 1918 年或 1919 年哥伦比亚大学也起了变化。Charb Beard 和 Jame Robinson 不满学校的陈旧办法,在市中心设立了一所研究社会的新学校。这个学校请了三位英国人来讲学。第一位是最年轻的,已经在哈佛大学讲学的拉斯基。他可能比张奚若还小一岁。可是,张奚若非常之佩服他。第二位是从英国请来的瓦拉斯(Graham Wallas),费边运动中心人物之一。我觉得这个人非常之可亲。看来这些英国学者和美国学者不一样。

他们的希腊文似乎是家常便饭,瓦拉斯每年暑假要读一遍柏拉图的《共和国》。最后来讲学的是拉斯基的老师巴克(Earnect Barker)。这为我们"三个人"以后到英国去,打下了基础。

这里说的"三个人",除张奚若和我之外,加了一个徐志摩。他和我们很不一样。头一点是阔,我只有 60 美元一月,张大概也差不多。徐是富家子弟。他来不久,就买了一套 72 块美金的衣服。不久裤子不整了。他不知从哪儿借来了熨斗,烫裤子时和别人争论,把裤子烫焦了一大块。只得另买一条灰色裤子。

资产阶级学者费力研究的学科

社会科学方面有三门学科是资产阶级学者花了相当多的时间和精力去研究的。一是经济学，一是政治学，一是社会学。

我没有学过经济学，唯一靠了一点边的是上了一位有名的经济学家所讲的课。可是，这位教师所讲的那门课碰巧又不是经济学，而是英国农民史。他所着重讲的是烟囱。我在英国的时候也正是凯恩斯出风头的时候，可是，我不认识他。他好像写了一本小册子叫作《和平（第一次大战之后的和平）的经济后果》。罗素说"凯恩斯本人就是和平的经济后果，他本人已经成为富人"。

这门学问最像自然科学那样的科学，它确实发现了一些规律，随时运用也能得出一些结论。其余两门都赶不上。

政治学，我在美国读书的时代就叫作政治科学，其实它离科学甚远。可是，它收集了大量的关于政府的材料，因此也大量地集中了这方面的知识。

那时候有一个很特别的情况：最好的一本关于美国政府和政治的书是 James Boyo 写的，而他是英国人；关于英国政府和政治的最好的书是 Lowell 写的，而他是美国人。

我的印象是社会学最坏。教我的教授是当时鼎鼎大名的Yidinop。在一次讲演中，他大骂了俄国革命，可是大大地恭维了列宁。他说："列宁行，列宁是贵族。"这真是胡说吧！他认为社会就是同类的自觉。英国的斯宾塞耳也是一个社会学家。此人专搞老生常谈，连篇累牍，书写得很多，可是毫无真正建树。据我的记忆，他的坟离马克思的墓很近，现在去瞻仰马克思的墓的人，早已忘记了或者根本不知道曾经有斯宾塞耳这样一个人存在过。

　　当然，社会学和别的学科一样总是有几本好书的。我的印象 Willim Graham Sumera 的一本书就是好书。书名我忘记了。

　　在英、法两国曾出现一种学说，叫社约论。持此论的人有霍布斯、洛克，而主要的人是卢梭。看来这是一些极端的个人主义者，根据形而上学的思想方法提出来的关于社会起源的学说。对于它，马克思主义可能早就得出科学的结论，不过我不知道而已。在这里我之所以提到它，因为我们这里还是有喜欢它的人。从前有一位马君武先生，他就喜欢这一学说的人。我看见他的时候，他的年纪已经相当大了。张奚若也是比较喜欢卢梭的。我有时还听见他朗诵卢梭书里头一句话："人生出来是自由的，但是无论在什么地方，他又是用铁链子锁起来了的。"（可能译得不妥。）

到英国我进入了哲学

在英国我也有以老师相待的人。

一位是瓦拉斯，我在美国听过他的讲。他住在伦敦，找起来很方便。看来英国人不大喜欢人到他家去，他要我找他的地方是他的俱乐部。他那时候喜欢谈心理与政治。看来他谈的时候多，既没有发表文章，更没有写成书。他读书还是相当勤的，每年暑假他都要读一次希腊文的柏拉图的《共和国》。

另一位是巴克，我也是在纽约听过他的讲。他本来是在牛津大学教书的，我到伦敦的时候，他已经是伦敦大学国王学院院长。他是柏拉图、亚里士多德英、美、欧洲大陆闻名的专家学者。要他做院长，可惜。1958年，我又有机会到英国去，在剑桥看见了他。我说我有机会就要拜访老师。

巴克已经是八十以上的人，一个人孤独地住在一间小房子里。他见了我大流眼泪。无儿无女，也没有人理他，日子是不好打发的。在资本主义社会里，不及时作古，无论有无儿女，日子总是不好过的。儿女总是要摆脱父母的。

到英国后，我的思想也有大的转变。我读了休谟的书。英国人一向尊称他为"头号怀疑论者"。碰巧那两三个月我不住在伦敦市中心，没有逛街的毛病。就这样我比较集中地读了我想读的书，从此我进入了哲学。这是在对逻辑发生兴趣之前的事情。我说"从此进入了哲学"，是说我摆脱了政治学或政治思想史学的意思。显然，我找瓦拉斯的时候，我还没有摆脱政治学说思想。到了读休谟的时候，政治思想史已经不是我致力的方向了。脱离政治学说史，也就是离开伦敦大学的经济学院。但是，走牛津的道路呢，还是走剑桥的道路呢？

（选自《金岳霖回忆录》，北京大学出版社，2011年）

留美回忆(节选)[①]

冯友兰

冯友兰(1895—1990),哲学家,教育家,1919 年至 1923 年留学美国,在哥伦比亚大学研究院学习,1924 年获哥伦比亚大学哲学博士学位。

就在这个暑假,景兰上美国留学去了。当时军阀混战,各省的财政都很困难,教育经费尤其困难。当时河南设有一个"教育款产经理处",由教育界推人出来自己管理,出入都不经过财政厅。河南的教育界有了钱,就想多办点事。他们认为,河南出的人才太少,要有个办法多出人才。办法是在开封办了一个"留学欧美预备学校",招收学生,毕业以后,由河南用官费把他们送出去留学。到 1918 年,第一批学生毕业,河南省决定送二十名到欧洲或美国留学。别的学校的学生,很有意见,说留学预备学校也无非是中学程度,为什么这个学校的学生毕业以后官费留学,而别的中学毕业的学生就不可以? 为了平息这

---

① 题目为编者所加。

种意见,河南教育当局决定,再公开招考二十名,同留学欧美预备学校毕业的学生一起出去留学。那时候景兰在北京大学预科上学,就报名应试,他的专业是地质学。我不能报名,因为那一批留学限定要专学理工科。1918年夏天,景兰就往美国去了,母亲先是舍不得,后来也同意了。

河南在民国元年已经送出去过一批到欧美的留学生,我在开封的时候那批人陆续回来了,所以那一批的名额中也出了缺额。当时的教育部把各省民国元年送留学生的名额都收为教育部的名额,钱还是由各省自己出,不过原来是哪一省的名额,仍由那一省的人补缺。补缺的两次考试,第一次由那一省自己主持,第二次由教育部主持,作为复试,复试及格才算录取。1919年河南出了一个缺,并把这个缺定为哲学,我考取了初试,又到北京来复试,也通过了,于是也取得了出国留学的资格。恰好五四运动的一个学生领袖傅斯年,也来到教育部应试,他是1919年在北大中文系毕业,来考山东的官费的,他也通过了。他打算往英国,约我一同去,我因为母亲愿意我弟兄两个都在美国,于是就跟傅斯年分手了。大约在9月、10月间由开封到上海。当时有一部分在美国的华侨,办了一个"中国邮船公司",有两只船,一只叫"中国",比较小一点,一只叫"南京",比较大一点。这个公司以爱国主义相号召,说中国人要坐中国船。我们决定坐这个公司的船，而且要坐"南京"号，因为这只船比较大。可是在我们到上海的时候，"南京"号已经开了，我们没有赶上，要坐"南京"号只好等待下一次航行。我们就住在上海等，终于坐上了"南京"号，于12月到纽约，次年1月上了哥伦比亚大学的研究院。当时在美国，上研究院是很容易的，上本科倒是很难，要经过各种考试。上研究院不需要经过任何考试，因为北京大学是他们承认的大学，只要拿出北京大学的文凭一看，就报上名，入学了。

到美国以后，觉得样样新奇，跟中国不同。我当时作了一个对比，归结起来说，中国是个"官国"，美国是个"商国"。在中国，无论什么事，都要经过像进衙门那样的手续。就拿北大说吧，北大的学生无论对学校有什么请求，都得写呈文呈报校长，等着校长批。校长的批示，也用玻璃匣子装着挂出来，上面写着"校长示"。美国则不然，即使国家最大的事，也往往用商业广告的方式宣布出来。我在纽约街上看见贴了些大标语，上边写着："加入海军，周游世界！"原来那时候正在动员群众参加海军，就用"周游世界"这种利益以为号召，并不用"切切此令"等形式。其实这种分别就是封建主义和资本主义的分别。

美国人赚钱的方法，也真是无孔不入，而中国人则是有孔不入。有个中国同学，在街上被一辆汽车撞倒了，受了一点微伤。第二天就有律师找上门来，对他说："照法律你可以提出诉讼，叫车主赔偿你的损失。你要是愿意起诉，你也不必操心，一切手续全由我们办。等到赔偿费要来了，给我们分几成就可以了；即使得不到赔偿费，我们也不向你收费，你可以坐在家里拿钱好了。"这位中国同学照中国的规矩，想着既然没有大伤也就算了，觉得不必起诉了。当时我在美国东部，景兰在美国西部，相距很远，到美国后还没有见面。暑假到了，我就到景兰住的地方过了一个暑假，又回纽约。回到纽约以后，看到在暑假中寄来的一封信，那是一家铁路公司寄来的。打开一看，里面写着："听说你要到西部去旅行，请你坐我们的火车，可以买来回票，价钱打八折。"我心里奇怪，他们怎么会知道我要到西部去？而买来回票价钱八折，可以省不少的钱。我当时不知道有这个办法，来回都是买单程票，没有占到这个便宜。我想，铁路公司为什么叫买来回票而且打折扣呢？原来美国有许多铁路公司，到一个地方不只靠一条铁路线，要是在一家公司买了单程票，将来回来时是不是再走这条铁路线就不一定，很可能旅客要换一条铁路线。要是买来回票，那么旅客回来时就非走原线不可了。这家公司卖出了一张来回票，就等于它卖了两张单程票，虽然是打了折扣，但总比只卖一张单程票好。而旅客呢，虽然

139

来回都必须走这条铁路线，不能再走别的铁路线换一个样子，但是也可以少花一点票钱，这就是两得便宜。各种交通工具在卖票的时候，都是这样打算盘。旅客也都知道买一张来回票，比买两张单程票便宜，不过我们这些不会做生意的人不知道而已。

在当时的美国，种族歧视是普遍的现象。听说在美国南部，这种现象更是显著。他们先把人分为两种，一种是白色人，一种是有色人，凡不是白人，都是有色人。黄人也是有色人。但是他们又把黄人分为中国人和日本人。日本强盛，美国人认为日本人要比中国人高一级。他们看见穿戴比较整齐的黄人，都先问：你是日本人吗？如果说不是，是中国人，他们的敬意就差得多了。他们对于中国人，有两种称呼，一种是 Chinese，这是一般的称呼；一种是 Chinaman，这是含有侮辱性的称呼。我们在街上走，在有些地方，往往有小孩子跟着叫：Chinaman！Chinaman！遇见这种情况，我们只好赶紧走开。往往有些房间出租，下边写着"不租给有色人"，或者"不租给中国人"。有个日本朋友告诉我说，他有个朋友到理发店去理发，刚坐在椅子上，那个理发师就问："你是哪个民族的人？"他说："我是日本人。"那个理发师说："我不给日本人理发。"这个日本人就问："你是哪个民族的人？"那个理发师说："我是犹太人。"这个日本人说："我的发也不让犹太人理！"站起来就走了。

　　我在美国上学的时候，碰到一次美国的总统大选。到了投票的一天，我到附近的几个投票站看了几遍，也看了他们的选票。选票上印了一大串各党候选人的名字，选民只许在名字上打上同意或不同意的符号。原来美国选举总统，并不是直接选举，而是间接选举，选民所直接选举的并不是总统，而是总统选举人。各州的选举人都选出来以后，他们再到华盛顿开会，选举总统。所以选票上印出来的，是各党派所提名的总统选举人的名字。不知道从什么时候开始，间接选举慢慢地改为直接选举。不过没有改变选举的形式，在形式上还是间接选举。但是在各党所提名的选举人的旁边加上几个字："为某人"，这个"某人"就是这个党的总统候选人的名字，就是说，这些选举人都是要投那个"某人"的票的。这样，这个间接选举在实质上就变为直接选举了。可以说是形式上没改，而内容上改了。中国有句话说"换汤不换药"，说的是只改形式，不改内容。美国的这种办法，可以叫作"换药不换汤"。他们讲究的是实际不是形式，而中国这一方面倒是只讲形式不讲实际。我想这也是资本主义和封建主义的一种不同吧。封建主义办事，靠官僚。官僚主义有一个办事的方法，叫"瞒上不瞒下"。因为掌握官僚升降的人，是上，而不是下。官僚们只需在形式上作一点布置，瞒住上面的眼就可以了。下面有什么意见，他是不管的。"笑骂由他笑骂，好官我自为之"，这是官僚们做官的一个妙诀。当然也有上下都瞒的，叫"欺上瞒下"。美国大选时的选举票上，把两大党所提名的选举人的名字都印上，也印有几个小党所提名的候选人的名字。听说，新出现的小党，要想把它们所提名的人的名字印在选票上，是很不容易的，要通过许多的限制，经过许多的手续，还要交一笔保证金，保证这个党能够得到选民投票数的百分之几，如果得不到，保证金就被没收了，而且在下一次选举中，也没有印在选票上的资格了。所以选举基本上为两大党所垄断，所操纵。在投票和开票的时候，都有两党的代表监视，谁也不能在其中作弊。这就是互相监督。

在我去美国的时候，北京大学的"五大臣"也到美国了。有一个中国资本家名叫穆藕初，在第一次世界大战期间办纺织业发了大财，他捐了一笔款给北大，叫送五个五四运动中的学生领袖出国留学，所给的费用，比一般官费学生都多。我们那时候的官费是每人每月九十美元，穆藕初给的费用是每人每月一百二十美元。北大选出了五个人：段锡朋、罗家伦、周炳琳、康白情、汪敬熙。当时称为北大"五大臣出洋"。清朝末年曾经派五位大员出国考察宪政，时称"五大臣出洋"，现在是戏用这个典故。还有一个孟寿椿，本来也可以去，但是因为名额限制，不

142

能去。这五个人都自愿每月只要一百美元,把多余的钱凑起来增加一个名额,叫孟寿椿也去了,实际上是"六大臣"。在这六个人中,段锡朋和周炳琳都在纽约上了哥伦比亚研究院。罗家伦上了普林斯顿大学研究院。两下距离不远,罗家伦一有空就到纽约来。我们这些北京大学毕业的和其他经过五四运动的人,同当时别的中国留学生显然有些不同。不同的是,对于中国的东西知道得比较多一点,对于中国政治和世界局势比较关心。缺点是英文比较差,社交比较差,穿戴比较随便。在当时的中国留学生中,显然有两大派。一派就是像方才说的那些人,这一派以北京大学毕业的人为典型。还有一大派,不仅专业学得好,英语也流利,社交活跃,衣冠整齐,但对于中国的东西知道得比较少,对于政治不大感兴趣。这一派以清华毕业的人为典型。还有些人讲究搞恋爱,学跳舞,以及吃喝玩乐之类,这些人毕竟是个别的,是很少的一部分。当时的中国学生,男的多,女的少,女的不到男的十分之一,在恋爱问题上竞争是很激烈的。当时就有一个笑话,说是搞一次恋爱,要有一年睡不着觉。先是看中一个满意的对象,闹单相思,这要三个月想得睡不着觉。以后是进行追求,这要三个月忙得睡不着觉。追求有点成功,看起来有点希望,这就要三个月喜欢得睡不着觉。最后是吹了,前功尽弃,这又得三个月气得睡不着觉。这虽然是夸大其词,但是搞恋爱确实是极其麻烦的事。

在中国留学生中,大部分还是好好学习的,但是对于学位的态度很有不同。有些人不要学位,随便选课。有些人认为,只要个硕士学位就够了。因为要想得到博士学位,就要选一些学校要求选而实际上没有多大用处的功课。例如外国语,英文在美国当然不能算外国语,要得博士学位,必须要学第一外国语,第二外国语,那就是在英语之外还要再学两种外国语。有些学校承认中文也算是一种外国语,有些学校不承认。所以很多留学生,只要得一个硕士就够了。我是想要得个博士。我的想法是,学校所规定的那些要求,就是一个学习方案,它所以那样规定,总有一个道理。照着那个方案学习,总比没有计划,随便乱抓,要好一点。

在我上学的最后一年,景兰也从他所在的学校毕业了,也到纽约来上哥伦比亚研究院。这一年,河南的官费不能按时寄来了。当时在华盛顿,有两个留学生监督。一个是清华的留学生监督,专管清华学生;一个是中国教育部的留学生监督,管各省去的中国学生。各省都按期把它们所负担的经费寄给教育部的留学生监督,他按期分发给学生。这时候各省都不能如期寄款给留学生监督。我们的学费和生活费都发生问题了。留学生监督向各学校作了保证,学费可以缓交,但是生活费他无法解决。这些留学生可以自想办法，各谋生路。办法之一，就是在附近找些小事，得一点报酬。比较普通的是在附近的饭馆内做侍者。这在美国是普通的事，做事的人并不觉得难为情，别人也不另眼相看。美国的学生这样勤工俭学是常事，有些人是因为父母的收入不多，不能供给他上大学；有些人是特意不靠父母，靠自己的力量上学。他们的想法是，只有独立，才能自由，经济上的独立，是一切独立的基础。我觉得，这种思想也表示资本主义和封建主义的不同。认为劳动可耻，能上不能下，这是封建主义的等级思想。不以劳动为耻，能上能下，这是资本主义的思想。我也在附近的一个饭馆里找了一点工作。任务是把顾客用过的盘子收拾起来送到洗盘子的地方。每天做一点钟，可以在那个馆子里吃一顿"正餐"，包括一汤一菜，一份咖啡，一份甜食，面包随意吃，当时定价美金五角。有一天，纽约中国城内有一个什么会，找一个中国留学生去讲演，他们叫我去了。讲的有点长了，耽误了上工的时间，我出了地下铁路的站门，赶紧往饭馆里跑，到了那里，营业已经开始了。老板大怒，说你以后也不必来了！我失业了。可是也得到一种补偿。不久我那次讲演的一个听众，写信给我说，他很喜欢哲学，现在正在读哲学史教科书，可是英文生字太多，查起来很费事。他想把每天的生字写下来，标明书的页数，叫我填上相当的中文字,每个字给报酬若干,他想叫我当他的"活字典"。我想这倒不算困难,即使有些字我这个"活字典"不行,还可以替他查"死字典"。我记不清每个字的价钱确切是多少,但是总的说起来,一天也不少于五角之数。后来我又到另一家饭馆找到一点工作。任务是刷盘子。这个工作比我原来那个工作还要省力一点。原来那个工作需要来回走动,在顾客多的时候,来回跑还来不及。这个工作不需要来回走,只是站在一个地方,等别人把用过的盘子送来以后,把盘子竖在一块木板上,然后把木板推进到一个水箱里,拧开水龙头,就有开水放出来冲洗,过一两分钟把水箱打开,盘子已经被冲得一干二净了。然后把盘子取出来,放在一起,等着别人来取。

我也向哥伦比亚大学请求过奖学金。杜威先生给我写了一封推荐信。信相当的长,最后一句话说:"这个学生是一个真正学者的材料。"这个请求没有成功。据说是送进去的时间太晚了。不过他们也给了我一个闲差事,任务是管图书馆里面的中国报纸,工资每月八元。图书馆也订了几份中国报纸。所谓管中国报纸,就是中国报纸到了,由我到收发信件的地方把报纸取出来,送到图书馆中文书籍阅览室,把报纸上了夹子,放在架子上。这样简单的工作,也不是每天都有,因为当时的邮政交通靠邮船,不可能每天都有邮船从东方来,平均每星期有一次。我看到同学们中间有人收到新从中国来的信，就到学校收发室取出中国报纸送到图书馆。这样轻松的工作，大概也就是照顾吧。当时我有这三个财源，每月收入三十多元，再加上断断续续的官费，维持生活也就够了。

像这样对付，总算是把生活问题解决了。到了 1923 年暑假，我的论文答辩通过了，景兰也得到了硕士，我和景兰同别的同学一道，经过加拿大回国了。我们回到开封，母亲已经先到开封等候我们，把家都安置好了。我在出国前已有一个女儿，景兰已有一子一女，都跟着我母亲在老家，由我母亲抚养。这时这三个小孩都跟着祖母到了开封，全家大团圆。

(选自《三松堂全集》第一卷，河南人民出版社，2012 年)

旅法杂记

李宗侗

李宗侗(1895—1974)，历史学家，1912 年至 1923
年留学法国，在蒙达邑中学、巴黎大学学习。

开始入巴黎大学

我在一九一六年十月考过同等学历证书以后，就于十一月
初入巴黎大学理学院听讲。巴黎大学共分五个学院，法科、医
科、药科，全有独立的房屋，唯独文理两科挤在一个大房子里。
这个大房子北面临着学校街(Rue des Ecoles)，西面临着圣杰克
大街(Bd St.Jarcquas)，南边临着概吕沙克街(Rue Gay-Lussac)。
这原是法王圣路易(St.Louis)时代一个教士所修盖的，目的是为
十三个穷困的学生，当然最初地址很小。后来到了路易十三时
代，他的宰相厉氏里约(Richelieu)重新修建这学校，现在这校舍
是在一八八五年重新修建的。因为最初修盖房子的教士名字
叫骚尔朋(Sorbon)，所以普通称这大学为骚尔朋(La Sorbonne)。

148

它有好几个大门，北面的两个大门皆在学校街上，这里边有巴黎最大的讲堂，多半用作开会等用，里边有很多近代画家的壁画，最大最有名的一个是沙婉(Puvie de Chavannes)所画的文学与科学两幅；它的东边门通到圣杰克大街，西边的南门有一条弄堂相通，这一面完全是理科的教室；西边的北门进去是个大院子，往东就是图书馆。它的书库分为五层，阅览室在楼上，阅览室主任坐在大阅览室的入口地方，四壁全都摆着书架，架上的书可以自由取看，至于书库的书目录亦在阅览室中，要看理科书的可以到南边的小窗户去请求，看文法科书的到北边小窗户去请求。到阅览室看书的人必须持有注册证，注册证在第一次世界大战前只须缴二十佛郎，包括阅览书籍在内。在图书馆前大院子有一所教堂，它是厉氏里约以前所修盖的，现在他的坟就在里边，教堂的大门通着骚尔朋广场(Place de La Sorbonne)。大院子以北就是文学院的各种讲堂，图书馆楼下亦有四个大讲堂，皆是文学院所用，全巴黎大学皆是三或四层楼，全都是教室或实验室。

巴黎大学是采取讲座制，每一门功课有一讲座，比如我记得地质学有一个讲座附有两个讲师，分别担任讲授及实习的课程；比如矿物学就与地质学分设一讲座。有的科目比如数学就分设三四个讲座，比如化学就分为有机化学同无机化学两讲座。巴黎大学在一九一四年共有一百六十个讲座教授，另有八十四位副教授及二十六位讲师。在我在的时候，那里有一万四千法国男学生，一千个法国女生，另外有三千五百多外国男生，及一千两百外国女生。

在教堂的门口两边，有两个石像，一位是代表科学的巴斯德，一位是代表近代文学的嚣俄。每个门口并有标准的电钟，这些电钟皆直接地通到天文台，所以它是极端准确的。教堂北面另一个门进去，是中古法文学校，专门训练研究中古法文老档案人才。

最初我本来预备学医，但是医预科不设在医科大学左近，而设在植物园内，我初到巴黎人地不熟，先在植物园旁边寻找旅馆，但是那里的旅馆既不多而且又贵，我就住在离巴黎大学左近的王子旅馆，这是在欧带庸左近离巴黎大学不远。我就改入巴黎大学，先读化学，我曾上沙得里叶(Le Chatelier)的无机化学及倍亚鲁(Béhal)的有机化学，沙得里叶年纪已经很老，他是法国科学院的院士，上课的时间带着随员甚多，全是替他为学生做化学实验的。倍亚鲁先生较他年轻得多，短小精干，讲书甚快，他著有两厚本《有机化学》。徐廷瑚兄同我一同上化学课，他已经是第二年读化学了，有机化学的公式甚为复杂，他曾关起门来在屋里背诵公式，他今年已经七十八岁了，在台中中兴大学授课，据他自己说他尚能不带片纸上课，在黑板写那些繁杂的有机化学公式。在巴黎的时间，他住在概吕沙克街，在巴黎大学的西面一所旧房子里，每逢他背书的时间，就在门上贴一条写着徐廷瑚不在家，我有时找他找不到，很讨厌他这种作风，有一天就把这条子上的不字改成正在家，因此有人看见这条子就屡次按铃，结果使他出来为止。他甚为惊奇，以为明明他写的不在家，何以会有这种事。等到他细一看时，原来是写的徐廷瑚正在家。近来我们在台湾又谈起这件事，他仍旧指着骂我淘气，现在回想少年的旧事，也不禁为之狂笑。

我同时听数学的课，有克尼克斯(Koenigs)的普通数学、魏习猷(Vessiot)的微积分、孟台尔(Montel)的机械学。这全是当时法国有名的数学家，克尼克斯是法兰西科学院的院士，魏习猷同孟台尔当时皆是讲师，但是后来魏习猷做到法国师范大学副校长，两个人后来全都做到院士，院士兼巴黎大学教授是法国学科学的人最高的荣誉。我现在附带一谈法国的师范大学，校中设有校长副校长各一人，由文学家及科学家轮流担任，比如这一次魏习猷先生是以科学家担任副校长，因为那时的校长是一位文学家，等到校长去世以后魏习猷先生必升任校长，他这副校长必须由一位文学家担任。师范学校的学生必须到巴黎大学文理科听讲，并考取文理科的国家硕士，但是除此以外，他仍须在学校中听他们专有的讲师为他们温习课程,并且考师范学校较考学士学位困难得多,在中学毕业考得学士以后,尚须经过竞赛式的入学考试,每年入学学生名额是有限制的。在巴黎大学考过硕士学位以后,仍须经过检定考试方能算毕业,方能在国立中学教书;等到再得到国家博士以后,可以申请到大学做讲师,所以法国师范大学毕业的学生是很为人器重的。高等师范学校是法国人所谓大学校之一,大学校(Les grands écoles)包括多艺学校(Ecole Polytechique)、高等矿业学校等,他们的入学考试皆是用竞赛式的。

在一九一八年停战以后,学校中来了一位讲师叫作茹利亚(Julia),他的父亲是一个工人出身的,家中甚为贫困。入中学的时候,同学中已经学了第二外国语德文,但是他一个字母也不认识,他用了一年的功夫,完全自修,居然赶得上德文课程,而且到了年终,他在班中考了第一名。如是的一直到中学毕业,皆没有考过第二。他就报名考多艺学校及高等师范学校,结果两种全考了第一名,后来他就选了高等师范学校。在大战中他被动员,鼻子为炮弹所伤,但是没有伤了他的智慧。他到学校教书的时候,已经得到国家博士学位,我记得他来上课的时候,受伤的鼻子上尚且蒙着一块黑布。班乐卫(Painlevé)是他的博士论文导师,后来他就接了班乐卫的讲座教授,并且在班乐卫故去以后又接了他所遗下的法兰西科学院的院士,这是一个独自努力成功的法国近代数学家。

反回来我再说一件故事及笑话。法国的习惯,在教授于休息室出来,由一位工友穿着大礼服,脖子中挂着铁链,开门引导到讲堂,于是学生就鼓掌欢迎。有一次方克尼克斯先生上课,学生照例鼓掌欢迎,他忽然大怒说:"前线上的士兵方在为国家拼命,你们为什么这样的高兴鼓掌。"从此他的课大家再不敢鼓掌了。由工友穿大礼服引着教授上讲堂,似乎只有数学各种课程如此,在化学及地质各科皆没有这种仪注。

住在尼斯旅馆的时代

巴黎大学的硕士学位分为两种,一种叫作国家硕士学位,一种叫作大学硕士学位。所不同的地方在于国家硕士学位所读的科目是有指定的:比如以数学来说,必须读普通数学、高级微积分及高级机械学三种,至于大学硕士可以读数学中的任何三种,每种在考试及格后各有一张证书;又如化学,欲得国家硕士者必须读普通化学、无机化学、有机化学三种,至于大学硕士就可以任意读三种化学证书;其他各种大略如是。凡得有国家硕士者可以考国家博士,至于得有大学硕士者,只能考大学博士,比如上面所说的徐廷瑚兄,他就考得了国家化学硕士,又同我同时住在王子旅馆的李圣章(麟玉),他后来也考得国家化学硕士,并考得国家化学博士。在我初住到王子旅馆的时候,圣章方绕道北欧经西伯利亚铁路回国,较后方才回来。这时《旅欧杂志》第一期方才出版,都尔印刷局方将印样寄给圣章校对,其中有我作的一篇祭黄兴的文章。我在这旅馆中住了大约三个月,因为是冬天,我住在五层楼顶的一个小房间,屋顶是斜坡的,在战争的时候房东不肯用大量的煤生火,所以水汀的火暖势不高,在五层楼上尤其感觉寒冷。恰遇见住在蒙巴尔那斯大街尼斯旅馆住着的两位华工,他们两人住一间前面的大房间,听见我找房子,他们说尼斯旅馆临后街尚有一间小房间空着,他们愿意让我住那间大房间,他们搬到小房间去住。我现在尚记得他们两人全是北方人,一位姓陈,一位姓刘。这时恰遇见高二安君在众神庙左近开了一个中国饭馆,我常到那里去吃饭,并见两位从前在豆腐公司的旧工人,两位皆姓段,他们这时改开计程汽车,他们就用计程汽车帮着我搬了旅馆。

尼斯旅馆南面面临蒙巴尔那斯大街,街上有双层电车来往。这条大街的人行道极宽,分为上下两层,巴黎的大咖啡馆每逢夏天皆在门前设有咖啡座,比如在大大街(Les grands Boulavards)上就是如此,蒙巴尔那斯却无这种情形,因为这条街上的咖啡馆根本不多，所以除了电车以外，尚觉安静，只是电车来往的时候，房屋常觉震动而已。我每天早晨必到这条街同拉斯巴邑大街交界的咖啡馆吃早点，这咖啡馆甚大而有名，是有名的文人及美术家聚会之所，可惜我现在忘掉了它的名字。我是立在柜台外面吃早点的，巴黎的习惯每个咖啡馆的进门口以后有一长的柜台，上边有两个水龙头，一个管做好的咖啡，一个管热牛奶，客人站在柜台外边向他要咖啡牛奶时，他就把每个水龙头开开，就有一杯咖啡牛奶，当时的价钱大约是二十生丁一杯；另外在柜台上放有不少份小面包，你吃多少照价钱算，这是专门为学生、商人忙迫不得坐下吃用的，这一种不必付小账，至于坐下吃者必须照付。尼斯旅馆的后门临着田间圣母寺街(Rue de Notre Dame des Champs)，这条街西面通到拉斯巴邑大街(Bd Raspail)，东面通到卢森堡前面的小公园。

现在我住的尼斯旅馆比较离巴黎大学远，虽然有电车可通，但是我很少坐，我多半是步行穿过卢森堡公园，这公园是巴黎最美丽的一个，游人不少，公园的北部是一所宫殿，是亨利第四(Henri Ⅳ)的王后玛琍(Marie de Médicis)所修建的，这时亨利第四的儿子路易十三方在幼小，玛琍王后掌摄政权，也就是厉氏里约的同时。宫前面有一片草地，中有一个大水池，很多的法国儿童在那里放小船游戏。另外园中有不少处有名人的石像,而在水池之四面,环绕立着法国历代王后的石像。这座卢森堡宫现在改为法国上议院的议场。出了卢森堡公园的东门穿过圣米赛勒大街就到了众神庙(Panthéon),这是路易十五晚年所建立的,原来是为迁葬圣埃俄维爱屋(Ste Geneviève)的坟墓,再修建一所大教堂。但是到了法国大革命爆发以后,革命党人就将它改称众神庙,为埋葬有勋劳于国家的人,米拉布是第一个埋葬在里边的人。后来的人思想改变了,又把他迁到旁处,现在埋葬在地下室的大半是著名的文学家,如卢骚、服尔德、嚣俄、左拉等。众神庙中有很多的壁画,皆是近代名画家的手笔,屋上圆顶有石阶四百二十五级可登,可以望见巴黎全部的风景,这也是赛纳河左岸最高的地方,众神庙的北边就是巴黎大学,中间只隔着一条小街,所以由尼斯旅馆步行穿过卢森堡公园极为方便。

众神庙的后边就是圣埃俄维爱屋图书馆,共有两层楼,上层是普通阅览室,下层是善本阅览室,它是巴黎四大图书馆之一。其他三所最大的是国立图书馆,藏书最多,在一九一三年它的普通藏书已经超过三百几万册,地图有五十万件,手钞本有十一万余册,另一个是玛乍兰(Mazarin)图书馆,还有一个海军船坞(Arsenal)图书馆。这些图书馆皆不收阅览费用,只有国立图书馆的善本部,须由阅览人的使馆用函介绍,方能得到允许证,中国书籍及伯希和由敦煌搬去的写本皆藏在那里,这些书全在善本部的楼上。

就住在尼斯旅馆的时代,我认识了徐旭生(炳昶)先生,他是同学中同我最要好的一个,在巴黎大学文科学哲学,后来他也在北京大学任教授,并在国立北平研究院任史学研究所所长。他住在众神庙的左近的都尔恩佛街(Rue Tournefort),晚上常到我的旅馆中谈天,他很喜欢讨论世界上的事物的可知及绝对不能知的问题,我的意见是各种事物只有相对的可知而没有绝对的可知。另外同学中有一位王来庭(凤仪)先生,他是陕西人,学法科,精通英法德三国语言,他后来得到了巴黎大学的法学硕士,然后又到瑞士去,在那里得到了法学博士。他有一个特别嗜好,就是在他旅馆里自备了一个煮咖啡的炉子,每天他以咖啡代茶饮,朋友去了他亦必定煮几杯咖啡送朋友吃。旭生曾问过他年龄,但是他总藉口不说实话,据旭生猜想,他的年龄总超过旭生。他曾考过秀才,并在革命的时候曾担任过陕西都督府的外交科长,于右任院长甚钦佩他,后来在南京时曾请他担任审计部次长,他宁肯做北平中法大学教授而不肯南下。在北平我曾问过他这件事,他笑而不答。他的中文书法也甚好,记得在抗日战争以前曾为徐旭生先生写过一件行书的横帔。七七事变的时候他正回到陕西故乡,可是到了开学的时候,他反而突然回到北平，大家问起他来，他回答说："不愿耽误学校的功课，应当回来的。"他为人的负责任如此。因为他夫人常常有病不能到北平来，他一个人永远住在北平公寓，没有人照顾他，所以有一天晚上他手拉着电灯开关无意地触电而死，这是一件很悲惨的事。王来庭先生可说是一位奇人。

当时巴黎报纸可以分成几类，一类如《晨报》《日报》《小日报》《小巴黎人报》《巴黎午报》及《巴黎晚报》皆是商业性的，而无党派的分别。另外有《菲加罗报》是极右派的报纸，他的总主笔是都德，他是以写著名的小说《礼拜一的故事》及《小物件》等书出名的。都德的侄子，以王党复辟派自居，另外《时报》及《讨论报》也是偏右的，而《人民报》是极左派的报纸，它的创办人是若莱斯。在第一次大战方起的时候法国政府怕他反对总动员就将他刺杀了，但是这完全是误会，若莱斯虽偏左，但他也是很爱国家的，并不会反对总动员。另外有一个报叫作《正统报》，是正统社会党的机关报。此外更有一报为克莱蒙叟独有的，这个报本名叫《自由人报》。克莱蒙叟同朴荫开雷争总统而未得，而且他知道朴荫开雷做了总统以后，绝对不会请他出阁，他就将他报名称改为《枷锁人报》。后来法国战势日渐失败，朴荫开雷总统只好请他出来组阁兼陆军部长，于是他的抱负大能发展，就又改回叫《自由人报》，这是第一次世界大战史中一段小插曲。

这是巴黎报纸中重要的报纸,至于各州皆有当地的报纸,但是销路不如巴黎报纸大。

这时间与我长往来的尚有陈孟钊(和铣)、戴毅夫(修骏),他们两人皆是法科的学生,陈孟钊并且兼在政治专校读书,后来他们皆得到法学博士。这时间留法的中国学生大约有两百多人,中国工人有几千人,大多数是在战争以后临时在中国招募的。至于留法勤工俭学会,是在战争完毕以后方才组织的,彼时将有大批的学生往法国去,数目将在一两千人,这是后来的事情,现在暂且不提。

从巴黎屡次被轰炸说起

一九一八年三月初巴黎大学方放春假,我这时住到蒙巴尔那斯大街尼斯旅馆五层楼上,这一阵德国的飞船常来法国夜间轰炸,我有时间就躲避到楼下层的地室中,这是女房东躲避轰炸的地下室。我记得开始的时间是在寒假,因为这时宗侃弟也自学校回来住在旅馆中,有时在旅馆的大门内躲避,这是旅馆女主人的妹夫所提倡的,他说轰炸的时候会引起火灾,离门近容易逃走。有一次正在街上遇见警报,我就逃到欧带庸地道车车站中。因为巴黎的地道车深入地下数十公尺，是很好的避难所，遇有警报的时候，地道车就停止行驶，并将电路割断。因为地道车的电路是在车底下的钢轨上面，所以在这个时候，人们常常在地道车道上散步。我记得这一次碰见了同学王尚济君，他后来考得了数学博士，同我同时在北京大学担任教授，他是何乐夫同魏建功两君的岳父，他的两位女公子皆是世界社在北平所办的孔德中学毕业，颇善写白话文，何君是研究校勘学的，他曾校勘过若干种老子的版本，魏君现在在共产党的北京大学担任中文系主任。王尚济先生数学甚为高深，他是我们留法同学年纪最长的一个，但可惜的是他在民国二十几年就病故了。

反回来我再说三月间的事，我习惯在上午七点钟起床，这天也在七点钟醒了，因想到学校放假，不如多睡些时候，睡了若干时忽然听见警报汽笛大响，遂被惊醒，看表则已经九点多钟。平常警报总在夜晚间，这天突然这么早，也觉得怪异。巴黎在一九一七年尚用救火车为警报，到了下半年方才改用警报的电笛，就是现在台湾所用的这种，我就赶紧穿了衣服逃亡。距离旅馆不太远的铜狮子地道车站看见椅子上同上下车的楼梯上皆坐满了人，直到十二点钟已过警报尚未解除，而我因为尚未进早餐，遂出地道车站在商店中买一包蜜饯无花果回到地道车站中少食。但是又等了很久已经下午两点钟了，警报仍旧未解除，我只好出来回到旅馆，路上男女行人甚多，这天天晴，空中无云，仰望亦无所见，这就是巴黎白天被轰炸的头一天。到了傍晚，我到圣米赛勒广场(Place St.Michel)去晚餐，这家饭铺是有定价餐，法国餐馆大约分两种，一种是定价餐，普通是一佛郎二十五生丁，有的最高两个佛郎，另一种是随意点菜的，价钱较贵，我这两年总吃这家一佛郎二十五生丁的饭。地点固然离我的旅馆甚远，但离巴黎大学尚近，虽然有电车可坐，但是我是步行的，并且常穿过卢森堡公园。这一年我逛这公园次数最多，就在这晚间在路上买到了当日的晚报，巴黎的报纸皆由售报亭出售，所以购买很方便，我在法国没有订阅过报纸，全是零买的，关于白天警报的事，晚报上揣测甚多。有人说警报来了以后，法国空军就飞空中去视察，但是始终没有看见敌人的飞机，并且他们注意每十分钟落弹一枚，甚有规则，又不像是飞机投掷的。又有人以为德国的飞机飞程甚高，而飞机上携有炮，用炮发弹，所以炮弹按时落地，而空中反不见飞机。这时真是巷议纷纭，莫衷一是。到了第二天的晨报上方明白了这件事的真相。据巴黎市立化学研究所，将落地的炮弹碎片，加以分析研究，证明这确是炮弹，而不是炸弹。后来法国又派了空军顺着声音去追寻，发现这一个远射程炮，位置在离巴黎一百二十公里的森林中。它白天发炮的时候，用电力同时在前线发射几十尊炮,用火光以掩避这长射程炮的火光。它为什么只有白天能发射,就是因为火光甚烈,夜间能引起法国人的注意;又因为这个炮构造甚为特别,发射过久恐怕引起炮身的炸裂,所以只能每十分钟发一炮。这实在是后来飞弹的前身,不过彼时只能射到一百二十公里,而现代的飞弹的射程是由五百公里至一千五百公里,大大的进步而已,原则上总是这一套。据战后法国人的调查,这个炮的设计甚为精制,不只射出的炮弹没有一个不炸裂,而且在发射出数百个炮弹皆落在巴黎的城圈里面。法国人既然知道了炮的大概部位以后,就用炮队的全力向这门炮攻击,居然被他们击毁了,所以中间有两个礼拜未见这种炮力的威风。后来德国人又做了第二尊炮,仍旧使用! 直到法国人采取进攻的时候,德国人就把这两门炮销毁,以免联军获得他们造炮的方式。后来在第二次世界大战中希特勒制造 V 一、V 二来扰乱英国,就是仍旧用这个图样。

当然这种远射程炮弹困扰了巴黎好几个月,最厉害的几次是在一九一八年三月二十九日下午三点多钟左右,在巴黎市政府左近一个老教堂,是十五世纪建成的,它是以唱圣歌著名。这一天正是"圣星期五",很多的人在那里听圣歌,就在下午三点钟左右,一个长射程的炮弹射中了它那古旧的屋顶,于是屋顶塌下,信徒中有六十人死亡,有六十八人受伤。又离那里不太远在利失里街(Rue Riveli)，同年被一个炮弹炸毁一个煤气管子，因而发生了大火。又在巴黎北部有座七层楼被炸，炮弹全穿到底，这些足证明它的威力。

往都尔避难

因为巴黎夜里被飞船轰炸，白天有远射炮轰炸，我就搬往都尔城。这是比蒙达邑大得多的一个城市，它是安得尔及卢瓦尔州(Indreet Loirl)的首府，它是在巴黎同大西洋海岸的中间，距离前线甚远，世界社印刷局前两年已经由巴黎近郊搬到这里。因为有安得尔及卢瓦尔两河经过，所以州名就以两河之名称之。都尔固然没有大学，但有医预科专校，有市政府图书馆及博物馆，有地方法院、警察署及宪兵队。我们去的时候美国军官住在这里不少，所以旅馆拥挤不堪。在第一次世界大战前，去法国旅行的并不要护照，我们初到法国的时候，只是到中国公使馆领到一张国籍证明书。到了世界大战发生以后，才以国籍证明书去市政府领居住证明书。居住证明书是一小册子，前面贴有相片及写明国籍、年龄、职业等，并现在的住址，以后每次换一住址，必须到该管区派出所去报出或报进。我是到巴黎后领到居住证明书，这次要往都尔，就跑到尼斯旅馆后面一条街田间圣母寺街的派出所去报迁出，到了都尔以后再去派出所报迁进，每次迁移必须如此，这比以前的手续麻烦多了。到了都尔以后，恰巧齐云青回到巴黎来了，他是同李晓生(广平)先生同住，他们两人共同管理印刷局。李晓生是留英国的学生，民国初年曾任南京总统府秘书，在国民政府时代他曾做过立法院秘书，现在他已经七十多岁了，闲住在九龙的新界。那一天他就招待我住在楼下齐云青的房中，我住了两天就仍回到巴黎。但是巴黎情形并没有改善，轰炸如故。过了两天宗侃弟也来到巴黎，我就决定迁居都尔，这次是同徐旭生、汪申伯两先生及宗侃弟同行。我租了一间房子在人家的后院中，白天我就到印字局去，印字局是附设在法国的一个印刷局中，由世界社搬来一套中文铜模，齐云青同李晓生管排版，印刷就由法国工人管理。当时中文的业务并不多，只印《旅欧杂志》及《华工杂志》。法国的印刷局，除了印地方报纸(La Dépeche)以外，多半印的是艺术风景明信片，我也曾到他们楼下参观过，方才知道巴黎所出售的这类明信片，大部分是在都尔印刷的，都尔是这类明信片印刷的集中地。我们午晚两餐皆在一家居家旅馆中包用，就在这时期我同徐旭生、齐云青及舍弟同游距离都尔两小时的火车的安包义斯(Amboise)旧宫，它也在卢瓦尔河河边，它是法王查理第八世(Charle Ⅷ)居住的地方。他生在宫中，也因为骑马头碰在宫门上受伤而死,游逛的时候向导的人尚指着门上端给我们看。那天方赶上下雨,我们没有坐火车步行而去,这是卢瓦尔河上有名的旧宫之一,沿着卢瓦尔河以都尔为中心,旧宫甚多,为法国有名胜的地方。我们路上经过了一个中国式的塔名叫鸡鸣塔,高有五层,我们曾登上去避雨。逛完了旧宫,天已经日落,我们就乘火车返回都尔,这一天游兴甚浓,但也甚为疲倦。

住在都尔的时间,徐旭生先生努力地作了一本书叫作《教育刍言》,他是一边写一边自己排版,并且用小印刷机在楼上自己印,这是部自给自足完成的著作,里边对教育有若干意见,尤其对中国字的改革有不少宝贵的意见。徐先生认为中国字的原则在于形声,一边用部首以代表形,另一方面用声音来代表声,他认为这种方法若加以改良,可以变成世界上最有效的文字。我们吃饭的时间大部分谈的是这问题。他想一方面维持着部首的形,另一方面用注音符号来代替声,但是中间遇见了一些困难,就是有同音的字,比如梅花的梅同门楣的楣皆以木字为偏旁,而声音又相同,若音符的每同眉皆用注音符号来代替有混为一字的毛病,当时我们想过许久,认为无法解决。但是我现在想起来并不如是困难,第一是同音同形的字并不像我们想象的那么多,第二也可用调号解决,所以我现在想徐旭生这办法尚可行得通的,并且我想中国文字用这方法来改良比用罗马字拼音好得多了。固然打字比用罗马字复杂,但是比现在的中国字就简单多了。我现在再提出这问题以供教育界的参考,我并且再声明这是徐旭生先生的创建,我只是赞助的地位,不敢掠美为己有。

往法国西南新各城

住到暑假完开学,徐先生就回到巴黎,后来他又到诺曼第海边去避暑,我也到法国中部去。我先到黎莫日(Limoge),这是在距巴黎四百公里的大城,它有将近十万人口,以出产瓷器著名,并有个瓷器博物馆。我是访同学徐海帆兄(廷瑚),他住在那里已经很久,这并以酿苹果酒著名,他陪我到乡间的苹果酒厂喝新酿的苹果酒。我住了有半个月就更往东旅行,到了法国中部克赖蒙,这是中部的一个大城,有十一万余人口,在那里等宗侃弟,因为在开学的时间,他已经回到莫兰中学,现在到了放暑假,我就约他来此地会面。本来克赖蒙是一个生活便宜的地方,但是自从美国军队开拔援助欧洲以后,法国就充满了美国人,因此各大城的旅馆就为他们所占据。我们就预备迁往里昂,但是因为那地方闹传染病,我们就改向西南行到了都鲁斯,这是离西班牙不远的一个大城,有大学及专门学校,当时有十来个中国学生住在那里。到了那里以后,就由李润章、潭熙鸿诸兄招待我们。第一个月我们就在市政府对面的一个餐厅吃饭,它是定价的,大约每饭是两个佛郎。就在都尔的时候,法国开始实行面包票的制度,票是每月一大张,每天一小张,印有月日,吃饭的时间必撕下一小张给饭馆或面包铺,方能得到一块面包,每月的面包票颜色不同,以免有人可以调换年月。法国人对面包票的制度并不太严格,比如你在咖啡馆里吃点心,它并不要面包票来代理,并且有的饭馆的茶房也不一定坚持要面包票,假设你是熟的顾客。

到了都鲁斯第二个月我们就自己做饭吃,只是吃炸牛排同面包。我其间患过一次胃病,请了一个医生来看过一次就痊愈,当时一次出诊费是五佛郎,约等于中国两元。我现在想起来是因为当时所吃的饭中没有生菜的原因,大约维他命B同维他命C皆缺乏,不过我那时间不过二十二岁,方在壮年不太有影响罢了。在这时间美国军队越来越增加,英法联军也已经采取攻势,战局甚为乐观。那时法国各报中皆每天有战局评判,由专家著作,其中两个最有名的就是《时报》及《讨论报》,这两位战时评论专家,战后皆出有专集,仍旧风行一时。各国并出有战时画报,这全是第一次世界大战的史料,再加上战后各国皆出有回忆录，材料丰富异常，后来美国出了一部总目，只是目录就几百页，但是若与第二次世界大战比较仍旧是小巫见大巫。到了十一月初，我们就同到巴黎，那时久已没有轰炸的危险，大约到了九月间，德国的空军已经无力施威了。我先是住在欧带庸剧院左近的旅馆内，两个月后我又搬到学校街路北地球旅馆五层楼上后面的一个小房间，每月租金四十佛郎，对面就是巴黎大学的北门，旁边就是法兰西学院(Collége de France)。说起法兰西学院来，它是创自法王佛郎沙第一的时候，原名王家学院，后来到大革命的时候改成法兰西学院，里边教授皆非常有名，以中国文化及南洋文化而论，那里就有两位大师，一位是伯希和(P.Pelliot)，另一位马伯乐(Marpéro)，马伯乐尤其是历代名家，他的父亲是埃及学的权威，学生去听讲不需要报名注册，也不收学费，完全自由式的。当一九一五年有些位同学离开蒙达邑中学来到巴黎，其中乐氏三弟兄就找寻中学，预备继续读书，因为法兰西学院的"学院"同蒙达邑中学的"中学"两字相同，他们就误会了意，以为这是法兰西中学，就进去听讲，结果是那些老教授们所讲的话，他们可以说听不懂，后来请教旁人方才明白这是法国最高的学府，他们的中学程度尚未齐备，又何能登上这里呢！

　　我又回到巴黎大学听讲，前线是胜利频传，到了十一月十一日，我正听微积分课的时候，到了十一点钟，教书的维西猷先生，他那时只是讲师，"现在十一月十一日十一时到了，前线的炮声全都停止响了，我也可以停止我的讲书"。于是听众一齐鼓掌，这几天巴黎真是举城若狂，街上很多不相识的人跳舞，想起五十二个月的战时经过，欢喜得要把他忘了。

（选自《李宗侗自传》，中华书局，2010年）

169

从密苏里到康乃尔[①]

萧公权

> 萧公权（1897—1981），政治学家，1920 年至 1926
> 年留学美国，在密苏里大学、康奈尔大学学习，1926
> 年获康奈尔大学博士学位。

"南京号"是一艘较小的邮船。船上的乘客几乎全是清华
派送和少数自费留美的学生。我们清华同学在船上白天三三
五五或聊天，或做各种游戏，毫无去国离乡的悲哀。船到日本，
停泊了一天。我们全数上岸去横滨和东京"观光"。虽然"走马
观花"，时间短促，两市街道的整洁固不必说，人民普遍的有礼
貌和守秩序，尤其给我以深刻的印象。（例如坐公用电车的人
都自然地，自动地，按到来的先后在车站上排成一列，电车来
了，让车上乘客一一下车之后，才鱼贯上车，绝不拥挤争先。这
虽然"无关宏旨"，但确是国民教育程度的一种表现。）我前此和
许多中国人一样，不大看得起"东洋人"。现在我开始修改我的

---

① 标题为编者所加。

态度。

离开日本不久，"南京号"遇着太平洋的风浪。同学当中晕船的都"病莫能兴"。我侥幸是少数不晕船同学当中的一个。无论轮船怎样颠簸，我们仍旧能够在舱面散步，或餐厅进食。我当时曾胡诌了一首五言"古诗"，虽属"打油"，尚能约略描写那天风浪的声势和晕船同学的苦况：

> 海若驱长鲸，狂澜纵起伏。
>
> 人共天低昂，楼船轻一粟。
>
> 偃卧苦翻腾，跬步亦踟蹰。
>
> 岂惟耳目眩，时觉喘息促。
>
> 同舟病莫兴，出哇肝胆绿。
>
> 黑云迎舟来，百尺苍龙蠹。
>
> 舟穿黑云去，豪雨喧奔瀑。
>
> 骄阳忽耀空，篷窗尚淋漉。
>
> 晴光斜照海，回波走金镞。
>
> 横风向晚定，倚舷恣瞻瞩。
>
> 西天灿朱霞，东天张翠谷。
>
> 海水写天容，文绮万千幅。
>
> 襟怀顿如洗，俗尘何待扑。

谁谓风涛险，壮游得清福。

　　"南京号"到达旧金山已是九月中旬。经过例行各种检查以后，王文显先生率领我们上岸，在旅馆里住一两天，然后分途坐火车去各人所选定学校的所在地。去密苏里大学（University of Missouri）肄业的有李干、李懋（芑均兄的令弟，自费生）和我，一共三人。这学校在密苏里州的可伦比亚市（Columbia, Missouri）。由旧金山去密苏里要经过尼瓦达（Nevada）、犹塔（Utah）、可洛拉多（Colorado）和堪萨士（Kansas）四州的境地。我在火车上观看沿途风景，与二李谈天，颇觉有趣。洛矶山（Rocky Mountains）与盐湖（Salt Lake）的山水尤为奇观。我当时曾把我初到美国所得的感想和所见的风物，作如下的记载：

　　　　楼船驾飚轮，破浪越万里。

　　　　横渡太平洋，小住三藩市。

　　　　山城控海隅，形势壮可喜。

　　　　崇构摹云霄，门窗望迤逦。

　　　　物阜人自康，民和政斯美。

　　　　步入唐人街，仙凡殊彼此。

　　　　喧嚣萌故态，尘浊不知洗。

172

吁嗟炎黄胤，而供异类訾。

电车走铁道，游客行未已。

无垠北美洲，禹域差足拟。

盐湖水浩瀚，洛矶山岌巇。

山水纵奇观，人物思旧史。

自由开国风，新民立政轨。

一百五十年，雄声播遐迩。

方策徒仿摹，每成逾淮枳。

在德不在鼎，畴能悟兹理。

　　我们三个人到达可伦比亚时，大学已经上课。所幸入学手续早已办妥，只须向学校报到选课。芑均兄学新闻。密苏里大学的新闻学院在那时是首屈一指。他的弟弟学工程。这个大学的工学院虽没有赫赫之名，却也够得上水准。我去密苏里有两重目的。一是我也有志于新闻事业，二是叔玉兄在那里经济系肄业，我想和他做海外的同学。他知道我要到密苏里，十分高兴，要我先期通知他我们到达可伦比亚的时间。我们的火车到站时他早已在站上等候。他照料我们，送我们到他预先代为定好的住处，第二天上午陪同我们到学校去办报到和选课等手续。

芭均和我同去见新闻学院院长韦廉士先生（Walter Williams）。他指示我们除了必修的新闻学课程以外，应该尽早选修近代史、政治学概论、经济学原理、社会学、哲学概论等课程，以求开展视界，扩大知识范围。新闻学是职业性的（professional）学科，但必须辅以"自由教育"（liberal education）的课程，才能避免眼光狭隘的缺点。我们当然遵照他的指导。"新闻学原理"和"初级新闻采访"是必修的课程，我们没有选择的余地。芭均兄和我一同选了"欧洲近代史"。他选了"经济学"和其他一门课程。我选"哲学概论"和"社会学"。（此后在密苏里大学的三年中还选了哲学史、心理学、人类学、政治学、教育学、植物学、法文、德文、艺术等课程。）

我们的第一堂课碰巧是克尔勒教授（Robert Kerner）所授的"欧洲近代史"。我们人地生疏，费了一些时间才找着了教室。上课铃早已响过，教室门也已经关上了。我们迟疑了一下，鼓着勇气，开门进去，发现这一个大教室几乎被至少六七十名学生坐满。克尔勒先生讲授史实，绘影绘声，令人忘倦，因此很受学生的欢迎，选修的人每年都不在少数。韦廉士先生是当代美国新闻学的"大师"。他讲"新闻学原理"这一门课，胜义络绎。郝真教授（Jay William Hudson）讲授"哲学概论"，深入浅出。艾尔吾（Charles Ellwood）教授主讲"社会学"、"人类学"等课。他是知名的社会学家，对栽培后进十分注意。我们对所修的课程多感到满意。令我"伤脑筋"的课程是"初级新闻采访"这一门。除了在教室里听取教授讲明采访技术之外，大部分的时间都用在火车站上访问下车的乘客。这些男女老少的人们，行色匆匆，极少愿意答复我们"记者"的访问。即使偶有几位愿意答复我的问题，他们所说到可伦比亚的原因却极其平常（例如来看朋友或探亲戚），没有"新闻价值"，没有在《密苏里人》（Missourian，新闻学院为学生实习所办的日报）上刊登的资格。学期终了，我虽然勉强"及格"，但做"无冕王"的野心打消了。知难而退，我放弃了新闻学。同时我对哲学发生了浓厚的兴趣。到了第二学期开学的时候，我居然是哲学系的学生了。

哲学系那时只有郝真和佘宾（George H. Sabine）两位教授。主修哲学的学生，连我在内，一共不过四五名。这是一个冷系。两位教授尚没有赫赫之名。但确都饱学深思，尽心启发学生。系主任的名义和职务由两人轮流担负，系里的课程由他们分别讲授。两位先生认为我孺子可教，时时加以启迪鼓励。

一年半的时间又过去了。一九二二年（民国十一年）六月我在大学本科毕业。因我成绩尚佳被选入全国性的荣誉学会Phi Beta Kappa（这学会于一七七六年在韦廉玛利学院［William and Mary College］成立，后来国内各大学多有分会。每年由校中教授之为该会会员者,选毕业班和三年级学生成绩最佳者若干人入会),清华官费留美,限期五年。我还有三年的官费,于是决定进研究院,在哲学系两位教授指导之下,继续求学,同时选定心理学为副修的学门。

美国各大学的研究院大都规定攻读硕士博士的研究生,除必须修满若干学分的指定课程外尚须写论文一篇。哲学系的两位教授问我是否想写一篇有关中国哲学的硕士论文。我表示希望他们给我一个有关西洋哲学的题目。我的理由是:(一)我们中国学生到西洋求学应当尽量求得对西洋文化的知识,回国以后去着手研究中国文化并不为迟。(二)在美国写有关中国哲学的论文,或有沟通中西文化的一点作用。然而我是尚在求学的学生,对于中国哲学没有深刻的了解,因而也没有介绍中国哲学给西方人士的能力。(三)那时美国一般大学图书馆里收藏有关中国的书籍为数不多,密苏里大学图书馆尤其如此。我如做有关中国哲学的论文,必会感觉到参考资料的缺乏。(四)一般美国大学教授对中国文化未曾致力研究,似乎未必能够真正指导学生草写论文。(我当然不会向他们提出上面的第四个理由。我后来听说中国留美学生写有关中国的论文者颇有其人。有学术价值的作品固然有之,自欺欺人的也不乏其例。后者之中最可笑者是学土木工程的某君写了一篇

《扬子江铁桥的构造》而"学成"归国。这样隔海修桥，比古人"闭门造车"的神通更加伟大了。）两位教授同意我的看法。余宾教授说："近来英国学者拉斯基（Harold J.Laski）所提出的多元政治理论，颇有研讨的价值。你愿意把这个题目作一篇论文吗？"我立刻接受了他的建议，用了八个月的时间写成长约二万字的《多元国家的理论》（The Pluralistic Theory of the State）。

一九二三年六月我获得硕士学位。两位教授知道我想继续进修，劝我到东部的大学去，不可久恋密苏里。郝真教授主张我去哈佛大学（他是这大学的哲学博士），并且表示愿意向哈佛哲学系推荐我，准我入研究院并给我奖学金。余宾教授劝我去康乃尔大学（他是这大学的哲学博士）。我考虑之后决定去康乃尔。理由是：

（一）康乃尔的哲学系是当时美国唯心论的重镇。无论个人是否接受唯心论，研究这一派的哲学可以得到精密思想的训练。

（二）康乃尔的狄理教授（Frank Thilly）精研社会及政治哲学。我对于政治思想，经余宾教授的启迪和鼓励，发生了浓厚的兴趣，今后想在狄理教授指导之下，作更进一步的研讨。承余宾和郝真两教授推荐，康乃尔大学研究院批准我入学的申请并给我以奖学金。

密苏里的教授们，除了哲学系的两位可以说是我的"业师"外，还有心理学教授迈尔先生（Max Meyer）和德文教授阿门特先生（Hermann Almstedt）最令我感谢难忘。迈尔教授的原籍是德国，他说话尚带着德国的语音。因为心理学是我的副修学门，我曾上过他所讲授的两门课程，并且在他指导之下做了一点研究工作。他不赞成旧派的"内省"心理学，而主张从生理上去分析心理。照他看来，一切心理现象都是刺激和反应的结果，而一切反应都基于生理的构造。他把这种机械观推到逻辑的终点，使他的理论有时与常识相反背。他有一句名言，"感情是白费了的反应"。（"Emotion is wasted reaction."）他解释说："一个人看见墙快要倒了，便不动声色，拔腿飞跑，因而未被压伤。这是有用的反应。如果他恐惧发抖，心慌腿软，不能走动，这便是白费了的反应。"他这一派心理学在美国那时颇受一部分学者的重视。已故清华大学心理学教授孙小孟兄（名国华）便曾受他的影响。我对于迈尔教授的学说，没有心得，他却赏识我，让我协助他做一些心理学的测验或实验。后来孙小孟兄对我说，迈尔先生在他所著的一部书里声明某些实验曾由我协助。他这朴挚的学者态度，不肯埋没学生一点细微的工作，值得感谢，也值得效法。

我从阿门特教授学了一年德文。（教第二年德文的是另一位教授。)阿门特教授采用"直接法"(direct method)教初级德文。从头一堂起,他便避免讲英语。(虽然他说英语时发音正确,不像迈尔教授说英语时带着沉重的德国语音。)他一面说德语,一面做各样动作表达其意义。过了些时,学生都能大致听懂。他采用的课本也全是德文。方法既好,他又热心教授,学生的进步自然迅速。叔玉早已是他得意的学生,因此他对我也另眼看待。他不时约我们两兄弟到他家里吃茶点或晚餐。他和我们可以说是谊兼师友。民国十年的秋天我们在密苏里肄业的十多个中国学生举行扩大"双十"(也是"叁十")国庆纪念,约请与我们接近的美国教授和同学来参加。节目中当然有唱"国歌"的一项。我们都不曾受过唱歌的训练,如果到那天胡乱一唱,难免让祖国丢脸。所幸阿门特教授允许我们的请求,到他家里去练习唱国歌。他弹一手好钢琴,委曲地伴奏我们荒腔走板的合唱。那时北京政府采用的"国歌"不是后来国民政府采用的"三民主义,吾党所宗……",而是"中华雄立宇宙间,万万年……"。歌词的好坏,姑且不论,曲谱的作者似乎不怕拗折唱歌者的嗓子,所作的旋律忽高忽低,唱来实不容易。然而经过阿门特教授的耐心训练,到了十月十日,我们的表演总算勉强过得去。民国十二年秋天我去到康乃尔大学之后,时常和他通信。十五年回国之后,因为种种昏忙,我不曾去信问候他。

三十八年秋天我重游美国。他已年届八十，早经退休，得着我的信十分高兴，欢迎我去看望他。我也蛮想再到三年肄业的密苏里大学。不幸次年春间他突然去世，我永远失去了和他再见的机会。

我学拉丁文、法文和德文都浅尝而止（每门不过两年），虽然所得到法文德文的一知半解给与我一些检查参考书的便利。我既缺乏"语言天才"，又不能在学生时代多抽时间，多下功夫去学习这两种重要的近代语文，现在回想，这和我儿童时代学日文有始无终是同样的可惜。差可引以自慰的是我尚有运用英文的一点能力。密苏里大学规定，大学本科学生，不分本国和外国人，必须在三年级以内参加测验英文程度的考试。不及格的学生不能毕业。李芭均兄和我居然都及格了。（有少数美国学生竟不及格，必须重行考试。）语文是治文学社会等学科不可少的工具，犹如数学是学物理、天文、工程等学科不可少的工具。我在美国教学十九年，发现在本科或研究生所交的报告或论文中，间有文字不大清通的例子，因而感觉四十多年前密苏里大学采用的英文考试制度是有道理的。同时我也发现有少数中国学生，因为他们的英文程度太低，到美国求学，往往有费力不讨好之苦，甚至虚耗时间与金钱，因而相信国内按年举行的留学考试是有意义的。

一九二〇秋，一九二三夏在密苏里大学肄业的中国同学当中，与我相处最熟的是萧蘧（叔玉，经济，清华戊午级）、杜钦（少门，历史，教育，清华己未级）、李干（芑均，新闻，清华庚申级）和陈钦仁（青筠，新闻，清华辛酉级）四位。叔玉兄于一九二〇年毕业后入研究院，次年获得硕士学位，转学到哈佛大学。因为他的成绩优异，得着学士学位之后，被任为经济系的授课助教（teaching assistant）。中国学生任助教，在密苏里大学尚是创举。芑均兄于一九二二年得着新闻学学士学位之后，改入哈佛大学研究院，专攻经济学。一九二五年得了博士学位，回国先后在中央银行、税则委员会和其他经济业务机关任职。青筠兄一九二三年学成归国，在沈阳东北大学、天津南开大学、北平北京大学等校任教之后，即用其所学，在汉口重庆等地主办英文日报多年，卓有声誉。少门兄于一九二一年同时得着文学士（历史学）和理学士（教育学），即迳入研究院进修史学。次年获硕士学位，赴哈佛大学继续研究工作。不幸到剑桥不久，发现他染着严重的肺结核症，被迫辍学休养，旋即回国，任教南京东南大学（中央大学的前身）。虽然病体未全康复，他力疾讲学，丝毫不苟，竟于民国十二年十一月十二日殁于校舍。少门原籍江西九江，幼年孤苦。所幸他天资聪颖，好学不倦，在清华肄业时成绩斐然，在美国求学时更为教授们所器重。最可贵的是，他不但通达古今，还能够应微如响，辩才无碍。因此他时常被当地各种团体邀请去公开讲演。在不妨碍学校功课的范围以内，他也乐于应邀。有一次某教会邀请我们中国学生去听新从中国回来的一位传教士报告中国的近况。少门和我，还有其他几位同学都去听讲。谁知这位传教士把中国的社会描写得黑暗无比，几乎与野蛮社会毫无分别，并且大肆讥评。听众当中有略知中国情形者，大为不平，于此君讲完之后立即建议主席，请在场的中国学生发言。我们当然公推少门，做我们的"发言人"。他站了起来，雍容不迫地，作了十几分钟，亦庄亦谐的谈话。他不直接驳斥传教士的错误，也不直接为中国辩护，但请大家注意，任何学识不够丰富，观察不够敏锐，胸襟不够开阔的人到了一个文化传统与自己社会习惯迥然不同的国家里，很容易发生误解，把"歧异的"看成"低劣的"。中国学生初到美国，有时也犯这种错误。他本人就曾如此。他于是列举若干美国社会里，众所周知，可恨，可耻，或可笑的事态。每举出一桩之后，他便发问："那就是真正的美国吗？"（"Is this the true America?"）他略一停顿，又自己答复，说"我现在知道不是呀！"少门说完之后会堂里掌声雷动。这位传教士满面通红，无话可说。散会后许多美国人拥上来与少门握手，赞许他的谈话。我事后曾想：如果少门就传教士所说——加以驳斥，或极力宣扬中国文化,夸张"孔孟之道"如何完善,"四千年的历史"如何光荣,听众可能会觉得索然寡味。他的捷才妙语,令我钦佩无已。

同时在密苏里大学肄业的远东学生,除了我们十多个中国人外,还有为数更少的日本、印度和菲律宾人。那两三名菲律宾学生都爱结交美国姑娘,在学业上似乎不甚出色。唯一的印度学生打算学医。他喜欢放言高论,但所说往往不着边际。日本学生和我时常见面的是青木岩。他和我同在哲学系肄业,又在一个宿舍里同住了一年。他同其他两个日本学生(似乎是一学农,一学工)都潜心向学,毫不外务,他们朴实的态度给我以很好的印象。民国九年我经过日本时已感觉到我们看轻"东洋小鬼"是一个错误,现在我更觉得日本学生的不可轻视。我曾想,如果日本的青年人大部分都像这几个日本留美学生,这个岛国的前途未可限量。从我们中国人的眼光去看,确是可怕。中国同学笑我时时与日本学生来往,送给我一个"亲日派"的徽号。其实我并不亲日而有点畏日。就后来的史实看,我那时的感觉并没有错。看轻日本人而不自策自励才是错误。

我在可伦比亚的三年,第一年与叔玉同住在一家私人住宅里。美国各大学所在的城市里照例有许多大学附近的人家把一间或更多的房间租给学生住,按星期或按月收租金。一方面房主得着一些收入,一方面学生们也得着便利。(学校的宿舍往往不能容纳全数的学生。)中国学生到了美国,住在私人家里可以对美国人的日常生活得着亲切的认识,虽然学校宿舍的租金比较上更为低些。第二年夏天叔玉去到哈佛大学,我搬进乐理堂(Lowly Hall)宿舍去住。这宿舍在密苏里圣经学院(Bible College)的二层楼上(楼下是教室)。住在宿舍里的学生不限于基督徒,也不限于圣经学校的学生。中国同学除我以外,杜少门、饶引之、陈青筠等几位也曾住过这靠近密苏里大学校址的宿舍。住在这小型的宿舍里可以多与美国学生接触,藉此了解他们的生活,同时又可以避免密苏里大学所办大规模宿舍的喧闹。第三年我搬出乐理堂,又住进一家私人住宅,以便"闭户读书"(看参考书,写报告,撰论文)。住在乐理堂宿舍的一年我认识了十多个美国学生,彼此之间都发生了友谊。主管圣经学院的院长是艾德华先生(Dean Edwards)。我迁入宿舍的时候,他对我说,"欢迎! 如果有任何问题,请你随时让我知道"。大约两个月之后,房门上的锁忽然失灵,我到楼下他的办公室去报告他,满以为他要雇一名匠人来修理。不到半个钟头,他自己拿着工具上楼来蹲在门边迅速地便修好了。(我们中国的院长先生们肯"屈尊"去修锁的,大概很少。他们也未必有这样的技能。)

可伦比亚是一个"大学城"(college town)。居民一万多人当中,有许多以供应密苏里大学几千教员学生生活和工作的需要为业。我们这十多个中国学生平日的言行都颇谨慎,因此当地居民对我们不但没有"种族歧视",而且颇有好感。民国十一年直奉战起,国内政治波动,政府无暇顾及拨款汇美,交驻在美京华盛顿的留美学生监督处,按月发给清华学生。(那时候我们每人的月费是美金七十元,以为购买书籍文具,交纳房租,支付餐费,略添衣物,以及一切零星开支之用。学费由监督处直接寄交学校。那时美国物价比近年远为低廉,每月七十元足可敷用。如果加意节省,还可稍有剩余。)监督处发信通知我们,叫我们自行暂时设法应付。最初我们几个官费生向相熟的自费生借得一二十元暂充膳费。不料一等,两个月的时间过去了,"黄条"("yellow slip",监督处每月寄来浅黄色的银行支票)仍旧渺如黄鹤,我们不便老去向自费生借贷,商量之下,决定向我们平日来往的银行去探问是否可以贷给我们一点"信用"借款。我们满以为可能会被拒绝。不意我们把来意说明之后,一位职员便问明所需数目,让我们各写借据,如数照借。所幸不久之后积欠的月费由华盛顿寄到了。我们立刻去到银行归还既无抵押,又不付息的借款,从这一经过可以看出当地人士对中国学生的态度。我在可伦比亚住了三年,初到时确是人地生疏。但不到一年,在市街或住宅区走过,随处都有人招呼我。

一九二三年夏初我离开这一个人情温厚的"大学城"时不免有惜别之感。

我辞别了密苏里的师友，并未直接去康乃尔大学所在的绮色佳（Ithaca），而转道去伊利诺意州的爱文斯敦（Evanston，Illinois），以便进西北大学（Northwestern University）夏季学校。我的动机是：（一）爱文斯敦是米西根湖（Lake Michigan）西岸上的一个"大学城"，风景颇好，气候宜人，不像可伦比亚夏季的炎热，可以在此避暑。（二）爱文斯敦南距芝加哥（Chicago）不过十数英里，乘高线火车很快可达，"观光"美国中部的最大都会极为方便。（三）我在可伦比亚时曾不知自量在史蒂芬学院（Stephens College）学过两年小提琴，想在西北大学暑期学校中学一点音乐理论。

以我这毫无音乐天才并且年纪不小的人去学小提琴和乐理，诚然是胆大妄为。但我也有一番道理。中国古代的教育除了修己经世之学以外，还包括陶冶性情的"乐教"。在"六艺"——礼乐射御书数——之中，"乐"也有其地位。孔子能琴能歌。他的门人当中能鼓瑟的至少有曾点和仲由，虽然后者有一次所奏的曲调不合老师的胃口而受到"由之瑟奚为于丘之门"的"喝倒彩"。孔子到了言偃治理的武城，听见弦歌之声，心喜"莞尔而笑"。南宋以后的理学家才教人"正襟危坐"，把一种

186

养性怡情的正当"游艺"打消了。记得我十来岁的时候听见人吹横笛，弹月琴，心里爱好，表示想学。一位长辈教训我说，"这是下贱的玩意，不可去学"。后来进了学堂，才胡乱学着吹奏笙、箫和笛三种乐器。我的"技巧"当然极其幼稚，不登大雅之堂，但偶然弄弄却可以排闷消闲。到了美国听过当代小提琴四大名手之一，艾尔曼（Mischa Elman）演奏，为之心怡神往，动意想学。明知有心无手，加以年过二十，绝无学成的希望，但终于从师去学。清华同学饶引之也有同好，于是我们结伴到史蒂芬学院开始受教。年余以后我居然在学生管弦乐队中小提琴第二组，学"南郭先生""滥竽"充数。学小提琴的成绩虽然毫无足观，我对音乐的兴趣却愈趋浓厚。在西北大学得着一点初步的乐理和作曲知识。到了绮色佳又进绮色佳音乐学校（Ithaca Conservatory of Music）继续学乐理，小提琴，并且开始学一点钢琴。学钢琴比学小提琴更令我迷惘。顾到右手，顾不了左手，注意到手，忘怀了脚，真是左右为难，手忙脚乱。但也不是绝无所得。浅尝之后，略知其中甘苦，因而增进了欣赏提琴钢琴音乐的能力。学作曲的唯一"成绩"是战后我应国立四川大学校长黄季陆先生之命所撰拟的校歌歌词和乐谱。（谱中和声部分有欠妥之处，曾经专家改正。）一九五七年我回台湾出席"中央研究院"院士会议，承季陆先生在他的府上设宴款待，并放听

"国立四川大学校歌"的录音,令我回忆当年在成都川大礼堂听全体师生合唱,"洋洋盈耳"的盛况。

我在密苏里大学曾学过两年水彩画和油画。我们中国人用惯了毛笔,画水彩画不难挥洒自如。美国人不知底蕴,见我上第一课已经用笔纯熟,颇为惊讶,误认我是天才的画家。白尔奇教授(Professor Perky)甚至劝我专学绘画,要推荐我去纽约的艺术家联会(Artists' League)进修。我虽感激他的鼓励和提拔,但自知绝非天才,不敢从命。我学画并不是妄想成为一个画家,而只是想增进一点鉴赏艺术的能力。

在爱文斯敦时,我曾在一家小型而"高级"的餐馆每晚去"跑堂",一则可以藉此做一点用手脚而不用心思的工作来调剂终年伏案的生活,暂时免受"四体不勤"之诮;再则可以获得一些收入来补充游历观光的费用。每天下午五点钟去报到,做种种的预备工作,并在顾客未来之前,自己先吃晚餐。九点多钟下工,回到寓所。在开始工作的头几天,一切生疏,不免有些慌乱。有时我竟会把一位顾客所要的菜放在另一位顾客的面前。最令人烦恼的是一群老太太同来聚餐,拿不定主意,才要了这样,马上又改要那样,使我应接不暇,捉摸不定。给小费又少,甚至不给。最好的顾客是一对未婚的青年男女,既容易侍候,给小费又慷慨。跑堂的人不但要小心侍候顾客,并且要博取厨

188

师的好感。我"努力"的结果，居然得着他们的"青眼"。我代客人要的菜，他们尽先办好，并且选用最好的原料。顾客满意，自然多给小费。这是我在两个多月当中，由实践体会出来的"跑堂哲学"。

西北大学暑期学校在八月下旬结束了。我坐火车东去，在巴法洛小住几天，与青年会中学老同学张久香欢聚之后，便到绮色佳去进康乃尔大学。

绮色佳是纽约州指湖（Finger Lakes）之一，伽佑湖（Lake Cayuga）边一个"大学城"。康乃尔大学在湖边的一个山上，正如我重庆家里书斋门上一副对联所说，"颇得湖山趣，不知城市喧"，虽然大学附近有少数图书、文具、衣着、食品等商店和几百家住户。我初到的一年在大学街（University Avenue）一家私人住宅里租了一间寝室。第二年我在校园外山涧旁边另一私人住宅里租得一房。窗外树木葱茏，泉声泠泠，真有尘飞不到之感。可惜房主因故离开绮色佳，新房主人口众多，没有余房出赁。第三年我在大学心理系怀欣滕（Professor Hoisington）家里和两个美国同学分别赁房居住。教授是美国西部阿里冈州（Oregon）的人。他和他的夫人待我们三个房客甚为厚道，几乎像自己家里的人。我们因此都能安居。到我将离开绮色佳时向他们告辞，彼此都有惜别之意。

绮色佳附近地方风景清丽，略有中国江南山水的意味。我和在教授家中同住的哲学系研究生何尔（Everet Hall）在周末或假日时常去探幽寻胜。我们最欣赏六里溪（Six-mile Creek）和华金谷（Watkins Glen）。两处泉清石秀，美不胜收，各极其妙。我也时常去伽佑湖与二三同学泛舟。下面所抄我一九二五年所作的诗词各一首，虽不能为好山好水传神写照，却可以略表我的心赏：

六里溪

高树阴森石径长，林光澄测度朝阳。

松涵古涧生虚籁，花隐幽岩吐妙香。

啼鸟迎人如款客，结茅许我便为乡。

晚钟山外催归去，小逍劳人半日忙。

摸鱼儿（伽佑湖秋夕泛舟）

问长湖贮秋多少，晴宵清丽如许。轻舟同泛空明影，约就二三游侣。湖上路，映一带寒烟，翠拥山无数。兰桡慢举。任习习微风，粼粼细浪，相送顺流去。

逍遥处。一向登仙化羽。衣襟凉浸秋露。鸣弦娇颤

190

商声起，谁诉愁怀凄楚。愁莫诉。君不见，山风湖月无今古。人生似旅。向客路非长，征尘易散，休叹旅行苦。

绮色佳三年在美好的自然环境之中，良师益友启迪切磋之下，愉快地也迅速地度过。康乃尔大学的哲学系在当时颇有名望。主讲的教授都是唯心论派的著名学者。他们远宗黑格尔，但并不墨守师法。谷徕滕教授（Professor Creighton）年事最高，声望最著。每年有一百以上的学生选修他的"哲学史"课程。我在密苏里大学已经修过这门课程，现在也随班旁听。此外我选修了他所指导的"形上学"研讨课程（Seminar in Metaphysics）。可惜不到一年他因病逝世，我竟无缘窥见他学问的堂奥。我受益最多的教授是狄理（Frank Thilly）、韩莽（William Hammond）和阿尔比（Ernest Albee）三位先生。狄理和韩莽教授都曾留学德国。前者专精伦理和政治学，后者专精美学和希腊哲学。阿尔比教授的专长是形上学和英国哲学。他学问渊深，思想缜密。但因他年过六十，患着心脏病，说话声音很低，听来颇为吃力。他上课时，拿着他历用多年的讲稿，缓缓诵读。读了一段之后，他略停一下，问学生有无意见，藉以引起讨论。有一天，他发问两三次，竟无人应答。他放下讲稿，微笑地说，"为什么猩猩不说话？因为他们无话可说"。（Why don't chimpanzees speak? Because they have nothing to say.) 韩莽教授风度潇洒,和易近人。我除了希腊哲学和美学外,还选了他为增进哲学系学生阅读德文书刊能力而设的一门课程。(所用的课本是温德邦所著的《柏拉图》[Windelband, Plato]。)上课时学生轮流口译书中的文字。误译的地方一一纠正,并且耐心地解释原文的意义。(三十多年以后,我在美国任教时,曾授一门为增进美国学生阅读有关政治思想和制度中文书籍能力的课程。我大体仿照韩莽教授的遗规,幸而不辱使命。)

我到康乃尔大学的主要目的是受业于狄理教授,三年当中我和他接触最多。因为我打算专研政治哲学,他当然被推为我的主任导师。他为我规画一切,极其周详妥善。个人求学的志趣和学业的平衡发展都同样顾到。他指导我,和其他研究生一样,注重思考启发而不偏向灌输知识。他有他自己的哲学立场,但不强人从己。反之,他鼓励学生各人自寻途径,自辟境地。学生所见纵然不合他的主张,只要是"持之有故,言之成理",他也任其并行不悖。我认他这种"教授法"不仅适宜于指导哲学系的研究生,也适用于其他任何学生。学生固然受益不少,学术本身或者可能因此而日新月异,继长增高。我在康乃尔大学肄业时狄理教授已是六十岁以上的学者。他不但为人不倦,并且学而不厌。晚餐之后,他经常到大学里他的书斋去阅书或写稿。一灯荧然,每过乙夜。后来我在国内外大学任教,看见若干同人在晚间(甚至日间)"无所用心",或"博弈",或"聊天",因而对于狄理教授的钦佩,不禁历久而愈深了。

狄理教授是我在康乃尔大学肄业时的业师。政治系的恺德林教授(Professor George E.G. Catlin)给与我的启迪和鼓励也使我毕生难忘。他是英国人,在牛津大学毕业后到康乃尔大学研究院来进修。因为他博览敏思,政治系请他讲授政治思想的课程。于是他同时具有两重身份:政治系的助教授,哲学系的研究生。他是我的老师,也是我的同学。(但我只当他是我的老师。)我在他所指导的近代政治思想研讨课程不时发言,每每得着他的赞许。我交上去的专题报告都蒙他评为甲等("A")。我写博士论文时,他悉心与我研讨。我对若干理论问题的看法与他的主张不甚符合,因而时相辩难。他任我自申所见,并不为忤。一九二六年五月我的论文脱稿,他立即介绍到英国出版。我回国之后他继续关心我的学业。民国十六年(一九二七)我在天津南开大学任教。他来信劝我向美国学术团体联合会申请研究补助金,以免浮沉于粉笔生活之中,学无长进。不幸联合会对我研究中国政治思想的计划不感兴趣。因此所请不准,辜负了恺德林教授的美意。中日战争期中(大约是民国二十七,或二十八年)他访问中国,到了行都重庆曾探问我的下落。可惜他来去匆匆，我在成都任教，不能赶到重庆去看他。（他的探问引起了一个可笑的谣传，说我在英国留学时曾与英后同学，因此英国代表要探问我。有一个国立四川大学的学生问我是否如此，我才知道有这谣传而得着辟谣的机会。我说"我是美国留学生，从未去过英国"。）一九五八年他应美国华盛顿大学政治系邀请作一星期的学术讲演。他一到学校便问起我。我那时正在这校任教，听见他来了，便去看他，畅谈了几次。学术、时局，以及康乃尔大学的旧事都在我们谈话范围之内。这是我二次到美一桩最愉快的事。

一年的时间过去了。一九二四年的夏末我的主任导师狄理教授商得有关各教授的同意，让我应主修系（哲学）和副修系（政治）的各门笔试，以及测验法文和德文阅读能力的笔试。我侥幸一一都及格了。这样我算是取得了"博士学位候选人"的资格，可以着手草写博士论文。

当我向康乃尔研究院申请入学时，我遵照余宾教授的指示，把我的硕士论文寄呈哲学系。狄理教授阅后颇为满意。现在他问我是否愿意写一篇有关政治多元论的博士论文，对这题目作更进一步的研究。我答复他说，不及两万字的硕士论文只做到政治多元论的初步分析。其中第五章阐述多元论的哲学和伦理意义，全文不过三千字，更嫌简略肤浅。我很愿意得一机会试作比较深入的探讨。他说,"甚好,你就这样做罢"。

论文题目决定之后,我从速进行搜集阅读有关的资料,同时再度细看前次用过的书籍期刊。到了一九二五年初夏这两项工作大体完成,论文内容的轮廓也粗具于胸中。我计划(一)写一篇绪论,说明政治多元论与政治一元论历史上和理论上的关系。(二)从法律、政治、经济、伦理、哲学各方面去阐明、分析和检讨多元论,以求对于这新出来的政治学说得到比较完全而真切的了解。(三)作一篇结论去估定多元论在政治思想史中的地位。我写了一个分章分节的论文大纲,经狄理教授和其他导师审阅之后,便着手去写论文的初稿。

若干年后,我也忝任研究院导师。当学生问我应当怎样运用资料,撰写论文的时候,我往往把我自己写论文的经验提供他们参考。我要他们注意,我所用的方法既不是最好的,更不是唯一的。不同的题材必须用不同的方法去处理。但在一般情形之下,我所取的途径是可以走得通的。胡适先生谈治学方法,曾提出"大胆假设,小心求证"的名言。我想在假设和求证之前还有一个"放眼看书"的阶段。("书"字应广义,解作有关研究题目的事实、理论等的记载。)经过这一段工作之后,作者对于研究的对象才有所认识,从而提出合理的假设。有了假设,回过来向"放眼"看过,以至尚未看过的"书"中去"小心求证"。看书而不作假设，会犯"学而不思则罔"的错误。不多看书而大胆假设，更有"思而不学则殆"的危险。"小时不识月，呼作白玉盘。"不识月而作的白玉盘"大胆假设"，是无论如何小心去求，绝对不能得证的。这个错误的假设，无关宏旨，不至影响小儿本身或其家人的生活。"学者"、"思想家"的错误假设，非同小可，可能会产生重大的后果。① 照我看来，不曾经由放眼看书，认清全面事实而建立的"假设"，只是没有客观基础的偏见或错觉。从这样的假设去求证，愈小心，愈彻底，便愈危险，近年来有若干欧美的"学者"因急于"成一家言"，不免走上这一条险路。杨联升教授在一九六〇年参加中美学术合作会议（Sino-American Conference on Intellectual Co-operation）时曾含蓄地指出这个倾向。他说美国"史学家"的长处是富于想象力（imaginative），如不加以适当的控制，他们可能会"误认天上的浮云为天际的树林"（mistake some clouds in the sky to be forests on the horizon）。我想这和把月亮呼作白玉盘，同样不足为训。

我所谓放眼看书包括两层工作：一是尽量阅览有关的各种资料，二是极力避免主观偏见的蒙蔽。有关资料可以分为直接的和间接的两大部分。直接资料包括有关研究对象的原始著

---

① 此处删去 64 字。

作。（例如赖斯基的著作是研究政治多元论重要的原始资料。）述论原始著作的文字（例如佘宾教授在《美国政治学评论》[American Political Science Review]中所发表的一篇论文《多元论——一个观点》[Pluralism: A Point of View]）也是直接资料。间接资料的范围颇广。一切有助于扩大视界，加深了解而与本题没有直接关系的文字都在其内。比较地说，研读直接资料应力求精悉，参考间接资料宜致其广博。

为研究专题，搜集资料而看书，当然不是漫无目的，无所取舍的"浏览"，但也不可全凭主观，只摘取与己见相符的思想或事实以为证据，而自圆其说，把一切不相符的思想事实，悉数抹煞，与以视若无睹，存而不论的处置。坦白地说，这是一个自欺欺人的下流手法。荀子书中有三句名言："以仁心说，以学心听，以公心辩。"我们如果把这三句话改成"以学心读，以平心取，以公心述"便可以作为我们写学术性文字的座右铭。

我幼年时听见家里长辈说，族兄焱文读书，过目不忘，为之羡慕不已。我的记忆力既然不强，只有靠笔记来补助。阅书时看见有重要的文字便随手记录在纸片上。每晚休息以前把当天所得的纸片，按其内容分类，妥放于木匣之内以备日后随时查检引用。到了着手草写论文时，积存的纸片不下数千。事实上我无须取出这些纸片，一一重看。因为书中的文字经我用心看过，用手录过（所谓心到手到）之后，在我的脑子内留下了印象。不能过目不忘的我，采用这笨拙的方法，勉强做到了过手不忘。

一九二五年初夏我开始写论文的初稿。我问狄理教授是否每写一章，送请他审阅，他说不必如此。从平日我向他报告我的研读结果时，他已经知道论文的内容，认为没有问题。他又说，"关于政治多元论的种种，到了现在，你所知道的应当较我为多。我未必对你有多少帮助。何况这是你的论文，你应该根据你自己的心得去撰写。导师的职务不是把自己的意见交给研究生去阐发，而是鼓励他们去自寻途径（to find their own way），协助他们去养成独立研究的能力（capacity for independent research）。不过，如你愿意，可以写好两三章，拿来给我看"。

孔子说"辞达而已矣"。朱熹《集注》作这样的解释："辞取达意而止，不以富丽为工。"这真是作文的最高原则，写论学的文字时尤其要谨守不渝。我前此写硕士论文和研究报告时尚知谨慎小心，辞求达意，因而侥幸寡过。现在草写博士论文，不知自量，竟妄想在文辞上刻意求工。于是咬文嚼字，写了一篇将近三千字的"导论"，兴冲冲地送交狄理教授，请他过目。两三天之后，他给我电话，要我从速去见他。我一进他的办公室便知事情不妙。他面带怒容，从书架上拿起我的草稿，扔在桌

198

上，说了"这完全不行"（This wouldn't do at all）一句话之后，便坐着默然不语。我只好拾起草稿，悄悄地退了出去。我知道他原来对我期望颇殷。现在我却使他大失所望，难怪他生气。我那时心里的难受，真是无辞可达。回到寓所，"闭门思过"的结论是，导论所以"不行"，完全由于我违背了"辞达而已"的教训，妄想刻意求工，反至弄巧成拙。补救的唯一方法是从新另写。一个多月以后我拿着重写的导论和第一章"多元论与法律"（后来定稿时分为两章）的初稿，去请他审核。过了几天我去见他时，他高兴地说，"这就是了。你放手写下去，不妨等全稿写完后拿来给我看"。

从一九二五年八月起，我把绝对大部分的时间用在写论文上。所幸写硕士论文时我已习惯在打字机上起稿。这比先用笔写，然后用打字机誊正，既节力而又省时。初稿完成后我仔细一再修改，到了次年五月初，长约八万字的论文才算脱稿。狄理教授和其他几位导师阅过后认为满意。我录成正本，送呈研究院。论文工作于是终结。恺德林教授把论文介绍到伦敦奇干保禄书局（Kegan, Paul, Trench, Trubner & Co., Ltd.）请编辑部考虑出版。民国十五年（一九二六）秋天我在上海任教时接到书局来信，决定把我的论文付印，并列为"国际心理学哲学及科学方法丛书"（The International Library of Psychology,

Philosophy, and Scientific Method）之一。我当然喜出望外。一篇毕业论文一字不改，由英国一家重要书局出版，这已是难得的机缘，同时收入一套著名的丛书，与八十多种名著，如梁启超《中国政治思想史》的英译本，罗素《物质的分析》（Bertrand Russell, *The Analysis of Matter*），柯复嘉《心的生长》（K. Koffka, *The Growth of the Mind*）等并列，于我更是无比的殊荣。纵然我的幼稚作品厕入其间，无异"狗尾续貂"，我仍禁不住欢欣鼓舞，增加了研究写作的自信心。狄理教授的策勉，恺德林教授的提携，使我感谢不尽。

章实斋曾这样说："人生禀气不齐，固有不能自知适当其可之准者，则先知先觉之人从而指示之，所谓教也。教人自知适当其可之准，非教之舍己而从我也。"如果大学教育的功用不只是教师把已得的知识传授给学生，而是前辈指引后辈，使能各就其适可之准，向着学问之途，分程迈进，狄、恺两位教授可以说对我用了教育家最好的方法，尽了教育家最高的责任。

我在康大肄业三年，最大部分的时间用在选修课程和草写论文上面。但我有一些余暇去听学术演讲，欣赏著名音乐家的演奏，到绮色佳音乐学院去学音乐，和与三五同学去观山玩水。最值得追忆的学术演讲是一九二四年秋天（或次年春天，不能确记了）杜威先生应法律系的邀请，来校讲"法律与逻辑"（Law and Logic)。除了法律系和哲学系的学生外，别系的学生去听讲的甚为踊跃。一间可容五百多人的讲堂完全坐满，来迟一点的只好站着听讲。名重一时的杜威先生似乎不擅长演讲。他站在讲台上，把讲稿放在桌上，俯首低声，一句紧连一句地读着。我聚精会神，倾耳谛听，勉强了解他所讲的大意。我想听众当中定有不少人同我一样，听得十分吃力。第二次演讲时，来听的学生不过第一次的半数。到了第三次，也是最后一次演讲时，讲堂里的座位三分之二是空着的。我听讲所得，除了略知杜威先生对于法律的见解外，发现演讲的一个大忌：埋头念稿，旁若无人。我还有另一收获。拥有五十多个会员的康乃尔大学中国学生会派我去邀请杜威先生来茶会，藉以向他表示敬意，并向他请教有关治学为人的问题。他慨允到会，与我们随意谈话。诚恳温厚的风度，使我们十分敬爱。我曾问他中国积弱的主要原因何在。他的答复是，"中国文化过度了"。("China is overcivilized.")言简意赅，发人深省。

（选自《问学谏往录》，黄山书社，2008 年）

留学美欧，探索兴邦富国之路

陈翰笙

陈翰笙（1897—2004），历史学家，经济学家，1915
年至1924年留学美国和德国，先后在美国赫门工读
学校、洛杉矶珀玛拿大学、芝加哥大学、哈佛大学和德
国柏林大学学习，1921年获芝加哥大学硕士学位，
1924年获柏林大学博士学位。

我终于登上了去美国的"中国号"轮船。船慢慢离开上海
码头，向大洋彼岸驶去。这是一艘只有1500吨的船，去美国整
整走了三个星期。船到横滨时，我给父亲打了个电报，告诉他
我去美国留学了，请他原谅。船终于在美国旧金山靠岸了，不
到一个月的时间，我觉得我不仅跨过了一个太平洋，而且跨越
了整整一个历史时代——从一个等级森严、思想禁锢、毫无民
主自由可言的半封建半殖民地社会，进入了一个注重科学、讲
究自由民主、平等博爱的资本主义国家。历史，在我的面前揭
开了崭新的一页。

到美国后,我按照钱伯斯·埃勒的嘱咐,考进了美国东北部马萨诸塞州的赫门工读学校。这是一所美国基督教会办的、专供年龄大的、没有正式学历和缴不起学费的人学习的地方。

当时的美国教育事业正处在新旧交替阶段。19世纪时,美国进行的是欧洲的古典教育,保持人文学科的传统。校长是学校的长老,他认识每个学生,同他们直接接触。校长和教师不仅关心学生的学习,而且关心他们的道德和宗教生活,这样培养出来的学生大多数成为律师、教师、医生和牧师。可是,随着资本主义的发展,美国越来越需要从事实业的工程师和农学家。于是,1887年,一个叫莫里尔的参议员提出一项倡议,即将出售自由土地得到的巨款拨给各州,专用于"农业机械技术以及有关科学和英语"的教学上,这个倡议作为立法被通过了。从这年起,政府每年拨款给州立农学院或筹建农学院。为了得到这笔钱,各州争着兴办农学院。同时,也产生了几所世界上最出色的工程学院,马萨诸塞理工学院就是其中之一。

美国的实用主义教育家约翰·杜威说:"学校的宗旨是使学生适应现实生活","学校是孩子们在生活实践中学习生活的场所"。在这种新的教育思潮影响下,美国的教育在传授书本知识的同时,也注重体力劳动、手工操作等民间教育,出现了许多勤工俭学、半工半读的学校和学生。赫门工读学校正是这样一种新旧教育交替时期的产物。我在这所学校里，既感受到了教师对学生无微不至的关怀，又受到掌握技能自己养活自己的培训。

我在赫门工读学校时期，除了每天规定的几小时学习外，就是去做工作。这里什么事情都要自己去做，通过自己动手养活自己，吃住都不用花钱。学校里有菜园子，有养鸡、养猪的地方；也有洗烫衣服的车间，还有做桌椅、修理工具的木工房。我刚到学校，先在菜园子里种菜、摘菜；后来去洗衣组，学习熨烫衣服；也到食堂里去端过盘子。在食堂里，一桌坐七八个人，每个人所要的食物不同，要记清楚，不能出差错，这项劳动训练了良好的记忆能力。托盘子，最困难的还是过门，那时门上还没有使用玻璃，从这边看不到那边，而人们总是进进出出的，稍不留神，就会将整个盘子碰翻，那样就糟了，因为那是要赔偿的。我感到去食堂端端盘子很有好处，训练了我动作的机敏和很强的记忆力，终身受益匪浅。

在赫门的一年中，我选学了英文、生物学和历史。教历史的男教师讲课很好，我是他唯一的中国学生，因而他很喜欢我，常常叫我晚上去他那儿谈谈。他对于中国的秦皇汉武、成吉思汗以及太平天国、义和团等都很感兴趣，而对于美国的历届总统华盛顿、杰弗逊、林肯等也都能讲得神灵活现。由于这种接触交谈,我的英文进步很快。另外,给我留下深刻印象的还有缝衣匠巴托(音),他是阿米尼亚人,移民来美国的。他有40多岁,个子矮矮的,很瘦,有点驼背,脾气也很古怪。他帮助学生缝衣服,有时也听听课。他同我很谈得来,他俩经常在一起用英语天南海北地谈天。我发现他的知识很广博,谈论文学、历史、哲学,都是滔滔不绝,真不知他脑子里装了多少东西。

我踏上美国领土时,衣袋里仅剩1000美金,从旧金山到赫门花去200美元,又买了一些生活必需品,就只有500元了。在赫门半工半读一年,我节省了不少钱,而且熟悉了美国和美国人,英语也有了很大的进步。

一年后,在长沙的美国教师埃勒来信了,他告诉我不要报考加利福尼亚大学,而应该报考加州的波莫纳大学,因为那里除第一个学期要付伙食费外,从第二学期就可以享受奖学金了,这对于没有多少钱的我来说,是十分适合的。于是,1916年暑假时,我从美国的东北部乘火车直奔西南,找到了在洛杉矶东边的波莫纳大学。主考人要求我用英文写一篇文章,由于在赫门一年的锻炼,这对我并不是什么难事。我拿起笔来,"唰唰唰"流畅地写下去,刚写到一半,主考人就说:"你不用写了,可以进来了!"我顺利地考入了第一所美国大学。说到波莫纳大学,还有一段趣闻,68年后,即1982年,一天我突然接到两位自称"校友"的人的贺年片,待我将这二位请到家中后,既不相识,年龄也几乎相差一半。一问才知道,这夫妻二人来北京工作之前,从母亲波莫纳大学的校友簿上查到了我的名字,才找来的。1986年12月,即我离开学校72年后,波莫纳大学又给我寄来一本校刊。这说明美国学校的工作做得好,对毕业出去的学生是关心的、负责的。

我是个穷学生,租不起公寓住,只好接受一个朝鲜留学生的邀请,住到他自己建造的木棚中去。这个木棚大约有十几平方米,除了两张木床外一无所有。但是,要维持这样的生活也很困难,我只好利用假期去附近帕萨帝纳(音)的饭馆端盘子,侍候人。这种工作一般没有工资,靠顾客给的小费攒钱。那些富人们往往一边吃一边谈,如果你在旁边侍候得好,他们一出手就是几美元。有一次,一对年轻夫妇带了一个小孩来吃饭,我除了照顾大人外,还格外照顾了那个可爱的孩子,这夫妻俩十分高兴,连声称谢,还给了五美元小费。就这样,我有两个暑假都去端盘子,每个假期都能拿到几百美元小费,够一年零用的。我还利用一个假期去市立图书馆学习图书管理学,学会了采购、分类、管理图书。这以后,每到假期我就去学校图书馆帮忙,虽然每小时只给两角伍分,但却可以看到许多书,是个难得的学习机会。

在大学里学习,选择什么样的专业,对一个人的发展和前途是至关重要的,我的专业选择就颇费了一番周折。第一个学年,我毫不犹豫地选择了植物学,这当然是金山橙的吸引力了。谁知,学年快结束时,克洛弗特教授将我叫去。对我说:"陈呀,你的生物进化课学得不错,但由于你视力不好,看显微镜看不清楚,对植物分类老是搞错,以后要继续深造一定会有困难,你考虑改行吧!"老师一说,我就明白了,没有办法,第二个学年我就改学了地质学。因为我想中国地大物博,但工业却极落后,只有将工业搞上去,才能国富民强。而埋藏在地下的铁、煤等矿产,对于发展工业是多么急需啊!可是,一年下来,我的指导教授又对我说:"陈,你的理论课学得很好,可为什么去野外考察时,每次拿回来的报告总是错的?你只会看书,不会观察,怎么能学好地质呢?"唉,倒霉的眼睛,看来还得改行,不然是没有前途的,那么,我学什么合适呢?

这时,卫斯特加德,这位后来成为美国历史学会会长的著名学者,将我引上了学习历史的道路。卫斯特加德是丹麦人,他的夫人是位很有钱的船长的女儿。他到美国后,在波莫纳大学教历史课。他很喜欢我,经常找我谈心。当我将自己学什么都学不好的苦恼告诉他之后,他想了一会儿说:"你跟我学历史吧。你的视力虽然不好,但学英文、学历史没有问题,只要学得好,也是很有前途的。"我虽然是奔金山橙而来,想的是"实业救国",然而眼睛偏偏不作美,真是莫奈何。我忽然想起明德中学的傅熊湘先生,傅先生是学历史、教历史的,他讲的历史,是多么鼓舞人心啊,当年我不是就在傅先生的课堂上画过刀砍卖国贼曾国藩吗!我决定从师卫斯特加德教授,学好历史。

卫斯特加德教授对我很关心,他看我经济拮据,就安排我帮他批改同学们的卷子。这种卷子很容易看,一般是一个题目,两三行答案,每个小时可以拿到两角五分的工钱。为了怕同学们看到,卫斯特加德先生让我每星期两次去他家中看卷子。这时,卫斯特加德先生也在工作,他工作是那么专心致志,以致有一次竟将在身边工作的我当成了他的夫人,叫"亲爱的,你……"我一愣,先生发觉了,不好意思地耸耸肩头。

教我英文作文的教授叫爱曼特(音)。他出身于一个教会家庭,父母亲都在中国传过教,所以他对中国学生也很好。爱曼特先生对学生要求很严格,每星期都要求学生用两个小时写篇英文作文,然后进行评讲,说××写得好,好在什么地方;××没有写好,为什么没有写好,等等,对同学们帮助很大。由于我英文成绩不错,爱曼特教授介绍我参加了一个文学会。这个文学会每两周开一次会,会员们将自己写的文章都拿出来当众朗读,请大家评论。到四年级的时候,文学会又推荐我到学校办的刊物《学生周刊》当编辑。在这里，我锻炼、提高了英文写作能力，也积累了当编辑的经验。

当时在波莫纳大学学习的中国学生还有李景汉、陈遽、曹修干、何廉、邱昌渭、焦墨筠六人，其中，我与焦墨筠往来较多。焦墨筠是 1917 年来波莫纳大学的，她是青岛人，全家为基督教徒，她到美国学习，是由基督教会中一个很有钱的美国独身女人罗曼丝(音)资助的。我同她经常在一起散步，谈心，也有时一道写文章，去图书馆。经过一段时间接触，我们有了感情。这时，我与徐冰文的婚约已等于解除了，所以就对焦墨筠说："我这方面是没什么障碍的，就看你了。"可是供给焦墨筠经费的罗曼丝坚决反对，她说要想结婚，除非男方也信教，而我是坚决不做基督教徒的，这件事就搁下来了。1921 年焦墨筠回国时，曾去无锡看过我的母亲，送给我母亲一个亲手做的针线盒。等我回国时，她已做了青岛女子教会中学的校长。1932 年，我去东北调查中东铁路问题，曾绕道青岛去看过焦墨筠，那时她已是两个孩子的母亲了。1959 年，焦墨筠去世了，诀别之际曾要求儿子费筱墨来看望我。费筱墨遵母命拿着当年我送给她的一支派克笔来北京看望过我。我俩虽未能结为终身伴侣，却是一世心心相印的好朋友。

1920 年夏季，我在波莫纳大学修业期满，在同届 70 多名毕

209

业生中，名列第三，被接纳为菲尔培塔凯巴协会会员。这个全国性的荣誉协会成立于1776年，只有成绩优异的大学毕业生才有资格成为该会会员。我得到了一把协会颁发的金钥匙。

我在波莫纳大学除了学习英文外，还学了两年法文，一年德文。

我从波莫纳大学毕业后，由于卫斯特加德教授的推荐，到芝加哥大学研究院做了助教，一年可拿2000美元，那时美国生活费用低，用这些钱维持一个人的生活是足够的。芝加哥是美国中西部最大的文化科学中心，全市有许多大学和图书馆，芝加哥大学研究院是美国著名的综合性大学之一。我在这里一边工作，一边学习。我选学了三门课——美国宪法史、古代埃及史和俄文。我学习了英、法、德文后，为什么又想学俄文呢？这是因为我听说在俄国发生了伟大的十月社会主义革命，所以产生了一种欲望，渴望到革命了的俄国亲眼去看看。那里到底发生了什么样的变化。要想去，就得学习、掌握俄文。当时芝加哥大学的校长卡帕，曾在俄国的圣彼得堡当过大使，他任校长后，便独树一帜，在自己的学校里开设了俄文。于是，我就跟着卡帕校长的儿子卡帕教授学了一年俄文。我后来几次去苏联，为共产国际工作，学这点俄文还真有用呢。

为什么要选学美国宪法史呢？美国独立后就有宪法，中国辛亥革命时也搞了一部宪法,两国既然都有宪法,社会制度为什么会有这么大的差异呢?我想自己研究比较一下,美国的宪法与中国的宪法究竟有什么不同。讲美国宪法史的教授叫安德鲁·麦克劳夫林,苏格兰人,是讲宪法史最有名的教授。他带个研究生班,每星期都讲宪法史,我就跟他学了一年。听说教埃及古代史的布莱斯代特教授曾几次到埃及去参加过考古发掘工作,我对古代史很感兴趣,也就选了他的课。

该写毕业论文了,写什么呢?那时在我们这些年轻人眼里,学位是了不起的,对于它,像小孩子想吃东西那样,馋得很。后来才认识到,一个人学问的好坏,并不是学位决定的。谈起当年来,同学们之间都不免要开玩笑,说那时简直是"发疯的驴子""可笑的狗"。对于写什么样的论文,我思来想去,认为自己虽然学了外国历史,但是却赶不上美国同学熟悉本国的历史,还是选个中国历史题目吧。于是我决定写《茶叶出口与中国内地商业的发展》。在鸦片战争中,英国政府强迫中国清政府签订了中国近代史上第一个不平等条约——南京条约,从此西方殖民者涌进中国的大门,中国一步步沦为半封建、半殖民地社会。我没有去论述整个鸦片战争的政治原因和严重后果,而只想论述其中的一点,即根据南京条约,中国要开放广州、福州、厦门、宁波、上海五处为通商口岸,这些通商口岸的开放,对中国的经济有些什么影响呢，我决定从这里着手写论文。我到华盛顿、芝加哥的几家大图书馆翻阅资料，发现这里收集的资料比国内还丰富，我很快写成了论文。论文说，中国的茶叶闻名世界，允许五口通商后，茶叶主要由广州出口，远销欧洲。可是，茶叶的主要产地在浙江、福建，从这些地方去广州，要翻山越岭、长途跋涉。那时中国既没有火车，又没有汽车，运输全靠人伕挑运。挑茶叶去广州，要用几批人分段运输才行。第一批人将茶叶挑到江西，再换人过赣江，再经过广东省的北江，才能到广州。这样，从浙江、福建到广州这条很长的路途上，挑茶的人整年络绎不绝。这些人在路上要喝水吃饭，要抽烟，要住馆，也要买一些生活必需品，这样一来，沿途的手工业、饮食业、商业就发展起来了……指导教授对我这个题材新颖的论文十分欣赏，顺利通过，授予我硕士学位。

在芝加哥大学时，中国的同学们组织了"中国留美同学会"，由周明衡任会长，我做秘书。我负责编一个季刊，叫《中国留学生季刊》，是中文的，借以联络会员。同学会每年要组织一次夏令营，即召集全体留美学生开会，一般为期一周。

1921年冬天，我在"中国留美同学会"听说，中国要派代表团来参加华盛顿会议了。原来第一次世界大战后召开的巴黎和会，未能完全解决各帝国主义之间的分赃问题，为了进一步瓜分远东和太平洋的殖民地，英、美、法、意、日、葡、比利时、荷兰等国于1921年11月12日在华盛顿召开新的分赃会议，把软弱无能、受分割、被瓜分的中国代表团也请来了。中国代表团是以驻美大使施肇基为首席代表，驻英大使顾维钧为第二全权代表，王宠惠博士位居第三。中国留美同学立即组成"中国留美学生华盛顿会议后援会"，我和查良钊、段锡朋、罗家伦是"留学同学会"派去的代表。我们见到了中国代表团，劝阻他们不要在丧权辱国的条约上签字。尽管爱国学生力阻苦劝，后援会的段锡朋为此还打了顾维钧，但卖国的北洋军阀政府仍授权顾维钧在卖国条约上签了字。1922年2月6日签订了《九国公约》。这次会议解决了三方面问题：① 限制日本在中国东北的权力；② 抵制英国在中国的势力；③ 限制英国海军的扩张。

在芝加哥大学期间，我有幸结识了几个人。一是高仁山，他是南开的毕业生，新中学会的发起人之一，新中学会是以留日的南开学生为主体的爱国组织，周恩来也参加过新中学会。高仁山当时在芝加哥大学学习教育学，没有拿到硕士学位就回国了，待我回国时，他已是北京大学教育系副主任了。另一个是在哥伦比亚大学学习的查良钊，他也是新中学会的，后来做到北京师范大学校长。经高仁山和查良钊的介绍，我于1921年参加了新中学会的美国分会。另一位是何思源，北平解放前

213

他当过北平市市长。

在此期间,我同顾淑型结成美满姻缘。前面已经介绍过,她的父亲就是我去北京考清华学堂时拜见过的顾枚良先生。顾淑型从北京女子师范毕业后,于1917年来美留学,她在加利福尼亚大学教育系学习。1918年,顾淑型回国,她父亲在天津病故,只剩下她与姐姐顾淑礼二人了。1919年,她又来美国勤工俭学了。有一天,波莫纳大学同学焦墨筠约我去旧金山码头接一位朋友,我一听她这位朋友也是无锡人,就陪她去了。这是我初见顾淑型,她是那么婉丽秀美,举止文静飘洒,我们很快就像老朋友一样用无锡话攀谈起来。我告诉她,我曾给她的父亲磕过头;我母亲也是顾家人,论起来,我还得叫她阿姨呢。我俩忘情地说着,竟将焦墨筠冷落在一边,后来一看,她不知什么时候已经走了。原来她这个青岛人,对无锡话是一句也听不懂的。

从那时起,我与顾淑型的往来逐渐多起来。顾淑型学教育,她是勤工俭学的,经常利用假日去帮人家带小孩,或去工厂做工。闲暇时,我们两人在花前月下、河畔林边,海阔天空地谈个没完。我们都有蓬勃向上的朝气、对未来的美好憧憬和报效祖国的伟大理想,命运之神将我们紧紧地拴在一起了。1921年冬天,我去华盛顿参加"留美学生华盛顿后援会"之前,顾淑型毕业了，我们到美国西海岸的西雅图，请七八位美国朋友，一道吃了顿饭，就结了婚。没几天，我动身去华盛顿了，顾淑型就留在西雅图，帮人家看小孩，等待我归来。

婚后，我与顾淑型一道去美国东北海岸城市波士顿，我到哈佛大学学习，顾淑型则外出做工，或帮人料理家务。她在罐头厂做过工，经常带桃子回来给我吃，至今我还比较喜欢吃甜食呢！波士顿是著名的文化城市，哈佛大学和马萨诸塞理工学院都坐落在坎布里奇地区，两校一水之隔。哈佛大学是1636年创立的，学校占地很大，校门也很多，同学们之间接触、往来都不多。我在哈佛大学拿到了奖学金，我先选学了两门课，一门是哈佛大学教务长，欧洲史权威恰斯·哈斯根思教授的欧洲史，另一门是俄文，由劳得教授讲授。

我有个表弟叫唐炳源，号星海，他是清华学校毕业生，当时在马省理工学院学习。唐星海是我大姑妈的儿子，唐家很有钱，开纱厂、糖厂、面粉厂。他父亲兄弟几个，大伯父在北京做法官，他父亲行二。星期天他经常到哈佛来，我俩在一起吃早饭，然后外出游玩。有一次，我俩沿河边散步，唐星海又说起他们家做生意的事，我问他："你回去以后准备干什么？"唐星海说："我学的是纺织机械，将来要自己设计纺织机，扩大纺织厂，将来做个百万富翁。"我说："你不能老做生意吧，做了百万富翁又干什么呢?"唐星海说:"当总统!"我笑了,说:"将来你当了总统,我第一个起来把你打倒!"20年后,我们这对表兄弟于1940年底在香港相见了。这时的唐星海确实成了富翁,在香港开了家很大的南海纱厂。他问我:"表兄,你看眼下时局如何?"我说:"时局不稳哩,恐怕日本会打仗啊。"唐星海一言不发走了。一个星期后,他来告诉我说,他已将所有的存款换成美金,存入美国银行了。半年后,果然爆发太平洋战争,看来,我一句话却帮了唐星海一个大忙。唐星海活到71岁,于70年代末病故,他的夫人是宋庆龄的表妹,现在仍健在。

1922年春天,我正在选择博士论文题目,准备取得博士学位时,忽然有朋友从欧洲回来。他对我说,战后德国通货膨胀,马克贬值,而且贬得惊人,一美元可以换好几亿马克。听到这个消息,我开动了脑筋,美国生活费用很高,我手头只有两千美金,两个人用不了多长时间,如果去德国,我这点钱足够两个人舒舒服服地过上几年,那样就可以安心做论文了。经商议,我与顾淑型决定去柏林。

这里要加两段小插曲。1921年的冬天,西雅图的一位朋友突然给我寄来一份加拿大温哥华出版的《华侨日报》。我很奇怪,翻来覆去看,发现一则这样的广告,写道陈枢要去法国学习航空,请大家捐助。我想这个人竟与我同姓同名,不要让人

216

家误会是我吧，我得赶快改名。改叫什么呢？我想起我的小名叫"翰生"，据父亲说，这个名字还蛮有讲头，古书《幼学》上有："鸡曰翰音"，因为我属鸡，故起名"翰生"。于是，我决定改名为陈翰生，为了好看，又在"生"上加了个竹头，从此，陈枢就变成陈翰笙了。另一件事，是1921年，我在芝加哥火车站见到当时的美国总统威尔逊自己挟着皮包上火车，身后只有两名随从。我见后，很有感触，要是在中国，别说皇帝、总统，就是巡抚出朝，也要地动山摇啊！旧中国的社会制度真是太腐败了。

我们动身去欧洲，先到法国，在风景秀丽的地中海边住了几个星期，然后又去意大利、奥地利的阿尔卑斯山区住了几个星期，度过夏天后，才前往柏林。柏林的住户都争着拉留学生到家中食宿。我们选择了一个寡妇家，这家只有寡妇和她的女儿，十分清静。我俩租一间房，连吃饭、洗衣服都包括在内，每月只要付5美元！那时的欧洲，美金最值钱，1923年我和顾淑型又去意大利旅行，火车乘坐头等车厢，旅馆住第一流的，6个星期走了罗马、威尼斯、佛罗伦萨等6个城市，却只花了8美元，真是令人难以置信，这说明意大利的里拉贬值也是空前绝后的。

在柏林，顾淑型攻读德文，我去柏林大学东欧史地研究所工读。该所的领导人叫奥托·赫曲。他对东欧的历史地理十

217

分熟悉，是个权威，他主编了季刊《欧罗巴》。他反对纳粹，希特勒上台后，他跑到巴黎去了。我在柏林大学两年，主要做了两件事，一是听讲，听世界经济的讲座，主讲人茹巴特（音）是位经济学家，他讲课从来不用讲义，到了课堂上就能滔滔不绝，而且很有条理。他曾写过一篇文章，说欧洲资本主义所以发展，是由于从美洲掠夺了大量的黄金、资源。这篇文章使他出了名。我做的第二件事就是写论文。论文题目是《1911 年瓜分阿尔巴尼亚的伦敦使节会议》，是用德文写的，由三位德国同学帮助修改，1924 年完成。赫曲教授看了论文，认为写得不错，就通过了，授予我博士学位。

在柏林，我又碰到了何思源，他是从美国芝加哥来的，我们仍是同学，虽然不在一个研究所，但都在柏林大学。

1924 年春天，旅居欧洲的北京大学校长蔡元培先生托人来找我，邀我回国到北京大学任教。出来多年，我也很思念自己的祖国和亲人，于是接受邀请，和顾淑型一道返回中国，住在北京北河沿顾淑型的姐姐顾淑礼家。

（选自《四个时代的我》，中国文史出版社，1998 年）

我在欧洲的生活（节选）

王独清

王独清（1898—1940），诗人，1920 年至 1926 年留学欧洲。

这时我才真正地了解了所谓下等社会底生活。我住的那个工人区域是非常乱杂，有许多流氓，酒鬼，都浑迹在一起，我底住所是靠近一条不干净的街道，那算是那个区域底中心。每天早晨七点钟的时光，那条街道便开始展开了一个特殊社会的有色彩的图画；晚间七点钟以后，街头的酒馆和咖啡馆便被种种在所谓文明城市中听不到的声音所充满：吵闹、酗酒，不合音节甚至是捣乱的唱歌……每一周或是两周中，整个的区域里面，也可以说就是那条中心的街道上，总要发生些悲惨的故事，故事中最普通的是打架，原因是酒醉或是为了女人。在我住在那儿一共六个多月的期间，我底住所底附近便有三个人很悲剧地死掉了：一个是烂醉后断了气；一个是从工厂中负了伤回来，睡了两天以后便被人家抬到了近旁的坟场去；一个是青年工人，不知道为了什么，在一天晚上，自己把手枪抵到自己底鬓间,结果了自己。

在这种被生活所迫害和含着浪漫动机的自杀相错杂的地方,法律底巨掌好像是很困难地伸了过来。常常地,在烟店里面,有警察和流氓很热烈地碰杯,饮着法国政府禁止了的Absinthe酒。空气是异常的卑湿,异常的污浊,谁也找不出生命上有保障的实证。

作我住所的那家屋子便是包藏和平反面的成分的一个黑库。屋子全部的构造是三层,每层都有人住着。我住在二层楼的一个暗角的房子里面。我底隔壁住了一个德国老妇人,已经病在床上有两年了。三楼上住的有一位警察,看人时眼睛常是滴溜溜地转,楼下除了房东自己,还住着一个和我一道做工的意大利人。房东是一个六十多岁的离了手杖不能够行动的老人和一个二十岁左右的很风骚的女子——就是这个女子,是一些不幸事件的焦点,起先是那个意大利人在和她要好,可是不久,三楼上的警察也成了追逐她的人。嫉妒的癫狂便在这两个人底中间开演着,几乎是每天晚上,只要他们在房东底房中互相碰见时,总有一场争吵,甚至扩大到用武的形势。一天,那个意大利人真的实行起决斗来了,他喝得个酩酊大醉,手中拿着一把厨房里用的尖刀,由楼下找到楼上,连我底房子也光顾到了。可是警察却在这时溜了开去,算是没有闹出何种结果。但

220

是这回事发生后约有五六天的光景,那个意大利人却突然地被人告发,说是犯了窃案,被捉进警察署里去了。不过这还不是怎样使人不安的事体,只有在我要离开那儿的前一月的中间。我隔壁的那位久病的老妇人底死亡,才像把那所屋子更加罪恶化了,那位老妇人在嘻那最后的呼吸以前,整整地呻吟了一天一夜;声音的凄厉,弄得整个屋子都不能安静。招呼死者后事的人便是女房东和那位警察。事情本是很寻常地过去了的,但却不料第二天突然来了一个女人向房东大闹。那女人是又高又肥,嗓音好像是一条母猪快要被斩杀时的叫声一样,她向聚集拢来的那些邻人宣述着关于死去的老妇人底事迹。据她说她曾服侍过死者很久,她说房东底手里有老妇人存计的几千佛郎,房东为了要得那笔钱,才把老妇人毒死了的。她还确切地举出了证据,说是几天前她曾看见那位警察在某处买了许多砒霜,并且她还把卖砒霜的人底姓名都说了出来,——这场可怕的事体是怎样的结局,我是一点也不知道。不过我看见那位警察是出了面,他和那个女人秘商了很久,就这样,便再没有听见以后故事底继续。

这个社会是一个深坑,是一座坟墓,是一所真正的地狱……但是我们不要忘记:这是资本主义最高度的发达之下的一个社会!

六个多月的这种黑暗的光阴在我身上沉重地滤过,我底肺部是填满了不洁的灰尘,我底精神也像是被一种忧郁的暗云无情的压住了。在我离开这个地方的时候,我感觉到我好像是探了一次险的一样,我都几乎不相信我自己还在活着……不过,这个地方却给我底心灵上永远地放下了一件东西,使我深切地明瞭了现代文明底另一面。——永远地,我被这个认识在把我底悲哀扩大到了自己身外的无限的周围,无限的但却是实际的周围……

从国内来了些稿费,才使我把所有的债务全数偿清。于是,我又到巴黎了。

巴黎对于我,始终是唤开我生命上另一境界的一个都市。我一亲近着它,我烟士披里纯了的感觉总要接受些新的礼物。可是同时,它把我从过去浪漫的行踪中渐渐地拉进了颓废的氛围:世纪末的残病猖狂到了我底身边,我吃酒,意识地去吃酒。拉丁区底咖啡馆每天都有了我底足迹。我挟着一本书和一卷稿纸在咖啡馆中坐尽一个白昼甚至一个整夜,我在那挤满着线条,色彩,以及各种音乐的纷乱与嘈杂之中很兴奋地读着些文学的名著或是写着诗歌。

耽美派的艺术在我底眼前慢慢的闪出了它发亮的光辉:我

咀嚼着包特莱尔以下的作家，用了贪饕的情势我去消化他们。渐渐地一步一步地，我倒在 Stimmungskunst 底脚下，醉心在那些病态的美感之中，走进了所谓 Klangmalerei r bacing 以及其他等等的迷魂阵里面了。我全身发热地做着创作的工夫，为了自我的满足，我搜索着一种特别动人的句法和一个恰好的字眼过我底日子。有时，因为一个字想不出来的缘故，竟至一天我都忘记了吃饭。

耽美派的艺术实在只是浪漫派底儿子，它的出生完全是由于一种矛盾的环境所促成。这就是说，必然是艺术家和他所处的社会有了不能够一致的冲突，才有所谓"为艺术而艺术"的艺术出现。

自然，这个社会的条件并不只是耽美派的艺术所独有，像浪漫派以及一部分的写实派都可以说是因为艺术家和他所处的社会有了不能够一致的冲突才发生的。不过耽美派所不同的却在那种冲突的趋于极端。很简单地说，便是艺术家没有方法在一种和他不能够调和的地盘上立脚，才逃避到他所认为的幻美里面去，不消说这是一种绝望的求活。悲观主义和颓废的心情即刻便会跟着露出它们底面目。

关于我，那是很明显的：自己接触到欧洲资本主义社会的时候，便正是这个社会要破产的时期，这自然是可以立刻感觉到的;而同时自己又是负着东方半殖民地底卑贱的命运,处处又和目前所接触的社会发生着冲突,这样,我底倾向便在不自觉的状态之中决定了起来,我像是一个在这个世界上找不到安栖处的流浪者一样,我底意识竟对于这个世界起了无限的嫌恶。不能自制地我走到一种病态的生活方式里面去,"为艺术而艺术"的艺术便在这种情形下面紧紧地抓住我了。

现在要是我自己详细地来分析自己过去的心理状态和投射在自己精神上那种反映的当时社会背境时,一定会发现出许多有趣味的事实,不过在这儿,我因为不愿意遇事扩大自己的影子的缘故,只好用简略的手法,但是有一点却是不能够避免地要加以说明,那便是置身在文学制作里面的我,开始本是推荡浪漫派底浪潮之一人,可是不久却一变而为耽美派的奉行者,于是便和上面我所引过的我给郑白基谈艺术的信中的主张成了相反倾向,这个,是有一个很大的社会意义在存在着的。首先,我们要了解中国社会底发展形式:中国是一个半殖民地的国家,资本主义底逼来恰好在欧洲最高度的发展以后,资本主义进了中国,同时便带来了一个世界底末日和再生的命运。这就是说,中国接受资本主义的时候,资本主义已经快到最后残喘的时刻,跟着无产阶级底队伍已经露出了伟大的势力来了。这使得中国虽然在资本主义的洪流中前进,但是却总不能

224

像欧洲那样形成完整的,有步骤的资本主义社会。这便是中国在任何方面显露着畸形的原因,也便是中国社会思想在现代发展得异常迅速的原因。我们只看代表资产阶级思想的革命运动的"五四运动"才一完结,或者还没有到完结,便发生了新兴阶级底思想运动,只看"五四运动"领导者的左倾分子竟会立刻又成为前进政党底领袖,便可以明白。同样,文学上的发展也恰是沿着这个行程,创造社在中国算是唯一的接着"五四运动"底狂涛而勃起的文学团体,不消说它所从事的文学运动是浪漫运动。不过,事实上因为作这个文学团体底背境的中国社会早已决定了一种匆忙发展的形式的缘故,这个文学团体也便不得不转变再转变地滚了前去。当一九二三年才过了一半的时期,创造社在它叱咤了一年多的狂风暴雨以后便已经露出了疲倦的情势。并且,就恰是在这一年,中国的浪漫运动便在创造社完成它第一时期使命的历史事件之下告了结束。——好,这儿便是我要来说明我自己的地方了。虽然我是住在欧洲,可是必然地还是要始终受着中国社会的推动。要是有人愿意费点心思去检查一下一九二三年这时中国开拓浪漫派的作家底作品时,那一定会了解当日中国底社会情形,这时像住在中国,身当浪漫运动首冲的郭麦弱,已经失掉了他的怒飙的气魄,满满地把作品填上了一层伤感的色素,不能例外地我自然也在这时渐渐地变更了一向浪漫的气分了。问题便是我以后几乎走到一种极端的耽美艺术甚至到颓废的倾向方面去而和郭麦弱有许多不同，这个，自然因为是我住在欧洲的缘故。这并不是说主要的理由是在我和中国社会隔离，而是说我负着中国社会和自己不能够调和的矛盾而外还再负上一层自己和欧洲资本主义社会也不能够调和的矛盾，——这两层矛盾，促成了我绝望的悲哀的展开，这才使我闯进了"为艺术而艺术"的世界。

这时我底苦闷真是达到了最高度了。穷困和孤独的寂寞错杂在我底生活和意识之间倒都还是次要的问题，最大的一个难解决的问题却是在我对于政治的态度。对于政治，我本来是用全副的精神去追求的，但是在国内被压迫的结果，竟至好像失掉了再活动的勇气。但是，要是我不是一个根本失掉了理解力的人，那在当时环境给我的刺激之下，我总会很明白地知道不从政治上活动是什么都得不到出路的。这样，于是我自己本身的矛盾也使我陷到了不安的状态。一面我逃避到我认为幻美的艺术的境界里面，一面我却又是被实际的时代的巨潮招引得不能专心在幻美中陶醉。我曾冲动地向朋友宣言说要放弃目前无聊的生活，决计到俄国加入红军去，有一位住在伦敦的陈觉修（现在他已经是政客中的一个名人了）给我的信中有这样一段：

"你所写出的话句句都是呜咽的哭声。我不想用一向古人用过的话来安慰你。说是一个要作伟大工作的人物必先得使自己心志吃苦才行。——我不说这样的话。我只愿你在悲哀中能有些动人的收获，不要使悲哀把你创作的灵魂淹杀了。至于你想在实际中活动，这自然也是不可少的，我们是应该向改造社会的方向前进。政治自然是负着改造社会的使命，不过它对于用它的人，却付予了容许他选择的权利。我们不应该去盲信所有的政治。你说你想去加入红军，我却还没有发现红军担任改造社会的使命的那种能力呢。"

这位陈先生是老早便固定了他底上层阶级底地位的人，不成问题地对于我说的要去加入红军的这种志愿是不能够赞同。此外还有几个和我来往的人也都说我是在发疯，说我完全是在乱想。自然，我这种志愿终于也是没有实现，那般留学生也不曾被我吓坏过，不过，在这一点上却可以看出我当时一部分的心理状态，可以看出我在要求向实际方面去的意识。

但是，我生活低雾围却总在牢牢地裹着我想要飞跃的情绪。我由没有出路的颓废所转成的带着病态的悲观倾向渐渐地显著起来了。这时我写成了许多新的形式的诗歌，可惜以后都又自己毁掉。那首现在还存在的散文诗"Neurasthénie"便是这时作的。我且把那首诗底中心的一段录在下面，那立刻可以给人底眼前送出一个 Misanthrope 的影子来：

> 黑夜底浓色才由空中缓地落下，我一个人在暗光的街
> 灯旁与冷空气抵抗地立着。向我复仇的狂风把地上的枯
> 叶一一吹起；这些枯叶，都像是对我袭击似的在逞行着乱
> 暴，啊啊，我底烦躁快要把我底前胸裂破了！裂破了！现
> 在正是人们完了工作的时候，这街上，这街上：年青的男女
> 们都互做着他们底挑笑；无用的老人们都聚在 Cafe 内过
> 他们的酒瘾；衣裳整齐的先生们都携着他们底妇人，孩子，
> 在安闲地走游……啊啊，那街角上是群众忽出忽进的 Bal
> 哟！啊啊，Bal，Bal 中开始了催我呕吐的声响：Piao,
> Violon，男女抱着发疯的脚步……

都市上的事物就被我这样用病态的看法去描写着。一直
到现在，我读起这首简单而带着生硬句法的诗时，当时那种厌
世的心情还像在向我逼来。很奇怪地，当时我所看见的事物都
带着有死的颜色。我一点也没有造作，像在这同一年内作的那
首《最后的礼拜日》便更是充分地表现了我底病的气分。关于
《最后的礼拜日》那首诗，说来或者有人要不肯相信，那首诗是
如此其同琪勒拉佛格的"Lhiver qi Vint"相像，但是当我作那首

诗时,琪勒拉佛格底名作却还没有到我底眼里。我喜欢都市,但是我喜欢的几乎是被冬天底混雾所笼罩,工厂的烟突耸在发霉的空气里面,马路上堆积着已死的落叶的那种都市。为了满足我这种情调的要求,我走遍了巴黎底工人区域,有时我甚至在寒风中的马路上去立一个通夜。我底诗是那样的充满了浪人底呼吸,我底生活也完全是 Boheme 底生活了。

颓废这个倾向的本身只是没有出路的挣扎。向幻美中去逃避,其实是越发要陷入于绝望。我当时常常有一种危险的预感,总觉得这样下去,好像自己没有保全自己生命的把握。我想这个大概是从事于耽美派艺术的人底共同的心理,因为"为艺术而艺术"的理论只是为避免人生的责任,结果当然是走到没有归宿的境界里面去。

我新近在我没有发表过的旧稿中发见了我这时作的几首诗,那大概要算我开始制造所谓"Poiést Pure"时的作品。在那几首诗中把作者底心理和包围作者的空气都算是无余地曝露了出来。我现在且录一首比较短的在这儿罢:

就让这死的沉默把我紧守,

就让我对你这样闭起了口,

就让这种颤栗来使我身上发抖……

你底这像愁云一样的头发，

就来把整个的我完全压下，

压住我所有的愿望和我底国家……

我底心头总是这样的沉重，

时间也是这样的停着不动，

钟声却来把空间都振出了病容……

你底眼中是藏着一段悲歌，

你底唇边刻画着梦的轮廓，

你使我失掉和外界的不能调和……

这灯光在受着深夜底压迫，

在慢慢地褪变了活的颜色，

使人觉得周围像昏黄又像苍白……

唵！死的沉默……死的沉默……死的沉默……

在这一年底暑期以后我到比利时和德国去住了一些时候。

在比利时是没有可以记述的。在德国我住在柏林，我的足迹是图书馆和美术馆。

要说我是一个愿意彻底地走向颓废方面的人，那是永远不对的，我一到了柏林，那种比较巴黎要严肃一些的空气，把我又引到研究学术的领域里面，我得了一位老教授底指导，去揣摸着历史、地理、考古等学科，这给我了一个另外的世界：我用我已经学过的生物学的一点根柢去贯通那些学科，我眼前即刻出现了许多新奇的事实，我渐渐地涉历到 Mar iam 底经济史的边际，不成问题，那时我还不能够消化它，但是我却知道它是解决所有学科的武器了，因为得了这方面的一点微弱又微弱的模糊知识，我在研究福罗易德底心理学时，和指导我这门学科的一位学者起了些相当激烈的争论，我认为福罗易德底泛性欲论应该建立在社会经济的基础上面，不然，便还是没有说明什么。不消说我没有说服那位学者，或者表面上那位学者还是说服了我，不过我心中却始终坚持着我底意见。

我对于美术底理论的接近也是在这时开始。康德和黑格尔底美学不能使我满意，我企图着用地理的观点去解释美术，想创立一种新的美学，好像这种企图是中止于我看见了霍参斯坦的 *Die Runst und die Gese Ischaft* 一书，那使我突然感想到自己底不成熟和浅薄起来，可是必须承认的是我这时却还不知道肯定地用观念论这个名词去批判康德和黑格尔，同时对于霍参斯坦并不表示完全心服。

这时我又去研究星学，我一点不疲倦地长夜在观察着天体，我在每个星座中去考查中国古时的星名，这使我发见了许多星象上的材料：所谓"天驷""王良"是在"Cassiopei"座中，"帝车"即是"北斗"是在"大熊"座中，"昴""毕"是在"牡牛"座中，"参""觜"是在"Orien"座中，"天旗""天苑""九斿"是在"鲸"座中……——这真是有趣味极了！结果是我把这些带着半考据性质的研究写成了一本册子。因为是随手记录的缘故，册子中的文字是一部分法文和一部分英文，这册子曾被一位教授看见过，那教授狠热心地怂恿我把它拿去作为考博士的论文底草案。不消说这在我看来只是一种笑话，因为我从来是脑筋中便没有藏过博士这个物什底影子的。我把我底册子借给那位教授，不幸一晚在他伏案睡着了时，被他烟斗中的余火烧毁了一半。册子是又回到我底手中，但是只剩到几张残页了。以后我又想去研究天体分光学，但却没有成功。不过顺便说一句：一直到现在，虽然时间和其他的关系再没有容许我作过这方面的探讨，可是我总还是对于这门知识感着最大的兴会。

我这时常会面的中国人是熊尊韵和他底几个朋友，尊韵是和我同船到欧洲的人，他一向便住在德国，这时是已经参加了

232

前进政党,在做着政治的工作了。他是一个表面几乎是带着女性的温和的人,说话时声音特别的低弱,使别个一见便知道他的体格里面隐藏着有一些内伤的病症,得了他底介绍,我认识了住在德国乡间的几个中国底革命青年。一天,在歌德故乡佛郎克府的游行中,掩住天空的深绿的森林里面,草地上野宴的筵席之傍,我和尊韵还有一位姓卢的高大的青年各自读着各人底新诗,我底诗狠短;姓卢的底诗是从用德文写的原稿译出来的,也像没有怎样动人;只有尊韵底诗是流泻着长的句子和有思想的热情。他把一个青年对于革命的觉醒充分地装进诗底旋律里面,以一个舍弃生命的誓愿作了煞尾。这在他,真像是一个自述:他就恰是从这时起,一天一天地对革命紧张了下来,一直地走到牺牲,他底生活也正像是被诗意充满了的。

因为和尊韵以及其他几个革命青年的接近我才得知道了些当时中国前进政党底情形,我狠感动地听尊韵在叙述着被里昂当局送回国的那些 M 城的同学在国内活动的状况。我由他底地方看见了在当时算是已经出了有四五个月的《响导》周报,在那个在中国震撼一时的报上,我读了许多代表当时中国前进政党的言论。M 城的同学大概只有蔡含稀底哥哥在那报上写的文字最多。不消说这时我对于这方面的批评能力是不够的,不过我底直觉总感到那些言论是缺少一点东西,缺少点不依赖其他任何势力的独立性的东西。我还好像很模糊地把我这个意见对尊韵和其他的人说过。不过应该再加声明：这个只是我底直觉所感到的一个连自己也不十分明瞭的意见。无疑地，"机会主义"这一个术语在这时还没有爬进我底脑筋。

但是我在这时对于政治的趣味却是渐渐地恢复了从前的状态了，自然我底立场并不会怎样进步，但是我却知道注意起一切政治上的问题，我每天早晨剪着报，同时还收集着时事的文件，好像是又回到新闻记者底生活了。

这不用解释是由于时代底逼迫的。这时正是所谓世界资本主义暂时稳定后从新开始纷乱之象征的一年，是从凡尔塞走向洛加诺的各帝国主义间起变化的发端时期。另一方面在社会革命的行程中是列宁要逝世的前夜，开始由斯大林领导了革命工作，——一切重大的事件都露出信息来了。在这样的空气之下，当然智识分子会受到一种预感，会把眼转向到实际上来。

这时我底笔记中有一段这样写道：

"这个一九二一年好像给国际间带来了些沉重云翳，这或者又要来些什么风雨也说不定。只就法国占领鲁尔这件事看来，就不像好的兆头。法国占领鲁尔这件事便是告诉我们世界距离和平还远得很，便是告诉我们凡尔塞底条约都是些仅仅为读的时候好听的文章。德国和法国的问题不根本解决,始终有爆发欧洲战争的可能,正和中国和日本在亚洲一样。

"还有,列宁听说是病势非常危险,这怕也是一个很大的问题。假定列宁是死了,就俄国一向党内有声望的角色来说时,大概托洛兹基会接受起第三国际底政权。但是根据许多关于俄国革命的记载,这却像是一个对于外交喜欢用铁腕的人。那么,将来国际间局势又会变成个什么样子?"

不消说我这种观察是太过浮浅,并且还露着有不正确的观点的痕迹。不过从这个上面可以看出这时我对于政治是十二分地留心着,至少我是在受着了政治底吸引,受着了政治底强有力的吸引的了。

然而当时国际底情势却没有像我看的那样简单。法国占领了鲁尔,并没有挑起战争,只是变更了国际间的关系,从此以后,美国底财政资本便支配了整个的欧洲,——这真是一个很有趣的事体!疯狂的法国帝国主义只想实行所谓福煦大将的计划,但却不料这个行动竟是给美国制造了一个很好的机会,其次便是使得德国经济更陷于恐慌的状态而发生了这年秋天的革命。这一场蠢到极点的把戏算是没有演出一点结果,到头来反而添了些不安和危机来了。

这真是一个很有趣的事体！法国怎样也没有想到自己会一旦失了对德国的那种主人底地位而去折服在美国底脚下，并且怎样也没有想到竟会因了这次的行动而自己先提出了保安条约……不过，这却也总算是解决了一个很大的问题了：那便是从一九一八年起的这五年中欧洲底大臣们和财政部长们所日夜忙碌的德国赔款问题，从此是有了办法。自然，不成问题地这种办法实际是毁掉了凡尔塞底和约，把剥削德国的全权让给了美国底财政资本。

关于俄国，我这时更几乎完全是无知。俄国党内的情形，在这时却已经是陷在了复杂的地步了。这时因为列宁病重的原因，一切政权都落在了斯大林底手里，托洛兹基已经提出了许多不同的政治意见。对于外国革命的策略，反对派是正在和斯大林起着不可调解的争执。可以说，在中国问题以前，最先证明了那个争执底重要性的便是这年秋天底德国革命。

这次德国革命结果的溃散，实在地说来，并不纯粹像后来一切文件上的记录，说是仅仅由于这一运动的领导者之遇事相信社会民主党底上层人物所致。不消说这是一个原因，但是除了这个以外，却还有一个不能否认的关于 Taktik 上的问题。托洛兹基当时认为那种局势是非常匆促，决不可用和工厂委员会对立的组织形式去褫夺工厂委员会底革命作用，就是说不可用

236

不顾局势的形式主义去妨害运动底速度的进展,可是斯大林却是恰恰相反的。结局,这次事变果然是在一个悲剧的场面下收束了它的命运⋯⋯

当这次革命底紧迫浪潮要来的以前,德国社会真是危急到万分。这是谁也晓得的,马克价格的跌落简直是从来没有过的现象。到餐馆去吃一餐饭,或是发一封信,所需要的马克总是上千上百的数目,但是实际却不过是合着法国底几个佛郎或是几个生丁。

这种情形,这种即刻跟在后面的是无限量的工人失业和贫民陷于绝境的经济破产情形,却给了一部分好像完全超出这种社会以外的人物以狠大的便利。那一部分人物便是我们中国的一般拿着官费或半官费在欧洲留学的先生们。

这是狠明白的,平常一个月的用费这时可作几个月甚至半年去用,在一向本来就是除了享乐以外再没有别种人生观的一般留学生真算是碰到再好没有的机会了。英国底留学生,法国底留学生,都结队地跑到德国去,柏林底跳舞场,赌博场,夜咖啡店,总之所有娱乐的,可称为销金窟的所在一旦都填满了中国留学生的足迹,一个瘦小的黄面孔的东方人带着三个四个甚至五个六个的高大女人走进一个最阔气的饭厅或其他更奢侈的什么地方,拿出一卷钞票来随手乱丢⋯⋯──这在柏林竟成了很寻常的事了。

更其滑稽的是有些留学生在酒醉后故意和德国人挑衅,赌博输了时,不肯给钱,反而说战胜国底人对于战败国底人应该虐待。住在我近旁的一位留学生还竟故意欠起了四五个月的房钱,其实房钱每月才只合着中国底几角钱,一天房东和他吵了起来时,他竟当着许多人说道:"我并不白住你底房子,我是要你们德国给我们战胜国赔款!"

我们留学的先生们底这种丑态大概是到了所谓道威斯计划实行了以后,马克底价格涨了的时候,才在柏林渐渐地绝迹了下去。

不过在我,对不起我们那般留学的先生们,我没有看完他们底怪剧,在德国革命风潮要起的前四个月以前,我又回到法国去了。

因为倾心美术,我一心便要到意大利去。在准备去意大利的期间,又到里昂勾留了些时日。

这次在里昂遇到了以后在日本地震时被野蛮的日本当局暗害了的无政府主义者大杉荣,这大概有人还可以记得:就是在这年,日本底警察因为失掉了大杉荣底踪迹,曾经发疯一样的找到北京,找到上海,中国和日本底报纸都在哄传着这件稀

238

奇的新闻。这便是大杉荣秘密地跑到法国的这个时候了。他到法国的原因，好像是为参加一种无政府主义者底什么会议，他住在里昂，假装着中国人，和中国底几个无政府主义者住在一起。我和他的见面，是因为人家邀我去通译他和别个的谈话。

这是一个沉默寡言但却显然地露着个人主义狠强的人，焦黑，瘦矮，眼睛是闪着聪明的光芒同时留着短髭的口唇却又一点不含糊地把一个极端乖张的性情表示了出来。他底言语行动可以说在我所见过的无政府党人中算得最典型的。在日本，他是以擅长法文出名，但是实际却很平常。他底法文是可以勉强读，写，但却不能够谈。为要告诉别个他是个接近平民的人，他矫揉造作地说着最下等的日本话。我很想由他底口中知道一些无政府主义者对于未来社会改造的方案，可是总未曾达到目的。有一次我问他问得太过厉害了，他竟带怒地吼着道：

——给你说没有什么方案！就是未来的社会真有立什么方案的必要，我们也不能说出方案来！

我又问他是为了什么。他说：

——因为一说出方案来，便不是无政府主义者了。

这给我曝露了一个绝大的秘密，我才知道为什么无政府主义者总在避讳着理论的讨论。

这位半英雄式的人物后来因为到巴黎去打了一个盘问他的警察(他在日本素来以打警察出名),遂被送进牢狱。结果他底真姓名被查了出来,于是日本领事馆用一种押解犯人的形式把他送回了日本。他临走时用法文写了一封塞满着激烈言辞的告别信给在里昂的他底中国朋友,信是被翻译成中文,用油印了出来。我还记得那煞尾有这样几句:

"到监房去!这便是我们人生最后的目的,我们都应该抱着这个目的去前进。我这次被人拥护着送回日本,就因为在日本等着我的监房已经等得不耐烦了。"

听说有几个中国人到马赛给他送别。他说他走以前要把日本政府底公款多花一些才行。他强迫着送他的那几个日本领事馆底人员请他和他底客人们去吃酒,赌博,一直到餍足了他底欲望,他才上船。

我到意大利了。

和从来向艺术伸出他底手的人一样,我一到了意大利便堕入了陶醉的境地,首先,我到了佛劳伦市,我完全倾倒在文艺复兴期那些巨人底创作之前。特别是米格郎结罗,那位伟大的意大利过去的市民,他使我整个地变成了他底一个的囚犯,我研究着他底生平和他的思想,他为他底雕刻《夜》所作的那四行出

240

名的诗几乎挂在我的口上了：

Caro m'è'l sonno et piu l'esser di sasso,

Menire che'l danno et la vergogna dura,

Non veder, non senlir m'è gran ventura；

Pero non mi deslar, deh! pa, la basso.

这几句动人的意大利文一直到现在我还可以背了出来。

这时我对于戴纳底关于某种艺术领导某个时代的考察取了怀疑的态度。我在笔记中写道：

"戴纳以为古代底中心艺术是雕刻，中世纪是建筑，这是不正确的。且先不要说古代，只以这十五世纪的意大利来说，已经和戴纳底说法合不拢来。像米格郎结罗，对于雕刻显然比对于建筑要露着更注重的倾向，并且同时又发展到了绘画方面，不但是这样，这十五世纪的意大利，绘画的艺术还像掩住了其他的艺术：我们只举拉飞尔和文齐两个人便已经很够很够。"

这个意见到现在我还是没有变更，这是真的，艺术领导某个时代，这个前提要是可以成立的话，那也决不是戴纳所定出的形式，造型艺术在每个时代都有它们底发展，所不同的只是在那个时代中的发展底前后。这是狠明瞭的事：造型艺术底开始总是由于神殿或皇宫的创造，这必然地是以建筑开端；进一步为了神像和装饰，便有和建筑几乎混合在一起的雕刻产生；

再进一步，为了神像和装饰的技术上更容易复杂化起见，才有了绘画。这种艺术推移的行程，最不含糊的是古代，希腊便完全把这种痕迹给我们显露了出来，其次，中世纪也是一样，不过到了资产阶级底长成，那却便成了另一种形式了。那便是各种造型艺术脱离了一向的混合性而各自取了独立的地位。而在这各自独立的领域中，绘画却是成了第一流的力量。

绘画是最能表现复杂事物的一种艺术，同时也是能够容易和科学携手的一种艺术，这便是文艺复兴期底诸巨人在资产阶级文化底曙光中开步到绘画的运动场上的原因。

不过在这儿我必须明白地说，虽然这时我在注重着研究甚至走到这样一个理论的路上，但是实际我却还是与其说在作智识的探讨倒毋宁说在发挥诗意的感兴，我一面带着些科学的气分去认识那些美术史上的无价的宝物，一面却抒情地，浪漫地，仰赞着佛劳伦市底主人的但丁。用了一种凭吊的心情，我搜集着这位诗圣和白德丽采的一切传说。中世纪的阳光照临在我底周遭，我在巡礼和膜拜的生涯中前行了去……

这时我作成了许多诗，都是礼赞佛劳伦市底巨人的创造力的。这不消说因为我是在中国资产阶级文艺运动开展的期间去礼拜开拓那种运动的始祖，当然会有那样的表现。可惜那些诗都不曾存稿，现在我只能记得些断片，在洗礼堂底门前的诗中有两节是：

　　　　我不曾看见 San Giovanni，

　　　　我却好像看见了但丁在门中端立。

　　　　哦，我底但丁哟，

　　　　你可是成了这儿底上帝，

　　　　要我来受你底洗礼？

　　　　我不曾看见 San Givoanni，

　　　　我好像看见一个持斧的大匠守在门侧。

　　　　哦，季贝谛哟，

　　　　你能不能把你创造的伟力

　　　　分一点给我这弱小的后辈？

在焦朵建筑的钟楼上的诗中有几句是：

　　　　我看见这养育天才的全城在我眼底下闪动着它的
光辉，

　　　　我不知道怎样才表示出我血液的沸腾，我神经底
颤栗！

我只想一翻身跳了下去，就把我底身子这样摔碎，摔碎，

　　好化在这，化在这天才之城底微尘里，微尘里，微尘里！

　　这些句子当然是没有包括着什么特种的意思，不过当时我那种热狂的心情却是完全表露在它们上面了。

　　接着，我又到了罗马。

　　罗马是一个满足我考古的兴趣同时引起我更接近历史知识的地方。我踯躅在那拉丁旧土底残迹之中，我认识了许多从前想认识而没有机会认识的事物。为了使我底认识更明瞭些，我一面又到图书馆去从新挑读着英国十八世纪底大历史家的 *The Decline and Fall of the Roman Empire*，并且附带地读了显克委支的 *Quo Vadis* 以及其他关于罗马故事的几种小说。

　　我在研究建筑术的中间，有一个地方更使我证明了我已经认定的各种造型艺术所发展的前后程序。那便是由 Lonia 式的柱形改变成 Corinth 式的柱形必然有绘画底发展在做着背后的力量，因为那种装饰化了的华美形式非有绘画底燃烧是不能产生的。这个便证明了在希腊造型艺术最后的一种权力是让给了绘画。无疑地这个说明的另一方面是要把眼光移到支配

244

那个阶段的那般占据在经济地位上的主人。便是说,在希腊,那个时期正是社会上层的阶级达到了最富裕的生活,必然地会把实用的事物加上装饰的外形以适合于本身享乐的气分。不过,这层却一点也不妨碍对于绘画是最后发展的这一法则上的证明的。不消说这后者的说明当时是没有走进我底思索里面,但是关于前者的意见,我却一直到现在也还没有取消它。

我在罗马,就是这样在研究中过着我底光阴,我感着了一种对于智识的追求的无上的快乐。

但是,这却完全不曾阻挡我奔放的诗的热情。我在 Forum 和 Coliseum 间徘徊留连,我从那些古代文明的墟墓中烟士披里纯到 Nostalgia 的夸张的诗意上面去:我用罗马比着长安,向吊古的情怀中放进了民族的伤感,这样,我制作了些现在流传的或现在已经失掉了原稿的许多诗篇。

还有,Romanoe 也追随着我。在基茨停止他最后呼吸的那所住宅底近旁,一向以各国诗人艺人曾经留驻而得名的 Graco 咖啡馆内,我交接了一位歌剧作家底女儿。这是一个异常娇艳同时又具着自由思想的女郎,我和她的交情由友谊达到了友谊以上的亲近。她底名字是马丽亚,年纪大概还没有越过二十。她底父亲谢狄梅里先生是一个参加着工团的政治斗争的人物,他底歌剧也有相当成功的声望。因为有这样一个父亲,所以她也像在从事着实际的活动而一面又对于艺术的知识有特别的素养。我和她的会面几乎是每天的,从她底口中我得了许多意大利底风俗和意大利社会情状的学问。我曾用意大利交作了一首带着热情的风格的诗赠给了她。可是因为我这时意大利文还没有到自由运用语言中音节的程度,那首诗便又由她自己修改了一遍。结果她父亲把它拿去放在了他底一篇穿插着有中国人的悲剧创作里面。现在我自然是记不起它底原文,我只记得它经我改译成的中文中的几节。有两节是:

　　　　你这像蒂白河水的明眸,

　　　　洗净了我心头的无限烦忧,

　　　　可是我只想把全身都睡了进去,

　　　　一直沐浴到,沐浴到死时方休……

　　　　这儿是有光荣历史的地方,

　　　　正和我出生的长安一样:

　　　　我所以肯守在你底身边不走,

　　　　就因为你底故乡也是我底故乡……

　　可是我这种单调的浪漫情绪不能够作为给一个一半作着

社会活动的女郎的充分礼物，所以还有一节是：

> 但是你负着有一个忧愁的命运，
>
> 你要用今日底锁链去牵引明日的太阳，光明；
>
> 你不把倩影送给这儿古老的残照，
>
> 你青春的感情是真正的现代底动律的感情。

这位浪漫的小资产阶级底革命女子和我这时的意识是恰恰地能够配合得上。

然而我和她的结局也是带上了"悲剧"的性质。罗马本有一个中国朋友，是在国际联盟底机关处办事。由这位朋友底介绍，我认得了当时罗马底一位无政府党底领袖。可是巧妙得很，那位无政府者刚和我见了一面，突然他底家中便被法西斯帝的警察所搜查。结果是他底许多同志和朋友的地址统统落在警察底手里，即刻，罗马城中大捕了几天"乱党"。我和那位中国朋友竟也受了波及，都接到警察催迫出境的命令。那位中国朋友因为要向国际联盟机关处办交代的缘故，不能当天动身。我是只有即刻就走，这样，便在一个行色匆忙的景况中，我和她了结了那段姻缘。

临走是一个没有月光也没有星光的黑漆的晚上，上车以前我和她在 Greco 咖啡馆中停留了很久。在那绿色的灯下，她要我写几个中国字遗给她作为纪念，我是因为第一次才直接尝到法西斯帝底横暴的滋味，愤怒已经掩住了所谓温柔的情绪，对于这个离别也像是并没有什么伤感的激动。为了答她底好意，我给她写了下面一首七言诗：

> 罗马城上晚风吹，我被迫遂放遂罪。
>
> 为恨强权愤怒情，夺去离人漂泊泪。
>
> 那禁一步一回头：如此光阴难再觅。
>
> 黑夜深埋旧梦痕，绿灯永记相思地。
>
> 愿将心肠付斗争，不在温柔胸前碎。

然而我和意大利告别了。

（选自《我在欧洲的生活》，辽宁教育出版社，1998 年）

日本印象记

田　汉

田汉（1898—1968），剧作家，词作家，1916 年至
1922 年留学日本，在东京高等师范学校学习。

一　长崎丸上

> 西风无恙送征帆，一幅潇湘晓色寒。
>
> 差幸同心今有汝，不缘落笔兴初酣。
>
> 眼前人物皆如此，乱后江山忍细看？
>
> 好向蓬莱深处往，采将灵药驻童颜！
>
> ——梅园

　　"长崎丸"是午前九点钟出帆的。那天早晨七点钟，雷先生
提了两件行李赶到我家，我一面命杨四爷去叫汽车，一面，趁着
那几十分钟的余裕，检点我自己的行李。这一样那一样都想塞
进那新买的皮箱里面去，可是那皮箱的容积究竟有限，便除几
件换洗衣裳，一两本书之外，率性一样也不要了。行李刚清好，

门外早呜呜地叫了，我的兄弟帮着把我的和雷先生的行李搬上汽车，刚要告辞母亲的时候，母亲说：

——莫忙，吃点东西去，免得在船上要饿。

我一面匆匆吃着我母亲预备的早点，一面握着海男的手，向他说：

——海男，你同爷爷到你妈妈住过的外国去吧？

——娭馳，去不去？娭馳要去我也去。

于是大琳妹帮着说了：

——海男，你同爷爷到日本去，娭馳同我回湖南去，我们已经要杨四爷打船票去了呢。

这一下可不得了，海男哭起来，他摆开我的手，紧拖着他娭馳的手，说：

——娭馳，我要同回湖南去，我要同去，我要同去，我不同爷爷到日本去！

海男最怕的是说他娭馳要杨四爷去打船票回湖南去，任他平日怎样地不听说，怎样地顽皮，只要他娭馳说"要四爷去打船票"，他马上安静下来了。我抚慰了我这可怜而实在可爱的孩子，说等他长大了再同我到日本去，同时要大琳妹好生招扶妈妈，便同雷先生、寿康三弟、雷公子四人一道上了汽车了。

汽车到汇山码头还只八点二十分光景，长崎丸上的出帆旗早招展于晓风中,浴着朝光和煤烟了。我在验关处的人丛中遍寻所谓千代馆者不见,着了慌了,要雷先生和三弟在码头上等,我坐着原来的汽车径往北四川路内山书店。因为我的船票是昨天拜托内山书店的主人内山完造先生买的。一共买三张,预备顾梦鹤君一道去,后来得了槐秋的信,才中止了顾君之行,但内山先生的船票又是托千代馆买的,他说:

——明天,你直接到码头去好哪。船票你可向千代馆的人讨,他们有人专到码头上招扶客人的。

内山先生怕我不明白,还写了一张名片给我。但我今天一到码头却不知道究竟找谁的好。所以不能不重来问他。汽车到了魏盛里,我一跃入我们所谓"上海无产文人俱乐部",恰好遇着这俱乐部的贤淑的女主人在整理那"书塔"右端"座谈处"的茶几上的昨宵狼藉的杯盘。我道过早安,便问内山先生起来没有。她停了操作的手说:

——主人昨宵"饶舌"过多,今晨病不能兴,田先生,你今天不是动身到日本去吗?打给谷崎、村松两位先生的电报已经发了。

——多谢,我刚从汇山码头来,我找不着千代馆。

——那么,请待一会我陪你去吧。

她亲自打了一个电话问千代馆,知道船票已经拿到码头上去了。便上楼去披了一件外衣,同我一道上了汽车。在车上我忽然忘记了谷崎先生的住址。嘉善子夫人把我送到码头,从一个戴红帽子上面横书日本旅馆千代馆字样的,在船桥边招扶旅客的少年人手里取了我们的船票,交了我,便替我打电话去问谷崎先生的住址去了。我和雷先生依次在码头上的警吏办事的地方依式填了姓名、籍贯、年龄、职业、住址等,换得正式船票,才和雷先生、我弟弟等提着行李,随着许多东洋人、中国人上了我几年来想上而不能上的海船。

我们由闷热的船室上到甲板的时候,嘉善子夫人赶到船上来了。她匆匆由衣袋里掏出一张小小纸头,上面用红水笔斜斜地写着——

兵库县或库县郡冈本甲又园谷崎润一郎氏

红墨痕还血也似的淋漓未干,原来是刚从电话里向她那"专一结交天下英雄好汉"的丈夫问来的。谈了一回话,船上报时的钟声响个不住,接着又是当当的锣声催送行的客人下船了。如是握手的握手,点头的点头,接吻的接吻,流泪的流泪,各应其份,发挥各人的感情。我的兄弟寿康,和雷先生的公子这时已经坐汽车去了,站在码头上扯着那数丈长的红绿纸条殷殷相送的，只有那温蔼可亲的内山先生的太太！内山氏啊！我这哀伤贫苦的数年间，你们贤夫妇给了我多少的寄与啊！无钱买书的时候赊书给我，遭遇着不幸或屈辱的时候，给我以慰安和激励。现在小别故国，将寻我那欢愉与哀戚织成的游踪的时候，又这样殷殷地招扶我送我。自称"无国籍的人"啊，你的行为虽不必能得贵国"役人"的褒奖，但请你领受中国青年贫弱的感谢。

船上的舱位，分头等、三等，头等中又分 ABC。但离情别绪是不分等级的。所以那五色斑斓的纸条，一样红绿般的联系着送行人与远行人的手，河风吹来一样地与这些离情别绪以有生命的表现，使他们为万道长虹，隆起空际。但虹终归要消灭的，纸条终归要断的，你看当不住风力的早断了。船尾的机声一起，他船上人与岸上人的情绪，虽然愈牵愈长，但女神的剪刀，亦单择长的剪。不一时这些人类情绪寄托物，纷纷落在黄浦江的水面。没有落的，还在船边作金蛇之舞。这种 Cobra dance 越寂寞了，上海也模糊了，嘉善子夫人的温容自然早看不见了。雷先生和我盛叹了一回也到舱里睡觉去了，我独站在船尾的上层甲板上，扶着栏杆在那里闲眺，在那里回想，回想同漱瑜坐"八幡丸"第二次赴日本时的事。那天不是三舅、满舅都来送行吗？在舱里把行李安置好了之后，送行的要上岸了，漱瑜不是望着他的父亲流泪吗？现在呢，梅园先生既于六年前以直道正行遭奸人惨害，漱瑜哀伤憔悴也追随她父亲的膝下去了，只剩下这不肖的外甥，不肖的丈夫，还苟且偷生，既不能手刃大仇以安他们父女之灵，甚至不能使老母、幼儿免于冻馁。他若不是深信他终有这么一天，能表示他"究竟是个什么人"，他真觉得不如向浩然的烟波中纵身一跃了。

想到自杀时，他在《到民间去》影片中叫唐槐秋兄所扮的张迈伯自杀的地方早映入眼帘了。哪，那不是吴淞炮台吗，那不是三夹水海峰？唐君不是在那海滨水淋鸡似的，牺牲了一身洋服？他的太太不是坐在岸边也担着许多虚惊？拍戏的谷本技师不也把一双白帆布鞋打得透湿？但唐君所扮的性格终于心机一转，不肯这样自杀，他想把他的生命留着至少去做一件有益于他人的事。

二　四海楼的失恋者

船到长崎，是八月二十一日正午的事。五年不见的日本，重复呈现她那可爱的清姿于这异国青年的眼底了。这异国青年第一次看见她的时候，是个十八岁刚毕业的中学生，心里充满着感激。对着这岛国的清丽的自然，就像初次接近女性一般心里怦怦地跳动。他第二次看见她的时候，他挽着他的爱人的手，这时他的身心都陶醉在爱的世界，他过的是雾似的朦胧、梦似的迷离的日子。当时这山明水秀的长崎给了他何种感激，他现在记不起来了。于今是第三次看见她了，她依然保持着那时的风度来迎这异国的青年，但这异国的青年的额上早画上了几条皱纹，头上早添上了多少根白发，他的心里抱着无限的寂寞，眼中含着随时要坠的泪。我们几乎可以说他老了，若不是他还存着少年的感谢，和坚强的自信力的时候。

因为船上挂着午后五时出帆的牌，我们便商议如何去消磨这四个钟头。结果决定上陆。把行李托咐了一个叫源田的"仆欧"，我们便轻装短策随着许多人下了船桥了。出那验关的门的时候，一个青年的关吏轻轻扯雷先生一下，问：

——有没有带雪茄烟？

雷先生不懂，我译给他听，他忙敲着袋子说：

——没有，没有！

刚出税关的门，两面排列着许多汽车、人力车。有好几个汽车夫来兜揽生意，我问：

——几块钱一个钟头？

——四块。

我想也比上海贵不了许多，便邀雷先生上了车。我对车夫说：

——先把长崎的名胜游览一周，然后找一家美人顶多的咖啡店或是酒馆午餐。

——我心里有数了。美人顶多的要算一家叫四海楼的中国菜馆，回头就送你们到那里去吧。

我笑译给雷先生听，雷先生说：

——中国菜馆，美人，好极了！

我们一面说话，车子早风驰电掣般在长崎的街上走着了。街道虽然不甚宽敞，房屋虽然不甚高大，但都是这么清洁，这么稳静。车子沿阪直上开到一所古庙前停了。车夫说：

——这个庙有好几百年的历史，中间有一口大锅尤其著名。你们两位可以上去看看。

我和雷先生依着他的话进了庙门，抬头一望，便见"崇圣禅寺"四个大字。在庙的前庭果见摆着一口瓮坛似的大锅。原来是和尚施粥用的，据说，多少年前日本大饥馑时，以此活人不少。雷先生听了我的说明，口里连称：

"阿弥陀佛，阿弥陀佛。"

庙里有许多神，我不能举其名。但由殿上那些"海不扬波"的匾额可知，一定有平浪王一类的水神。雷先生因为初次出洋，居然落风平浪静，不免感激神灵的默佑，脱帽在手，诚敬地在殿前默祷了多时，并且要了我在和尚那里买的绘片做纪念。长崎市街本来和香港差不多，是由山麓斜斜地向山上建筑的，这所崇圣禅寺恰在半山中，所以倚阑小立，全港在望。我们由焦热繁嚣的上海陡然来到这样静雅的地方，都不免幽然有出世之想。雷先生说：

——我若不是还有许多人事未尽，决计来这里做和尚。

——你老人家又要做和尚吗？

我笑对雷先生说。雷先生在七八年前的湘鄂战争的时候，曾当过游击司令，后来大军败退，他还独率偏师，横行攸澧。及到广东后，听得说自己的部下被人解散，自己家里的人都被人杀死，他急得吐血。因和我的满舅由广东回到上海来，我的满舅也曾同时在浏阳遭过同样的危险，两人志同道合，虽不见得真是看破红尘，总算倦鸟思归，因同到杭州拜某某上人为师，在湖边一个庙里做了几个月和尚。后来雷先生的家眷由湖南受着天主堂的保护逃到上海来，雷先生才知全家被杀实系谣传，因念家人无以为活，便还俗了。我的满舅更是上有父母，下有妻子，做和尚本出于一时愤激，自然也就同时还俗了。苦境最能教训人。雷先生叫雷震，我满舅讳易震，他们两人不独同讳个震字，而且同有暴躁如雷的情性，和灯笼似的突出的眼睛，少年时代在乡里城里，是没有人敢惹他们的。自经过几次九死一生的危险，又见他们的朋友或是兄弟多遭奇祸，才把他们的烈火似的性格温和下来。现在我的满舅变成个圆满福厚的中年人，雷先生更是心广体胖，满口"阿弥陀佛"，和从前大两样。

——真正能在这里做和尚何尝不是幸福。

雷先生也笑对我说。我和那卖画片的和尚谈了许多话，同时讨了几杯茶喝了——因为天气实在热得可怕。——才出来，汽车夫斜靠着车窗问：

——看了那口大锅没有！

——看了，快到四海楼去吧。

不一时，车子停在一所精致的菜馆的前面。我下了车，正要掀着珠帘进去，里面约是听得汽车来了吧，屏风后面果然转出一个云鬓粉面的姑娘，低着头深深一福，娇细地说：

——irassyai（请进！）

——汽车怎样呢？

——叫他等吧。

——此地隔码头近，你看那里不是"长崎丸"的烟筒……汽车用不着吧。

我一想雷先生说得有理，便问车夫开了多少辰光。

——才半点钟。

我拿以四块钱一点钟计算，给他五圆钞票要他找给我们三

元,他非常踌躇,说:

——我收两元又没有钱找,收四元又不够钟点,还是请你们两位再坐半点钟吧。

我想一来距"长崎丸"出帆还有两三个钟头,二来长崎也还有些地方可以见识见识,便依了那车夫的建议,重游长崎。这一下似乎是望西边走了。经过许多外国人住的房子,又经过一所极精致极幽雅的耶稣教堂。我忽然记起早一个月看的日本《切支丹殉教史》来,忙命车夫停住车,在那所教会的前面瞻仰了一会,并对雷先生说明,德川幕府当时的日本官府对于基督教徒的残酷,和当时那一班教士和信徒的信仰心的热烈与坚定。

——这精致幽雅的教堂啊,可知你那洁白的大理石上的金字,是多少殉道者的碧血丹心结成的啊!

我把日本元和八年九月十日在长崎立山烧杀 Jesuit 派信教徒的殉道惨史述了一遍之后,不觉这样感叹。雷先生很愤慨地说:

——为什么连三四岁的小孩子也要杀呢!

我们别了这把过去的殉道史忘记得干干净净的教会,又在各处乱逛了多时,才回到那有云鬓粉面的四海楼来,这一下我们才有工夫细看这些长崎的美人了。我们一共叫了五六样菜,喝了好几瓶日本酒。散放着高贵的芳香的木兰旁边,放着七八个酒瓶,白皙纤长的指尖儿,支着那内画着红叶的薄薄的圆圆的小白瓷杯,似有意似无意地敬你,那清澄而带着忧郁的眼波,也偶然或非偶然地望你,醉了,全都醉了,就是雷和尚也醉了,何况这渴病难医的少年旅客!

——这位先生是第一次到日本的,他不曾喝过日本酒,更不曾亲近过日本的美人,你多敬他几杯吧。

我指着雷先生对那替我斟酒的姑娘说。那位姑娘微笑了一笑,果然替雷先生斟了几杯。雷先生望着我笑:

——老爷呀,你也算了吧。你看你的脸红到什么样子,回头不要上不得船哩。

我停了杯,忙起身对壁镜中一照:

——啊呀,当真赤化了!

——Dai jobu desu wa.(不要紧啊。)

坐在柜台旁一个冷眼旁观的侍女含着笑对我说。

原来这四海楼是一个福建人开的,以菜馆而兼旅馆,营业甚为发达。底下这咖啡店,也雇了好几个日本的姑娘做堂倌,就中一个年纪最轻的,最为美丽,她和其他几个同事一样梳着流行的高髻,却因为她的头发柔润怪可怜,所以当她背着你站着时,你可由她那故意向后方吐露的粉颈和云发相生之际得着

260

一种麻醉。她又特别爱穿一双高底锦纽的拖鞋,斜着纤腰夹着肥大的腿子懒洋洋地、梦幻地、缥缈凌风似的走着——简直可以说是飞着。她"飞"着的时候,那蝴蝶的两个翅膀似的长袖子中间还吊着一副银铃玎玲作响:

——她真会作态呀!

我心里这么想。但她那樱桃似的小嘴使人疑它是不会开的,若不是刚才她也曾微微地露出一点细而白的牙笑过一下的时候。但她是何等可恨啊,斟过三次日本酒之后,她就坐在壁镜旁的一张小桌子上,像个幽娴贞静的小姐。

(选自《田汉自述》,大象出版社,2002 年)

十年一觉巴黎梦①

李金发

李金发（1900—1976），诗人，1919 年至 1925 年留学法国，在枫丹白露市立中学、国立美术专科学校、巴黎国立美术学院学习。

在枫丹白露中学，不觉已过了半年，法华教育会为节省费用起见，不断的为同学接洽工厂去做杂工（他们称为马老虎，原是译音），因为没有技术，只能如此，有些则渐渐的学做铁工，锉工，人息好些，做杂工常常弄伤手足，因为要搬运笨重的东西，做了锉工的，可以有较充裕的经济，但仍是积不了钱，每早拖着疲倦的身子回到寓所，哪里还有精神去读法文，于是一年一年的过去，马齿徒增，百分之一二，能够入学，或得到学位的，都有外在的因素。

我因为家里答应源源接济，一直不曾打算去做工，又利用华法教育会的支持一直用公费一年多，才到法国东部去读另外

---

① 标题为编者所加。

一个中学,用自己的钱。这个北洋政府的恩惠,我是没有忘掉的。战后法国渐渐复员,法国青年又去厂里觅生活,如此当然影响中国学生的出路,寻工作一天天的困难,法华教育会亦爱莫能助,情况相当危险,因为里昂中法大学成立了,一部分中国学生(李立三亦在内,后来传说为湖南督军赵恒惕杀了。原来是谣言)欲武力进去霸占,为法国警察拘捕,解送回国发落。法华教育会从北京政府那里弄到一笔经费,由领事馆发放救济中国学生,但是不能长此继续,终于有一日宣布,从何时起不再负责,任其自生自灭,这是不对的,负责人应该有通盘计划,将学生送返祖国,免流落在异国,他们没有这样做,其后果当然不堪想象。中国青年这样不值钱,只好怪"圣人不死大盗不止"了。

教育会停止供给学费,不再负责维持之后,凡不能自食其力的,多向国内家庭亲属呼吁,筹得一笔川资,好"学成归国"。家庭经济好些的,则继续自给自足,各奔前程。自公立中学校长死后,学校已换了校长,他的儿子大约是师范出身的,谋得一个法国东部山区 Bruyeres 的市立中学的校长,因为同学刘某认得他已跟他到那里去就读,于是我们四五人气味相投,亦在跟他去,学费既廉,生活亦简单,少年老成的我们,以为在那里可以头悬梁,锥刺股,认真打下法文的基础。那里将到德法交界之处,气候特别凛冽,冬季湖上可以溜冰,在江南生长的我们,实在觉得太过肃杀，城市又小得可怜，有如嘉兴松江等规模，可说是耳无闻目无见，要一本书则要向巴黎定购，三四天后才到手。在那里半年，没有看过一场电影，完全是苦修的生活。校长为拉拢我们起见，自己每晚为我们讲解古典名著，如 Racine Molière① 的戏剧等等，真是受益不少。他有一个美丽的妻子，很能和他共甘苦才愿意到穷乡僻壤去过日子，若是出身于大都会的名媛，是不能吃苦的，若有人以为美丽的法国女人是浪漫懒惰，是不公平的偏见。

我在第一次游卢森堡博物馆就醉心于美丽的石像，即有意从事雕刻，一是这在中国是没有的技术，可以出人头地，二是年来受了五四运动的鼓吹认为文艺是崇高的学问，历史的结晶，值得一生努力，可以在历史上留些痕迹，没有体会到中国现在的社会是什么社会，艺术是否可以谋生，是否甘心一辈子过穷艺术家的生活？在天真无知的我，是没有顾虑到的，我还想过学做飞机师或者天文学家，后两者若实行了，不是跌死则饿死无疑！不知不觉在法国已读了两年死书，是要学专门技术的时候了。

同学林风眠是自以为有艺术天才的，彼此颇情投意合，自

① Molière(莫里哀，1622—1673)，法国著名剧作家。

枫丹白露中学起，即无时不在一起，我们无话不谈，他颇信任我，他平日没有外国语言的天分，故对外交涉事情，总是依赖我，他若被法人多问几句，则满面红霞，有若处女。我们调查出法国有六间国立艺术学校，以巴黎的为首，我们当然不敢高攀，不得已而求其次，写信到 Dijon 的一间去问，据校长回信来非常欢迎，没有谈到入学考试等问题。我们喜出望外，好像终身事业已有着落，以后不妨蓄起长头发，打起大领结来标明自己是真正的艺术家。(林风眠后来真的这样做，同住巴黎旅馆时，我包办为他剪去长头发，这样他也省了一点钱，在我是惠而不费。)我们辞别校长同学，向 Dijon 进发，那里是从巴黎到里昂中途不小的城市，风景很幽静。校长 Yencess，看见我们非常高兴，当然他学校从来没有过中国学生，恐怕市上亦少见中国人(华工不见得分布在那里工作)，故我们出去在街上，人们都以好奇的眼光来衡量我们，尤可笑的我们不知什么原因，老是穿同样的衣服，外套，鞋子，幸嘴脸不同，否则人家以为是兄弟了。

学校设在博物馆的楼上，占楼上的全部，我们若着眼在"国立"两字去评价这学校，则将令人迷惘，难道法国的艺术学校一定是吊儿郎当的(巴黎的亦五十步与百步之比详见下章)，若以普通大学的标准来说，那就太简单了。

校长是巴黎艺术学校出身，擅长徽章浮雕(Medaille)，像金圆上的人像等，当时有点名气，因为他作风特别，朦胧而有诗意，可惜不久即逢大战，打击他的事业，使他没有赚什么钱，虽然各博物馆有不少他的作品，故他要做校长来维持他的生活，因为他是本地人，可以靠八行笺来得到这位置。他长得矮小，只有五英尺左右，他的太太是很高大的女人，亦擅长粉笔画，有儿女四人，以穷艺术家的收入，养活这一家已是不容易，住的房子相当大，设备得很艺术，但一看见他即为他的生活担忧，后来知道他常常去巴黎，大约是为出卖（或寄卖）作品的事，其收入当然有限。

他们所谓上课，没有形式，不像在大学中学里的打钟上班下班，只是一群人围着模特儿乱画一通，谈谈笑笑，除了校长之外，没有其他教员，哪能不令人失望呢？与其说是学校，毋宁说是一个工场，法国大艺术家就是在这样"自由创作"的环境中产生出来的呀！

可是那时最使我们高兴的，是男女同学不少，环肥燕瘦，围着我们来问长问短，好像生平未见过中国人，我做了临时发言人，以不十分纯熟的法文答复他们好奇的询问中国的生活，有点像当我们是月球上来的人，其实她们心里一定在想"你们没有文化的民族，现在到了文明的法国，可以好好的学习我的文化！"开始我们以为个个女同学，都是天仙化人，但久而久之，才

266

发觉出其外在的缺点。她们多数是待字闺中（法国那时已感到男性缺乏的恐慌，女子找出路像中国找差事一样困难了），拿艺术学生来做幌子，和消磨日子，穷艺术学生，又不是她们的对象。校长的儿子就在这里找到一个很美丽的布尔乔亚家庭的小姐，是标准的法国美人，后来我返国时，路经 Dijon，校长请我吃饭，他们夫妇亦来了，我以慧眼看出年轻丈夫对他的妻子已失去热情。不过是三年的光景，爱情就消逝了。（也许我神经过敏。）大概没有好的生活，建筑没有出路，使他没有心事去为爱情。不觉已是 40 年前的旧事，校长夫妇墓木已拱多时，时间无情的把人生一幕一幕的演出，不留一点痕迹。

我们入学不久，适逢学校里有一个春季化装跳舞会，校长要我们去参加，我们是乡下人入城，除在电影上偶然看过欧洲贵族化装跳舞会之外，不知跳舞是什么，贸然去参加，惟有出洋相了。男女同学坚持我们要去参加，不化装亦可以。我们虽有好奇心，但想不出化装什么，姑且各人拿出箱里绸袍子来，在他们看来亦可以说是化装。

跳舞会非常热闹，男女来宾化装各式各样的人物，如王子，公主，武士，吉卜赛人，船长，村姑，木匠，矿工，大将，等等。真是五光十色，确实花钱不少，他们的目的不止是狂欢一晚，多数是想找一个爱人，法国女孩子，那时很难找出路，非有丰富的嫁

267

衾，是很少人过问，男子遂成为奇货可居了。故女子不能不捉住交际的机会，出去活动一番，才有一点的希望。

跳的多是"狐步""一步""二步"，我们连这些都不会，只好看人家热闹。我们自己不去请女子伴舞，她们自然不会把我们写上小册子去轮到我们的份儿。在她们看来我们是一对骨董。他们停下来去买香槟酒喝，我们也只好学样，到了早上一时，我们也只好兴尽而返，翌日谈话时多一点资料而已。

我们在学校里只半年，没有得到一点益处，长待下去是浪费光阴。三十六计，走为上计，乃借口我们得了官费（巧妙的借口）要到巴黎去深造，校长还很欢喜我们有了新的出路，不疑有他，还写信介绍他的同学在巴黎国家学校做教授的约翰 Boucher，于是我们不忍心地离开 Dijon 去做拉丁区的"常务委员"了。

我和林风眠自觉得以妙计脱离了吊儿郎当所谓国立美术专校，不伤校长的情感，同学们还庆祝我们另有新出路，前程似锦，羡慕我们能到花都去长住，有许多同学还从未到过巴黎的。

一夜无话，到了巴黎，就在拉丁区（文艺界又是穷天才荟萃的地方）安顿下来。巴黎已是 17 世纪以来古老的城市，而拉丁区尤其苍老憔悴，小街小巷，有的还是鹅卵石路或以木砖砌的小路，几年腐烂了，又要全部铺过，许多小陋巷，恐怕是当大革命时党人的集会之所，那里有的街道还用煤气灯。（是40年前的事，现在戴高乐恐怕已把它改良了。）小街大街，有无数小旅馆，以备容纳学生，穷人，单身汉，歌女，打字员，但不要小看这个贫民窟，历史上，名家如罗丹、大仲马、小仲马、福禄伯、莫泊桑、笛卡儿等都是从这个贫民窟奋斗出来的。恰恰巴黎大学及法国学院，亦在那里，故可说此区是巴黎文化中心、学术重镇了。

所有的旅馆都是小型的，家庭式旅馆，从没有升降机（贵族区招待美国大腹贾又当别论），五层，六层，都要拾级而上，愈高则其价愈廉，要上了300法郎一月的房里才有水喉，再廉的则要以用瓦器贮水待用，污水亦有桶子盛起来。房客夜间过迟回来时，没有大门钥子，要高声叫 Cordon S.V.P.,意思是请门房将绳子拉开，才可以开门入去，这真要叫美国人笑死了。我们只能住150法郎的房子，除一床一桌一衣橱之外无长物，更休想像美国人一样，可以有煤气煮饭。我们吃饭要到半哩之外的廉价的大型饭馆去，那是小公务员和店员的好去处，吃得很够营养，至少有2500的热力。若在附近的小饭馆去吃，日子久了，将不胜其负担。我们只能每星期吃中国饭一次，虽每次只五法郎，（要合五六角国币），但束身自好，不敢浪费。那时有大的中国饭馆,我们不敢望其宫墙,只能吃"老萧饭馆"。萧某大约是一个华工,长住不返,与法国人结婚,他长得像舞台上的黑头,法语当然不会到家,与妻子啰唆起来,不知说些什么。妻子是一个大胖子,当然不会上等的,不过贪季子多金而已。饭馆设在大房子楼上,没有招牌,不在乎门面,只靠中国学生的生意。

刚到巴黎不久,我扁桃腺复发炎,痛得不能下咽,当时只知是俗称"鹅子",不知道什么扁桃腺的新的名词,亦不知道去请医生诊治,以为可能这样送了一命。那时适值林风眠闹单相思,声称如不达目的,则要自杀,我为两方面奔走做鲁仲连,才救了他一命,胜造七级浮屠。

安定下来,去找到教授 Boucher 先生,因为是杨校长的先客,很快就入其门下,没有经过什么考试。他恐怕从来没有收过中国学生,当然感到一些高兴。林风眠则入了 Courmont 老教授门下。学校组织很松懈,自由不拘形式,计有三个雕刻教授,三个图书教授,一二个建筑教授,都是学院派的结晶,与外间自由作风格格不入。听说罗丹当年就是不满学院派,而自己出去奋斗,渐渐成名,那时人们还攻击他的"黄铜时代",是从死尸上取模型而造出来的。我们须知一个人成了名,则许多传说会很自然地产生出来,我们姑妄信之而已。

学校位于拿破仑路,历史悠久,历代大艺术家,多半是那里出身的，建筑古老，有如哈佛，耶鲁，在我们东方人看来，简直不像学校，学生三数十人老是围着一个裸体，或男或女，在描写，好像人体是一切艺术的泉源。图画班以木炭为主，雕刻班则以泥塑为主，终年如一日，周而复始的换模特儿去工作，好像那是大基本功夫，五六年后，程度到了，你自己出去创造，也不给你一张文凭，法国人则可以考取罗马官费，在意大利留学二三年，以后担保成为名家。

雕刻与图画皆不是男女同校，女子自己一班，这一点法国人还是守旧。我们约一月换模特儿一次，男的或女的，每上午四小时约得一元（10法郎）站着不动还要受冷受热，有时年老精神不济的竟晕过去。我们有一次竟雇到罗丹造圣约翰巴帝斯像的老模特儿，他已七十多岁了，他还能讲述罗丹当日怎样怎样，此老亦因罗丹而不朽了。法国穷人亦多，很多家贫的女子，愿意来做模特儿（总比出卖肉体好些），每早跑到课室里来脱衣服给班长看，因为每月只用一二人，不能来者不拒，只有将地址留下，需要时才通知，这等于"容为留意"。为面包而牺牲色相，还不可得，谁说西洋人是生活幸福。姿色好些的，当然较易为班长垂青雇用，血气方刚的同学，时常与模特儿鬼混，大家都是穷人，聊胜于无而已。

每班有一个班长，像监狱中的头子，他有权威支配一切新生，对教授负责。初进去时，交 100 多法郎，他代买雕刻台子等用具，他当然会从中染指，此外，每年不再交学费。一班中新旧同学阶级很严，有如监狱中老犯之歧视新监，新生必要请全班人到咖啡馆去饮啤酒，必有一次班中好事之徒，要出来建议，将新同学裸体给大家看，这等于美国欺侮新生，作弄新生，将其投入水池之类。这种下流举动，令人鄙视，我见来势不对，径到教授处去写了一信给班长说，不得去骚扰李同学，才得无事。林风眠因为此种困扰，不久不再去上课，在外面打游击，故他没有好好的基本训练，影响他后来的成就了。

我在那里时，国人有徐悲鸿和方君璧，已在校学了好久，他们以前辈自居，没有机会与我们认识，后来在马路上由朋友介绍过，徐悲鸿后来在国内只见过几次，老死不相往来，因为他已成为大教授。说句良心话，他和方君璧，确是在模特儿上下过死功夫，其水准与法国学生可称伯仲，可说是旧派。

我一面在课堂上勤苦学习，一面在下午学刻大理石，材料由学校供给，自己当然负担不了。这于我是千载一时之机，幸没有错过。学校里每年春季有一次"四艺"舞会，男女化装各种人物，五光十色，先在马路上招摇过市，载歌载舞，路人皆带羡慕和蔑视的眼光去看他们，并指说："这是艺术家的本色！"闻女的化装的，多是模特儿之类，女同学恐怕很少，我们少年老成，束身自好，瞧不起这种浪漫玩意儿。开舞会中愈夜愈荒唐，不礼貌的动作，当然不足为外人道，后来想想，为观风阅俗起见，应该去参加一次，以广见闻，今已悔之晚矣。

因为学校里只是做人体（人体实在是试金石，人体做不好，则什么雕刻亦做不好），没有做肖像的机会，不得已时时拿粘土回来斗室，练习肖像，其局促之处不难想象了。后来做了两同学的头，交人做成假麻石，拿去参加春季大展览，居然入选，不禁喜出望外，因为是初出茅庐第一功，难免相信自己有点艺术天才，其实入选的每年几千，评裁员也有时眼花缭乱，马虎决定了。

雕刻工作之余，花了很多时间去看法文诗，不知什么心理，特别喜欢颓废派 Charles Baudelaire 的《恶之花》及 Paul Verlaine 的象征派诗，将他的全集买来，愈看愈入神，他的书简全集，我亦从头细看，无形中羡慕他的性格，及生活。一方面订了不少中国的书报，如《东方杂志》《新青年》《新潮》《少年中国》等，故对于中国的文艺运动，并不隔膜。法文方面，看了很多法郎士的、雨果的小说，又订阅法文的《文学周报》，故对于法国文学界很知道一点。那时常常接到周恩来等办的《工余》，是油印出版的，又看《人道报》，不知不觉受一点它们的影响，有时也会愤世嫉时，可是还没有左倾。

那时已开始写新诗,积了不少,同时喜欢雨果(V.Hugo)和拉马丁的诗,浪漫派的各大家作品,但法国文学浩大如瀚海,时间精神究竟有限。一方面又致力于油画和速写,每下午到蒙巴拿史的自由画室去速写人体,那是营利性质的地方,每下午供给男女模特儿,只要纳二三法郎,可以画上三四小时,主客均蒙其利。亦有雕刻室的设备,许多没有正式入学校的诸色人等,多在那里悬梁刺股,江小鹣即是在那里学得一点技术,回到中国去做大师的。本来国画与雕刻是息息相关的,故致力雕刻的,必须用功于基本炭画和素描,我虽然尽力去学习木炭和素描,但始终手不应心,有志未逮,所以不能成为大师。那时又醉心于西洋人的音乐,特别喜欢梵亚令①,曾参加市政府的儿童班去学习,但哪里有耐心从头学起,况且与十二三岁孩子同一班,实在怪难为情,终于虎头蛇尾了。后来在柏林曾买了五六尺高大 Violoncello② 来学习三个月,又知难而退;32 岁时在广州仍请了何安东教我小提琴半年,又是无耐心从基本上学起,终于只能弹一些名曲,全靠记忆(当然弹得很坏)连五线谱都不能看,哪能成就什么呢? 正所谓临老学吹笛也。大艺人如达文

---

① 梵亚令,小提琴。
② Violoncello,即大提琴。

西和米西盆则罗的多才多艺,在各方面都成功,那是历史上的奇迹,是天生的不可强求的。

那时一部分国人很欢迎泰戈尔的东方精神文明的提倡,在中国称赞得震天价响,我也受了他们的影响,买了很多他的诗集的法文译本,读之像置身于另外一个原始世界,生活充满诗意,与大自然化为一体,不去向物质追求,再过日出而作日入而息的简单生活,正合中国的胃口,故难免认为实获我心。但一部分有识之士,正大声疾呼去提倡"德先生""赛先生",认为不可再受泰戈尔的催眠陶醉,极力反对他的学说在中国滋长下去,他终于违反潮流,打回老家去了。好像徐志摩为他做翻译不欢而散。

五四运动以后,中国尽力捧易卜生的作品,如《群鬼之家》《娜拉》等,正合国人不满现状的心理,于是大行其道,在巴黎我亦因此遇到小戏院上演易卜生的戏,则去看津津有味。偶然去看看大歌剧(Opera),和痴牧女(Follie Ber Gere),色情歌舞大戏院闻名世界,但那是贵族的玩儿,我们贫学生是不能常去享受。而歌剧名作多系出于大音乐家之手,情节固然动人,音乐亦有独到之处,但唱的多半是意大利文,普通人哪里能了解,要知道其歌声之恰到好处,亦要素有修养,正如我国专家知道言菊朋、程砚秋哪一段唱得最成功一样,非门外汉可以冒充的。故我以

275

为一般欲人去看歌剧，只是去冒充知音者，和表示自己的经济地位，并不是真能了解艺术，只求穿着礼服，女的则穿上新买的貂皮大衣，出去炫耀朋友而已。

在学校里虽然埋头苦干，但人体的进步，不够自己的理想，一般法国同学浑浑噩噩，群居终日不及义，所谈的都无非是如何玩女人，跳舞，坐咖啡馆，在少年老成的我们看来，真是幼稚可鄙，鸟兽不可与同群，故在课堂上不愿和他们多谈（否则法文必可说得更纯熟）。渐渐的，我感到不满现状，教授也者，每星期六只来一次，向每个学生的作品指示一番，说些空洞的原则，口中垂着永无休止的香烟，一切全靠自己的学习，得益于教授是微乎其微的。观摩全市博物馆的名作，是受赐无穷，卢森堡博物馆近在咫尺，每周必到，里面的作品了如指掌，不觉已是40年前的事，当然变动很大。最记得是里面有一个神话中的女子与天鹅亲密的大理石像，刻得神态栩栩，不知出自何神话，这种题材，何必拿来公开，西方文化色情成分太浓，着实令人不解，无论在教堂里、宫殿里的壁画，到处都是裸体，使人难堪，希腊文化来源，即是如此，又有何话说呢？

每逢礼拜六不到学校去时，旅馆女仆要清理房子，我们必须避到卢森堡公园去看书，或作画。这小小的公园，美丽得像一个别针，短小精干，到处有情人在拥抱（法国人公开如此，美国人则少有如此猖獗的),有小宝宝在放小艇。当年柏格楚,巴斯引,诉果,都是在这里彳亍沉思过,它看多少朝代兴衰,大革命农民的呼喊,好像犹在空中,断头台的最后哀鸣,它亦有深刻的印象,两次大战的无名英雄,都曾在它墙外衔枚疾走,如今他们墓土已拱,转瞬又是半世纪的事,但它还是一样美丽,笑迎着新大陆来的游客。

(选自《李金发回忆录》,东方出版中心,1998 年)

在圣雪尔旺的勤工俭学生活①

何长工

> 何长工(1900—1987),革命家,军事家,教育家,
> 1919 年赴法国勤工俭学,1923 年至 1924 年在比利时
> 做工。

圣雪尔旺

中国学生进学校,一般是要求到几个大城市——巴黎、里昂、马赛、波尔多等地。我怕在大城市把心搞花了,就要求到小城市去,到一个没有中国学生的学校去,跟法国人有更多接触的机会,好学法文,踏踏实实地读书。

我被分到圣雪尔旺省的圣雪尔旺学校。这是一个教会学校,但校长却是个共产党员。在我到学校不久,法国社会党内部分裂了。一小撮右派叛卖工人阶级利益,投降了帝国主义;而绝大多数忠诚的革命者则正式加入了共产党,坚持革命的工

---

① 标题为编者所加。

人运动。而且在我们学校里也建立了党组织。我到这里学习，真是幸运。

我们的学校，在西部海边的诺曼底半岛上。离学校不远，有个圣罗马古城。附近有修船厂、铁路工厂。

这里是军事要塞区。海边设有很多防御工事，到处都是树桩。圣罗马古城的城墙很高，上面有军队防守；城堡的两边，都可以往外打炮。只要把城门一关，就可以防止外盗进来。听说中世纪的时候，海盗常上来抢东西。

这里的海港，吞吐量很大。海岸南北，线内有复线，铁路线是扇面形的。港口每天火车轮船不断地来往，上车、下车，上船、下船，非常热闹。码头上、航道上，经常停泊着挂有美国、英国、荷兰、比利时、西班牙等国旗的船只。港里的渔船，经常一开就是几十只。白天，一帮帮的船只在码头上货、下货；夜里，一盏盏的灯火，在海面射出光芒。

这里是大西洋的东岸，对面就是伦敦。农产品都从这里出口。这里的海产很丰富，鱼很多，小螺仔、蚌壳，到处都是，小孩一箩箩地拾。海潮一来，海里的海带就冲到木桩里去了。农民用铁轮马车一车车地拉去，让它腐烂，然后肥田。

我从繁华的巴黎，来到这个挨近海边的学校，感到另是一种风味。一进学校，校长就热情地接待我，同学们也一群群地围过来,看这个远方客人。

这个学校有两千多人,是综合性的中等技术学校;有些班次近乎高等专业性质,还附设了工厂。我一进去,就插到机械班。校长怕我赶不上功课,特地指定成绩好的学生来帮助我。

我和一个法国同学叫安德勒同住一个房间。那个同学天天招呼我:"中国的同学,跟我一路来!"他手一招,我就跟他走。叫我去理发,就用手比作剪刀;洗澡,吃饭,也是打手势。

校长的妻子是学校中一个得力的行政管理员,照顾得非常周到。晚上给我盖被子,把脏了的衣服拿去洗,破了的袜子拿去补,破了的鞋,拿去修理;走到她面前,她把我的衬衣领一翻:"去洗澡!"不管脏不脏,天天都要去淋一下。在吃饭的时候,她把面包切好,夹上厚厚的黄油,送到我手里。还说:

"学习辛苦,营养得好。你是外国来的,一定很寂寞;学好会话,嘴就活了。"

这时,我的确感到在国内记的生字太少了。这里社交多,公园、学校、工厂、农村,老年、小孩,说话都各有不同的词汇。特别是这个滨海城市,四方杂处,语言就更显得复杂了。

校长妻子也找了三个同学来帮助我,上课替我抄笔记,特别教我会话;起居饮食,都有人陪着我。天天围着说,听觉渐渐加强,词汇也容易记住了。

不久又来了一批中国学生。学校专为我们开了一个中国班。课程进度慢一些，还给我们编了组，叫中国同学第几组第几组，学校选最优秀的学生帮助我们，选最好的、最有经验的教员教我们。教员改我们的作业也特别仔细。不过，我们中国班学生住的地方，还是跟法国同学混合编在一起。学校对我们，采取集体教育和个别辅导相结合的办法。教员不仅要教我们功课，还固定和几个同学作定期谈话；帮助我们的法国同学，同时也照顾我们的日常活动。课余领我们到海边公园去玩，去散步。一边玩一边就复习功课，互相问答，有时海阔天空，乱扯一阵。

有个法国同学叫圣保罗，每到周末，就拉我到他家里去。这人中等身材，好运动；聪明、活泼，特别喜欢交朋友。他没有父亲。哥哥在欧战中牺牲了。有两个姐姐，一个二十岁，一个二十四岁。大姐已经大学毕业，在工作。他的妈妈有五十多岁了，头发花白，戴个眼镜。

我初到他家的时候，老妈妈非常高兴，摸摸我的耳朵说：

"你是外国人呀，想家吗？我这里就是你的家。"

老太太弄了好多东西给我吃。她的一家全动起来了，小女儿烧煤气，儿子熬咖啡，大女儿去买菜。老太太不住声地说："我家来了贵客了，亚洲来的！"

老太太一边忙火，一边问我中国多大，吃东西如何吃；过去中国女人为什么要缠小脚。"以前都说中国人野蛮、落后呢，真是骗人！你们不侵略！"她一提到德国人，就咬牙切齿。

　　"再不要战争了！战争夺去了我的儿子！"说着就不住地流泪。

　　这个善良的老太太把我当儿子看待。每礼拜六都要我到她家去团圆。她家有地下室，前后都有花园，一进去真是鸟语花香。一到礼拜六，打个电话给左邻右舍，就开起跳舞会来。每个礼拜六，圣保罗都要扭我同去；如果不去，他就说："你不去，妈妈要来接你！"他看见我的衣服脏了，就拿回家去洗；洗了熨好又带来。我一个礼拜不去，老太太就说是儿子得罪了我。因此每到礼拜六，我哪里也不去了。一到她家，老太太已经烧好茶等着我。

　　我们的校长，对我们更是关心。他出身于一个铁路工人家庭，作风朴实。他说话声宏嗓大，老远就听得见；他喜欢说："孩子，听着！"我们吃饭的时候，他来看营养够不够；夜晚睡觉，拿着手电筒来看我们盖好被子没有。他很关心中国学生，不管多忙，总要抽空跟我们谈话。开始的时候，我还是半哑巴，说几句话闹点笑话，所以手上总离不开字典。有时翻不着，他就帮着查。他带我们到海边，教我们一组组的字汇。讲海，就把与海有关的东西，都讲出来，如海鸥、海潮、海浪、海产，等等，讲天空，他就专门讲天上的东西。海边的沙滩，非常清洁，我们疲劳了，就闭着眼睛，在沙滩上睡一会儿。有时也到海里洗澡。校长看见快起潮了，就叫："快起来！潮来了！"

当海潮快来的时候，真是紧张，水上警察乘着小艇到处巡逻，还放警号。听说海里涨潮，常常淹死人。

校长很注意国际的友谊。有的法国学生看不起我们这些黄脸孔，说我们用筷子吃饭不文明；有的中国同学又说法国人头发不好看，眼睛不好看。遇到这样的事，他总是耐心地教育，叫大家不要抱民族偏见。有一次，我们和意大利人赛足球。意大利球队中，有个黄头发的小伙子很厉害。我们就秘密开会，要整他；不料，这事叫校长知道了。于是他马上叫停止比赛，把各国的人混合编队打。不然，那一回准定打伤人。

我们的副校长，也是一个共产党员，负责党的工作。有一天，他上楼梯的时候，我发现他有一只脚走路很不自然。后来才知道他是在战争中残废了，一条腿没有了，安的假腿。

"能不能给我看一看？"我请求他。

"可以。"

他把扣子一解，腿一伸，一个套子抽出来，就是假腿。他说：

"我这条腿，叫资产阶级夺去了！他们想发财，要战争！可是自己不去打仗！要消灭战争，先得消灭资产阶级！"

我们学校有几十个教员是复员的残废军人，有的假腿，有的假手，有的假胳膊；他们穿上衣裤，戴上手套，看起来也和好人一样。他们也是一提到战争，就痛恨资产阶级，说这是人类的灾星。

学校很注意实物教育与形象教育。我们是学机械的，处处不离机械，我们经常作防护演习。有时忽然来个紧急集合，看你动作灵不灵活。

学校一般课外活动比课内活动多，大约三分之一课内活动，三分之二课外活动，经常用参观、旅行等办法。学校玩艺很多。春夏之交，有运动会；秋冬之交，也有运动会，一年两次。还有恳亲会、校庆会、游艺会、同乐会、联谊会，等等。有时还为中国同学办演讲会，讲的时候，他们来评。哪点不好，哪点不该笑，哪点重音错了，都给你指出来；演讲的姿势，也很注意。有的说："你的眼睛向上不向下。"有的说："你的手没地方放，太呆板了，像个菩萨！"这对锻炼我们运用会话的能力，很有帮助。

此外，一般的社会活动，也都叫我们去参加。甚至法院审什么案件，也叫去听；这能增加社会知识。至于参观、访问，有票也是先发给中国学生。

葡萄节到了。学校循例放假,下乡去收葡萄。葡萄在法国生活中占很重要的位置。仅税收一项,差不多要占整个国家税收的十分之一。每当霜降之前葡萄成熟的时候,不管是学校、机关、军队,都到各个葡萄园去抢收。

我们去的那个葡萄园,离学校有一百多公里。校长亲自带领着全校的同学去参加;他的妻子和孩子也都去了。在葡萄园附近,到处都有临时饭馆、临时照像馆,等等;就像我们这里赶庙会一样。

我们和农民混合编队劳动。收葡萄是一个很精细的工作,一不当心,葡萄破了水就作废了;枝叶剪得不得法,还要影响第二年的收成。因此,在我们开始工作以前,农民们都耐心地教给我们如何剪枝、如何放葡萄等等技术。

我们每人发一把剪刀,清早起来,吃一点东西就开始劳动。

庄园的葡萄树只有一人高,排列得整整齐齐,隔若干行,有一条宽路,横的,直的,像井字形。一批人摘葡萄,一批人运输,一批人装篮子。大家一边唱,一边剪;这一行剪完了,又剪那一行;一串串沉甸甸的葡萄,被人们一枝不留地剪下来,又轻轻地放进藤箩里。

休息的时候,老农民带头,酒一喝,就跳起舞来。晚上,大家睡在葡萄园里,有的搭帐篷,有的露宿。我们都睡在葡萄树的中间,下面垫一床军用毯,上面盖一件夹大衣。

一个星期以后,收完葡萄,又回到学校;个个都好像长了力气。过了这许多年,每逢想起这个愉快的节日,还觉得新鲜。

但是,以共产党员为校长的这个学校的生活,并不体现法国这个资产阶级社会的社会生活。这里还是充满着剥削者对劳动人民的专横与卑视,许多不是生活在这个学校而是在农场做工的同学,有着更直接的身受。在干活时,地主骑着马兜圈子,大家见了,还得给他脱帽敬礼。连地主母亲坐马车经过,也得敬礼;不敬礼,学监就骂学生不文明、不礼貌,怒冲冲地叫大家排队,重新敬礼。他们名义上是半工半读,实际上难得上两小时的课,每天要作十四个小时以上的工,天天从早到晚栽果树、种庄稼,累个半死。吃的也很坏,一个星期才做一次面包,放上几天,啃都啃不动,一吃肉,就是臭的,场里牛奶很多,一桶一桶的,可是工人喝不上。看!为了学那么一点农业技术,真不知要吃多少苦,碰多少钉子,受多少气呢!

勤工生活

当时在法国的勤工俭学生中有三种情况:一种是半工半读,就是白天读书,晚上做工;一种是先工后读,就是先做半年

286

或三个月工,积下一些钱,然后再进学校读几个月书;还有身上有点钱,就先读书再做工。我做工和读书,都是交叉着来,算起来,做工的时间比读书的时间多。不过我的法文还是逼出来了;一不怕丑,二不怕难,死记勤练,三个月嘴就顺了。于是我开始看小说、故事书。吃饭、睡觉都看。遇到生字,就找拐棍;字典都翻烂了两本。攻一门外国语,真像攻碉堡,不猛扑猛打不行。那时我刚交二十岁,年轻人,有胆气,好胜,好奇,不知天高地厚,什么都想弄个究竟。法国几十个省份,我差不多跑了大半。哪省有什么节日,有什么稀奇玩艺儿,我就赶去凑热闹;待上两天又走了。诺曼底半岛对面就是伦敦,只隔一个海峡,不到一天的路程。我也去了两次。

我们什么工都做。架子放下了,面子撕破了,工作服一穿,完全是一个劳动者。我们一心想多赚几个钱,寻找机会好读书。轻活,重活,临时杂工,碰上就干。

我们半夜起来,到市场打杂,推菜蔬、送牛奶;天不亮就去弄好,天亮开市就好卖了。

我们也到火车站、码头去上货、下货,给人搬行李,抱小孩。有时商人赚了钱,特别多给一点;有的阔佬没有零钱,就给一张大票子,表示大方。

我们到街上倒垃圾。把人家房门口的垃圾箱拉到车上。

到饭馆削土豆皮，到旅馆里给人擦皮鞋，旅客的皮鞋，夜里就放在房门口，等他们起来，我们已经擦得干干净净了。

还到建筑工地当临时工，推砖、搬瓦、扛洋灰、运水和泥；或者打扫工地，清除垃圾。建筑工地很多马车，马到处拉粪；马车走了，我们就把马粪收拾在一块，然后装到另外的车上拉走。

我们还做纸花。这活好学，法国女工还拿着样子教，个把钟头就学会了。纸花有各种形状，各种颜色，一层一层的，做一天两个法郎。住在巴黎的勤工俭学生差不多都做过。

早晨上工的时候，都是穿一件粗布衣服，挂一个帆布包。帆布包装很多东西：西服、镜子，等等。凡是劳动的场所，都有洗澡、更衣的地方。上工的时候，把帆布包寄存在那里，拿个牌子；下了工，拿着牌子取出来，洗澡、吃饭。一天要换两次衣服，到饭店吃饭的时候，换上西装，上工又换工作服。一日之间表现又富又穷两种不同的形影。

一天工作完了，腰酸臂疼，洗个澡，疲劳似乎减轻了一点。伸手到口袋里摸一摸，把一天的报酬拿出来看一看，望望天空，伸个懒腰；虽然够累的，但想到多做一天工，就可以多读一天书，心情不觉舒畅起来。回到旅舍，往床上一躺，睡一睡，看看书，想办法多休息。

我虽然注意调剂生活，但毕竟还是累病了，痰里夹着血丝，温度逐渐增高了。房东女儿见了,赶快打电话给医院。

我住院了。

这一段苦工,把我的性情逼坏了,容易生气。对这个典型的资产阶级国家发生了许多反感,不满情绪在增长中。

我的左右病床都是年轻人。常有家属来探望。我这个黄面孔的外国人,特别是没有什么国际地位的中国人,也并不感到寂寞。他们总不忘记给我一份礼物,左边病人的亲属给我一份,右边的也给我一份。可是这两个年轻人,思想有点胡涂。有一天,报纸上登着广西陆荣廷的兵在安南打伤了两个法国兵。一个叫我看,还说:"中国人和法国人是好朋友,你们为什么要打我们?"我说:"是军队打仗,又不是人民!"他说:"这上面说中国人野蛮!"我生气了,要出院。院长批评了他。可是另一个又说:"中国姑娘小脚不会走路,是用屁股走路的吗?"我又生气了。我说:"这是侮辱。"不跟他说话。他母亲来了,骂他不礼貌。

我住了一个多礼拜的医院,回到郊区。又开始学法文。

我早晨起来就到附近公园去读书;边走边读,高声朗诵。过路的人都站下看我,议论纷纷,我懒得理睬他们,还是朗诵。

"这人奇怪,像发神经病!"

"别胡说,这是俭学人。"

289

有时,坐在树下的靠椅上读书。小孩子看见外国人,心里好奇。过来问我:"你是俭学人吗?"我读到某一个地方,感到音不准了,就叫小孩帮忙。

到一个国家,能不能待得住,就看你懂不懂语言。不然,真是寸步难行,感觉孤寂和苦闷。尤其是我们这些勤工俭学生,听不懂话,机器也会弄坏,人家就不敢交活给你干,只得像哑巴似的跟着人家做。

有些人怕难,硬是不学,找我做翻译,这更害了他自己,我就把他赶走。后来听说,有人在法国待了半辈子,还没学好法国语言,因为他和法国女人结了婚,就靠太太和别人交谈。这多半是那些有钱的阔少爷,他们到国外,目的不在学东西,只是镀镀金,一旦回国,好欺骗骇唬老百姓。

不久,在报上看到北部招工的消息。我就到巴黎办事处去报名,拿了卡片,领了火车票,到工作地去了。我走的时候,没有人知道,到了那里,才写信告诉高风、毛羽顺等同学们。

这个地方,战争破坏得严重。没有一处完整的森林,都烧光了、砍光了;也没有一个完整的村庄,房子不是烧了,就是倒了;到处都是一堆堆坟墓;公路两旁散布着铁轮,大小螺丝,弹壳,钢板,人骨,马骨,等等。街上到处都看见残废人。很多孤儿寡母,上街行乞,真是凄惨。一到礼拜天,戴黑纱的男女老少成群结队，到坟山去祭奠亲人。坟上的十字架就像一片小树林，人们到了那里，静默一会，就指着北方骂德国人：

"野蛮人，叫上帝惩罚你！"

我们的工作，先是清理场地。走路时一不小心，破钉子、钢板就割破了鞋，刺伤了脚。做工最费衣服，我们就在旧货摊上买破烂，把两条破裤子并成一条；这要省得多，还耐穿呢！

我们天天拣烂铜、废铁、搬走。也锯木头。因为森林虽然烧毁了，树死了，还剩下大半截桩子，我们就把它锯下来，弄成有用的材料；我们锯树，都是坐着拉，有时在地下挖两个洞，蹲着拉，真是累人。一边干活一边唱，表露出劳动者的不平之鸣，又可说是一篇极有说服力的反对战争的抗议书，和讨伐战争贩子们的檄文。

有时唱着："同志们！向太阳向自由向光明走，教会、鸦片和兵舰，是洋贼的先锋军。教会、鸦片和兵舰，是洋贼的先锋军。"

到这里工作的，什么人都有，有青年学生，也有农民；有从非洲弄来的黑人；还有赦免的犯人。黑人都懂法文，对我们特别亲热，说："我们都是被侵略者！"

我们也锤石头，用大石头压路；拌洋灰，和泥，抬砖瓦，修两层楼的洋房。修好一个区又到另一个区。

吃的都是大战期间给大兵们准备的黑面包，刀子都切不动，发苦；也配搭好面包，但是很少。一到吃饭，就想吃家乡菜，特别想吃辣椒，想得口水都流出来了。这时不禁也想起了家。千感万绪，齐上心头，真是长夜漫漫何时旦；哪一天才能学成回国？谁又知道国家会变成什么样子？

大约过了三个礼拜，华法教育会转来"嘛喏"工厂招考正式工的通知。我等了好久才等到了名额，于是我又赶回巴黎去。

"嘛喏"是个汽车工厂，在巴黎近郊。周恩来、聂荣臻、傅钟等同志都在这里做过工。我在国内就学过机械，在长辛店又实地操作过。因此考试这一关，并不难过。技术员拿着锤子问我："这是什么？"我用法文回答："锤子。"又问了几样，我也都使过。随后又叫表演动作。他给我锉子，叫我锉东西。我拿着锉子平平稳稳地锉，他在旁边看得很仔细。做了这样，又叫做那样，旋床、刨床，各种机器都一一表演过了。他说："你是做过工的？"我把手伸给他看，那上面还有在长辛店做工时磨起的老茧呢。

就这样，我算取上了。

初阶段搞通语言是一个斗争；进工厂又是一个斗争。一进了工厂，好像人的骨头都硬点一样。

我们做工的,都穿着破鞋破衣裳。我是管加工汽车零件,一天六个法郎,合中国一块钱左右;在巴黎三个法郎就能过一天了;因此还可以把挣来的钱,分给别的同学用。一到发工资的时候,好多人都来了,嘴里叫得怪甜的:"老何,搞点东西吃吧。"吃完,抹抹嘴,又伸手要几个,末了,还把你的衣服也穿上,说声"下月再会",一溜烟跑了。那时都是如此,互相帮助,互相调剂。不分什么你的我的。有的或是三个人做工,两个人读书。听说李富春、蔡畅等同志就是这样的。也有一两个懒虫,硬是娇生惯养,撕不开面皮,不肯做工,成天愁眉苦脸,躲在帐篷里,记什么日记。熬不住了,就东借一个,西借一个,像个叫化子似的。我和罗喜闻都碰到过这样的,我们说,得好好治治他;可是往往费不了三句好话,就把我们的口袋掏空了。

我在"嚇啫"工厂干了四个月。做过钳工、旋工、刨工。早晨上工,戴了厂徽,电汽车都让先上,警察也让先走。这个工厂很大,有二万多人。留法勤工俭学生在这里做工的也不少,但是难得碰头,因为车间多,门也多,一下工就散了。我们碰见好多同学,一问,都在"嚇啫"。但是平时就没见过面。高风、毛羽顺他们也都在这个工厂。

开初,我们都是夹在老工人中生产,混合编队。熟悉了一个阶段以后,老工人才脱手。一般第一个礼拜不做工,只参观,听讲解，把机器的性能、检修，搞熟悉了，到第二个礼拜才单独生产。学机器比读书严，因为机器坏了要出事故。

恢复时期，一般定额很紧，少数身体不好的人，累得吐血；工厂空气不好，声音震动，假如青年人来点情绪，最容易生病。做工不能互助，因为一个人一个机器，互助只能在精神上互相安慰而已。不过，法国青年工人却非常关心我们，跟我们交朋友。有时看见你不高兴，他就问你："你想什么？有什么困难？"总是想法让我们过得愉快些。后来才知道，凡是接近我们、关心我们的，多半都是共青团员。

有一次，我到工厂迟了一分钟，没拿到牌子；没有牌子就上不成工。一个青年工人在旁边看见了，拍一下屁股，说："太可惜了！"他看我难过，就拉我对工头说："给他一个吧，他才迟到一分钟，不然他今天没工做，就没生活。"工头给了我牌子。我高兴极了。那青年工人耸一耸肩，眼睛眨几眨，把我拉走了。

我们的工厂在塞纳河南边，这是一个文化区，附近还有学校。巴黎八大仙境之一的桑得尼塞就在工厂的旁边。那里边有湖，湖里还有船；西北面有山峰，两个山峰之间有铁桥，底下就过轮船。下了工，青年人就拉我们到那里玩。有时，又作个手势，眼睛一眨，拉我们到工厂外面的草地上打滚。

他们从生活上到政治上都非常关心我。他们约我到咖啡店，到公园划船，并且还开电话号码、地址，和我来往，告诉我哪些人是进步的，哪些人不好。有时候，还关照我们的房东："这是我们的朋友，你好好照顾，出事要怪你呵！"房东说："这是我们的责任，你放心吧！"

　　我们房东的三女儿，也好像是在做我们的工作。她告诉我，她是青年团员。还说："你们中国人也应该有组织，这是我们集体的家庭，是斗争的司令部。"她常通过我们的关系，到其他中国同学那里去玩。开始是我带她去，以后她就自己去了。她向他们做工作，还和他们一块儿照了像。

　　当时我们在巴黎做工的很多同学，都感到需要组织，早在五四运动以后，已经就有这个感觉了。大家都在找政治上的出路，感到这比牛油面包还需要。我和高风、毛羽顺等人常都在谈论这件事。

　　　　　　　　　（选自《勤工俭学生活回忆》，工人出版社，1958年）

游学美邦（节选）

浦薛凤

浦薛凤（1900—1997），学者，1921 年至 1926 年留学美国，在翰墨林大学、哈佛大学学习，1926 年获翰墨林大学法学博士学位。

处今（一九八一年夏）忆昔（一九二一年新秋），当时乘风破浪，赴美游学（"游学"一词，实在远胜"留学"。吾辛酉级赴美读书之级友中有三位，即时昭泽、郭殿邦与沈良，到美国后从未再返祖国！），其所以衷心喜悦兴奋，实非盲目而醉心，却自有其正当缘由！就予个人而言，可举四项。其一，人皆生而平等，赋有若干不可割弃的权利，就中即为生命、自由与求乐，此系美国独立宣言所揭橥之理想与原则，而美国朝野上下所努力之目标。其二，美国科学技术进步，国强民富，社会安宁。其三，美国参与世界大战，非为其自身私利，而显为保持民主自由。其四，即以清华学校之成立，系由美国归还吾方庚子赔款之一部分，其旨趣亦属光明正大。总而言之，六十年前之美国——从其他内政外交、流行信仰以及社会风气——迥非今日之所可比拟！

予游学美邦，计共五年，先在翰墨林大学二年，继转哈佛大学研究三年，兹将游学情形扼要追记。此次辛酉级出洋，校中指派张凯臣师为护送人，随时随处接洽领导。出海以后，风浪渐大，乘客之中感觉晕船者不乏其人。最剧烈时，只得终日卧舱铺上，吃些咸酸橄榄与梅子，以及苹果橘子。予曾呕吐数次，甚不舒服。曾遇大风浪，事后始知相当危险。大凡波浪之方向形式，仅使船身前后左右起伏倾侧摇动，旅客晕船之感觉以及轮船航行之危险，两均轻微，如果起伏倾侧之外，再加上平面之剧烈摇荡与急速震撼，则人感难受，船生危险。大风浪两昼夜中，闻餐厅之中，午膳与晚膳，除林同曜小姐外，余无一人，又闻餐桌上杯碟，竟自不时移动。

船抵横滨海港，因上下货品，须停留半天又一夜。级友中有亲戚到埠相接，并邀请几位一同坐火车前往东京略事观光。予系应邀之一，匆匆往返，真是走马看花。所得粗浅外表印象迄今尚留脑际者，计有下列：火车拥挤，秩序殊佳；街道巷弄，宽少狭多；招牌广告，半用中文；男女木屐，声响不绝；房屋门窗，木制纸糊；日本"料理"，不合胃口；西瓜果汁，到处解渴。

船驶太平洋上，类多风平浪静，晨起迎旭日，夜坐望明月，逐渐欣赏航海之趣味。太平洋上首次看到远处大鲸鱼喷水，以及小飞鱼跳跃景状。有时走到下面统舱甲板上，见有馄饨、甜粥、肉粽等点心担子，遂分别购食，换换每日西餐之口味。至于轮上游戏，却有好几种，最普通而亦最易参加者乃为使用木铲推送圆木块之比赛。双方求使其木块能恰恰停留于标明或多或少之分数格中。清华同人有时聚玩所谓"五百"（分，"Five Hundred"card game）之纸牌游戏，只计分数，绝非赌博。在甲板上，偶或举行所谓"枕头作战"（"Pillow Fight"）。其比赛方式，两人骑坐于撑架支持之木杠上，一手用枕头打击对方，一手倚杠维持其坐姿，凡被打击而倾滑跌下者即算挫败。吾级郭殿邦与王德郖颇称能手。

　　此次赴美留学，除吾辛酉级友外，尚有清华学校在上海公开招考而录取之男女专科生各十名，其在美留学期间大致相同，每月所得维持费完全一律。专科男生计为：王崇植、李继侗、邹恩泳、桂铭敬、张念源、冯锐、董时进、裴庆邦、诸水本与潘履洁。专科女生则为：王国秀、林同曜、桂质良、倪徵琼、张继英、陆慎仪、黄孝贞、黄倩仪、倪逢吉、颜雅清。予性畏怯，未曾与任何女生交谈过，盖船上并未有人介绍认识。例如明知张继英小姐乃是吾级护送人张凯臣师之女，亦无缘交谈。但不知如何，另又认知几位女生之名字，即除清华考送之黄孝贞、林同曜、颜雅清（Hilda Yen）外，尚有一位 Daisy Yen（颜彩霞）。回国在母校执教时，闻悉此位彩霞小姐是协和名医吴宪大夫之太

298

太。一九六五年六月十三日予偕佩玉游览纽约山坡上之修道院（The Cloisters，系自欧洲拆卸运美重建），曾晤颜彩霞，相互谈话，提到同轮来美读书。一九七五年夏，彭硕颐、王鸿珠兄嫂邀宴，又曾与她晤谈。飞洛杉矶（现只中华航空公司每周有此直飞之一次班机）只需十一小时，则计为当年所需时间四十四分之一；易言之，当年交通时间较之今日所需乃为四十四倍。当年轮船，今日飞机，其行程相差如此！

此番予乘中国号轮到达旧金山，一路海程之中，辄回忆童稚之年（约六七岁时），家中墙壁上悬挂一张远洋巨轮，当时常以望远镜及显微镜，分别站远趋近加以睇观。外祖母（华氏）则往往含笑相语：汝将来总有乘坐此种轮船机会。及由旧金山坐火车到明州圣堡尔城（St. Paul, Minnesota），进入翰墨林大学（Hamline University）二年级读书，乃是乘风破浪赴美留学之开始。

八月底在旧金山上岸后，数十青年一律身着深蓝哗叽西装，手提黄色皮箱，呢绒帽、黑皮鞋，路人见之，不免注目。先到华埠中餐馆接受华侨欢迎。傍晚即登包就之头等卧铺火车（First Class Pullman Car）。白天所坐之皮制座位，入夜则由黑人车役布置为上下两张卧铺，悬有帐帷，甚为舒适。三餐须往餐厅点食。沿路经过沙漠区域平原，曾几次看到所谓"海市蜃楼"

即远望俨然一片山水楼台或湖边树木,但实则都是虚幻景象。苟非车上侍役特别告知说明,固不知其为虚幻景象。按海边及沙漠,每值空气长期稳静,常有远遥真实景物,反射曲折,而形成此种幻景。古人云,读万卷书,行万里路,洵非妄诞,盖苟非远游,安得有此阅历!

清华同学,沿着铁路,每遇名城大邑,辄有二三位陆续下车,或则径往,或则转程,进入其所选之大专院校读书。予偕张祖荫(海慈)在明尼苏达州之圣保尔市车站下车。翰墨林大学已请一位教授曼虹(Prof.Alfred Z.Mann)先生在站相迎,盖护送人张师早已分别发电至校中。校长特别客气,嘱咐一位教授相接。遂坐其自己驾驶之私人汽车,开到密尼哈哈街(Minnehaha St.),早由华尔高特老师(Prof.Gregory D.Walcott)代租住房之家门前。屋主是希楼先生(Mr.Healey)。助吾俩将箱笼物件搬进房间。由此遂开始吾出洋读书生活。

翰墨林大学(Hamline University)校园建筑,课系设备以及男女同学人数,规模不大,但正因如此,学生与教授之接触,同学们之相互来往,以及予与本地人士之认识等等,机会较多:此为当初选定此校之动机。清华前辈如一九一七年级之汤用彤学长与一九一八年级之程其保学长曾来翰墨林,先后各读两年,得到学士。而此间学问渊博之哲学教授华尔高特曾到清华执教,亦为予抉择之重要原因。照清华毕业生留美通例,予插入大学三年级,以政治学为主科,哲学为副。同级偕来之张祖荫兄(后来改名海慈)修习经济,故所选课程无一相同。予到校一星期内即购置打字机(Underwood 牌)一架,照相机(Kodack 牌)一具与手表(Waltham 牌)一只。此三项必需用品,殆为每一清华同学抵美后首先购置。

关于一日三餐,每次必须外出,风雨无阻,初觉不甚方便,久亦习以为常,不觉劳苦。嗣曾往邻街附近一家,加入伙食团固较经济。但约两月以后,感觉三餐所进,反复轮流,不免厌腻,而且时间固定,过时不候。遂放弃此一方式而采取每餐游击。好在附近一家自佐小餐店,系一位同级同学萨克德君(Mr. Everett Sackett)之母亲亲自主持,客人十之八九均系大学同学,即华尔高特博士亦不时前往。由住所入城,出门向右街圣保尔市(St. Paul City)热闹中心,向左可往明尼亚波利斯(Minneapolis)市区。此两市以姊妹市见称。乘坐电车,往返甚便。予与祖荫所住楼房恰是沿街,入夜电车左右开驶,声响颇大,初到数周,几难入梦,但不久即安危酣眠,不受烦扰。半年后经同学哈浮君(Mr.Gerald Harvey)邀往乡间度一周末,因为时地幽静声息绝无,予上床后反而辗转反侧,不能入眠。此一经验,令予领悟人生习惯之重要。

予所选课程均有关政治、哲学与经济三门,另亦先后选修"演说"两门(称作 Public Speaking),自觉颇有心得。由于英文根底及用功习惯,故凡所上课对于笔记、考试、报告各项,绝无困难,而成绩良好,颇受教师与同学之注意。除星期六下午与星期日外,每天读书作业,大抵均在图书馆阅览室中为之。初到校园,曾往谒校长干福德博士(Dr.Samuel F.Kerfoot),晤及其夫人,并以一小幅苏绣花卉相赠。当时校长之女与子亦在肄业,诸蒙照顾。除所选各课之老师外,渐次与其他几位教授亦相当熟悉:计有教务长奥斯本(Dean Henry L.Osborn)、英文教授斐文阮(Thomas P.Beyer)、社会学教授曼虹(Albert Z.Mann)、德文教授金哲斯(James S.King)。授政治制度之赖兰德教授(Prof.Willinam J.Ryland)则除上课时在教室晤面外,别无接触,反较生疏。最受予尊敬,最与予亲近,可称为"亦师亦友"者当推华尔高特教授(Prof.Gregory D.Walcott)。

明尼苏达州立大学在圣保尔市之姊妹城明尼亚波利斯市内,相距不远。其时清华高班同学在此肄业者,有杨光泩及宋发祥两兄;另有闽籍之林斯澄兄亦经介绍认识。有时在一位华侨商人家中,举行双城中国学生联欢晚会,予与祖荫曾往参加数次。华侨家中两位小姐(May Hum and Grace Hum),颇善交际招待殷勤，曾愿教导跳舞，祖荫与我均甚忸怩，未曾学习。明州冬季气候极冷，入夜往往低到华氏零下二十余度。某晚，予偕祖荫乘坐电车前往上述晚会，适值大雪。误认站头，下车后遍觅地址不得，周身发冷，只得等候相反驰驶之电车回寓。及上车后，彼此两手发僵，摸索角币不得。司机见状嘱先坐下再付车资。予顿觉鼻端发痛，扪之则流出之鼻涕，已结成细丝状之垂冰。此一经验，迄今不忘！

　　来美后第一次遭遇万圣节之前一夕，亦即俗称鬼节（英文Halloween 指十一月一日万圣节 All Saints Day。其前一日，即十月三十一日则称 Halloween，乃是鬼节），风俗情状颇为特别。是晚，从华灯初上起，家家户户之男女孩童，大半均有家长陪伴，穿着光怪陆离之鬼怪装束（特别着重奇异之帽子），挨着近街邻巷各家，索取糖果——其实，并不需要索取，只要一按电铃，必有主人笑容满面，手把糖块少许相赠。其后，此一风俗，变本加厉，儿童们中竟有"Treat or Trick"之传说（即所谓"加款待抑或恶作剧"）。翰墨林大学女生宿舍（其名称为 Manor House），每年是晚，举行开放，任由男生进入参观。祖荫与予，应日间两位同学（Gerald Harvey and Benjamin Schaub）之约，晚膳后相偕前往，则见各厅室之电灯，均以黑灰纱布笼罩，使得光色暗淡模糊，有些女生戴着面具，穿着鬼装，有一女生扮演睡美人（"Sleeping Beauty"）躺卧床上，同时各处备有糖果，以饷来宾。许多位同一课堂听讲之女同学，向我们招呼谈话。

第一次圣诞节，种切情景更是热闹深刻。远在数星期前，市区大小公司店铺都作各种推销贺礼之广告。受此激动，予遂决定购置三个金质手表，分别寄赠我大姊慧莲、二姊慧芬及三姊慧英。犹忆星期六日下午无课，大雪纷纷中搭乘电车，到达市区，在一最大之钟表店中，选赠形式不同，而价值不相上下之金手表三只，并嘱店员妥慎包装，俾即挂号保险邮寄。当时尚无航空通邮，一般信札平均约需二十四五天始可到达。予一到美国，即决定每一星期写一封家禀，以慰吾双亲，而家君来谕则至少每旬日一次。

距我寓所约步行五百步（街名 Snelling Ave.）有一华侨所开之洗衣铺（当时均用手洗）。首次偕同祖荫前往，各将衬衫及内衣裤袜等付洗。店铺伙计见到同胞，用粤语搭腔，吾俩不甚明了，而吾俩所说国语，他们更不懂。其中一位乃大笑，说了我们听得明白的一句："哈！唐人呒讲唐话。"此店隔岸附近，有一规模颇大之电影院，计两年之中只前往一次。

大学附近有一科磨公园（Como Park）可乘电车直达，面积甚广，有大湖可资划船。船有两种，即划艇（一人使用双桨）与独木舟（如二人划，则船头船尾，每人手执一桨）。前者需用气力,后者则需技巧,否则船身不会直驶向前而只左斜右转。夏季湖旁设有音乐台,入夜游人如蚁。予尝与祖荫在星期假日午后,前往公园同划独木舟。美国人士总是一男一女坐船摇划,见到吾俩男生,辄加注视。也许是吾俩自己敏感所致。公园中有一玻璃花室,不少奇花异草。最令吾俩注视者,乃是发现若干蜂雀(hummingbirds),身躯细小,状似硕大之蜜蜂,双翅鼓动奇速,发出微音,飞舞花朵之前,吮吸花心露汁,此为生平第一次见到,殆世界最小型之鸟类。公园以外,另有密尼哈哈瀑布,远在市郊以外,搭乘电车,需一小时以上,曾往游览一次,系由高班同学怀德先生(Mr.Leslie White)邀约吾俩。不知何故,伊约定拂晓在寓所前携带隔夜预备之三明治与饮料相会,而等候首班电车。时则万籁俱寂,银河在天,电车中只有乘客二三人。瀑布深藏在谷底,拾级而下,阴气逼人。怀德摄影技术颇为高明,照相时以极高速率将盖头频频开闭,印出后瀑布水滴特形生动。

第一学年之第二学期,亦即一九二二年在大三级之春初,予报名参加竞赛,被选为代表大学对外辩论队(Varsity Team)六员之一。以一位来自中国之外籍学生而能上选,殊非易事,于是校刊与市报登载相片宣传。当时辩论题目为"世界大战退役军人应否享受额外酬金"。予与帕麦尔(Willard Palmer)同学分派在正组,即须立论赞成。如期举行辩论,吾队结果获胜。数周后予又代表学校,参加校际之临时抽择题目,作十分钟事前毫无准备之即席演说(所谓"extemporaneous speech"),亦曾名列前茅。

又隔一年,予以"海约翰"("John Hay")为题,参加全校演说比赛,首则在十一位报名竞赛员中,获选为四名最后决赛人员,终则于一九二三年一月十九日举行决赛,在全校师生坐满聆听之大礼堂中,由五位评判员投票表决,予名列第一。得奖金五十元,并将代表本校参与全州各大学比赛。按海约翰为美国之著名政治家、外交家、著作者及诗人,于一八九九年任国务卿时,宣布美国对华之门户开放政策(所谓"The Open Door Policy"),而成为此后数十年中远东外交上之标语。门户开放政策要旨有二:一为维持中国之领土完整与政治独立;二为不容任何外国独占某一地域,各国在华工商业机会均等。海约翰非正式征得列强承诺。迨一九二二年华盛顿会议时,以之订定九国公约。五位评判员宣布结果以后,干福德校长约略致词,谓以一位外籍少年,得此首选荣誉,确属不易,遂转向台下之欢呼队长嘱咐一声:"让我们为浦逊生欢呼三声。"("Let us give Dison Poe three cheers!")于是全体师生起立,随着欢呼队长休谟斯(Leon Humes)手舞足蹈之指挥,为我照例欢呼。其方式有如下述。欢呼队长走到台上，双手略抬示意，台上台下遂全体起立，彼乃举起右手，高声发问："浦逖生怎么样？"（"What's the matter with Dison Poe?"）群众于是齐声叫喊："他是很好！"（"He's alright!"）队长继又高声发问："谁是很好？"（"Who's alright?"）群众乃齐声呼答："浦逖生！"（"Dison Poe!"）队长至是，遂呼叫一句"让我们给浦逖生欢呼三声"（"Let's give Dison Poe three cheers!"），大家随即跟随其双拳合握，上下、左右、下上三角形之指挥手势欢呼"啦——啦——啦，啦——啦——啦，啦——啦——啦"（"rah-rah-rah! rah-rah-rah! rah-rah-rah!"）三次，声震屋瓦之余，继之以长久鼓掌。予当时情感激动，喜极滴泪。于是校长及许多教授向予握手道贺。

约四十天后，予由演说教授波銮博士（Dr.Buhter）陪同，乘坐火车前赴北田市卡尔登学院（Carlton College）参加校际比赛。清华同学时昭瀛兄时在明州大学修习国际关系，自动愿意随往，予甚感谢其友谊。三人同行，途次不觉寂寞。到达目的地行装甫卸，黄方刚兄（正在该校专修哲学）即来访谈。翌晚（即一九二三年二月二十八晚），举行六大学演说比赛，予列第三名。予此篇"每约翰"得奖演讲（所谓 Price Oration）以及另一篇英文《答复焕特耳先生所著〈中国复兴计划〉》，曾先后刊载英文《中国学生月报》（*Chinese Students Monthly*）一九二三年六月号及一九二四年一月号。

在翰墨林大学肄业两年之中，曾目击几件惊险事件，或系眼前发现，或属事后陈迹。某次，在明州大学与杨光浧兄玩打网球，突闻蓬然一声巨响，众皆停拍，向上面高处指指说说。予乃回头仰望，则见汽车一辆撞在大树之间，空悬倒挂，却未坠下，闻驾车者略受微伤，惟车头撞损甚重，是真不幸中之大幸。另一下午，与予同坐电车之一位美国中年男子，到站下车后，一时性急，想要绕出车尾而越过街道，适值恰有迎面而来之电车，因视线原本挡住，未曾看到，此时后退已迟一步，结果身体撞倒，手臂压痛，痛苦呻吟，惨不忍闻。翌晨阅报，则知此人因流血过多，不治而死。所以走路过街，千万务须谨慎。夏季某一清晨出外，曾在附近马路上，看到一所楼房半倒，楼上卧室一床悬在空中而未落下，行人十余群集，指手划脚，说是汽车冲撞楼下一间而造成此一局面。

裴阮（Prof. Bayer）教授曾为予介绍，前往明尼亚波利斯工会讲述中国近况。至则发现会场广大，听从数百，尽是工人，大多数不结领带，而香烟气味甚浓。幸予正在选读一门"演说学"，顿时自己警觉，必须适应现实，调整资料，乃侧重中国受列强帝国主义之侵凌以及农夫工人之开始抬头两项，总算应付过去。惟问答一段时间，略曾受窘，盖发问之中，竟有"你是否生长于资本主义家庭之中?"及"中国会不会产生无产阶级革命?"等一类难题。予当时深刻体会,马克思主义已开始在美国劳工界散播种子。事后,裴阮教授曾问及讲演与问答大体情形,予谓讲演内容临时有所变动,而所发问题,间有出于意外者。彼此相对微笑。市郊教会,先后请予讲话者颇多,此则不需准备,极易应付。每往乡村大抵留宿一宵,借此得悉美国农村生活情状。

校中华籍同学有李、方两女士均属土生华侨。李小姐(Miss Elizabeth Lee)在檀香山生长,谈吐与习惯,完全美国化,虽曾多次相遇接谈,但并无社交来往。约二十年后曾复巧遇,知已成为医生。另一位方小姐系住圣保尔之走读生,每星期周会辄坐礼堂楼上,无人介绍,且并未当面碰见,故未曾交接一语。嗣后查阅毕业生名称,不见其姓名,谅未毕业。随笔记此,聊示祖荫与我均是异常守旧。祖荫在翰墨林肄业一年后,转入明尼苏达州立大学,修习商业管理,来往殊少。

一九二二年暑假为期约三月,一般同学均先期寻觅夏季工作,借得收入。予曾选读"钱币与银行"一课,认为如入银行,既可得些工资,又增实习机会,计亦良得。旋经一位美籍同学之父亲向其所任职之一家小银行吹嘘介绍。先由行长亲自约见,因知我是大学辩论队员,且见过报纸上所刊相片,遂答应雇我为临时职员。予初仅使用手动计算机，计算领款支票付出之总数，后亦站立柜台窗口，办理收付存款领款。有一下午，予偶不经心，脚踏下面直通警察分局之警铃，警察坐机器脚踏车赶来询问，始知一场虚惊。是年七月四日美国国庆日，银行一位同事约我整日同出游玩，晚上并看公园中燃放烟火，始行分手各自归寓。

予在翰墨林大学曾会同外籍与美籍同学发起世界会社（英名定名为 Cosmopolitan Club，此盖各大学中通用之名称。当时有译成万国会社者，予既嫌"万"字过于夸大，而"大同"一词，译音亦费解，故仍用流行英文名称）。不满半月组织成功。承会员推予为会长，而以法兰西籍之豆芙女士（Martha Devaux）为副。会员约三十人，中有菲籍如 Severo Bacalzo，日籍如 Akinaga Juichi，瑞士籍如教授 Prof.Albert Bachman，德籍如 G.Krueger 等。予亦为"法文社团"之团员。由于参加大学辩论，获得演说首奖，予成为古希腊字母荣誉辩才兄弟社（Pi Kappa Delta）之会员。上述世界会社会员，低予一级一九二四年毕业之日本 Akinaga Juichi 君，不幸于一九四五年在长崎受原子弹轰炸惨死。其子于其父残留之翰墨林年刊中，见到予亲笔所签赠别数字，曾于二十年后，不知如何听说予在美执教，遂写一短信托翰墨林大学毕业生同学会设法转寄，竟达予处，当曾复信，表示悼慰之意。予在翰墨林大学喜打网球,且参加竞赛,居然列入大学网球队预备队员(所谓 Varsity Second Team)。同时,予得级友吴峙之(国桢)兄信,伊在格林纳尔(Grinnelle College)大学,竞选上大学网球队。翰墨林大学一九二三年吾毕业级所办之巨厚年刊,载予演说得奖及辩论队员等项之照片及叙述甚多,级友纷纷请予在其年刊上签字写句;予亦回请他们签写。

予毕业之前一日晨得一电报。午后,清华高班同学沈克非兄亲来寓所欢谈。翌日,伊参加予之毕业典礼后,始行告别。伊之来此,盖专程相告,谓其所属中国同学组织之兄弟社,已一致通过请予加入,遂将组织宗旨(增进友谊,敦行立业,爱护国家),成员举例,重要会规等情,扼要陈述,并谓尽可从长考虑决定。

予早已约定(陈)华庚兄同赴芝加哥大学读暑期学校。华庚先来圣保尔结伴同行,赴芝加哥大学。此处中国学生甚多,泰半系清华出身。予与王昌林、吴泽霖、刘聪强等许多清华同学晤聚,自甚高兴。吴正之兄虽非清华毕业,却一见如故。予选读近代欧洲史,特别注重族国主义运动,尤对以意大利与德意志之各自统一史实,刻意研究,而马志尼之思想与俾斯麦之政策亦深入搜索,极感兴趣。哈定总统(President Harding)是夏在巡视西部时暴卒,校中曾举行追悼会,曾往参加,挤立于男女学生群中，几乎动弹不得。

是夏，清华同学罗隆基、何浩若、闻一多与予等在芝加哥会聚，商谈组织一个爱国会社，以提倡民族自决（美总统威尔逊所使用之名词，Self-determination of Peoples），亦即意大利马志尼所鼓吹之民族国家主义，简称族国主义（Nationalism）。在二十年代普通亦将此译作国家主义。兹就严格标准略述异同。"族国主义"本系主张每一民族应当独立而成一国家。英国政治家及政治思想家则倡论诸民族合组一个国家，则更可表显其能相互容忍合作而自由。因此之故，"族国主义"一词，可作两种解释。但正统意义自仍为一民族一国家。我们当初认为：或以汉满蒙回藏五族共和，或以历史上原本五族而今则已混合为一个中华民族，此两看法或立场，在理论上均说得通，而其主要含义则一，即吾中华民国成为独立的主权国家。至于"国家主义"（英文乃为 Statism，渊源于法文 Etatisme），则其中心思想乃是主权无上，对外独立自主，对内国家至上。其流弊所及，则误将政府等于国家。实则族国主义或民族主义亦可有其流弊，即凡一地域之人众不论其持何理由（语言、宗教或其他），均可自认为民族而要求独立。我们的组织定名为"大江会"，取吾民族历史久远源流不绝之意。曾出版刊物，但只有一二期，未能继续。在第一期"大江"中予曾撰写一篇文章，当时未留底稿。

辛酉级友钱宗堡兄，中英文兼好，品德亦优，为全级之翘楚，本在芝加哥大学修习数学，是时已患肺病，正在离芝加哥不到百英里某镇之疗养院中医治。泽霖、聪强与予（均属同乡）偕同一多、隆基、浩若，乘坐火车前往疗养院访问。宗堡精神尚好，面形瘦弱。是晚投宿该镇之小旅馆。翌日上午，再度与宗堡晤谈，彼此依依不舍。不料此行访病，竟成永诀。约半年以后，宗堡竟与世长辞。当年医学界对于肺病尚未发现有效药剂。嗣后，闻其父钱南山丈某晚照例往寺前街章成兴酒店略饮绍兴酒，堂倌设置一转一侧酒杯竹筷两副，询以何故，则云："老爷进来时，看到有一位少爷跟随在后。"说者谓宗堡魂灵出现。翌晨南山丈即接北京清华学校转告宗堡不治恶耗。

　　　　　　　　　　（选自《浦薛凤回忆录》，黄山书社，2009 年）

313

欧行散记（节选）

姜亮夫

姜亮夫（1902—1995），学者，1935年至1937年留学法国，在巴黎大学学习。

卅一日　天大晴，已有初秋之意

因了昨天的大雾，时间晚了三点钟，大家都以为今天到威尼斯一定在十一点后去了，所以明明可以起床，也特别多睡一下。意思是也许赶上火车，要白坐一夜，不如预先多睡一阵的想法骗着自己，多偷点懒而已。不料一忽儿德望来告，已到威尼斯了！茶房也来忙着为搬行李，才匆匆起床，将身边所要带的一个小皮箱收拾妥当，船已进入港口。我因为大行李都交船公司代运巴黎了，又出过二十五里勒的渡船费，于是随同一干人到船尾来，照顾海关检查行李。检查并不怎样厉害，但检关人很有趣。有一个人箱里有一听香烟，他说要纳税，经物主说明只有这一听，他仍不管，后来物主只得打开筒子，检关员抽了一支，塞在口里，说："抽了一支便不上税了"，于是笑着点了火吸着，划了一个蓝圈，走到第二个客人行李前，也一样的办法，五六分钟，他倒抽了好几支不出钱的雪茄。行政之弊，真是天下老鸦一般黑！

般是缓缓地进入岸了！我们就在放行李的船尾等着下船，其余不曾向公司交过二十五里勒的客人，就得等检关员一件件检阅，此时正忙着各自当心行李，更各自当心箱子里面的物件，也许有意大利所通不过的东西呢！

大约在十点钟光景，我们坐上公司里为备的渡船，从些曲曲折折的小河穿过。两岸都是高大的建筑，这就是威尼斯的街市。而我们的船，正是这水国的交通利器呢。

我本想在这历史上有名的威尼斯一游。但同伴们都急于要早到目的地，已无游兴，我也只得牺牲一点，"将来再游吧！"如此想而已。

我们一群人在车站上等开往巴黎的车，此地英语不通，法语又无人能说，到了车站，竟至不能举足，闹了若干时候，才得进了站。此时腹中已饥，又知车中无食，见到车站上有一个纸袋，内装面包、牛肉、酒、水果，足够一人两餐，价九里勒，大家都争着买。

三等车客人很多，我们的同伴，争先上去，都各人有了座位，我因落后，到车开行很久，才有一坐。

三等车设备也很好,颇像国内平浦车的二等车,不过座位较小而已。

每厢可坐八人,而我们一厢仅有七人,四个是同车到伦敦的国人,其余的三个有两个是意大利小姐,一是四十余的意大利太太,我们大家都语言不通,我们四人固然颇以异眼看她们,而她们视我们为更可异。大家都有一问乡土习俗的希求,在百无办法中,一位国人有一册法语会话,于是彼此在书上寻搜可问的字句,虽很费事,却也可通姓名、籍贯、职业,两个小姐一名 Anna,是在巴黎学提琴的,一名 Jauna 是学哲学的,这位哲学小姐,人最活泼,一切事都是她引逗起来的,可惜语言不通,当时很想问问她们,人民对于她们的黑衣宰相的批评及阿比西亚的感想如何。

五点钟过后,车到了米兰(milan),这是意大利的铁路中心点,应当很热闹,惜不得一游!

自从米兰开车后,沿途的风景突然变得幽美非常,时时看见些明净的湖,拥翠的山,更遇到斜阳淹霭,益显幽静。铁路两旁的山,都布满了抹疏四散的大木,而整洁玲珑的似山庄别墅之类,或是深隐山坳,或是微见山畔,或是远立山顶,也有耸立道左的,也有高在山背的。稚子少妇,时在栏干之上,看我们这飞奔而过的车,你假如高兴用手招招他们,不仅报以一招手,并且也欢呼而送呢！

这时已经晚了，偶然也看见屋顶有轻烟一缕，颇令人思念祖国农村晚烟之味，幽然神归。既而思炊烟中人定已安然夜饮，不知水深火热的国人何日能见此太平气象也。……如此想着，立在窗前，也不知已到大夜靡天之时，而半日未得一饱之腹，也竟不知其饥饿了。

天既断黑，也不知什么时候过瑞士国境，只在每当有人来查看护照时，知道是又过一境了，护照检查的麻烦，怕以意大利为最，而瑞士最简，意大利是由两个人收了去，经过了两个多钟头才送回来，而瑞士则由一个老头子手提印章，走到客人面前，临时盖一个印，就算完事，好像是普通车上的检票样的。

九月一日　天晴

天差不多要亮了，大家都忙着收拾行李，我在巴黎下车，当然早已准备，就是他们到伦敦的多人，也得在巴黎换车，也得准备，但巴黎的车站很多，我在什么地方下车？他们在什么地方换车？又成了问题。得向车里的人打听，知道到巴黎的人在东站下车，到伦敦的人也得在东站下车，而另自坐到北站换车。于是大家准备好了！我因在 brindisi 有电告凤甸，心尚平静。

大约在七点钟光景，车已到了巴黎，忙着下了车，到站门一趟，也不见人接，只得把行李提了，同一群要到巴黎北站换车的国人，一齐出了站。此时知待凤甸已无望，倒也定心。把他们招呼上了汽车，我才另唤了一部街车，把凤甸的住址写了给车夫，他翻开了一本记载巴黎的街名的书，看了看，于是开向巴黎第五区的 Blaiveville 去，在汽车中看巴黎的街市，也看不出什么来，只觉得街两旁的树木很多。车寻到了住处，付了车钱，由旅馆中一个茶房，领到五楼，凤甸还在睡大觉，惊醒后，突见我来，大为惊奇，相询之下，才知道在 brindisi 打的电，弄成礼拜一才到巴黎的了！

大家叙了一些别后的情事，为我的旅馆定了一个房间，我即此就住了下来，这一次二十六日行程，到此即作结束，此后在此，我或有一二年的逗留。关于巴黎、法国、欧洲各方面的情形，当随时将所知一一写下，我这篇行纪，也即止于此矣。但既到此间，也不妨把这一日所观察得的巴黎写点出来，与远在东方的祖国一相映照。而此行有几件感想，非片断之所能了者，也即此机会略为倾吐。

巴黎一瞥 当我至汽车中一瞥巴黎的街市时，我觉得巴黎是个多树的城，等我同凤甸两人出 Le Dantheon，过卢森堡公园折至塞纳河入 Louvre，我觉得巴黎是个绿色的城，再加以随处可见的大教堂的点缀，我觉得巴黎只是个静穆底文化之"历史的因力"之果，满街到处都是历代名人的雕刻与极其古茂而艺术的建筑，固然已足够显示其历史之因力，其实连熙往攘来的人，不论其为男为女也都有旧家风范的意味！令我觉到的一个最高见解是："巴黎只是法国人祖孙父子一脉相承、历史不变建筑起来的金城，只是法国一代代人的力量的积累，巴黎是法国人的巴黎，一切表现都只是出自法国人自己的历史，不曾有一件是借来、换来甚至盗来的！"因此我想到他们所以目前称雄一世，只是二三百年来在一定的目标、一定的计划甚至一定的思想之下，一天天把持着向前积累、储蓄，不曾有丝毫纷乱，也不曾踏到限外一步努力而得到的果。倘若一个人的思想不得太好奇与太自私，而只要细心体察巴黎的不论一件什么事、不论一件什么物，都足以为我此言证明，一草一木都足以显示其历史的因力。

因此回想到东方的故国，一般所谓较上层的人有几个不曾忘了自己的历史因力的！忘了历史因力因而无自信之心，于是而天天随人之后，永无安定之机，则所谓百年大计，又从何时下手？何地下手？大家都走到彷徨岐途，无所适从之道，为社会中坚群众领导的人既是如此，而真的群众又教育未普知识低浅，不能择别是非得失，这样一个无目标、无计划的国家，安得不被人零敲碎打,且又岂仅零敲碎打吗?别人已建设了二三百年才有今日,我们即使追赶,此时也大来不及,况且还在睡梦昏昏不知何时才醒,时间这样不待人!说不定真是亡国亡种的时候到了呵!

谈留学生 留学生在法国的,素来是占最上层地位的人,从日本留学生到美国留学生、欧洲留学生,都莫不皆然,其中好的本来也很多,然而坏的可痛心的实在令人数不清,即使是好的,也未必能如一般人之所期许,本《春秋》责备贤者的意思,也一样加以苛责!

我们的留学生,多半是廿四五以前的青年,有的是国内大学毕业生,有的连大学也未进过,他们的一切内蕴如学识见解,都非常浅薄,道德修养也都未守。一到了欧、美有次序有规律也有香有色的国家,一切都震撼得非常不宁静,又在这样无拘无束海阔天空的地方,岂能把持得着,于是留学生第一步所被的外诱是色,色相多端,女色为甚,所以据我耳闻目见的事来说,留学生犯色欲过度的人,并不在少数,本来欧洲女性,多半是康健白皙美好,而男女风纪,又不甚严,我们的少年朋友,还有几个能自操持者呢?

欧、美国家一切外界的华丽与享乐的法门,又都由于资本主义的发达而大盛,于是留学生第二步所被的外诱是"财",大概到外国来二三年后的留学生，很少不是支出过量，金钱无以为继，于是困顿奇穷，于是赶着弄张文凭回家，忙着找事做，也忙着找钱，以图能一尝留学时所闻的享乐法门，于是而贪赃之事，也大见于留学生中。

我觉得这是个很严重的问题，国家应早点想法。不然只是徒耗官帑家产而已，我以为留学资格，应当加严，非在国内大学毕业，服务三五年以上，或你有专门著述，年在三十岁左右者，不许到外国。而每一大国之有留学生者，非有一公共寄宿舍不可，凡一切留学生，皆住舍。而设一最高监督，最好即以大使公使领事兼任，重其权力，也许能有几个有学识有体力有道德的留学生！

一九三五年九月二日自巴黎

（选自《姜亮夫文录》，云南人民出版社，1999 年）

321

放洋赴美（节选）

梁实秋

梁实秋（1903—1987），作家，学者，翻译家。1923
年至 1926 年留学美国，在科罗拉多学院、哈佛大学学
习，1926 年获哈佛大学文学硕士学位。

《海啸》

民国十二年八月清华癸亥级学生六十余人在上海浦东登
上杰克孙总统号放洋。有好多同学有亲友送行，其中有些只眼
睛是红肿的，船上五个人组成的小乐队奏起了凄伤的曲调，愈
发增加了黯然销魂的情趣。给我送行的只有创造社的几位，下
船之后也就走了。我抚着船栏，看行人把千万纸条抛向码头，
送行的人拉着纸条的另一端，好像是牵着这一万二千吨的船不
肯放行的样子。等到船离开了码头，纸条断了，送行的人群渐
渐迷糊，我们人人脸上都露出了木然的神情。

天连水，水连天，不住的波声潚潚。有好多只海鸥绕着船
尾飞，倦了就浮在水上。一群群的文鳐偶然飞近船舷，一闪而

322

没。我们一天天的看日出日落，看月升月沉。

　　船上除了我们清华一批人外，有三位燕京大学毕业的学生，一个是许地山(落华生)，一个是谢婉莹(冰心)，一个是一位"陶大姐"。许地山是福建龙溪人，生于一八九三年，出国这一年该是三十岁，比我们年长几岁。他是生长在台湾的彰化，随后到大陆求学的。说来惭愧，我那时候对台湾一无所知，倒是在读英文绥夫特《一个小小建议》中的时候看到萨曼那泽的记述，据说台湾有吃活人的习惯，虽明知那是杜撰胡说，总觉得海陬荒岛是个可怖的地方。所以我看见许地山就有奇异的联想。而许先生的仪表又颇不平凡，蓬松着头发，凸出的大眼睛，一小撮山羊胡子，八字脚，未开言先格格的笑。和他接近之后，发觉他为人敦厚，富热情与想象，是极有风趣的，有许多小动作特别令人发噱。他对于印度宗教，后来对于我国道教，都有深入的研究。他的文学作品，如《无法投递的信件》《缀网劳蛛》《空山灵雨》，无不具有特殊的格调与感人的力量。谢冰心，福建闽侯人，一九○一年生，受过良好的家庭与教会学校的教育，待人温和而有分寸，谈吐不俗。她的《超人》《繁星》《春水》，当时早已脍炙人口。

　　除了一上船就一头栽倒床上尝天旋地转晕船滋味的人以外，能在颠簸之中言笑自若的人总要想一些营生。于是爱好文学的人就自然的聚集在一起，三五个人在客厅里围绕着壁炉中那堆人工制造的熊熊炉火，海阔天空的闲聊起来。不知是谁提议，要出一份壁报，张贴在客厅入口处的旁边，三天一换，内容是创作与翻译并蓄，篇幅以十张稿纸为限，密密麻麻的用小字誊录。报名定为《海啸》，刊头是我仿张海若的《手摹拓片体》涂成隶书"海啸"二字，下面剪贴杰克孙总统号专用信笺角上的轮船图形。出力最多的是一樵，他负起大部分抄写的责任。出了若干期之后，我们挑检了十四篇，卷了起来，后来寄交《小说月报》发表，见该杂志第十四卷第十一号（十二 一月出版），作为一个专栏，目录如下：

海啸	梁实秋
乡愁	冰心女士
海世间	落华生
海鸟	梁实秋
别泪	一樵
梦	梁实秋
海角底孤星	落华生
惆怅	冰心女士
醍醐天女	落华生

纸船	冰心女士
女人我很爱你	落华生
约翰我对不起你	C. Rossetti　　梁实秋译
你说你爱	Keats CHL　译
什么是爱	K. Hamsun　一樵译

在船上张贴壁报,还要寄回国内发表,是青年的创作欲还是发表欲,我也不很清楚。我只觉得在海中漂泊,心里有说不出的滋味,一吐为快。《海啸》一诗中最后六行是这样的:

> 对月出神的骚士!你想些什么?
> 可是眷念着锦绣河山的祖国?
> 若是怀想着远道相思的情侣,——
> 明月有圆有缺,海潮有涨有落。
> 请在这海上的月夜,把你的诗心捧出来,
> 投入这水晶般的通彻玲珑的无边天海!

使用《海啸》两个字的时候,至少当时的我是不求甚解的。"海啸"用英文讲是 tidal wave 或 tidal bore,是由地震而引起的汹涌的大浪。与"龙吟虎啸"的"啸"迥异其趣,与"琴酒啸咏"之

325

"啸"更大相径庭。风平浪静的在大海上航行,根本没有地震,哪里来的海啸? 但是,不。就是在我们抵达彼岸的那一天,九月一日,早餐桌上摆着一张电讯新闻,赫然写着日本东京大地震,并且警告海上航行的船只注意提防海啸! 东京这次地震很剧烈,死亡有十四万三千人之多,我们路过东京参观过的地方大部分夷为平地了。船驶近西雅图的时候,果然有相当强烈的风浪,像是海啸。

唐人自何处来

我二十二岁清华学校毕业,是年夏,全班数十同学搭杰克孙总统号由沪出发,于九月一日抵达美国西雅图。登陆后,暂息于青年会宿舍,一大部分立即乘火车东行,只有极少数的同学留下另行候车:预备到科罗拉多泉的有王国华、赵敏恒、陈肇彰、盛斯民和我几个人。赵敏恒和我被派在一间寝室休息。寝室里有一张大床,但是光溜溜的没有被褥,我们二人就在床上闷坐,离乡背井,心里很是酸楚。时已夜晚,寒气袭人。突然间孙清波冲入室内,大声的说:

"我方才到街上走了一趟,我发现满街上全是黄发碧眼的人,没有一个黄脸的中国人了!"

赵敏恒听了之后，哀从衷来，哇的一声大哭，趴在床上抽噎。孙清波回头就走。我看了赵敏恒哭的样子，也觉得有一股凄凉之感。二十几岁的人，不算是小孩子，但是初到异乡异地，那份感受是够刺激的。午夜过后，有人喊我们出发去搭火车，在车站看见黑人车侍提着煤油灯摇摇晃晃的喊着"全都上车啊！全都上车啊！"

　　车达夏安，那是怀欧明州的都会，四通八达，算是一大站。从此换车南下便直达丹佛和科罗拉多泉了。我们在国内受到过警告，在美国火车上不可到餐车上用膳，因为价钱很贵，动辄数元，最好是沿站购买零食或下车小吃。在夏安要停留很久，我们就相偕下车，遥见小馆便去推门而入。我们选了一个桌子坐下，侍者送过菜单，我们检价廉的菜色各自点了一份。在等饭的时候，偷眼看过去，见柜台后面坐着一位老者，黄脸黑发，像是中国人，又像是日本人。他不理我们，我们也不理他。

　　我们刚吃过了饭，那位老者踱过来了。他从耳朵上取下半截长的一支铅笔，在一张报纸的边上写道：

　　"唐人自何处来？"

　　果然，他是中国人，而且他也看出我们是中国人。他一定是广东台山来的老华侨。显然他不会说国语，大概是也不肯说英语，所以开始和我们笔谈。

我接过了铅笔，写道："自中国来。"

他的眼睛瞪大了，而且脸上泛起一丝笑容。他继续写道："来此何为？"

我写道："读书。"

这下子，他眼睛瞪得更大了，他收敛起笑容，严肃的向我们翘起了他的大拇指，然后他又踱回到柜台后面他的座位上。

我们到柜台边去付账。他摇摇头、摆摆手，好像是不肯收费，他说了一句话好像是："统统是唐人呀！"

我们称谢之后刚要出门，他又喂喂的把我们喊住，从柜台下面拿出一把雪茄烟，送我们每人一支。

我回到车上，点燃了那支雪茄。在吞烟吐雾之中，我心里纳闷，这位老者为什么不收餐费？为什么奉送雪茄？大概他在夏安开个小餐馆，很久没看到中国人，很久没看到一群中国青年，更很久没看到来读书的中国青年人。我们的出现点燃了他的同胞之爱。事隔数十年，我不能忘记和我们作简短笔谈的那位唐人。

在珂泉

一九二三年九月三日我到了美国科罗拉多温泉（简称珂泉），这里有一个大学，规模很小，只有几百个学生，但是属于哈

328

佛大学所承认的西部七个小大学之一。最引人入胜的是此地的风景。地当落基山脉派克斯峰之麓，气候凉爽，景物宜人。我找好了住处之后立刻寄了一封信给一多，内附十二张珂泉风景片，我在上面写了一句话："你看看这个地方，比芝加哥如何？"我的原意只是想逗逗他，因为我知道他在芝加哥极不痛快，我拿珂泉的风景炫耀一下。万万想不到，他接到我的信后，也不复信，也不和任何人商量，一声不响地提着一个小皮箱子，悄悄地乘火车到珂泉来了！他就是这样冲动的一个人。

　　一多到珂泉不是为游历，他实在耐不了芝加哥的孤寂。他落落寡合，除了同学钱宗堡（后来早死）以外他很少有谈得来的人。他到珂泉我当然欢迎，我们同住在 Wabash St.一个报馆排字工人米契尔先生家里，我住一大间，他住一小间，连房带饭每人每月五十五元（我们那时的公费是每月八十元）。住妥之后，我们一同到学校去注册，我是事先接洽好了的进入英语系四年级，一多临时请求只能入艺术系为特别生。其实他是可以作正式生的，只消他肯补修数学方面的两门课程。一多和我在清华时数学方面的课程成绩很差，勉强及格，学校一定要我们补修。我就补修了两门，三角及立体几何。一多不肯。他觉得性情不近数学，何必要勉强学它，凡事皆以兴之所至为指归。我劝他向学术纪律低头，他执意不肯，故他始终没有获得正式大学毕业的资格。但是他在珂泉一年，无论在艺术或文学方面获益之多，远超过他在芝加哥或以后在纽约一年之所得，对于英诗，尤其近代诗，他获得了系统的概念及入门的知识，因为他除了上艺术系的课之外还分出一半时间和我一同选修"丁尼孙与伯朗宁"及"现代英美诗"两门课。教这两门课的是一位 Daeler 副教授，这位先生无籍籍名，亦非能说善道之辈，但是他懂得诗，他喜爱诗，我们从他学到不少有关诗的基本常识。我们一同上课，一同准备，一同研讨。这对于一多在求学上是一大转捩点，因为从此他对于文学的兴趣愈益加浓，对于图画则益发冷淡了。

艺术系是由 Leamings 姐妹二人主持的，妹妹教画，姐姐教美术史。我也旁听美术史一课，和一多一同上课，课本用的是《阿坡罗》。两位老小姐（均在六十岁左右）对于一多极为赏识，认为他是她们的生徒中未曾有的最有希望者之一。她们特别欣赏一多的嘴，认为那是她们从未见过的"sensuous mouth"——"引起美感的嘴"。说起人的相貌，一多对我讲过一段有趣的话，他说他虽然热爱祖国，但不能不承认白种人的脸像是原版初刻，脸上的五官清清楚楚，条理分明，我们黄种人的脸像是翻版的次数太多，失之于漫漶。如今美国的美术教授也欣赏起我们的版本！有一天两位老小姐请我们到她们家里吃饭，显然的是她们不善烹调，满屋子油烟弥漫，忙作一团，可是没有看到丰盛的菜肴,不过她们的殷勤盛意实在太可感了。我和一多在赴宴之前商量送点小小的礼物,我从箱子里找出一块前清宫服袍褂上的"黻子",配上一个金色斑斓的框子,有海波浪,有白鸟,有旭日,居然像是一幅美丽的刺绣画!她们本来是爱慕中国的,看见这东西高兴极了,不知挂在什么地方好。又有一次,她们开着一辆彼时女人专用的那种不用驾驶盘而用两根柄杆操纵的汽车带我们去游仙园(The Garden of Gods),那是我们第一次看到的奇景,平地突起一个个红岩石的奇峰,诡怪不可名状,我国桂林有类似景象,不过规模小得多了。

一多对西班牙的画家 Velasquez 的作品颇感兴趣,他画的人物差不多全是面如削瓜狰狞可怖,可是气氛非常厚重而深沉。梵谷的画,他也有偏爱,他爱他的那份炽盛的情感。有一天一多兴至要为我绘半身像,我当然也乐于做免费的模特儿。那张油画像,真是极怪诞之能事,头发是绿色的,背景是红色的,真是"春风满须绿鬅松",看起来好吓人!他的画就是想走印象主义的路子。他画过一幅风景,以学校附近一礼拜堂为背景,时值雪后初霁,光线特别鲜明,他把阴影都画成紫色,并且完全使用碎点法,我认为非常成功,他的老师也很夸奖。一多作画,不动笔则已,一动笔则全神贯注,不眠不食如中风魔,不完成不辍休。学年快终了时,教授怂恿他参加纽约的一年一度

331

的美展,于是耗用了两个月的时间赶画了一二十幅画,配好了框子装了满满一大木箱,寄到纽约去。赶画的时间,他几乎天天锁起门来(这时期我们住在学校宿舍海格曼大楼),到了吃饭的时候我要去敲门喊他。有一次我敲门不应,我从钥匙孔里窥见他在画布上戳戳点点,于是我也就不惊动他,让他饿一顿。他把公费大部分用在图画器材上面,吃饭有时要举债。不幸他的巨大的努力没有赢得预期的报酬,十几幅画中只有一幅获得了一颗金星。这一打击是沉重的,坚定了他的放弃学画的决心,但是也可说是他的因祸得福,因为如果他没有这次的挫折,作品能有几张入选,以后在西画一方面究竟能有多少成就实在是很难说的。画这样东西,不同于若干其他学科,除了需要天才与苦功之外还需要有深厚的民族历史的背景所育孕出来的一种气质。中国人画西画,其中总有一点隔阂。像一多这样一个民族气息极为浓烈的人何以没有从西画转到中画上来,实是一件很令人难解的事。我从来没看见他画过一笔中国画,也不大听他谈论起中国画。我是喜欢中国画的,有一次和他闲话,他以为中国的山水画没有花卉好,我的意见和他的相左,争辩甚久。他所以没转到中国画上来,一个重要原因是环境,从清华到美国他的教育环境里没有中国画,他的朋友里没有一个是中国画家。另一个原因是他太爱好文学,搁下画笔便是文学的研究与创作，从没有想到在六法上一试身手。可是他并不是完全没有想到这一个问题，一九二三年二月十日他写信给他的弟弟闻家驷说：

我现在着实怀疑我为什么要学西洋画，西洋画实没有中国画高。我整天思维不能解决。

……中国人贱视具体美术，因为我们说这是形式的，属感官的，属皮肉的。我们重心灵，故曰五色乱目，五声乱耳。这种观念太高，非西人（物质文化的西人）所能攀及。

在英诗班上，一多得到很多启示。如丁尼生的细腻写法（the ornate method）和伯朗宁之偏重丑陋（the grotesque）的手法，以及现代诗人霍斯曼之简练整洁的形式，吉伯林之雄壮铿锵的节奏，都对他的诗作发生很大的影响。

……学校里有学生主办的周报一种，有一次上面刊出了一首诗，不知是何人的手笔，显然的是一个美国学生，题目是 The Sphinx，内容是说中国人的面孔活像人首狮身谜一般的怪物，整天板着脸，面部无表情，不知心里想的是一些什么事。在外国人眼里，中国人显着神秘，这是实情。可能大多数美国学生都有这样的看法。这首诗写得并不怎么好，可是没有侮辱的意味,顶多是挑衅。一多和我都觉得义不容辞应该接受此一挑衅,于是我们分别各作一诗答之。一多写的一首分量比较重,他历数我们中国足以睥睨一世的历代宝藏,我们祖宗的丰功伟绩。平心而论,除了这些之外我们还有什么东西足以傲人呢?两首诗同时在下一期刊物上发表了,引起全校师生的注意,尤其是一多那首功力雄厚、辞藻丰赡,不能不使美国小子们叹服。可惜剪报我现时没有带在手边。

……在珂泉我们没有忘记游山逛水。那地方有的是名胜可以登临。仙园我已经提过,此外如曼尼图山(Mt. Manitou),七折瀑(Seven Falls),风洞(Cave of Winds)都很好玩。曼尼图山虽不高,但有缆车,升降便利,可以远眺。七折瀑是名副其实的七折瀑布,拾级而上,中间可停足七次,飞瀑如练,在身边直泻。风洞是一巨大山洞,里面充满了钟乳石和石笋,亮晶晶的蔚为奇观。洞里有一大堆妇女遗下的头发夹子,年久腐锈粘成比人还高一点的大冢一般的堆,据说投一只发夹在婚事上可谐良缘云。最胜处当然是派克斯峰(Pikes peak),是落基山脉的一个有名的山峰,海拔一万四千一百一十英尺,我和一多雇车上山,时在盛夏,沿途均见积雪,到达山顶时冻得半僵,在一小木室内观光簿上签名留念,买一杯热咖啡喝,赶紧下山,真所谓"高处不胜寒"也。最难忘的是一次我和一多数人驱车游仙园,一多的目的是为写生，我们携带着画具及大西瓜预备玩一整天，我的驾驶技术不精，车入穷途，退时滑下山坡，只觉耳畔风声呼呼，急溜而下，势不可停，忽然车戛然而止，原来是车被夹在两棵巨松之间，探首而视，下临深渊。我们爬出来，遥见炊烟袅袅，叩门求援，应门者仅能操西班牙语，赖手势勉强达意。乃携一圈长绳，一端系车上，另一端挂一树上，众力曳之，居然一英寸一英寸的拉上道路，车亦受损，扫兴之余，怏怏而归。

珂泉一年很快的结束了，我到哈佛大学去继续念书，一多要到纽约，临别不胜依依。一多送了我他所最心爱的霍斯曼诗集两册及叶芝诗集一册，我送给他一具珐琅香炉，是北平老杨天利精制的，上面的狮子黄铜钮特别细致，附带着一大包檀香木和檀香屑。一多最喜欢"焚香默坐"的境界，认为那是东方人特有的一种妙趣，所以特别欣赏陆放翁的两句诗："欲知白日飞升法，尽在焚香听雨中。"他自己也有一只黄铜小香炉，大概是东安市场买的，他也有檀香木，但是他没有檀木屑。焚香一定要有檀木屑，否则烟不浓而易熄。一多就携带着我这只香炉到纽约"白日飞升"去了。①

---

① 见《谈闻一多》，有删节。梁实秋另有《闻一多在珂泉》（载 1947 年 9 月 14 日《益世报》），较此简略。

大江会的成立

　　我和一多离开珂泉东去，是搭伴同行的，途经芝加哥，停留了约两星期，这是一个有计划的行动。

　　一个人或一个国家，在失掉自由的时候才最能知道自由之可贵，在得不到平等待遇的时候才最能体会到平等之重要。年轻的学生到了美国，除了极少数丧心病狂甘心媚外数典忘祖的以外，大都怀有强烈的爱国心。美国人对中国人民是友善的，但是他们有他们的优越感，在民族的偏见上可能比欧洲人还要表现得强烈些。其表现的方式有时是直截了当的侮辱，有时是冷峻的保持距离，有时是高傲的施予怜悯。我们的华侨，尽管有少数赤手起家扬眉吐气的，大多数人过的是忍气吞声的生活。所以闻一多有《洗衣歌》之作。一多到了珂泉之后就和我谈起过有关陈长桐在珂泉遭遇过的故事，说的时候还脸红脖子粗的悲愤激动。陈长桐到珂泉的一家理发馆去理发，坐在椅子上半天没有人理，最后一个理发匠踱了过来告诉他："我们不伺候中国人。"陈长桐到法院告了一状，结果是官司赢了，那理发匠于道歉之余很诚恳的说："下回你要理发请通知一声，我带了工具到你府上来，千万请别再到我店里来！"因为黄人进入店中理发，许多的人就裹足不前了。像这样的小事，随时到处都有。珂泉大学行毕业礼时，照例是毕业生一男一女的排成一双一双的纵队走向讲台领取毕业文凭，这一年我们中国学生毕业的有六个，美国女生没有一个原意和我们成双作对的排在一起，结果是学校当局苦心安排让我们六个黑发黑眼黄脸的中国人自行排成三对走在行列的前端。我们心里的滋味当然不好受，但是暗中愤慨的是一多。虽然他不在毕业之列，但是他看到了这个难堪的场面，他的受了伤的心又加上一处创伤。诗人的感受是特别灵敏的，他受不得一点委屈。零星的刺激终有一天会使他爆发起来。

清华毕业留美的学生，一九二一级二二级二三级这三级因为饱受了五四运动的震荡，同时在清华园相处的时间也比较长，所以感情特别融洽，交往也比较频繁一些。一多和我在珂泉一年，对于散处美国各地的同学们经常保持接触，例如在威斯康辛的罗隆基、何浩若，明尼苏塔的时昭瀛、吴景超，经常鱼雁往还，除了私人问讯之外也讨论世界国家大势，大家意气相投，觉得有见面详细研讨甚而至于组织起来的必要，所以约定在暑假中有芝加哥之会。

芝加哥大学附近有一条街叫 Drexel Street，在街的尽头有一家小旅馆 Drexel Hotel，房子很陈旧，设备很简陋，规模很狭小,但是租金很便宜。我们从各处来的朋友约十余人就下榻在这个地方。因为根本没有别的房客,所以好像是由我们包下来的一样。连日大家交换意见,归纳下来有几项共同的看法:

第一,鉴于当时国家的危急的处境,不愿侈谈世界大同或国际主义的崇高理想,而宜积极提倡国家主义(nationalism)。

第二,鉴于国内军阀之专横恣肆,应厉行自由民主之体制,拥护人权。

第三,鉴于国内经济落后,人民贫困,主张由国家倡导从农业社会进而为工业社会……

一多不是研究政治经济的人,他是一个重情感的人,在国内面对着那种腐败痛苦的情形他看不下去,到了国外又亲身尝到那种被人轻蔑的待遇他受不了,所以他对于这一集会感到极大的兴趣。

会谈有了结论之后,就进一步讨论到组织问题。首先要解决的是名称,你一言我一语喧嚷了好几天,最后勉强同意使用"大江"二字,定名为"大江会",也没有什么特殊意义,不过是利用中国现成专名象征中国之伟大悠久。大江会的成立典礼就在这家旅馆的客厅举行。我从国内带来一幅定制的绸质的大国旗,长有一丈,这一回可派上了用场。典礼的一个项目是宣誓,誓词是:"余以至诚宣誓,信仰大江的国家主义,遵守大江会章,服从多数,如有违反愿受最严厉之处分。""大江的国家主义",所以表示异于普通的狭隘的军国主义。哲学家罗素那一年正好在美国讲学,道经威斯康辛,我们的几个朋友就去访问他,他是主张泯除国界的大同主义者,反对激烈的爱国主义,但是他听取了我们的陈述和观点之后,沉吟一阵,终于承认在中国现况下只能有推行国家主义之一途,否则无以自存。罗素的论断给了我们很大的鼓励。从此,我们就是宣过誓的国家主义者了。

大江会不是政党,更不是革命党,亦不是利害结合的帮会集团,所以并没有坚固组织,亦没有活动纲领,会员增加到三五十人,《大江季刊》(上海泰东图书公司出版)出了两期,等到大部分人回国后各自谋生去,团体也就涣散了。

《琵琶记》的演出

一九二四年秋我到了麻州剑桥进哈佛大学研究院,先是和顾一樵先生赁居奥斯丁园五号,半年后我们约同时昭涵徐宗涑几位同学迁入汉考克街一五九号之五,那是一所公寓。这公寓房子相当寒伧,号称有家具设备,除了床铺和几张破烂桌椅之外别无长物,但是租价低廉,几个学生合住不但负担较轻,而且轮流负责炊事,或担任采购,或在灶前掌勺,或专管洗碗洗盘,吵吵闹闹,颇不寂寞。最妙的是地点适中,往东去是麻省理工学院,往西去是哈佛大学,所以大家都感满意。在剑桥的中国学生,不是在哈佛,就是在麻省理工。中国学生在外国喜欢麇居在一起,一部分是由于生活习惯的关系,一部分是因为和有优越感的白种人攀交,通常不是容易事,也不是愉快事。中国人走到哪里都有强烈的团体精神,实在是形势使然。我们的公寓,事实上是剑桥中国学生活动的中心之一。来往过客也常在我们这里下榻,帆布床随时供应。有一天我正在厨房做炸酱面,锅里的酱正在噗哧噗哧的冒泡,潘光旦带着另外三个闯了进来,他一进门就闻到炸酱的香味,死乞白赖的要讨一顿面吃,我慨然应允,我在小碗炸酱面里加进四勺盐,吃得大家狞眉皱眼,饭后拼命喝水。

平时大家读书都很忙,课外活动还是有的。剑桥中国学生会那一年主持人是沈宗濂,一九二五年春天不知怎的心血来潮,要演一出英语的中国戏,招待外国师友,筹划的责任落到一樵和我身上。讲到演戏我们是有兴趣的。我和一樵平素省吃俭用,时常舍得用钱去看戏,波斯顿 Copley Theater 是由一个剧团驻院经常演出的,我们是长期的座上客,细心观摩他们的湛深的演技。我悟得一点诀窍,也就是哈姆雷特奉劝演员的那些意见,演出时要轻松自然,不要过于剑拔弩张,不要张牙舞爪,到了紧要关头方可用出全副力量，把真情灌注进去。我们有一次看了谢立敦的《情敌》，又有一次看了品奈罗的《谭克雷续弦夫人》，看到表演精彩之处真如醍醐灌顶。我们对于戏剧如此热心，所以学生会筹划演戏之议我们就没有推辞。

一樵真是多才多艺，他学的是电机工程，念念不忘文学。诗词小说戏剧无一不插上一手。他负起编剧责任，选定了《琵琶记》。蔡伯喈的故事，流传已久，各地地方剧常常把它搬上舞台，把蔡伯喈形容成一个典型的不孝不义的人物。南宋诗人刘后村的"斜阳古道柳家庄，负鼓盲翁正作场。死后是非谁管得，满村所唱蔡中郎"是大家都熟知的一首诗。明初高则诚写《琵琶记》，就是根据这个古老的民间故事编的，不过在高则诚的笔下蔡中郎好像是一个比较可以令人同情的读书人了。全剧共二十四出，词藻丰赡。一樵只是撷取其故事骨干，就中郎一生，由高堂称床到南浦嘱别，由奉旨招婚到再报佳期，由强就鸾凤到书馆悲逢，这三大段落正好编成三幕，用语体写出。编成之后由我译成英文。琵琶记的原文，非常精彩，号称为南曲之祖，其中唱词尤为典丽，我怎能翻译？但是改成语体，编成话剧，便容易措手了。于是很快的译好，送到哈佛合作社代为复印多份，脚本告成。波斯顿音乐院里一位先生（英籍）帮我们制作布景，看到剧本，问我："这是谁译的？"我佯为不知，他说译文中有些美国人惯用的俗语羼杂在内,例如:"Go ahead"一语就不宜由一位文士对一位淑女来讲。我觉得他说得对,就悄悄的改了。

演员问题,大费周章。女主角赵五娘,大家一致认为在波斯顿附近的威尔斯莱女子学院的谢文秋女士最适宜于担任。谢小姐是上海人,风度好,活泼,而且口齿伶俐。她的性格未必适于这一角色,但是当时没有其他的选择。她慷慨的答应了。男主角蔡伯喈成了问题,不是找不到人,是跃跃欲试的人大有人在。某一位男士才高志大,又一位男士风流倜傥,都觉得扮演蔡伯喈胜任愉快。在争来争去的情形之下,一樵和我商量,要我出马。我提出一项要求,那就是先去征询谢小姐的意见,看她要不要这样的一个搭档。她没有异议。

我们的演员表大致是这样:

蔡中郎	梁实秋
赵五娘	谢文秋
丞相之女	谢冰心
牛丞相	顾一樵
丞相夫人	王国秀
邻人	徐宗涑
疯子	沈宗濂

此外还有曾昭抢，高长庚，波斯顿大学的两位华侨女生，都记不得担任的是什么角色了。我们是一群乌合之众，谁也没有多少经验，也没有专人导演，就凭一股热心，课余之暇自动的排演起来。

服装布景怎么办？事有凑巧，前此不久纽约的中国同学会很成功的演出了一出古装话剧《杨贵妃》，事实上我们的《琵琶记》也是受了《杨贵妃》的影响。主持《杨贵妃》上演的都是我们的朋友，如余上沅闻一多赵太侔等，所以我们就驰函求助。杨剧服装大部分是缝制之后由闻一多用水彩画不透明颜料画上图案，在灯光照耀之下华丽无比，其中一部分借给我们了。杨贵妃是唐朝人，蔡伯喈是汉朝人，服装式样有无差别，我们也顾不了许多。关于布景，一多有信给一樵：

一樵：

　　舞台用品……布景也许用不着我亲身来波城。只要把剧本同舞台的尺寸寄来，我便可以画出一套图案，注明用什么材料怎样的制造。反正舞台上不宜用平面的绘画，例如一个窗子最好用木头或厚纸制一个能开能阖的窗子，不当在墙上画一个窗子的模样，因为这样会引起错误的幻觉。总之，我把图案制就了，看他的构造是简单或复杂。如果不能不复杂，一定要我来，我是乐于从命的。再者也请告诉我你们在布景和服饰上能花多少的钱。

一多问好。

事实上一多在布景的绘图上尽了力，但是他没有到波斯顿来。来的是余上沅和赵太侔。余上沅是熟人，他是我们同船到美国来的，他的身份是教务处职员奉派随船照料我们的，他来到美国进入匹次堡戏院艺术学院，翌年到了纽约。赵太侔则闻其名而尚未谋面，一多特函介绍他给我们，特别强调一点，太侔这个人是真正的"a man of few words"，一个不大讲话的人，千万别起误会，以为他心有所惴。果然，太侔一到，不声不响，揎袖攘臂，抓起一把短锯，就锯木头制造门窗。经过他们二位几天努力，灯光布景道具完全就绪。

我们为了慎重起见，上演之前作一次预演，特请波斯顿音乐学院专任导演的一位教授前来指点。他很认真负责，遇到他认为不对的地方就大声喊停予以解说。对演员的部位尤其注意，改正我们很多的缺点。演到蔡伯喈和赵五娘团圆的时候，这位导演先生大叫："走过去，和她亲吻，和她亲吻！"谢文秋站在那里微笑，我无论如何鼓不起这一点勇气，我告诉他我们中

344

国自古以来没有这个规矩，他摇头不已。预演完毕，他把我拉到一边，正经的劝告我说："你下次演戏最好选一出喜剧，因为据我看你不适于演悲剧。"话是很委婉，意思是很明显的。我心里想，《琵琶记》不就是喜剧么？我又在想，这一次真是逢场作戏，难道还有下次？

上演的那天早晨，麻省理工学院的一位丁绪宝先生红头胀脸的跑来说："你们今晚要演出《琵琶记》，你们知道你们做的是什么事么？蔡伯喈家有贤妻，而负义糟糠，停妻再娶，是一位道地的多妻主义者。你们把他的故事搬上舞台，岂不要遭外人耻笑，误以为我们中国人都是多妻主义者？此事有关国家名誉，我不能坐视，特来警告，赶快罢手，否则我今晚不能不有适当手段对付你们。"我们向他解释，我把剧本一份送给他请他过目，并且特别声明我们的剧本是根据高明（则诚）的名著改编的。相传"有王四者，明与之友善，劝之应试，果登第，王即弃其妻而赘于不花太师家，明恶之，因作《琵琶记》以寓讽刺"。这样说来，《琵琶记》是讽刺。而且历史上的蔡中郎是怎样一个人姑不具论，单看高明写的蔡伯喈有怎样的谈吐：

"闲藤野蔓休缠也，俺自有正兔丝，亲瓜葛。"

"纵有花容月貌，怎如我自家骨血？"

345

"漫说道姻缘事果谐凤卜,细思之,经事岂吾意欲?有人在高堂孤独,可惜新人笑语喧,不知我旧人哭,兀的东床难教我坦腹!"

"几回梦里,忽闻鸡唱,忙惊觉,错呼旧妇,同问寝堂上。待朦胧觉来,依然新人鸳帏凤衾和象床。怎不怨香愁玉无心绪?更思想,被他拦当,教我怎不悲伤?俺这里欢娱夜宿芙蓉帐,他那里寂寞偏嫌更漏长!"

像这样的句子都可以证明高则诚没有把蔡伯喈形容成为负心人。我最后声明,我是国家主义者,我的爱国心决不后人。丁先生将信将疑,悻悻然去,临走时说:"我们走着瞧!晚上见!"这一整天我们心情很不安。

这一天是三月二十八日,晚间在波斯顿美术剧院正式演出。观众大部分是美国人士,包括大学教授及文化界人士,我国的学生及侨胞来捧场的亦不少,黑压压一片,座无虚席,估计在千人左右。先由在波斯顿音乐学院读书的王倩鸿女士致开会词,中国同学会主席沈宗濂致欢迎词,郭秉文先生演说,奏乐。都说了些什么,已不复记忆。上演之前还有这么多的繁文缛节,不愧为学生演戏。一声锣响,幕起。一幕,二幕,三幕,进行得很顺利,台上的人没有忘掉戏词,也没有添加戏词,台下的人也没有开闸，也没有往台上抛掷鸡蛋番茄。最后幕落，掌声雷动，几乎把屋顶震塌下来。千万不要误会，不要以为演出精彩，赢得观众的欣赏，要知道外国人看中国人演戏，不管是谁来演，不管演的是什么，他们大部都只是由于好奇。剧本如何，剧情如何，演技如何，舞台艺术如何，都不是最重要的，最重要的是那红红绿绿的服装，几根朱红色的大圆柱，正冠捋须甩袖迈步等等奇怪的姿态……《琵琶记》有几个人懂得，包括我们自己在内？剧中原有插曲一阕，由赵五娘抱着琵琶自弹自唱，唱词阙，意思是由演员自己选择。结果是赵五娘用四季相思小调唱"少小离家老大回，乡音无改鬓毛衰。儿童相见不相识，笑问客从何处来"。诗是唐朝的贺知章作的，唱的人赵五娘是东汉时人，这是多么显著的时代错误！事后也没有人讲话。

曲终人散，我们轻松愉快的到杏花楼去宵夜。楼梯咚咚响，跑上来一个人，又是丁绪宝先生，又是红头胀脸的，大家为之一怔。他走到我们面前，勉强的一笑，说："你们演得很好，没有伤害国家的名誉，是我误会了，我道歉！"随后就和我们握手而退。这一握手，使我觉得十分快慰，丁先生不但热爱国家，而且勇于认错。翌日《基督教箴言报》为文报道此一演出，并且刊出了我的照片，我当然也很快慰。但是快慰之情尚不及丁先生的那一握手。

闻一多事后写信给我,附诗一首:

实秋饰蔡中郎演琵琶记戏作柬之

一代风流薄幸哉! 钟情何处不优俳?

琵琶要作诛心论,骂死他年蔡伯喈!

(选自《梁实秋自传》,江苏文艺出版社,1997 年)

我的简单回忆(节选)

吕叔湘

吕叔湘(1904—1998),语言学家,教育家,1936年至1938年留学英国,在牛津大学、伦敦大学学习。

1936年2月(春节后)从上海动身,坐的是意大利凡尔第侯爵号,是个万吨级的客轮,它有一种经济二等舱,价钱公道,中国人乘坐的很多。(另有一艘罗莎侯爵号,两船是姊妹船,设备相同,来往对开,行驶远东航线。)路上停靠香港、新加坡、哥伦坡、孟买、赛得港五处,停泊时间8—12小时,都在白天,因为是客轮,载货不多,所以停靠时间不长。在意大利布林迭西港稍停即开往终点威尼斯,住了一晚,换乘火车(国际联运)一天半就到了伦敦。路上共23天。

我到伦敦是3月末,离秋季开学还有半年。那时杨人楩放春假来伦敦,我就随他一块到牛津,到人类学讲座(不成系)听课,讲课的是R. R. Marrett老先生,我译过他的一本小书,带了一本送他,他很高兴。可是他讲课是念讲稿,毫无听头。倒是人类学博物馆收藏相当丰富,馆长Balfour年纪也不小了,人极

349

好，每星期讲两次，边讲边看实物，很有道理。

在牛津认识了杨宪益（大家管他叫小杨，别于老杨杨人楩），那时他还没和戴乃迭结婚，都还是 undergraduate；钱锺书夫妇（钱锺书是 1934 年庚款生，杨绛是 1935 年去的）；俞大细、俞大缜姊妹（俞大缜是庚款生）；还有向达，是北京图书馆派去研究敦煌卷子并摄影的。到牛津是为大学中文藏书编目。向先生的外号是向大人，是东南大学的高班同学，可是在校时不认识。

在牛津有三个月。因为没有正式功课，很轻松，也就容易想家。我向来不作诗（尽管学过），可这时候忍不住要写几首。1966 年"文化大革命"时把旧信旧日记都烧了，把这几首诗另纸过录。诗当然是很浅露因而是幼稚的。

追录一九三六年五月旧作，忽忽三十年矣[今又二十年矣]

花飞牛渚送残春，笑语难忘旧梦新。

好鸟枝头频相弄，"虚名误尔尔误人"。（牛渚谓牛津）

悔逐孤舟万里行，一春未敢听黄莺。

开缄省识伤心字，字字分明和泪成。

愧我本无肉食相，累君竟作贾人妻。

如棋世事浑难说，大错都从铸后知。

自古伤情惟别离，两边眼泪一般垂。

此身未必终异域，会有买舟东下时。

又六月病愈作

小极便增别后思，郊游应已换春衣。

于思未可揽明镜，病起维摩学写诗。

牛津大学 7 月初放暑假（他们管它叫 Long vacation）。我和杨人楩去苏格兰旅游，在爱丁堡又有一位中国学生加入。夏天的苏格兰是很美的。

暑假后我回到伦敦。9 月开学，我选了三门课（科班学生要读五六门）：图书馆管理（地方图书馆、专业图书馆、地区和全国图书馆合作等等），参考书（英文的和欧洲各国重要的），分类编目。很多空闲，可以到 British Museum 去看书。这一年我住在 Gower St.，离学校（Univ.College）和 Brit.Mus.都很近。房费也便宜，住宿（包括 service）和早晚两餐，每星期两镑（我们的官费是每月 20 镑）。在这里我住到 1937 年 9 月，就搬到西北郊的

South Hill Park,直到 12 月去巴黎。

　　1936 年寒假我去外省几个城市参观它们的图书馆,有一天在报上看见蒋介石被张学良、杨虎城扣留的新闻,估计到国内的政治形势将有巨大变化。1937 年"七七事变"的时候我刚刚考完。最初的抗战新闻在英国报纸上还不被重视,到了"八一三"之后上海打起来了,英国报纸也跟着热闹起来,好几家报社都派了特派记者作专题报道。在伦敦的留学生也动起来了,搞报告会,搞"义卖"。东伦敦的华侨(人数约一两千,远不如美国的唐人街)也很关心国内的战事,可是很少人能看英文报,因此我们几个人——主要是陆晶清(王礼锡夫人)、向达(此时也已经从牛津转到伦敦)和我,此外还有两个小青年帮我们跑腿,如买纸、送报(一个是李烈钧的儿子、一个是陈铭枢的儿子)。这几个月我们经常在黄少谷住处碰头(他那里地方比较大),交换国内来信情报、凑捐款等等。除黄氏夫妇,还有王礼锡夫妇,杨人楩(已考完学位考试)、蒋彝(画家)、熊式一夫妇(不常来),还有黄少谷的一些国民党朋友。

　　我这时候急于回国,尤其在知道家里人已离开丹阳之后。我在 1937 年的 12 月同向达一起离开伦敦到巴黎,在巴黎住了一个多月,我等法国轮船的船票,向达等英国蓝烟囱公司的轮船(向达是北京图书馆介绍给牛津大学图书馆整理中文书的,约定了来回的船票由牛津负担，必须是英国船）。我们还抽空去了一趟德国，一个星期跑了柏林、慕尼黑、德累斯顿三个地方，那时候希特勒为了争取外汇，搞"登记马克"，换价便宜。

我是 1938 年 2 月中旬从马赛上船的，4 月初才到香港。上船之前已经得到家信，知道家里人已经到了长沙，所以我到香港第二天就到广州，第三天就坐上去武汉的火车。我到长沙的时候，吕程两家 17 个人已经离开长沙（长沙市已疏散人口），到了湘潭，住在湘江中间的一个极小的小岛，叫做杨梅洲。婆和她的哥哥程虚白到长沙来找我，长沙城市不小，旅馆不少，怎么找？也真巧，我到长沙就在街上遇到一个亲戚（我母亲娘家的一位表弟），他知道我住的旅馆，婆她们又在街上遇到他，这才找着我，一同去湘潭。在湘潭住了不到一个月，我得到浦江清的信，告诉我已经推荐给云南大学熊校长，让我去昆明找施蛰存。于是我们就和程家分开，我们经过香港、海防、河内去昆明，程家经过武汉去重庆。

（选自《书太多了》，东方出版中心，2009 年）

353

旅法札记[①]

巴 金

巴金（1904—2005），作家，翻译家，1927 年至 1928 年在法国勤工俭学。

我动身去法国的时候，的确抱着闭户读书的决心……我为这个旅行准备了将近一年，可是等到我办好手续上船的时候，正在北伐中的国民革命军已经逐渐逼近上海，全国革命浪潮一天天在高涨，孙传芳血腥统治的白色恐怖也越来越猖狂。我一个二十三岁的青年，却在这个时候，到外国去过寂寞的书斋生活！所以我刚刚在巴黎的小旅馆里住下，白天翻看几本破书，晚上到夜校去补习法文，我的年轻的心就反抗起来了：它受不了这种隐士的生活。在这人地生疏的巴黎，在这忧郁、寂寞的环境，过去的回忆折磨我，我想念我的祖国，我想念我的两个哥哥，我想念国内的朋友，我想到过去的爱和恨，悲哀和欢乐，受苦和同情，斗争和希望，我的心就像被刀子割着一样，那股不能

---

① 标题为编者所加，有删减。

扑灭的火又在我的心里燃烧起来。在这种时候我好像常常听见从祖国传来的战斗的呐喊。我越来越为自己感到惭愧：对于在祖国进行的革命斗争，我始终袖手旁观；我空有一腔热情，却只能在书本上消耗自己年轻的生命。每天晚上十一点以后，我从夜校出来，走在小雨打湿了的清静的街上，望着巴黎的燃烧一般的杏红色的天空，望着两块墓碑似的高耸在天空中的巴黎圣母院的钟楼，想起了许多关于这个"圣母院"的传说。我回到旅馆里，在煤气灶上煮好了茶，刚把茶喝完，巴黎圣母院的悲哀的钟声又响了，一声一声沉重地打在我的心上。

在这种时候我实在没法安静下来，上床睡觉。我有感情必须发泄，有爱憎必须倾吐，否则我这颗年轻的心就会枯死。所以我拿起笔，在一个练习本上写下一些东西来发泄我的感情，倾吐我的爱憎。每天晚上我感到寂寞时，就摊开练习本，一面听巴黎圣母院的钟声，一面挥笔，一直写到我觉得脑筋迟钝，才上床睡去。我写的不能说是小说。它们只是一些场面或者心理的描写，例如汽车轧死人，李冷遇见那个奇怪的诗人，等等。我下笔的时候，并没有想到要写出这样的东西，但是它们却适合我当时的心情。我有时写了又涂掉，有时就让它们留下来。在一个月中间我写了后来编成《灭亡》头四章的那些文字。它们原先只是些并不连贯的片段，我后来才用一个"杜大心"把它

355

们贯串起来……

以后我又写了像《爱与憎》(第十章)和《一个平淡的早晨》(第五章)那两章。我是在暴露我的灵魂,倾吐我的苦闷,表示我的希望。这里面也有我自己的经历,譬如在广元县衙门里养大花鸡;也有我自己的爱与憎的矛盾:我在跟我自己辩论。

二月十九日我到了巴黎。

朋友吴替我们在巴黎拉丁区一家古老旅馆的五层楼上租了一个房间。屋子狭小。窗整天开着,下面是一条清静的街,那里通常只有寥寥的几个行人。街角有一家小小的咖啡店,我从窗里也可以望见人们在大开着的玻璃门里进出。但是我却没有听到酗酒和赌博的闹声。正对面是一所大厦,这所古老的建筑物不仅阻拦了我的视线,也遮住了阳光,使我那间充满煤气和洋葱味的小屋子显得更忧郁,更阴暗了……

我的生活是很单调的,很呆板的。我每天上午到卢森堡公园里散步,晚上到 Alliance Francaise① 附设的夜校补习法文。白天就留在家里让破书蚕食我的年轻的生命。我在屋里翻阅那些别人不要读的书。常常在一阵难堪的静寂以后,空气忽然

———————————

① 法文,即法国文化协会。

356

震动起来,街道也震动了,甚至我的房间也震动了。耳边只是一片隆隆的声音,我简直忘记了我这个身子在什么地方,周围好像发生了巨大的骚动。渐渐地闹声消灭了。经验告诉我:一辆载重的卡车在下面石子铺的街上经过了。不久一切又归于静寂。我慢慢地站起来走到窗前,伸出头去看这条似乎受了伤的街,我又看街角的咖啡店,那里也是冷静的,有两三个人在那里喝酒哼小曲。于是我的心又被一阵难堪的孤寂压倒了。

晚上十一点钟以后我和卫从夜校出来,走在小雨打湿了的清静的街上,望着杏红色的天空,望着两块墓碑似的圣母院的钟楼,一股不能扑灭的火又在我的心里燃烧。我的眼睛开始在微雨中看见了一个幻境。有一次我一个人走过国葬院旁边的一条路,我走到了卢骚的铜像脚下,不自觉地伸出手去抚摩冰冷的石座,就像抚摩一个亲人,然后我抬起头仰望那个拿了书和草帽站着的巨人,那个被托尔斯泰称为"十八世纪的全世界的良心"的法国思想家。我站了好一会儿,我忘记了我的痛苦,一直到警察的沉重的脚步声使我突然明白自己活在怎样的一个世界里的时候。

每夜回到旅馆里,我让我的疲倦的身子稍微休息一下,就点燃煤气灶,煮茶喝。不久圣母院的悲哀的钟声又响了,沉重地打在我的心上……

那个时候还发生了一件令人震惊、愤怒的大事：蒋介石背叛革命，屠杀优秀的革命青年。我远在法国也听到一些消息，朋友们来信也简单地讲到一点。对我这个空喊革命的幻想家来说，这又是一个大的灾祸。真是苦恼处处都有。我感到极大的空虚。我立在卢骚的像前，对他诉说我的绝望，就是在那些夜里。

在这样的环境里过去的回忆又来折磨我。我想到在上海的生活，我想到那里的朋友和斗争，我想到过去的爱和恨，悲哀和欢乐，受苦和同情，希望和挣扎，我想到过去的一切，我的心就像被小刀割着一样。那股不能扑灭的烈焰又猛烈地燃烧起来。为了安慰这一颗寂寞的年轻的心，我开始把我从生活里得到的一点东西写下来。每天晚上我一面听圣母院的钟声，一面在一本练习簿上写一点类似小说的东西，这样在一个月里面我就写成了《灭亡》的前四章。后来又写了三章。

在巴黎光是听到圣母院的钟声就足以惹起这种孤独感了。就是在这段时间里，或者是为了表达这种孤独感吧，我第一次提起笔来写小说。圣母院的每一声钟声都响得这么长久——我无法入睡，于是我便写作。所以，可以说是在法国，因为在法国，我才学会了写小说。

358

那些日子正是萨柯（N. Sacco）与樊塞蒂（B. Vanzetti）的案件①激动全世界人心的时候。这两个意大利工人在美国的死囚牢中关了六年。他们在六年前受到诬告被判决死刑，上诉八次都遭驳斥。那个时候刚刚宣布了最后的决定——七月十日在电椅上烧死。整个巴黎都因为这件事情骚动起来了。我住在拉丁区一家旅馆的五层楼上，下面是一条清静的小街，街角有一家小咖啡店。咖啡店门口就贴了《死囚牢中的六年》的大幅广告，印着"讲演会""援救会""抗议会"的开会日期。报纸上每天也用不小的篇幅刊载关于他们的事情，他们写的书信和文化界人士联名发表的请求重审或减刑的申请书。工人们到处开会发出抗议的吼声，到美国大使馆门前示威。我有一天读到了樊塞蒂自传《我的生活的故事》的摘录，有几句话使我的心万分激动：

> 我希望每个家庭都有住宅，每张口都有面包，每个心灵都受到教育，每个人的智慧都有机会发展。

---

① 巴金回国后为这个案件写过两个短篇《我的眼泪》和《电椅》，其中也记录了他自己的思想与活动。

我不再徒然地借纸笔消愁了。我坐在那间清静的小屋子里，把我的痛苦、我的寂寞、我的挣扎、我的希望……全写在信纸上，好像对着一个亲人诉苦一样，我给美国死囚牢中的犯人樊塞蒂写了一封长信。信寄到波士顿，请萨樊救援委员会转交。信寄发以后我也参加了救援这两个意大利工人的斗争……

一个阴雨的早晨我意外地收到了从波士顿寄来的邮件：一包书和一封信。信纸一共四大张，还是两面写的。这是樊塞蒂在死囚牢中写的回信。他用恳切的话来安慰、勉励我，叫我"不要灰心，要高兴"。他接着对我谈起人类的进化和将来的趋势，他谈到了但丁，莎士比亚，巴尔扎克以及别的许多人。他说他应当使我明白这些，增加我的勇气来应付生活的斗争。他教我：要忠实地生活，要爱人，要帮助人。

我把这封信接连读了几遍，我的感动是可以想象到的。我马上写了回信去。在这几天里我兴奋得没有办法的时候，又在练习本上写了一点东西，那就是《立誓献身的一瞬间》(第十一章)了。

不久我因为身体不好，听从医生的劝告，又得到一位学哲学的安徽朋友的介绍，到玛伦河畔的小城沙多—吉里去休养，顺便在沙城中学念法文……我在那个小城里得到樊塞蒂的第二封信。他开头就说:"青年是人类的希望。"他仍然用乐观的调子谈到未来的变革和人类的前途。信是七月二十三日写的。他们两人的刑期已经被麻省的省长推迟了一个月。在八月十日的晚上我焦急地等待着从美国来的消息。那个小城没有晚报。我除了三四个中国同学外就没有一个熟人,我无法打听消息。我坐在书桌前翻读旧报纸。我看到前些天法国救援会的两个电报。一个是给萨柯的:"刚刚读了你给你小女儿的告别信,它使得一切有良心的人都感动了。人家读了这封信以后还能够杀你吗? 我们爱你,我们怀着希望。"另一个电报是给樊塞蒂的:"我们很悲痛,然而全世界都站在你们这一边,我们不相信美国就会立在反对的地位。你们要活着。你妹妹今晚上船,她应该来得及跟你拥抱,并且替我们吻你。"我的心好像给放在火上煎熬一样,我没法安静下来。我又找出练习本,在空白页上胡乱地写下一些句子,我不假思索地写了许多。有些字句连我自己也认不清楚,有些我以后就用在我的小说里面,《灭亡》第十三章中"革命什么时候才会来"的问题,第二十章中"爱与憎"的争论等等都是后来根据这些片段重写的。

　　八月十一日下午我读到当天巴黎的日报,才知道昨夜临刑前二十六分钟麻省省长又把两个意大利工人的死刑执行期推迟了十二天。报纸上更掀起了抗议的高潮。……二十二日的夜里我不再像十二天以前那样地痛苦了。我相信美国政府不敢杀死这两个人。我想他们很可能用缓刑或者减刑的办法来缓和全世界人民尤其是工人阶级的愤怒,因为这些日子里正如美国的《民族》周报所说:"在国外任何一个地方只要挂起美国国旗,就得找人保护",在世界各大城市的美国使馆或者美国领事馆都受到示威群众的包围。

但是我完全想错了。波士顿的午夜是巴黎的早晨五点钟,二十二日午夜萨柯和樊塞蒂的死刑是否准时执行,二十三日的巴黎日报上来不及刊登消息。……一直到二十四日下午才在当天的巴黎《每日新闻》上读到那个可怕的消息。我第一眼就看见这样的句子:

> 罪恶完成了。……两个无罪的人为着增加美国官僚的光荣牺牲了……

同时我收到一个朋友从巴黎寄来的一张明信片,写着:"两个无罪的人已经死了!现在所等的是那有罪的人的死!我告诉你:不会久候的!"

合法的谋杀终于成功了。我所敬爱的人终于死在电椅上面。我绝望地在屋子里踱了半天。那个时候我一个人住在中学校饭厅楼上一个大房间里面。学校还没有开学，整个学校里除了一对年老的门房夫妇外，就只有四五个中国同学。这写了一天的信，寄到各处去，提出我对那个"金圆国家"的控诉。但是我仍然无法使我的心安静。我又翻出那个练习本把我的心情全写在纸上。一连几天里面我写成了《杀头的盛典》《两个世界》和《决心》三章，又写了一些我后来没有收进小说里的片段。

（那时）我仍然住在玛伦河上那个小城里，过着安静的生活。有一天我接到了我大哥的来信。他的信里常常充满感伤的话。他不断地谈到他的痛苦和他对我的期望。我们间的友爱越来越深，但是我们的思想的距离越来越远。他不但要我和三哥扬名显亲，还盼望我们同他一起维持我们那个家庭和连他自己也并不满意的那种生活方式。我觉得我要走自己选择的道路，终于要跟他分开。我应当把我心里的话写给他。然而我又担心他不能了解。我又怕他受不了这个打击。想来想去，我想得很痛苦。但是最后我想出办法来了。我从箱子里取出了那个练习本（可能是两本或三本了），我翻看了两三遍。我决定把过去写的那许多场面、心理描写和没头没尾的片段改写成一部小说，给我的大哥看，让他更深地了解我。就像我后来在《灭亡·自序》上所说的那样："我为他写这本书。我愿意跪在他的面前,把书献给他。如果他读完以后能抚着我的头说:'孩子,我懂得你了,去罢,从今以后你无论走到什么地方,你哥哥的爱总是跟着你的。'那么我就十分满足了。"

这样我就认真地写起小说来了。我写了《李冷和他的妹妹》(第六章),我写了《生日的庆祝》(第七章),我写了《杜大心和李静淑》(第九章)。每天早晨我常常一个人到学校后面那个树林里散步。林子外是一片麦田,空气里充满了麦子香,我踏着柔软的土地,听着鸟声,我的脑子里出现了小说中的世界,一些人物不停地在我的眼前活动,他们帮助我想到一些细小的情节。散步回校,我就坐在书桌前,一口气把它们全写下来。不到半个月的功夫我写完了《灭亡》的其余各章。这样我的小说就算完成了。在整理和抄写它的时候,我又增加了一章《八日》(第十六章),和最后一章的最后一段。我用五个硬纸面的练习本抄写了我的第一本小说。我还在前面写了一篇《自序》和"献给我的哥哥"的一句献辞。《自序》上提到的"我的先生"就是樊塞蒂。

(选自《巴金自叙:掏出自己燃烧的心》,山西教育出版社,2002年)

东京的书店街

常任侠

常任侠（1904—1996），艺术考古学家，东方艺术史研究专家，诗人，1935年至1936年留学日本，在东京帝国大学文学院学习，研究东方艺术史和丝绸之路的文化交流。

我曾经勾留过的都市，书店总去巡礼过，尤其是旧书店，对我有更深的嗜好。在东京，因为住的地方在神田，门前即是书店街，左邻右舍全是书店，所以更常去翻检一些旧书，作为闲暇时的娱乐。

东京的书店街，是在神田区，尤其集中于神保町一带。旧书店的数目，大概占全数百分之八十以上。新书店最大的是三省堂、东京堂以及丸善等，里面是兼售中西书籍文具的。旧书店大的是岩松堂、一诚堂、稻垣、北泽、松村、岩波、悠久堂、东书店、三光堂、奥野、古贺、松崎等，里面有着不少珍贵希见的本子。在东京旧书店的生意都很大，而且书肆的主人，往往对于本国的以及外国的书籍，都能够识货，晓得书的价值，所以好的不会贱价，而价格太贱的货品，就也不会如何好。大的旧书店如一诚堂、岩松堂等，都是规定的价格，不能减损，想便宜也是无从便宜的。

书店的分布，由神保町向东，一直到骏河台，向西一直到九段，向北一直到水道桥，靖国通算是中心，最盛、最大的书店，都在这里，因为书店多，学校多，所以神田被称为东京的文化区。

在这些书店里，我曾看见过好些可爱的书籍，往往因为价格高，不能得到手，看一看，终于又给端正地放在陈列的橱里了。但是过两天，又要去看看，看被人买去没去，而爱惜的心情，仿佛比我自己所有的书籍还要更加亲切。

我欢喜的书籍里，日本版比较少，欧美版比较多，尤其是精美插画的书，与关于美术的书，更为我所嗜好。比如琵亚词侣的画集三大册，线条是那样美，而且还有彩色画，为往时所未见，这第一为我所爱好。

其他如三色版精美插绘的《一千零一夜》，如三色版精绘本的《鲁拜集》，如三色插绘本的雪莱的《含羞草》，这些精装的大册，每册定价都在十元以上。还有英国的黄表纸志，这十几本精装书，老是放着作为店头装饰的，我每一次走过，总每次牵住我的眼睛。此外一本爱仑坡的神秘故事，那著名的英国插绘家亨利·可雷克的恶魔派的线条画，也像使我中了魔似的，老是不能忘记。同是可雷克插绘的书，在国内，我曾购有一册美国本的《浮士德》，看起来，仿佛比之琵亚词侣的画，恶魔气息还要更重的。

在一次各书店联合开的古旧艺术书籍展览会中，曾看见好些可爱的希有的本子，有一厚册俄国出版的专讲民俗艺术的书，中间三色版的插图，几乎每页都有着，那样朴美与可爱，可以看出俄人民俗的风习，但是因为价格高，终于没有买。另外一册《世界木刻杰作选》，是非常精美的。价格自然也很高，我正在踌躇着，想要购买来，但是已被他人立刻付了代价了。至今尚未见第二次同样的本子。

我也买过几本自己所欢喜的书籍；在某次展览会中，曾买到一本《英美现代书籍的插画》，中间木刻也很多，因为是专讲插画的书，所以各种派别都有着，而趣味也是多方面的。比如杨骚近来出版的诗集《生命的微痕》，那封面，也就是本书所收插图的一页。作画者是 Rockwell Kent 氏，原在 Chaucer 的 Canterbury Tales 上采来的。又曾买到一本三色版插绘的《堂吉诃德传》，这是出版得较早的，在东京也不曾再见。

另外因为自己很想研究中亚细亚的艺术与宗教，曾买到德国本的一册《土尔其艺术》，一册《波斯艺术》，另外两册日本全译的《可兰经》。这书因为是非卖品，所以虽是日本版，价格仍然不便宜。

日文旧书，我收的以诗集为多，小说戏剧次之，成套的总集，还未去购买。

蕗谷虹儿的诗画集，曾寻到三册，有一册《睡莲之梦》以前被朝华社翻印过，那时曾引起我的欢喜，至今兴趣已比较淡薄，不过因其在旧书店中，还不易多见而已。其他有几册是作者签名本，也不易多得。在日本，签名本与限定本，也同样被珍视着。

日本因为抵制外来货，即是书籍艺术品，舶来品也特别贵，不过书店中陈列的几套文艺书，凡是日本版，一过时都很便宜，比如一部《世界戏曲全集》，精装四十多本，也只要十余元，这对于读书人是很为有利的。

除了书店之外，还有夜市的书摊，欢喜看看的，一个摊子一个摊子翻过去，也尽够消磨两个钟头，偶然也可以买到好书。因为从神保町一直排列到骏河台，书摊也是无数的。一些欢喜在都市中夜散步的朋友，这正可驻一驻疲足。

四月十八日夜在东京

(原载《中央日报·副刊》,1935 年 4 月 30 日至 5 月 4 日)

巴黎的书摊

戴望舒

戴望舒（1905—1950），现代诗人，翻译家，1932 年
至 1935 年留学法国，在巴黎大学、里昂中法大学
学习。

在滞留巴黎的时候，在羁旅之情中可以算做我的赏心乐事
的有两件：一是看画，二是访书。在索居无聊的下午或傍晚，我
总是出去，把我迟迟的时间消磨在各画廊中和河沿上的。关于
前者，我想在另一篇短文中说及，这里，我只想来谈一谈访书的
情趣。

其实，说是"访书"，还不如说在河沿上走走或在街头巷尾
的各旧书铺进出而已。我没有要觅什么奇书孤本的蓄心，再
说，现在已不是在两个铜元一本的木匣里翻出一本 Pâtissier
français 的时候了。我之所以这样做，无非为了自己的癖好，就
是摩挲观赏一回空手而返，私心也是很满足的，况且薄暮的塞
纳河又是这样地窈窕多姿！

我寄寓的地方是 Rue de L'Echaudé①，走到赛纳河边的书摊，只须沿着赛纳路步行约摸三分钟就到了。但是我不大抄这近路，这样走的时候，赛纳路上的那些画廊总会把我的脚步牵住的，再说，我有一个从头看到尾的癖，我宁可兜远路顺着约可伯路、大学路一直走到巴克路，然后从巴克路走到王桥头。

　　赛纳河左岸的书摊，便是从那里开始的，从那里到加路赛尔桥，可以算是书摊的第一个地带，虽然位置在巴黎的贵族的第七区，却一点也找不出冠盖的气味来，在这一地带的书摊，大约可以分这几类：第一是卖廉价的新书的，大都是各书店出清的底货，价钱的确公道，只是要你会还价，例如旧书铺里要卖到五六百法郎的勒纳尔（J. Renard）的《日记》，在那里你只需花二百法郎光景就可以买到，而且是崭新的。我的加梭所译的赛尔房德思的《模范小说》，整批的《欧罗巴杂志丛书》，便都是从那儿买来的。这一类书在别处也有，只是没有这一带集中吧。其次是卖英文书的，这大概和附近的外交部或奥莱昂车站多少有点关系吧。可是这些英文书的买主却并不多，所以花两三个法郎从那些冷清清的摊子里把一本初版本的《万牲园里的一个

---

　　①　本文后又发表在一九四五年七月二十二日和二十九日的《香岛日报·日曜文艺》（第四一五期）上，此处作者自译为"莱秀代路"。

人》带回寓所去，这种机会，也是常有的。第三是卖地道的古版书的，十七世纪的白羊皮面书，十八世纪饰花的皮脊书，等等，都小心地盛在玻璃的书框里，上了锁，不能任意地翻看，其他价值较次的古书，则杂乱地在木匣中堆积着，对着这一大堆你挨我挤着的古老的东西，真不知道如何下手。这种书摊前比较热闹一点，买书大多数是中年人或老人。这些书摊上的书，如果书摊主是知道值钱的，你便会被他敲了去，如果他不识货，你便占了便宜来。我曾经从那一带的一位很精明的书摊老板手里，花了五个法郎买到一本一七六五年初版本的 Du Laurens 的 Imirce①，至今犹有得意之色：第一因为 Imirce 是一部禁书，其次这价钱实在太便宜也。第四类是卖淫书的，这种书摊在这一带上只有一两个，而所谓淫书者，实际也仅仅是表面的，骨子里并没有什么了不得，大都是现代人的东西，写来骗骗人的。记得靠近王桥的第一家书摊就是这一类的，老板娘是一个四五十岁的虔婆，当我有一回逗留了一下的时候，她就把我当作好主顾而怂恿我买，使我留下极坏的印象，以后就敬而远之了。其实那些地道的"珍秘"的书，如果你不愿出大价钱，还是要费力气角角落落去寻的，我曾在一家犹太人开的破货店里一大堆废

---

① 发表在《香岛日报》上时，作者自译为"杜·罗朗思的《伊米尔思》"。

371

书中，翻到过一本原文的 Cleland 的 *Fonny Hill*[①]，只出了一个法郎买回来，真是意想不到的事。

从加路赛尔桥到新桥，可以算是书摊的第二个地带。在这一带，对面的美术学校和钱币局的影响是显著的。在这里，书摊老板是兼卖版画图片的，有时小小的书摊上挂得满目琳琅，原张的蚀雕，从书本上拆下的插图，戏院的招贴，花卉鸟兽人物的彩图，地图，风景片，大大小小各色俱全，反而把书列居次位了。在这些书摊上，我们是难得碰到什么值得一翻的书的，书都破旧不堪，满是灰尘，而且有一大部分是无用的教科书、展览会和画商拍卖的目录。此外，在这一带我们还可以发现两个专卖旧钱币纹章等而不卖书的摊子，夹在书摊中间，作一个很特别的点缀。这些卖画卖钱币的摊子，我总是望望然而去之的（记得有一天一位法国朋友拉着我在这些钱币摊子前逗留了长久，他看得津津有味，我却委实十分难受，以后到河沿上走，总不愿和别人一道了），然而在这一带却也有一两个很好的书摊子。一个摊子是一个老年人摆的，并不是他的书特别比别人丰富，却是他为人特别和气，和他交易，成功的回数居多。我有一

---

① 发表在《香岛日报》时，此句为"翻到过一本一九四九年李实版的《山芳回忆录》"。

本高克多（Cocteau）亲笔签字赠给诗人费尔囊・提华尔（Fernand Divoire）的 *Le Grand Ecart*，便是从他那儿以极廉的价钱买来的，而我在加里马尔书店买的高克多亲笔签名赠给诗人法尔格（Fargue）的初版本 *Opéra*，却使我花了七十法郎。但是我相信这是他错给我的，因为书是用蜡纸包封着，他没有拆开来看一看；看见了那献辞的时候，他也许不会这样便宜卖给我。另一个摊子是一个青年人摆的，书的选择颇精，大都是现代作品的初版和善本，所以常常得到我的光顾。我只知道这青年人的名字叫昂德莱，因为他的同行们这样称呼他，人很圆滑，自言和各书店很熟，可以弄得到价廉物美的后门货，如果顾客指定要什么书，他都可以设法。可是我请他弄一部《纪德全集》，他始终没有给我办到。

可以划在第三地带的是从新桥经过圣米式尔场到小桥这一段。这一段是赛纳河左岸书摊中的最繁荣的一段。在这一带，书摊比较都整齐一点，而且方面也多一点，太太们家里没事想到这里来找几本小说消闲，也有；学生们贪便宜想到这里来买教科书参考书，也有；文艺爱好者到这里来寻几本新出版的书，也有；学者们要研究书，藏书家要善本书，猎奇者要珍秘书，都可以在这一带获得满意而回。在这一带，书价是要比他处高一些，然而总比到旧书铺里去买便宜。健吾兄觅了长久才在圣米式尔大场的一家旧书店中觅到了一部《龚果尔日记》，花了六百法郎喜欣欣的捧了回去，以为便宜万分，可是在不久之后我就在这一带的一个书摊上发现了同样的一部，而装订却考究得多，索价就只要二百五十法郎，使他悔之不及。可是这种事是可遇而不可求的，跑跑旧书摊的人第一不要抱什么一定的目的，第二要有闲暇有耐心，翻得有劲儿便多翻翻，翻倦了便看看街头熙来攘往的行人，看看旁边赛纳河静静的逝水，否则跑得腿酸汗流，眼花神倦，还是一场没结果回去。话又说远了，还是来说这一带的书摊吧。我说这一带的书较别带为贵，也不是胡说的，例如整套的 Echanges[①] 杂志，在第一地带中买只须十五个法郎，这里却一定要二十个，少一个不卖；当时新出版原价是二十四法郎的 Céline 的 Voyage au bout de la nuit[②]，在那里买也非十八法郎不可，竟只等于原价的七五折。这些情形有时会令人生气，可是为了要读，也不得不买回去。价格最高的是靠近圣米式尔场的那两个专卖教科书参考书的摊子。学生们为了要用，也不得不硬了头皮去买，总比买新书便宜点。我从来没有做过这些摊子的主顾，反之他们倒做过我的主顾。因为我用

---

① 发表在《香岛日报》时，作者自译为"《交流》"。
② 发表在《香岛日报》时，作者自译为"赛林的《夜尽的旅行》"。

不着的参考书,在穷极无聊的时候总是拿去卖给他们的。这里,我要说一句公平话:他们所给的价钱的确比季倍尔书店高一点。这一带专卖近代善本书的摊子只有一个,在过了圣米式尔场不远快到小桥的地方。摊主是一个不大开口的中年人,价钱也不算顶贵,只是他一开口你就莫想还价,就是答应你还也是相差有限的,所以看着他陈列着的《泊鲁思特全集》,插图的《天方夜谭》全译本,Chirico① 插图的阿保里奈尔的 Calligrammes,也只好眼红而已。在这一带,诗集似乎比别处多一些,名家的诗集花四五个法郎就可以买一册回去,至于较新一点的诗人的集子,你只要到一法郎或甚至五十生丁的木匣里去找就是了。我的那本仅印百册的 Jean Gris② 插图的 Reverdy③ 的《沉睡的古琴集》,超现实主义诗人 Gui Rosey④ 的《三十年战争集》等等,便都是从这些廉价的木匣子里翻出来的。还有,我忘记说了,这一带还有一两个专卖乐谱的书铺,只是对于此道我是门外汉,从来没有去领教过罢了。

从小桥到须里桥那一段,可以算是河沿书摊的第四地带,

---

① 发表在《香岛日报》时,此处作者自译为“契星戈”。
② 发表在《香岛日报》时,作者自译为“若望·格里”。
③ 发表在《香岛日报》时,作者自译为“勒凡尔第”。
④ 发表在《香岛日报》时,作者自译为“季·罗素”。

也就是最后的地带。从这里起,书摊便渐渐地趋于冷落了。在近小桥的一带,你还可以找到一点你所需要的东西,例如有一个摊子就有大批 N. R. F. 和 Grasset① 出版的书,可是那位老板娘讨价却实在太狠,定价十五法郎的书总要讨你十二三个法郎,而且又往往要自以为在行,凡是她心目中的现代大作家,如摩里阿克,摩洛阿,爱眉(Aymé)等,就要敲你一笔竹杠,一点也不肯让价;反之,像拉尔波,茹昂陀,拉第该,阿朗等优秀作家的作品,她倒肯廉价卖给你。从小桥一带再走过去,便每况愈下了。起先是虽然没有什么好书,但总还能维持河沿书摊的尊严的摊子,以后呢,卖破旧不堪的通俗小说杂志的也有了,卖陈旧的教科书和一无用处的废纸的也有了,快到须里桥那一带,竟连卖破铜烂铁、旧摆设、假古董的也有了;而那些摊子的主人呢,他们的样子和那在下面赛纳河岸上喝劣酒、钓鱼或睡午觉的街头巡阅使(Clochard),简直就没有什么大两样。到了这个时候,巴黎左岸书摊的气运已经尽了,你的腿也走乏了,你的眼睛也看倦了,如果你袋中尚有余钱,你便可以到圣日尔曼大街口的小咖啡店里去坐一会儿,喝一杯儿热热的浓浓的咖啡,然

———————

① 发表在《香岛日报》时,作者自译为"法兰西新评论社和格拉赛书店"。

376

后把你沿路的收获打开来，预先摩挲一遍，否则如果你已倾了囊，那么你就走上须里桥去，倚着桥栏，俯瞰那满载着古愁并饱和着圣母祠的钟声的，赛纳河的悠悠的流水，然后在华灯初上之中，闲步缓缓归去，倒也是一个经济而又有诗情的办法。

说到这里，我所说的都是赛纳河左岸的书摊，至于右岸的呢，虽则有从新桥到沙德莱场，从沙德莱场到市政厅附近这两段，可是因为传统的关系，因为所处的地位的关系，也因为货色的关系，它们都没有左岸的重要。只在走完了左岸的书摊尚有余兴的时候或从卢佛尔（Louvre）出来的时候，我才顺便去走走，虽然间有所获，如查拉的 *L'homme approximatif*① 或卢梭（Henri Rousseau）的画集，但这是极其偶然的事；通常，我不是空手而归，便是被那街上的鱼虫花鸟店所吸引了过去。所以，原意去"访书"而结果买了一头红颈雀回来，也是有过的事。

载《宇宙风》四十五期，一九三七年七月十六日

(选自《戴望舒全集·散文卷》，中国青年出版社，1999 年)

---

① 发表在《香岛日报》时，作者自译为《大板诗集》。

海德贝格纪事(节选)

冯 至

冯至(1905—1993),现代诗人,德国文学研究专家,1930 年至 1935 年留学德国,在海德堡大学、柏林大学学习,1935 年获海德堡大学哲学博士学位。

1933 年春到 1935 年夏,我又在海德贝格住了两年多。这次重来,山河无恙,人事已非。徐琥、梁宗岱早已回国,久无消息。鲍尔在南欧各地行踪不定。继任宫多尔夫讲座的是阿莱文教授。我参加过一个学期他开设的研究班,不久因为他是犹太族被解职了。著名的哲学家雅斯丕斯和艺术史家戈利塞巴赫都有犹太族的妻子,他们还继续讲课,但是心里知道,早晚会有那么一天,不得不离开他们工作多年的处所(果然,我 1935 年回国后,他们都先后被解聘了)。在他们的课室里仍然挤满听讲的学生,可是笼罩着一种不知明天将要怎样的不安气氛。学校里再也没有左右两派学生的斗争,只看见身穿冲锋队、党卫队服装的纳粹学生横冲直闯;也有一部分学生噤若寒蝉,有的敢跟比较要好的外国同学说几句不满或讽刺的话。一向受人称赞的存在主义哲学家海德格尔和表现派诗人贝恩也大声疾呼地颂扬那个既没有哲学也没有诗的"领袖",使人惶惑不解。(半个世纪以后,有一回,偶然和一位德国朋友谈起这两个人,他不无惋惜地说,这是他们传记里黑色的一章。)有时大学前的广场上点起熊熊烈火,眼看着亨利希·曼、托玛斯·曼、施特凡·茨威格等人的书一本本地被投入火焰。前边提到的我在8月里的一天访问了宫多尔夫夫人,可以说是一个消逝了的时代的回光返照。

我这时做些什么呢?我只有读我愿意读的书,听我愿意听的课。为了将来回国有个交代,找一位思想比较开明的教授,在他的指导下写博士论文。这教授姓布克,徐琥曾署名徐梵澄在《星花旧影》一文中说他给鲁迅写信谈到布克,说布克"思想比较开明,在美国讲过学,已秃顶了,上课照例不带讲稿"。有一趟我告诉他易卜生的剧本在中国多有翻译了,他听了很高兴。次日在课堂讲世界文学思潮传播之迅速,在东方的日本、中国、南洋各地,思想之传播多是先于作品的翻译云云。他时常引据狄尔泰的《体验与诗》及勃兰兑斯的《19世纪文学主潮》,算是相当进步了,却未尝根据唯物史观立论(见《鲁迅资料研究》第十一辑152页)。

我仍然住在1931年住过的鸣池街15号。房东辛德勒夫人的丈夫已逝世多年，有一儿一女，儿子约二十五六岁，女儿二十岁左右。她的丈夫可能曾经是某工厂或某公司的经理，人们都称呼她经理太太。这个人家非常清静，与世无争，女儿天天出去上班，儿子似乎从小就娇生惯养，终日自由自在，无所事事。在这里住着，更是与现实隔离，与时代脱节。有时也和个别的德国同学以及学医、学法律的中国同学交往，可是再也不能像和徐琥、梁宗岱、鲍尔那样畅谈文学艺术、交流思想了。这时我要感谢姚可昆，她在海德贝格学哲学、文学，我们共同享受着、分担着这里的寂寞。我们不知有过多少次在我住室的凉台上望着晨雾慢慢散开，望着落日缓缓西沉，也难忘在内卡河畔、在鲜花盛开的果树林里没有止境、没有终点的散步。我们也百无聊赖地联句拼凑打油诗，记得有一首七律，为首的两句是"他年重话旧游时，难忘春城花满枝"。

1944 年后，我又有 3 次重来海德贝格。这 3 次是在 1979 年、1982 年、1987 年，正巧都是 6 月。

第一次，我参加中国社会科学院代表团访问联邦德国。6 月 20 日我们从图宾根乘汽车出发，驶过内卡葛闵特，沿着内卡河畔进入海德贝格。首先的印象跟 1944 年前一样，仍然是山河无恙，而且街道两旁也没有什么变化。在战争时，德国许多城市一度成为废墟，海德贝格却没有遭受轰炸，保持完好。下午4时半，到达海德贝格西郊新建的欧罗大旅馆。没想到，旅馆的大厅里有9个台湾留学生在等候我们。其中有4人是从法兰克福赶来的。他们显示出想和大陆同胞见面的迫切心情。他们有的学政治、经济、社会学，有的学哲学、文学，却没有人是学理科或医科的。我也为了首次遇见在台湾成长起来的青年感到高兴。略作交谈后，他们跟我们一起到了大学广场。我重新瞻仰了大学的旧楼、新楼，外表也是和1944年前没有两样。新楼于1931年落成时，宫多尔夫为此提的铭语"献给生动的精神"仍然完整地镶刻在楼正面雅典娜女神雕像的上边。到了哲学研究室门前，哲学系主任亨利希正在门外准备回家，见我们来了，立即转身回来，热情招待我们参观室内的藏书。随后一部分台湾同学特意陪同我一个人走上山坡，访我在鸣池街的旧居。门牌的号数没有改变，仍旧是15号。旧日房东的女儿已经不是辛德勒小姐，而是满头华发的邵尔夫人了。她说，遗憾的是她的哥哥在10天前死去了。她热情地请我到屋里坐一坐。由于时间不够，我感谢她的好意，在房门前与她合影留念便辞去了。

第二天，我访问了日耳曼学研究室、东方美术研究室和大学图书馆后，在保留着文艺复兴建筑风格的骑士饭店午餐，与哲学家兼文艺评论家噶达迈尔会晤。噶达迈尔曾继任雅斯丕斯讲座,现已退休。他跟我谈了些文艺问题,他认为格奥尔格、里尔克、霍夫曼斯塔尔是20世纪德语文学中最杰出的诗人。在当代诗人中,他推崇采岚。他写过一本书阐释采岚的诗,题为《我是谁和你是谁?》。他还说,人们对于19世纪的诗风感到厌烦,要用新的创作方法,表达现代人的思想感情。

3年后,1982年,又是6月,我第二次到海德贝格。因为从1日至4日参加"歌德与中国—中国与歌德"国际学术讨论会,无暇外出。5日是星期六,在德国等于是星期日,我得暇在大街小巷温习温习往日熟悉的地方。60年代至70年代,学生运动在海德贝格最活跃,至今墙壁上还残存着油墨写的标语。也看到一些想不到的新奇景象:街旁有青年人三五成群,横躺竖卧地弹着吉他唱歌,颇有19世纪初期浪漫派的情调;又有成群印度教黑山派的信仰者披着黄袈裟,且歌且舞,在街心走过,这些人好像在"逆反"科学技术高度发展的现代文明;还有男女学生在大学广场上骑着自行车游行,他们要求海德贝格减少汽车行驶,代之以自行车。这不禁使我想起3年前噶达迈尔向我说的一句话:"从前人们信仰上帝,如今汽车主宰人。"

5年后,1987年,也是6月,我第3次到海德贝格,姚可昆与我同来。6月上旬,正当基督教圣灵降临节前后的几天,海德贝格大学的历史学家拉甫教授驾驶汽车引导我们游览许多地方,有的是旧地重游,有的从前没有去过。一天上午,重访鸣池街15号的旧居,不料人去楼空,房已易主。新的房主人刚把这所房子买下,还没有迁入,正在修缮。他告诉我,邵尔夫人已逝世。他允许我们走上楼看一看我从前住过的房间。我们穿过房间到凉台上立了许久,舍不得立即走去。眺望西方的远景,当年是一片田园风光,如今有更多的高楼耸立了。这中间,50多年的寒暑从我们身边过去了——确切地说,在这全世界发生巨大变化的半个多世纪内,不是寒暑从我们身边走过,而是我们穿行了50多年的严寒和酷暑。当然,这中间也有过风和日暖的春秋佳日。我常常嘲笑过去,说那时是多么幼稚!可是在继续不断变化的新形势下,我又成熟了多少呢?我很怀疑。

(1988年3月)

(选自《旅德追忆:二十世纪几代中国留德学者回忆录》,商务印书馆,2000年)

我的导师马第埃先生[①]

黎东方

> 黎东方(1907—1998),历史学家,1928 年至 1931
> 年留学法国,在巴黎大学学习,1931 年获巴黎大学文
> 科博士学位。

拜师

我在那银行索债的插曲以前,已经拜了巴黎大学法国大革命史讲座马第埃(Albert Mathiez)教授为师。

我的本行,是历史,而不是外交史。出国以前,我下过决心:依照孔云卿(繁矞)先生的指示,作深入西洋史的研究,探取西洋史家的治史方法,于回国以后用来治中国史。

因此之故,我在巴黎大学图书馆找出塞诺波先生与朗格罗瓦先生所合著的《历史研究入门》的法文原本,仔细地重新体会

---

① 标题为编者所加,有删减。

一番。此书的英文译本，我早就在清华念过一遍（是在北京饭店的西书柜台上买的）。

我作了塞诺波先生的极少数的忠心学生之一。他老人家名满天下，而课堂中的学生寥寥可数，主要的原因是：他的徒子徒孙多半已功成业就，散在各方，这一代的后生小子反而对他颇为陌生，有眼不识泰山。另一个原因是：他老人家年逾古稀，牙齿脱落了不少，发音不甚清楚，又喜欢旁征博引，一段一段的拉丁文、德文、英文、意大利文，背诵如流，颇有"六经皆我注脚"之概。有根底的，当然越听越佩服；没有根底的，听了一次，下次便不敢再来。于是，课堂中很少满二十人。

我之所以勉强能跟得上班，占了熟读过他的两部大著的便宜。一部是《历史研究入门》，另一部是《现代欧洲政治史》。

塞诺波先生已经是退休了的教授，仍在本校以"名誉教授"的头衔，诲人不倦。教授之中，当家的系主任是金纳拜儿先生（Guignebert）。金先生长于中古史，及基督教史；为人和蔼可亲，我们学生选课，照例要请求他指导。他鼓励我从法国近代史下手。他说："法国大革命"的史料既丰富，而又完全公开，我倘花上几年工夫，不难有所收获。

于是，我决定找马第埃先生，拜马第埃先生为"师"。拜师，是巴黎大学的规矩，与牛津大学的导师制度大同小异。牛津，

385

原本是巴黎大学前身骚朋学院的分院。凡是想写博士论文的人，必须先有一位教授肯收你为徒。

拜师，必须下一番准备工夫。否则，一谈话便碰了钉子，再找别人便无可能。我的法国同学指点我：第一，把马第埃先生所有的著作，一部一部地读完；第二，把法国大革命史其他权威的重要著作，多多涉猎；第三，把有关法国大革命的最近几年的杂志论文，一篇不漏地细加审阅；第四，常常坐在前几排听他的课，引起他的注意。

这四项，我都办到了。苦？一点不苦。只是感觉到光阴过得太快，自己读书的速度太慢而已。

我先把马先生的得意之作，他的博士论文，从图书馆借出来，读来试试。天！句句皆懂，而字字不识！句句皆懂，是就文法而言，字字不识，是无一字不是所谓"行话"，又非任何字典或辞典中所有。

直到其时为止，我只读过一部半法国大革命史：一部是马得兰（Louis Madelein）所写的，半部是莪拉儿（Adolphe Aulard）所写的。莪拉儿的比较艰深，所以我仅仅读过半部。

想了一想，我恍然于自己应该从头来起：一面把莪拉儿的下半部读完，一面买了马第埃先生自己所写的近乎通俗性的三本法国大革命史（列在高蓝书店的丛书之中［Collection

Colin]），一读再读三读。

这样，总算是摸清楚了一个轮廓。

其次，我跑到国家图书馆（Biobliothéque Nationale），搜集材料，编出了一本法国大革命期间的逐月逐日的大事表。每月每日，从一七九三年秋季开始均以革命新历与所谓格雷高利安历（西历）并列。大革命期间的一种雏形报纸，Le Moniteur 成为我最好的朋友。

再其次，我把当时的要人，一一登记。某人出身如何、主张如何、行动如何、属于何党何派、何日被捕、何日被杀或释放，都记进我的"点鬼录"之中。

附带地，我也研究了法国的地理沿革，把革命前的行政区域与革命后的每一 departement 的名称、首邑，均一一背诵。

于是，再回过头来，拜读马先生的博士论文及他的十几部著作。说来惭愧，如今事隔六十余年，这部博士论文与十几部著作的题目，我怎么也记忆不起，似乎是关于地方上某一"省区"教会与革命势力的冲突。读者倘有兴趣，不妨参阅一九三二年七月四日的《大公报》文学副刊。副刊上有我的一篇《悼法国革命史家马第埃先生》，把马先生的一生著述列举得很详细。

在马先生的著作之中，我所最喜欢的是那部《基隆党与大山党》（Girondins et Montalgnards）与另一部《理政府时代》（Le

Directoire）。这两部书文字极其优美，内容十分翔实，均是到了我做了他的徒弟以后才发行单行本的。当时，还只是一篇一篇的散见于各种学术性刊物的文章。

还有两部，叫作《（法国大）革命与外国人》（La Revolution et les etrangers）与《外国人的阴谋》（La Conspiration de l'éranger），文笔很简单，所谈的却是从来不曾有人注意到的事：例如，华盛顿与波兰的志士考西厄斯科（Kosciusko）被法国革命政府赠送了"（法国）国民"的荣誉头衔；以及某些外国亡命分子如何寄居在巴黎，受革命政府的保护与招待；某些外国间谍冒充革命的同情者，混在革命的阵营中刺探消息，或进行秘密外交。

另有一部，是专门揭露"当董"（丹东，Danton）的私生活与勾结敌人的秘密的。他一生最恨这位颇像中国汪精卫的人物。为了这个当董，马先生和他的老师（我的太老师）裴拉儿先生翻了脸，意气之盛，很引起学术界的惋惜。马先生的确也查出了当董如何贪污，如何秘密与普奥的间谍洽商中止革命，意存姑息。也许是因为他太恨当董了，便不惜歌颂那捕杀当董的罗伯斯庇尔（Robespierre），强调此人私生活如何严肃，虽则杀人甚多而所杀的人并不冤枉。他甚至组织了一个"罗伯斯庇尔主义者学会"，发行了定期的《罗伯斯庇尔主义者评论》（La Revue Robespierriste），无非是用以对抗裴拉儿先生的"法国大革命史研究会"及该会所发行的《法国大革命评论》而已。

莪拉儿先生用了二十年的工夫，写出《法国大革命政治史》，不愧为当时，直至今日的此道权威。莪拉儿先生桃李遍于法国全国，远及英、美、德、意。最有名的两个弟子是马得兰与美国的考却勒克（Kotschalk）。今天的泰斗勒费布弗儿（Georges Lefebvre）在学风上也可说是继承莪拉儿先生的。

莪拉儿先生吃亏的地方，是把经济的事实完全搁在一边，专谈政治。这也不能怪他，他读书成名均在十九世纪的后半期，时代的限制谁也难免。然而，法国大革命实在不仅是政治上争取共和与立宪的运动，兼为经济史上以及社会史上的一大波澜。

因此之故，马第埃先生由于很早便结识了法国第二国际社会主义的大领袖徐雷士（Jean Jaurés），在观点上占了便宜。

徐雷士是社会革命家，但反对流血。他的思想，与"创化论"（L'Evolution créatrice）的著者柏格森（Bergson）颇有渊源，和我们的国父孙中山先生也接近。后来，马第埃先生告诉我，孙先生加入过世界性的"共济会"（Les Francs-maçons）。马先生说，这是他的好朋友，包莱尔（Emile Borel）亲口告诉他的。包莱尔本人也是共济会的会员。

在法国大革命的初期，活动得最起劲的一位革命家，巴黎老百姓的真正领袖,秀迈特(Chaumette),正是共济会的会员。

徐雷士与马第埃先生,正如英国费边社(Fabian Society)的若干社员一样,均曾一度欢迎俄国革命,其后皆对俄国革命失望。苏俄的几个御用学者,当我在巴黎读书之时,正在连篇累牍地"检讨"马先生,骂马先生"缺乏方法论"。马先生也在刊物上及课堂中,嘲笑这些御用学者,说他们是只知有祖传的"方法论",而不知有史料。

费了相当时日,我总算读完马第埃先生著述的百分之九十以上。于无意之中,我也找到了卡隆(P. Caron)的《法国大革命史研究指南》。这《指南》包括了重要史料目录、革命日历等等。

最后,我再看马先生的博士论文,果然一口气看完,轻松得很。"行话"不再是令我困惑的东西了。

有一天,我鼓起勇气,在马先生下课的时候将他拦住。我向他说明,请他做我的导师,指导我写一篇有关法国大革命史的博士论文。

他说:"这很有意思。——你是中国来的吗?"(C'est interessant. Vous êtes venu de Chine?)我说:"是的,马第埃先生。"他说:"好。你们中国现在也有一个革命在进行着呢!"我说:"我正是为了准备在将来写一部中国革命史,所以极想先跟你学法国(大)革命史。"

"你认识孙逸仙博士?"

"见过。——也参加了他的党,中国国民党。"

"你读过我的书?"

"差不多全部(Presque tous)。"

"也读过别人的书?"

"若干部比较重要的。"

"好,你先进'高等研究实验学校'(Ecole pratique des hautes études)。你从本星期五开始,到高等研究实验学校来上我的课。这一个年度,我讲'国产拍卖'(La Vente des biens nationaux)。"说罢,他抄下我的地址。

星期五,我进入实验学校他的课堂,正式做了他的"入室弟子"。

过了半年以后,我接到实验学校转来的一张公文:法国政府教育部颁发给我的"任命状",任命我作为这高等研究实验学校的"正式学生"(élève titulaire)。任命状的右下方,有教育部部长的亲笔签字。

原来,进这个实验学校不是容易的事。马第埃先生向教育部长保荐了我。我才获补一缺,荣膺任命。我在写信向胡展堂先生申请中央补助之时,曾经把这张法国教育部的任命状附寄了去。这一点,或许对我之获准给予补助,不无关系。

高等研究实验学校，在当时不是巴黎大学的一部分，而是属于教育部。但它的教授，多半是由巴黎大学的教授兼任。巴大极大，而高实极小。巴大极宽，而高实极严。巴大重理论，偏于讲授，高实重实际，偏于动手实习。

我们学历史的，实习什么呢？实习史料的处理，与史实的铺陈。高实的善本书与写本史料多。教授们随意拈来，交给我们学生研究，磨炼我们的眼力。常常，教授们在上课之时，分出一半时间，由事先指定的一个学生登台演讲。

也是为了这个缘故，所以学生的额子是固定的，学生的资格是有限制的。必须有教授出面保荐，经教育部长批准，才能入学。

我在高实研究了半年左右，马第埃先生才给了我一个题目，叫我试写博士论文。

这个题目是：《比利时与列日的革命家的俱乐部》（Les Clubs des Patriotes belges et liégeois）。

其后，经过马先生的同意，我把题目扩充为《一七九一年至共和三年比利时与列日的革命家的委员会与俱乐部》（Les comites et les clubs des Patriotes belges et liégeois, 1791 - an Ⅲ）。中文的译名，我选了《比列志士记》五个字。

搜集材料

写论文的第一步工作,是搜集材料。古人可以信笔直书,有闻必录,或想到哪里说到哪里,甚至写下满篇的"想当然耳"的高论。十九世纪后半期以后的历史家,便没有如此的"自由"。写一句话,用一个字,必须以材料为依据。而材料本身的考订,也是极严格的。

朗格罗瓦与塞诺波建立下一个规矩:叫作"材料必须全看"(le dépouillement des sources)。论文题目的大小,以现存可靠材料之数量为转移。没有机会或能力去看有关某一题目的"全部材料"的,便不应该从事于此项题目的研究与写作。

马第埃先生指示我:在法国国家档案馆(国史馆)有一盒文件,是关于比利时及列日两国流亡在巴黎的革命志士的。它的号头是F类第七目四四二〇号(F7 4420)。此外,马第埃先生不曾给我任何的指示。我走到国家档案馆,被门房挡住。其后,向中国驻法公使馆请领了一封介绍信,才被欢迎进去。里面经常有三五个白发苍苍的老人在埋首故纸堆中,只有我这么一个稚气满脸的东方少年,杂在他们中间,凑趣。

我花了差不多两星期的时间,把这一箱的档案看完,也作了笔记。我的笔记，不是用卡片写的，而是把普通的纸折起来，折成四面，既经济而又便于携带。主要的原因是：一张卡片只有两面，写不了多少。

这一箱的文件，原来是警察当局送来国家档案馆的。里面的东西，有比利时志士的开会记录、收支账目，及各项宣传品。从他们的开会记录中我明了了为什么这记录会落到警察手上：他们常常在开会时争吵，打架；又在不开会的时候，互相控告，指对方为反革命，敌人的间谍。结果，会所（"俱乐部"）被查封，文件被没收。

我把研究的结果报告马第埃先生，他很高兴。我说："仅仅这些文件似乎不够写一篇论文。"他大笑了一阵，说："谁告诉你'够'？"我请他告诉我，什么地方还有其他的材料。他说："你自己去找！"

于是，便进入了乱找的阶段。不曾找到什么与本题有关的东西，却找到了拿破仑与约瑟芬之间的几封从未有人提起的情书。这样，浪费了个把月。马第埃先生害得我好苦。

有一天，我恍然大悟，"何不就前人的著作跟踪追寻？"好在，国家图书馆的阅览证我早就有了。姑且再把包儿奈（Adolphe Borgnet）的《十八世纪末年比利时人的历史》再读一遍，看看有没有线索。这部书是一八四四年出版的，分上下两册,内容丰富而条理庞杂。书中"脚注"(foot notes)极少,所指的大半是比利时京城所藏的冯克(Vonck)等人的遗墨。

于无可奈何之中,我只得先把这部伟著整理一遍,把一件一件的事实分别记载在我的每张四面的"软卡片"之上,特别标出各件事实的年月日。然后,按照其发生的先后,重新编排。果然,眉目逐渐显露。然而,不可解的成分竟比可解多;尤其是,关于一位银行家发尔克埃斯(Walckiers)的活动。

我一本正经地向马第埃先生问难:"发尔克埃斯这人很莫名其妙。"出乎我的意料之外,马先生直截了当地说:"他是奥地利的间谍。"我听了,虽则佩服他渊博,却也怀疑他老人家证据不足,冤枉好人。这个问题,我始终未能加以解决。

我编出一本"大事表",又编了一本"问题表",作为"查案"的原始记录。

包儿奈的另一部大著《列日革命史》,一八六五年出版,我也细心整理了一番。

国家图书馆的一位"管理员",见到我天天来,而天天借阅包儿奈的两部大著,生了好奇心。他问我:"你对于老包儿奈,兴趣很浓?"我说:"不得不向他领教呢!"他说:"你在写一部有关比利时的论文?"我说:"Exactement!"他说:"跟我来!"

他走出半圆形的当铺式柜台,离开那很像说书先生用的椅子,引我到大阅览室门墙周围的若干半截书架之一,指着一本一本的大而且厚的《史料摘由》(répertoires)告诉我:"这个!""这个!""还有这个!"他而且以"示范"的方式,在某书某页检出一条材料来,问我:"有用没有用?"

我十分感激,满口的"Merci bien! merci mille fois! Je vous remercie!"(多谢你! 谢谢你一千次! 我再谢谢你!)

作为来自万里之外的一个小土豹子,不认识这是客串"管理员"的堂堂副馆长,虽则是有眼不识泰山,似乎也值得自己原谅(我也借此学得了一点西洋文化:当大官的未尝不可以丢掉架子,耍耍票,替小职员代理职务)。

最重要的一部《史料摘由》,是《大革命期间巴黎历史史料摘由》(Répertoire d'histoire de Paris pendant la Révolution),共有十一大本,版面相当于《作品》杂志的四倍。从一八九○年开始出书,到一九一四年出齐,主编人是杜泰(Tuetey),因此这部书也就被简称为《杜泰》。

《杜泰》把一件一件的,现存于巴黎及西欧其他地方的所有史料,凡是涉及大革命期间的巴黎的历史的,都摘了由,注明年月日,及某馆某处的编号。

我们大概要再等上一百年,才会有一部《杜泰》出现。

由于《杜泰》的帮助,我又在档案馆找到了足足十五盒的文件（它们的编号，是 F 类第七目，四五八〇、四五八八、四六七二、四六七六、四七七五附四十六；F 类第十五目，三五〇六、三五〇七；F 类第一目，e 分目，二七、三〇；C 类三五九；D 类第三分段，三九；T 类一六六〇；AF 类星字第十一目，二五四、二九二、二五四）。这十五盒史料，真是够我忙的。忙得我形如槁木，面如死灰。

那时候，DDT 尚未出世。古老的文件之中，夹着有极小的"书虱"，令我浑身发痒。然而，这算什么！死在这法国的档案馆，也甘心情愿。

为了换换口味，我仍旧常到国家图书馆去，拜读别人有关比利时与列日的历史著作。例如，除了皮韩（H. Pirenne）的大部头的《比利时史》以外：

J .Delhaize, La Domination francaise en Belgique à la fin du XVIII e. Siécle. Bruxelles，sans date.

T. Juste, Les Vonckists. Bruxelles.1878.

T. Juste，Les Belges illustres. Bruxelles.1894.

P. Verhaegen，La Belgique sous la domination francaise. Vol.1, La Conquête. Bruexelles.1923.

S.Tassier, Les Démocrates belges de 1789. Bruxelle，1930.

关于比列二邦的志士，向法国大革命政府领取救济金，有官方的"大革命经济史委员会"所印行的若干册史料全文之一册，题为《对于比列二邦难民之救济》，系一九一四至一九一六年出版，国家图书馆保存了一份。

这"国家图书馆"，真不愧为法国国家的图书馆。我在里面不仅找到了一份完全的大革命期间的报纸，Le Moniteur 的一八四三年重印本，也找到了普劳利（Proli）所主编的《世界人》，卡喇（Carra）所主编的《志士年报》，勒布伦（Lebrun）的《欧洲总日报》，勃吕东（Prud'homme）所主编的《巴黎革命日报》，大山党所发行的《巴他扶人》（Le Batave），戴谟兰（C.Desmoulins）所主编的《法国与布拉榜的革命》，马喇（Marat）的《法国言论家》。

此外，当时各派人士的小册子也几乎是应有尽有。其中最重要的，莫如"比列二邦志士联合委员会"所发表的《宣言》与《告比利时人及列日人书》。

看完了，或是说差不多看完了，我在巴黎所能看到的一切有关史料，我向马第埃先生请示，准备到比利时及今天已是比利时一部分的列日，作一次搜集史料的旅行。他听了大为高兴，说："Eh bien! Dépéchez-vous!"（那么，好！快点去！）

到了比京，蒙马君克强夫妇殷勤招待，又拜访其后服务康藏的孔君。冠新兄恰好这时也到了比京，更添旅中乐趣。比京比起巴黎来，自然是小得多，然而街道整洁，人民朴实，郊外的小洋房家家格式不同，逗人喜爱。我住了大概一个多月。

我在比利时王家图书馆找到了冯克的全部墨迹。可惜其中大部分是用那近于荷兰文的弗拉芒文写的，我虽非一窍不通，却事倍功半，必须抄了下来，再找专家请教。至于用法文写的其余部分，当然是一口气看完了，详加摘录。王家图书馆的宝藏，就我所需要的而论，以下列二种为最重要：（一）"从一七九二年十一月至一七九三年三月二十四日，布鲁塞尔城（比京）临时代表大会全部会议记录"；（二）"布鲁塞尔城自由平等之友社日报"。

在比京以外，我到过费儿费艾（Verviers）与列日（Liége）。费儿费艾的地方图书馆，有一部一八四六年出版的勒费（A. Levae）所著的《布鲁塞尔的临时代表们：甲科宾党》。列日的地方图书馆，有巴桑携（Bassenge）《写给（奥国）皇帝陛下的陈情书》的原稿，十分名贵。

列日的列日大学，有一位历史教授阿儿散先生（Harcin），曾经在巴黎大学念法国大革命史，认识马第埃先生，对我非常客气。大学图书馆保存了发布里（Fabry）、董塞勒（Donceel）、昂卡儿（Hankart）、德弗朗斯（Defrance）等人的遗墨。这些遗墨，阿儿散先生均让我自由抄录、照相。

我在列日，遇到王后的诞辰。我从所住的二楼窗子口，观看全城儿童的大游行，恍如置身天国。成千成万的小天使，边走边唱。看完了，我反而生了"赏心乐事谁家院"之感，想到穷而且脏的可怜的祖国小同胞，为之泪下。

无意之中，碰见住在三楼的一位小姐。她竟然用中国话向我问好，交谈之下，才知道她是来自哈尔滨的白俄。她的父亲、母亲、哥哥也都住在三楼，曾经请我吃了一次晚饭。

史料抄够了以后，匆匆忙忙地离开列日，离开比利时全境，回到巴黎，向马第埃先生报告。

马第埃先生说："巴黎市立图书馆也有不少东西，你去过没有？"我说："没有！"马第埃先生说："啊！"我这就又有了事情做。

所好，市立图书馆的材料并不如马第埃先生所说之多。事实上，多数书籍是国家图书馆也有的。它只有一种稀有的印本：《比列二邦志士联合革命总委员会记录摘要》。

挨骂

材料完备以后，我把其中的脉络摸出一个大概。问题表的问题，多半得到解答。得不到解答的，我去问马第埃先生。他说："现在，关于这个题目，你知道比我多。凡是连你也不懂的，我更不懂了。你姑且留下空白，让将来的人于发现新材料以后，再求解答吧。——你什么时候，可以写成论文的初稿呢？"

又过了约莫三个月，我写好了初稿，用新买的德国米尼翁式（Mignon）打字机打了一份，留下一份底子，在高实的课堂里呈交给他。

一个星期以后，他在巴大下课的时候向我说："和我一道回家！"

在电车上，他抢着替我买票（法国的大学教授之有自用汽车的，极少）。也和我谈了一些无关紧要的话。

他的家，在喇斯帕依大道（Boulevard Raspail）的一条支马路上。我们进了楼下的大门，乘坐自动的小电梯，到了三楼，三楼上面左首的一个"阿帕儿特芒"（apartement）便是他一人独居的家了。他年逾五十，始终未娶。

他休息了一下，端出自己煮的咖啡来，请我。他问了我一些有关中国局势的问题，也问了我"在长江与黄河之间约有若干公里？"这最后一个问题，把我窘住了。我只能说，两河之间的最近距离，可能是平汉铁路的郑州铁桥至汉口的一段，而火车须走一天一夜左右。他又问："你们的火车速度如何？"我说："快车大概是每小时三十公里。"这样的答复，他显然不能满意。

于是,他找出了一本地图,依照地图的比例尺,一量再量。他告诉我:"似乎是五百二三十公里。"我只得说:"刚才我所说的车行二十四小时,包括在几个大站停车的时间,实际上火车只行了不到二十小时。"他说:"对!"

我没想到,春风满面的他,在拿出我的论文初稿以后,陡然变成了我一生所遇到的最严厉的老师。

我侧眼偷瞧,见到稿子上每页均有黑铅笔与红铅笔的批语,加上若干的问题,与感叹号。

妙在他并不先谈本题,劈头来这么一句:"你的中文如何?"我说:"不太好,勉强还可以。我办过刊物,也翻译过施亨利的两本书。"

"哪两本?"

"《历史唯物论述评》,《历史之科学与哲学》。"

"好! 中文难不难?"

"难。"

"啊! 我告诉你:黎,没有一种文字再比法文更难了。"

这句话,犹如巨雷将至的闪光,使得我睁不开眼。

于是,他指着第一页的几句:"这句怎讲? 这一句又是什么意思?"

我答复他:"这句是说如此如此。至于这一句呢,又是如此如此。"

　　他说："我何尝不知道你想说什么？然而，别人读了，一定不懂，因为你所写出来的，并不是你想说的。"

　　然后，由第二页骂到第二十几页，骂得连他自己也不得不休息一下，停了下来，给了我一个说话的机会。

　　我问："刚才你说某页某句是'夏喇比雅'（Oharabiah），某页某句是'马勒加西'（Malgach）。这两个字是什么意思？"

　　他笑了一笑，说："意思吗？两个字的意思，都是：'不是法文'。"我被吓得不敢再问（后来，我回到寓所，查字典，原来这两个字是指非洲的两种语言）。

　　他在恢复了力气以后，又兴高采烈地继续评我的杰作："这一段等于白说。——这一页完全不合逻辑，没有一句是讲得通的，也没有一句我能够懂。——这一段和前面某一段互相矛盾。这几句话呢，前面早就说过了。"

　　听他的口气，似乎他对我的论文初稿的内容，比我还熟悉。

　　末了，大概是讲评到了第七八十页，我看见他批了"中文"一词，而且也清清楚楚地听到他说出："这是中文，这个！"（C'est chinois, ça!）我再也按捺不住，提出严重的抗议："不，马第埃先生！我知道我的法文不好，但是你不能说这不好的法文就是中文。中文也许如你所说没有法文难，但是它本身是极美丽的文字,决非我的法文所能比拟。"

马先生沉默了一下。这也是出乎他意料的一盆冷水。西洋人大概皆有这么一种吃硬不吃软的口味。对于敢和他们正面辩论或大打出手的人,他们肃然起敬;对于"也是,也是"的洋奴或西崽式中国外交家,最看不起。

"原谅我,黎。我实在对中文一窍不通,不过是听了别人说过:'中文没有文法,也没有逻辑'而已。"

他转而和颜悦色地问我:"告诉我真话,黎。中文里的文学书多不多? 有没有美丽的散文,像雨果(Hugo),或是诗,像缪塞(Musset)?"我于是向他大大地介绍了一番中国的文学。散文,有比雨果,甚至夏妥布哩昂(Chateaubriand)更漂亮的作家,并且车载斗量。例如,某人某人。诗,更不用说? 哼!《诗经》、《楚辞》、《古诗十九首》、《孔雀东南飞》、陶渊明、李白、杜甫、白居易、苏东坡。个把郑板桥,便胜过缪塞好几倍了。

马先生半信半疑。我乘虚而入,扩充战果,劝他看看某些中文名家的法文译本,并且补充了一句:译本只是躯壳,缺少了原作的灵魂。

马先生连连点头,说有若干法国文学书的英文译本,也是如此。

但是,冷不防,他又回到了本题,说:"黎! 我真不懂,你法文说得还可以，至少我句句皆懂，为什么你写了下来，便完全不像法文呢？——啊，我懂了。我是花了几十年的工夫，才把法文写成现在的样子的。——黎，你准备在法国还住几年？"

"一两年。"

"噢，我劝你不必再住下去了。省一点钱吧。别说一两年，即使十年八年，也希望很少。你要知道，就拿我的经过来说吧，我是生在法国的法国人，从小便说的是法国话，却也不得不下工夫，先从拉丁文念起，背了不知若干篇、若干本的拉丁杰作，然后又苦读了不少的法国文学书，写了不知若干篇的法文作文。其后教书、写书，又经过了多少年的磨炼。这些，你能做到吗？"

"显然不能！"

"那么，为什么不回中国去？——也许，你在中文方面下功夫，要比在法文方面容易。"

我被他这一大段的极诚恳的肺腑之言，感动得两眼发直、发热。心，怦怦地跳。

我们师生二人相对无言，好久。忽然，我的"急才"发生作用。我说："先生，我很惭愧，拿这样不够格的初稿来浪费你的时间。请你相信我，先生，在今天晚上以前，我真不知道我的法文如此不登大雅之堂。我愿意加紧补习，但是请你了解，我在学成以前,没有脸回中国去,我用光了父母与姐姐的积蓄,我用什么来向他们交代?——不过,刚才你说我应该在中文方面求发展,不该妄想在法文方面求发展,完全对!我学会了研究历史的科学方法以后,当然要回中国去,用中文写中国的新历史,并不想在将来的法国文学史占一地位。"

"是的。你是来法国学历史的。我也是教历史的。换句话说,你我均不是研究法国文学的。但是,你不可不知道,一部好的历史书一定,而且必须,是一部文学书。"

"在中国,也是如此。"

"所以,我仍旧劝你回国。"

"不,我绝不回去。"

"啊!那就只好由你了。"

话说到这个地步,彼此同时感觉到无法再说下去。他看了一下手表。我也看了一下。天!已经是夜间十一点了。我笑了起来,向他说:"我该走了。老师大概也该吃晚饭了。"他也笑着说:"吃不吃,在这样情形之下,已经无关重要。"

他送我到了阿帕儿特芒的门口,向我说了一声,"永别!愿你一路顺风!"(Adieu! et bon voyage!)

得救

　　自动电梯这时已经关了电门（即使在白天，通常也只是上楼才用，下楼的人必须步行），我一步一步地走下楼梯，出了大门。电车，这时也已经停了，法国政府很尊重人民的睡眠自由。我也无心下地道，乘地道车，或拦住路面的计程汽车。晚饭，更不想吃。那时候，我记得，我是住在城里，可能是崩纳帕儿特路（rue Bonaparte）。我踽踽独行，怀着失败者的心情，走回寓所：一间旅馆的包月房间。

　　斗室独坐，照照镜子，叹了几口气。当时颇想坐到天明。坐了一会儿，想不出什么办法，也看不清楚自己的环境究竟是怎么一回事，姑且和衣而睡。睡到第二天的早上九点钟，醒来，肚子终于向我诉苦，于是照常去小咖啡店吃两根"新月"（croisants，法国油条），喝一杯"自然咖啡"（café natur，不放糖与牛奶的咖啡）。

　　用罢早餐，到了去巴黎大学听课或档案馆找材料的时候，提不起劲，索性逛逛马路。逛了一阵，进卢森堡公园，晒晒太阳。晒罢太阳，去"东方饭店"吃中饭，谈革命。然后，由圣米懈大马路到了塞纳河边，沿着塞纳河走，翻翻河边旧书摊子的旧书，一直走过了七八个桥头，吃晚饭，回旅馆，睡觉。什么法国大革命，什么比利时、列日，完全甩了，倒也轻松。

第二天、第三天、八天、十天、二十天，皆是如此。我也差不多轻松得喘不来气。

这外表的轻松正是内心沉重的反映。正如马第埃先生所说，几十年才学得好的法文，我有什么方法在一两年内学好？绝望之余，只得姑且处之泰然，而实际上，没有一分钟、一秒钟，我不在潜意识中揣摩法文的奥妙。

我相信有上帝。他的名字是什么，我不知道。称他为天，他也从不生气；称他为观音老母，也未尝不可。天，老天，怎么没有？我在短短的生命历程之中，已经蒙他救了我好几次。这一次，他又来救了我。

一本横而长方的绿面的书，出现在我的眼前。书名，十分特别，叫作 Le Stylistique（文体学），著者是朗拜儿（Lambert）。这分明是一本新书，却埋没在一个旧书摊的木盒子之中。翻开一看，乖乖！正是"寤寐求之"已久的法宝。我立刻把它买了。

一开头，朗拜儿就指出了一般人（包括我）的最普通的毛病；动词"是"（le verbe être）用得太多。例如：我是法国人。法国是一个美丽的国家。我是很自豪的。因为我是很自豪的，因为我是在法国出生的。我生的日子是某年某月某日。我的父亲是……，我的母亲是……。今天是一个好日子，因为它是我的生日。……等等，等等。信手拈来，竟没有一句不包括一个"是"字。怎不令人生厌？

朗拜儿说，只须把"是"字以后的形容词，改为一个动词，那"是"字便可一笔勾销，或是把形容词挪到前边来，放在"句主"或"句宾"的旁边，然后两三句便可拼为一句，不但可以刷掉了"是"字，而且语气紧凑，文章也就朗朗可诵了。

朗拜儿所举的实例，我今天已记忆不起。但是，我可以按照他的原则，把上述的一大段"是"字杰作，改写如下："若干年以前的今天，我生在令我自豪的美丽的法国，作为某某与某某的儿子。"

其次，朗拜儿告诉读者形容词不可用得太多，太多了不仅累赘，而且足以互相抵消，或令人有言过其实之感。因此，那最讨厌的助动词"很"（très），更是少用为宜。什么都是"很"，结果，不但不"很"，而且转不了弯。

这些，还不过是《文体学》的初步。字有字法，句有句法，章有章法，篇有篇法。虽则朗拜儿只说到篇法为止，我已经受用不浅。生字与熟字如何调配，长句与短句如何间隔，散文如何也该自有其旋律，一章一章的说理、叙事、描写该如何"通其变，使民不倦"……总而言之，这一本《文体学》真是美不胜收。

篇法以后，应该有一部专讲"怎么写一部书"，不妨称之为"部法"（可惜，不能称之为"书法"）。朗拜儿说，他将来要写这么一本"高级文体学"。以我所知，这"高级文体学"始终未曾问世。所好，懂得了篇法的人，也不难引而申之，小心策划一部书的全书结构了。

我大概整整花了两个星期，把朗拜儿的这部奇书读了若干遍。心得实在不少。

然后，我鼓起勇气，重新拜读我自己的论文初稿。啊！怪不了马第埃先生，这初稿果然浑身是病。论文法，句句皆通（correct）。论所谓"修辞"，也勉强过得去。但是，拿朗拜儿的尺度来量，却没有一句过得了关。

马第埃先生自己的法文极好，是从小磨炼出来的，正如我们中国老一辈子（包括鄙人）是熟读了四书、《古文观止》、《史记》、《左传》，而不知不觉，把文章做"顺"了的，可谓"知其然而不知其所以然"。

谢谢朗拜儿，谢谢老天，我居然摸得了华佗秘方，可以自诊己病，把论文初稿大改特改了。

一百七八十页打字机打成的稿子，改完了只剩下三四十页。这个，算是二稿。

我再把所有的材料，以及我所编的大事表、问题表、答案等等,细细"审核"了一遍,发现很多的"重要关键"当初都未曾收进初稿里去,也有很多值得详细"描写"的地方被轻轻地放过。历史书诚然不比文学书,"描写"除非是有事实作为根据,不该占若何篇幅。反过来说,倘若有事实作为根据,详细的"交代"也绝不可少。

于是,奋笔直书,写我的"论文三稿"。说来奇怪,这一次比起写初稿二稿之时,均大不相同。我好比一个裁缝,写初稿是用人家的旧料子拼拼凑凑,吃力而不讨好,进度也慢。写二稿,是把破烂的大人旧衣服,改作小孩子穿的新衣服,究竟因为料子原已不新,所以做成的新衣服仍不如理想。写三稿,是设计好了与众不同的时装,从库房里搬出来好几匹上等的料子,剪剪裁裁,随心所欲,放在缝衣机器里面,一会儿便缝好了。

三稿写好了,未敢自信,先拿给一位同班同学拉普拉特(Camille Laplatte)看看。他只看了第一章,当时便交还给我。他说:"你写得这样好,不仅不需要给我看,也不需要请任何人看。事实上,我们法国人真能写法文的很少。"我把马第埃先生骂我的经过告诉他,请他无论如何不要客气,帮帮我的忙。因为,倘若这一次再碰钉子,什么都完了。他严肃了起来,又细心把第一章看了一遍,说:"如果一定要在你的稿子找缺点,那么,我只看出一个。那就是,对于每一个新的人名,你忽略了加以介绍。"

这句话，叫我获益不浅。他的话太对了。一个写书的人，对于书中的人和事，当然是熟悉的，甚至如数家珍，但是读者怎能对这些人物一见如故，对这些人物所做的事了如指掌？我引申了拉普拉特的意见，问他："是不是，对于若干突如其来的事实，也该略加解释？"他微笑着对我说："你确是聪明。"

因此之故，我不得不又把论文重新写了一遍，算是四稿，共有打字纸四百余页。所好，更动不多。人的介绍词每次只需要几个字，而"事"的解释，每次也只需要半句或一两句而已。

四稿打好以后，又挨了一个星期，鼓起勇气，上马第埃先生的课。他并未叫我"出去！"也许这位"面恶心善"的老师，未尝不后悔对我说了"永别"。到了下课之时，我走到他的面前，他说："你好久没有来了。"我说："想来，而没有敢来。"

"这几个月，你在干些什么？"

"学法文，而且把稿子改了两遍。"

他笑了。我看到机会难得，立刻以我的"论文四稿"双手捧上，说："虽则是这一次未必好，但我仍想请你看看，或许比上次的进步一点。"他一言不发，把稿子装进了他的大皮包。

我不敢再留，怕他变卦，向他说了一声，"多谢（Merci bien）"，便溜出了课堂。

其后，是七个既冗长而又太短的天。

我又到了马第埃先生的课堂，故意坐在最后的一排，表示我是"戴罪之身"，或"待决之囚"。

挨到下课。

在下课以前的二分钟，他老人家把话锋转到我的头上，"当众"宣布我的罪状。他说："黎，你的这一次的稿子，我看完了。一会儿下课，你就可以拿回去。不过，我要告诉你，我不高兴。文章写不好，我原谅。欺骗，我不原谅。"

一字一字，好比石头，打得我的头发昏，为了礼貌，我不便立刻站起来答辩。想哭，但是我的良知良能在警告我：一哭，便是承认有罪。

下课铃响了，我理直气壮地大踏步上讲台。我说："马第埃先生，刚才你说的话，等于是说我请别人写了这一次的稿子，是不是?"他说："是。看啊，仅仅隔了三个月的时间，你的文章怎能变成另外一个样子?"

我说："有一个方法，可以证明我是否欺骗了你。请你现在就出一个题目，我写一篇文章给你看看。正如你一样，我也是最恨'欺骗'。因此，你骂我什么都可以，骂我欺骗，那我就不得不用事实来保卫自己的人格。我知道我的文章不好，但是我未尝不下极苦的工夫将它改良。你哪里会知道，我这几个月的经过!"

可恨而又可爱的马第埃先生,听到我的滔滔雄辩愣了一下,对着旁边看热闹的几个同学说,"你们听见了他所讲的?"(Vons l'avez entendu?)跟着,他又向我笑了起来,说:"算啦!"(Voyons!)他说:"我可能是弄错了。听你刚才的一番话,你的法文的确是进步不少。当面考一考,不必了。你敢考,我就用不着考你了。现在,我已经相信你。——但是,谁有如此神通,在短短的几个月之中把你教成一个作家? 是谁?"

"朗拜儿!"

"我不认识他。他在哪里?"

"告诉你,马第埃先生,我也不认识朗拜儿。他的一本好书《文体学》真正地改造了我的法文。"

"书中说些什么?"

"例如,动词的'是'不可多用,形容词要尽量挪在前面,而且最好改为'是'字以外的动词,长句子与短句子应该互相调剂等等。"

"恭喜你,黎! ——这部稿子你拿去印吧。下星期一,你到大学秘书处,取'论文准印通知书',印一百零五份交给学校,你自己也不妨加印若干份。此外,你该准备'博士辩论会'的辩论,除了你的论文以外,你要对德拉玛儿的《警察条例》(Le

414

Traité de la police, par De la Mare）提出意见；自然，整个法国大革命的历史也在辩论的范围以内。"

我真没有想到，几分钟以前对我如此深恶痛绝的他，忽然又如此慈祥，如此地爱护我。看来，我的博士学位已有一大半拿到手了。

我接回我的稿子，向他再三道谢面别。旁边的几个同学，也欢天喜地，陪我出了校门。

"既济"，"未济"

剩下的只是若干小问题。第一是，论文的印刷费。当时我不曾知道，这是可以向中央党部的"中央派遣留学生管理委员会"申请的。愁了好多天，终于在偶然的场合，谈给了驻法公使高曙青先生（鲁）知道。高先生自动地拿出了三千法郎，说："将来你有钱的时候再还我吧。"这就解决了问题的一部分。丁作韶兄也借给我若干法郎，我把每月在生活费项下所省下的凑凑，也就够了。

高先生对我的恩德，是我所永世不能忘的。第一次，他替我向银行担保，分期归还债款。第二次，他带我去日内瓦，充任中国出席国际联盟第十一次大会代表团的秘书，并且叫我执笔,和他合作,写成了一部《世界联邦论》(*La fédération mondiale*),分赠白里安(A. Briand)及出席的各国代表(其后此书由Recueil Sirey 书店发行,列为国际公法学会国际公法丛书之一)。第三次,是帮我将论文付印。

高先生在一九三一年被调回国,公布其任教育部部长而谦辞不就,改任监察委员,于抗战期间及其以后在福建任监察使,积劳病故。我欠他的这三千法郎,始终没有机会归还。我初回国之时,与他见几面,提起这件事,他总是说:"急什么?慢慢再说吧。"实际上,他的家庭负担很重,尤其是在抗战期间。当时,我和他已经失掉了联系,我很盼望,能在台湾或香港找到一二位他的子孙,把这款子归还;如果能有与高先生家有世交的读者,把他们的消息与地址告诉我,感谢不尽。

对高先生,我只做了一件稍安于心的事:买了我读过的那一本《文体学》送给他。他对这书也十分欣赏。

除了校对论文大样的工作以外,我所忙的便是研究德拉玛儿的《警察条例》了。为什么马第埃先生要我研究这一本书呢?因为,它是关于法国十七十八世纪的经济状况的一部名贵材料。也许是,正因为这一个缘故,博士辩论会的主席,学校当局便指定莪塞教授(Prof. Henri Hauser)担任。莪塞教授是经济史的权威,国际经济史学会的会长。

我的另一位判官，是沙那克教授（Prof. Philippe Sagnac）。他是法国史的权威，主编了一套大部头的世界史《各民族与各种文化》（Peuples et Civilisations）。

　　第三位，便是马第埃先生自己。

　　在我的论文印好了，缴上去一百零五份以后，大学秘书处给我通知，指定一九三一年六月六日为辩论会的日期。

　　在此以前不久，三月间同学吴俊升兄受到学位，我参加了他的博士辩论会，听到他所发表的对于杜威哲学的高见，同时也学习了怎么辩。其后，我也参加了别的几位同学的博士辩论会。

　　六月六日的大日子终于来到。好心的袁冠新兄、徐家骥兄，与十几位朋友都莅临会场，壮我声势。同班的法国同学也来了不少，历史地理系的后起之秀，与年逾半百的男女前辈，挤得满满的。三位判官当我坐定在"受审"的位置上以后，由坛后的小门鱼贯而入，全体起立致敬。莪塞教授坐在中央，左边是沙那克教授，右边是马第埃先生。

　　莪塞教授宣布辩论会开始。首先，他命令我报告研究经过。我早就准备好了一篇二十分钟左右的演讲，而且背得滚瓜烂熟，所以在报告之时我把全部精神放在音调的铿锵上，不慌不忙，一板一眼。大概是由于冠新兄的领先吧，全场投我以热烈而持久的掌声。

接着，便是马第埃先生的审查报告。他是骘轮老手，不但教书多年，而且书评也写过很多篇。其审查报告之有条不紊，褒贬得宜，自然不在话下。结论是："此书（我的论文）虽尚留下若干未解决的问题，对于某些要点的叙述，应详应略之处亦不太妥切，然而就大体而论，增加了吾人对于比利时及列日志士的了解，纠正了不少前人的疏忽与错误，至于文气之通畅，用字之简洁，亦确够博士之水准。本人建议，对于著者黎东方之论文，可以予以通过。"

其次，是沙那克先生就论文内容及法国大革命史向我提出两三个小问题，我一一答复。他呢，谢谢之声不绝于口。看来，倒颇像他不是来考我的，而是以好奇者的身份向我问掌故，客气之至。莪塞教授白眉白须，威仪可畏，到了向我问话的时候，也是和蔼可亲。他所问的几点，都是《警察条例》以内的，因此答起来并不太难，却惹得在场的人替我捏了一大把汗。

末了的一关，是马第埃先生的问话。我满以为他一定特别帮忙：他是我的授业老师（在美国，这样的老师称为"顾问"），他而且也已经在报告中说我的论文可以通过了。天！他审我如同审犯人一样，一个问题接一个问题，追根究底，总要弄到我答不出来为止。最后，他太不讲理了，他说"某人所留下的某一文

418

件,你看到没有?"我说:"没有。"他说:"你怎么会没有看到?"我说:"我不知道这文件存在什么地方。"他说:"我告诉你吧,在某处。"(当时,我心里想,你怎么不早一点告诉我?)我说:"谢谢你,我一定去某处,把这封信的内容研究研究。"他说:"你老实说,以前你知道此人曾经留下这么一项文件吗?"我说:"我老实说,不知道。"

马第埃先生乐了,哈哈大笑,笑得我无地自容。也补一句:"我很爱如此的老实。(J'aime bien cette franchise.)"他把头一抬,对会场的全体演讲了:"女士们和先生们,在历史学这门工作中,没有再比老实更为重要了。不老实的人,根本不配研究历史。反之,唯有老实的人,写出来的历史才可靠,才谈得上是贡献。"

原来,他仍是在竭力撑我的腰。太可感了。

裁塞教授宣布,休会十分钟。

三位判官鱼贯而出,由坛后的小门去了他们的休息室。

很多朋友走到了我的面前来慰问我。

十分钟以后,"侍卫官"叫我们肃静,三位判官又鱼贯而来,大家起立,坐下。

裁塞教授站着,宣布:"我们经过了讨论,议决:以巴黎大学的名义,授予黎东方以巴黎大学博士学位,附以'最荣誉记名'。"于是，我又蒙全场赐我以热烈的掌声。

"最荣誉记名?"连我自己也不敢相信。在十九世纪的一百年中，获得此项荣誉的是文学家泰音（Hippolyte Taine）与史学家古朗希二人（Fustel de Coulanges）。我怎么配得上做他们的后继者？

我起立致敬。三位判官伸出手来，我向前走了几步，和他们握手。裁塞教授说："恭喜你，我以得你为学生而高兴。"沙那克教授说："你很幸运，得到马第埃先生指导你，以后你常来和我谈谈。"马第埃先生说："黎，我的亲爱的朋友，愿你有光明的事业。我对你的前途，有信心。"

我除了"谢谢"而外，什么话也说不出来了。

他们又鱼贯而出，大家起立致敬。

一位法国小姐走来坛前。她把所抱着的一大堆花，递送给我。这位小姐是很面善的一位同学，后来却不曾再遇到过。花呢，是冠新兄买的。

紧接着的节目，是"众家兄弟"在东方饭店所举行的一次聚餐。而今，我已九十二岁，故人皆已凋零。

学位只是做学问的一种开始。"既济"云云，正如《易经》上的指示，无非领我们走向一个新的"未济"而已。

辞师回国

中央党部给我的官费,尚有一年半未领。我原可续居法国一年,或漫游其他各国。但是,离别已久的双亲,日萦梦寐。哥哥和二位姐姐,也令我思念不已。尤其是,好久好久,不曾接到父亲的信,大姐说:"父亲害了眼病,不能执笔。"因此,我更想立刻回国。

我定好了日本邮船会社的上海丸的舱位,在八月上旬由马赛起程。

起程以前,我专诚到马第埃先生处辞行。他和我整整谈了一个上午,也同我讨论了很多关于中国革命的问题。他叫我转告中国革命的领袖们,提防清朝的势力死灰复燃。我告诉他,张勋、康有为之流,久已没有号召能力。他说:"我难以想象,一个三百年的朝代,能这样地死得干净。我也不能了解,两千年的专制政体,能如此迅速地被西方式的民主所代替。"

他问我,我的计划如何,是要从事实际的革命工作,还是专心作史的研究。我说:"兴趣是在研究。除非有不得不'起而行'的义务。"

握别以前,他找出一张照片,题了下列的几个字"送给黎东方，纪念我们三年在一起的研究。阿勒拜儿·马第埃"。

这一别，倒真成了"永别"。

我回国不到半年，噩耗传来，他竟然在一九三二年一月的某日逝世。他是死在课堂上的。当天，他痛斥大革命期间某些"假革命"分子的贪污行为，感情十分激动，扶着头，靠在讲桌之上休息。到了下课铃响，学生才发现他已经气绝了。法国国会为他通过了一项议决案，认为一位教授死在课堂，正如一位将军死在战场，应该国葬。结果，他被国葬了，法国的总统为他执拂。

我很想，在最近能去法国，到国葬场地中，向他的在天之灵，献花致敬。

（选自《平凡的我：黎东方回忆录》，中国工人出版社，2011年）

与朱自清同寓伦敦

柳无忌

柳无忌（1907—2002），诗人，1927年至1932年留
学美国，在劳伦斯大学、耶鲁大学学习，1931年获耶
鲁大学文学博士学位。

抵伦敦后还不到几天，住在不列颠博物院附近一家小公寓
内，有一下午在街上遛达，忽然迎面来了一个比我更矮的东方
人；再走近一看，是个中国人的相貌。我们大家停步，面对面相
互谛视，觉得有点面熟。就这样，我无意地遇到了在清华大学
教我李白、杜甫那门功课的朱自清老师。他比我大不了几岁，
我又是他的一个好学生，在异域相遇，有一番亲切的感觉。

我们没有寒暄，就各自说出来到伦敦的经过。那是一九三
一年的秋季，朱自清（他是位作家，我何必以先生、老师那样称
呼他！）在清华教满了五六年书，得到休假的机会，就一个人去
英国游历、参观、作研究。他以后还要到欧洲大陆去观光。我
呢，在耶鲁得到学位，还有一年的清华官费，获得留美学生监督
处（那时候正值梅贻琦回清华去当校长，由赵元任接任监督）的

423

准许,去欧洲一年,在英、法、德图书馆内探访所藏中国旧小说,第一站是伦敦。在与朱自清不期而遇的时候,我正在寻找可以安身的住处,与他的计划不约而同。最好不过的,如能找得一个地方,我们可以同住,比较热闹,有照应。朱自清的英文会话有困难,我毕竟在美国已住了四年;对于我们,伦敦虽同为异域,我却以老马识途自居了。

经过一番努力,我们找到一处理想的房屋,在伦敦西北郊附近,那是一家老式的房子。当年它应是十分漂亮、阔绰的,可是现在却与主人同样的命运。当我们按铃时,一个爱尔兰女佣人把我们接进去,跟着房东太太与她的女儿也出来,与我们交谈。她们温文有礼,说有两间房,愿意租与东方人。这样,我们就在"维多利亚时代的上流妇人",希布斯太太的家中住下了。

希太太出租的两间房子,一间大的正房朝宽阔的芬乞来路,窗户十分清亮。另有一间侧房,对着邻近的另一家房屋,稍阴暗,但亦颇舒畅。朱自清虽是清华教授,所拿到的月费恐怕不见得比我的多,而且他得接济在国内的家人数口。因此,他挑了那间侧房,把正房让给我。我们高兴地在当天搬进去,这样就同住了有三四个月。在此时期,我们每天与希太太及小姐同进早餐与晚饭。这是英国租房的惯例,与美国不同;除午饭外,房客餐宿于寄寓的家中,与房东太太保持相当友谊。在这方面，朱自清与我做到了。我喜欢英国丰富的早餐，晚饭更讲究，而希太太的那位爱尔兰女佣兼厨子，菜也做得有味；更何况，希太太虽然家境困难（在她那条街上，住她那样房子的人，普通是不会把房间出租的），对房客的膳食却从不吝惜，她毕竟是英国上等人家出身的。因此，我们住得好，吃得好，而使朱自清更高兴的是他有听讲英文的机会。像他在回忆文中所说的，那位房东小姐（她高出我们有两个头）平时很静默，我们两个东方人更不大讲话，所以饭桌上只有老太太滔滔不绝地谈天说地，把她们家中的一些故事都搬了出来。小姐有时补充一两句，我们偶尔也参加一些赞许的话，表示听得津津有味。那时候，希布斯太太高兴了。她说，她喜欢我们，比从前所收的日本房客要好得多。这正是九一八事变以后，中日关系紧张的时候，我们总算远在英国打了一个道义上的胜仗。

每天清晨，朱自清与我同坐公共汽车进城。芬乞来是在伦敦北部的一条交通大道，有公共汽车站，距离希太太的房子不远，上下十分方便。汽车并不拥挤，尤其在芬乞来路一带，乘客尽是些文质彬彬有礼貌的绅士式英国人。一到不列颠博物院附近，朱自清与我分手，各奔目的地。他好像很忙，去各处观光，很有劲儿。我现在已记不得他去的什么地方，虽然在他的欧游文章内可以约略地看出他的行踪。我呢，终日埋首在博物院内翻阅中国旧书——特别是一些通俗小说,那是为当时一般汉学家所不齿的。早餐晚饭吃得好,午饭就马马虎虎,有时干脆就不吃(我在耶鲁大学读书时,一天只吃两顿:早餐与晚饭)。偶尔饿了,就到附近一些点心店,吃一点东西充饥。

秋天为伦敦最好的季节,但不久雾季随着来了。抗战期间,我曾在重庆——所谓雾重庆——住了几年,但总觉得伦敦的雾给我的印象更深。有好多次,当朱自清同我在芬乞来路上等公共汽车时,雾的浓重,使人有伸手不见五指的感觉。车子怎么样开呢?除汽车夫外,另有一个帮忙的人,我们可以叫他副车手,在马路上高举火炬,往前开路,汽车就跟他慢吞吞地行着。平常十分钟的路,要走几十分钟。幸而到伦敦市中心时,房屋林立,雾气被阻,在明亮的灯火照映下汽车可以开得快些。一直到不列颠博物院下车,我方始喘出一口气来,接着就置身于同样阴暗的大阅览室内,在聚精会神的读书时忘怀了那可怕的、使人窒息得透不过气来的浓雾。

有时候,普通多在周末,朱自清与我共同行动,如去Hampstead旷野散步。那不是一个整齐的用人工布置的公园,只是一片浩漫、没有边际、灌木丛生的原野,望出去有旷然无涯的感觉,好似置身在大自然的怀抱中。这里游客甚多,它不但是在伦敦郊外可以游玩漫步的旷地，而且是好多作家居住的地方，如散文家约翰逊博士、斯蒂尔爵士、戏剧家高尔斯华绥，都曾卜居在这一带。在 Heath 里面，也有名人的坟墓，与有纪念性的房屋，其中我最喜欢去游的是英浪漫诗人济慈的住处。他去罗马（他死在那里）前，曾有一个时期住在 Hampstead Heath（离芬乞来路不太远），在那里他热爱着他的情人，写出了好几篇有名的诗歌。据说，就在此处的济慈纪念宅（那里有一些他的遗物及诗稿），诗人在晚上听到了夜莺鸣声，有感而作那首杰作《夜莺歌》，让他的灵魂遨游于诗的想象的领域，暂时忘怀了生命的孤寂与悲哀。

这时候，有好几位英国近代诗人住在伦敦，我们曾去听过 Walter de La Mare 的一次演讲。不记得在什么地方，给我印象较深的，是那大讲堂内挤满了人头，大家引颈等待着诗人的来到。这时，他年近六十（生于一八七三），白发垂垂，态度端正，语音和悦，讲话有诗意。因坐在后排，我虽倾耳聆听，他的讲辞却懂得不多。我与朱自清还去过在不列颠博物院附近的一家诗铺，找了许多时间方才寻着。不记得是谁开的，好像是一位姓 Monro 的诗人，但是我可能把他与美国女诗人，在芝加哥办新诗杂志的 Harriet Monro 混在一起了。那家铺面很小，设在一座建筑物的地下室；拾级而下，进入诗铺，里面陈列着各式样

427

的新诗集子与杂志，颇令人有美不胜收的感觉。我对现代英美新诗并无好感，没有买什么书，只看看而已。有一次，在那里开一个朗诵诗会，我们也去听，到的人并不少。一切在记忆中早已模糊，不知是谁在朗诵，大概是没有名声的新诗人。

对于浪漫诗人的爱好，使我去离伦敦不远的 Marlow 镇（在伦敦西部，约三十英里）去探访雪莱曾一度居住的宅子。我的博士论文就是写雪莱当年与死后在英国的文名，对雪莱有偏爱，就乘便去 Marlow 游赏一番。此时雪莱已与 Mary Godwin 同居，等到雪莱的第一个夫人投河自杀后，他与 Mary 正式结婚，卜居 Marlow 有一年之久，然后同去意大利。那是一个小镇，很少外人去，更没有中国人在那里。当地市民聚集着对我惊讶的谛视，使我不能自在地在雪莱纪念宅（仅门口有一小牌子标明）前面徘徊；而且，那里大门紧闭，走不进去。在附近小旅馆一宿之后，我就匆匆地坐长途公共汽车回伦敦去了。当朱自清问我此行的经过，我没有多少话可以讲给他听。

另外一次，我单独行动，去拜访基本英语的创始者 C.K. Ogden。约好时间，我准时到他的寓所兼实验室，蒙他殷勤招待。他知道我要回中国大学去教英文，认我孺子可教，可为他在中国宣传基本英语的一员健将，特别费了好多时间，同我谈着他发明基本英语的经过，它的应用（基本英语是为便利非英语国家的人民学习英语而创始的），以及它的优点。基本英语刚在一年前（一九三〇）创端，Ogden 抱着十分热忱把它介绍给我，送我许多"基本英语"的书籍，并导我参观他实验室中各种录音的机器与设备。此"基本英语"运动，一直到二次世界大战后，经由丘吉尔与罗斯福的提倡，方始引起国际间的注意（但并未普遍，更未得实行）。我在最初期间得与它的创始者有过长时间的面谈，可谓得风气之先。

文章写到这里，已是离题，索性再绕道转一个大弯，讲到我从伦敦回国以后的事情。先说，现代英国新文艺批评大师 Ivor A.Richards 曾一度来到北平（好像以北大为大本营），代表 Ogden 在中国传播基本英语。我当时在天津南开教书，曾一度与他见面，但是对于基本英语我抱有怀疑态度，并未能如 Ogden 所希望的为它努力宣传。继 Richards 之后，他的大门徒 Will Iam Empson（他的中文名字是燕卜荪）也来到中国，在北大教书。他来的那年，正好中日战争开始，北大与清华、南开在长沙成立临时大学，文学院设在风景优美的南岳圣经学院地址。因为同在外文系，我与 Empson 认识，朱自清也在那里。那位新文艺批评界的后起之秀，当时年纪很轻，身材高大，总是醉醺醺的红光满面。他一句中国话都说不上来，生活琐事一切都得公超为他招呼。我还记得他闹的一个笑话。一天上午，忽然大家紧张起来，说英国人燕卜荪失踪了。原来，他有一门课，学生久

等 他不至，各处去寻，也无他的影踪。最后，还是有人回到教职员宿舍他的房间内（我与他邻居，当时正好在场）去寻看，方始发现他却醉卧床下，鼾睡正酣。听说，他后来去美国，思想变得左倾，美国移民局视他为一个不受欢迎的人物，离美后不让他再进去。

现在，回到伦敦去，再说一件我做的破天荒的事情：在脂粉堆中，读德国文学史。像前面所说的，来伦敦后，从我性情所好，在古老的不列颠博物院内浏览中国的闲书，如旧小说一类，有点说不过去，似乎也应当作些比较严肃的做学问的工作。已经读了好几年英国文学，不妨随着我的第二志愿，研究德国文学。我曾在芝加哥大学暑校修习一门少年歌德功课，也写了一本《少年歌德》小书。因此，我愿意多读一点德国文学，而我的嗜好是文学史。但是，在伦敦大学的课程表内，在那一季（一九三一年秋季）找不到一门对我合适的德国文学功课。可是，在伦敦大学某女子学院内有 J.G.Robertson 开的一门德国文学史。Robertson 著的一部文学史，出版不久，甚得批评界赞许。但是，我不懂得，为什么这样一位德国文学史权威，却在女子学院内开设功课。慕名深切，顾不得许多，我就在摄政公园伦敦大学的女子学院内，去旁听 Robertson 教授的德国文学史。我有点难为情——唯一的异国男人，夹杂在那些嘻嘻哈哈的英国女学生中间；也有些失望，因为 Robertson 的演讲并不精彩。最初,我还是用功地抄写笔记,后来发现他的讲辞内容与他那本书中的材料只是大同小异,就懒得做笔记了。当时,我竭力劝朱自清也去旁听,但是他有自己的工作表,一天到晚的很忙,参观博物院,瞻仰文人宅,游公园,跑市场,逛书店,没有时间与兴趣到女子学院去与我作伴。

我与朱自清一同在伦敦住了三四个月,天天见面,交往甚密,但在谈话中从不涉及家庭及私人琐事,也不提到他在清华学校的事情。我们会面时,大多在餐桌及公共汽车上,那是没有讲话机会的。偶尔,在我回房时经过他的房间,随便招呼几句。他总是伏在案头读书或写信,我不便去打扰他。就是有几次我们空闲了聊天,也寡言笑,不时相对着作会心的领悟。这也许就是淡如水的君子之交。在现代中国作家中间,朱自清是少有的君子人,我对他有深厚的敬意,同样的在道德与文章方面。他虽然经济并不富裕,但从未发过牢骚,或怨天尤人;他更未恶意地批评过任何人,不论是文人或他在清华的同事。那时候,他身体好,游兴高,不料后来竟为生活的负担,损毁了他的健康。

在英国,我计划中要做的事都已完成,住得也够了。当圣诞节前后,修毕一学期的德国文学史,看完博物院里所藏的中国通俗文学书籍,我就离开伦敦芬乞来寓所,与朱自清告别,去法国巴黎。一直到下一年春天,方才再去英国,与新从美国来的我的女朋友在伦敦结婚。此时,朱自清已在欧洲,没有参加我们在伦敦一家中国餐馆内招待朋友的宴会。此后，我与太太去欧洲度蜜月，有机会时，与朱自清偕游了好几处名胜。有一次，我们同在瑞士的 Interlaken 城一家旅馆住下。此城位在世界闻名的少妇峰——雪山脚下，是登山巅的一站。登山的费用极大，倘使我与太太一同去，就得花去我的一月清华官费的一半。可是，爱好风景名胜的朱自清，却兴致高高地独自去作登山的旅行，并不计较旅费。我们在意大利的那不勒斯又住在一起，偕去参观庞贝古城，玩得很好，增加不少见闻。最后，我们一同在意国南部的 Brindisi 港埠，乘意轮拉索伯爵号，路经红海、印度洋返国。

在抗战期间，我与朱自清先后在湖南南岳的长沙临时大学文学院，及云南昆明的西南联合大学，一起教书，由师生、旅伴，成为同事。在昆明时，我们大家有家眷，跑警报，对付生活，无暇作交际来往。抗战结束，我偕家人来美；二年后，哀伤地听到一代文人、名教授朱自清在北平逝世的噩耗。

一九七八年七月印第安纳大学

（选自《柳无忌散文选：古稀话旧》，中国友谊出版公司，1984 年）

我在哥廷根①

季羡林

> 季羡林（1911—2009），语言学家，1935 年至 1941 年留学德国，在哥廷根大学学习，1941 年获哥廷根大学哲学博士学位。

我于 1935 年 10 月 31 日，从柏林到了哥廷根。原来只打算住两年，焉知一住就是十年整，住的时间之长，在我的一生中，仅次于济南和北京，成为我的第二故乡。

哥廷根是一个小城，人口只有 10 万，而流转迁移的大学生有时会到二三万人，是一个典型的大学城。大学已有几百年的历史，德国学术史和文学史上许多显赫的名字，都与这所大学有关。以他们的名字命名的街道，到处都是。让你一进城，就感到洋溢全城的文化气和学术气，仿佛是一个学术乐园，文化净土。

哥廷根素以风景秀丽闻名全德。东面山林密布，一年四

---

① 标题为编者所加。

季,绿草如茵。即使冬天下了雪,绿草埋在白雪下,依然翠绿如春。此地,冬天不冷,夏天不热,从来没遇到过大风。既无扇子,也无蚊帐,苍蝇、蚊子成了稀有动物。跳蚤、臭虫更是闻所未闻。街道洁净得邪性,你躺在马路上打滚,决不会沾上任何一点尘土。家家的老太婆用肥皂刷洗人行道,已成为家常便饭。在城区中心,房子都是中世纪的建筑,至少四五层。人们置身其中,仿佛回到了中世纪去。古代的城墙仍然保留着,上面长满了参天的橡树。我在清华念书时,喜欢读德国短命抒情诗人荷尔德林(Hölderlin)的诗歌,他似乎非常喜欢橡树,诗中经常提到它。可是始终不知道,橡树是什么样子。今天于无意中遇之,喜不自胜。此后,我常到古城墙上来散步,在橡树的浓荫里,四面寂无人声,我一个人静坐沉思,成为哥廷根 10 年生活中最有诗意的一件事,至今难忘。

我初到哥廷根时,人地生疏。老学长乐森璕先生到车站去接我,并且给我安排好了住房。房东姓欧朴尔(Oppel),老夫妇俩,只有一个儿子。儿子大了,到外城去上大学,就把他住的房间租给我。男房东是市政府的一个工程师,一个典型的德国人,老实得连话都不大肯说。女房东大约有 50 来岁,是一个典型的德国家庭妇女,受过中等教育,能欣赏德国文学,喜欢德国古典音乐,趣味偏于保守,一提到爵士乐,就满脸鄙夷的神气,冷笑不止。她有德国妇女的一切优点：善良、正直，能体贴人，有同情心。但也有一些小小的不足之处，比如，她有一个最好的朋友，一个寡妇，两个人经常来往。有一回，她这位女友看到她新买的一顶帽子，喜欢得不得了，想照样买上一顶，她就大为不满，对我讲了她对这位女友的许多不满意的话。原来西方妇女——在某些方面，男人也一样——绝对不允许别人戴同样的帽子，穿同样的衣服。这一点我们中国人无论如何也是难以理解的。从这里可以看出，我这位女房东小市民习气颇浓。然而，瑕不掩瑜，她是我生平遇到的最好的妇女之一，善良得像慈母一般。我就是在这样一个只有一对老夫妇的德国家庭里住了下来，同两位老人晨昏相聚，成为这个家庭的一员，一住就是十年，没有搬过一次家。

我初到哥廷根时的心情怎样呢？为了真实起见，我抄一段我到哥廷根后第二天的日记：

终于又来到哥廷根了。这以后，在不安定的漂泊生活里会有一段比较长一点的安定的生活。我平常是喜欢做梦的，而且我还自己把梦涂上种种的彩色。最初我做到德国来的梦，德国是我的天堂，是我的理想国。我幻想德国有金黄色的阳光，有 Wahrheit（真），有 Schönheit（美）。我终于把梦捉住了，我到了德国。然而得到的是失望和空虚。我的一切希望都泡影似的幻化了去。然而，立刻又有新的梦浮起来。我梦想，我在哥廷根，在这比较长一点的安定的生活里，我能读一点书，读点古代有过光荣而这光荣将永远不会消灭的文字。现在又终于到了哥廷根了。我不知道我能不能捉住这梦。其实又有谁能知道呢？（1935.11.1）

从这一段日记里可以看出，我当时眼前仍然是一片迷茫，还没有找到自己要走的道路。

在哥廷根，我要走的道路终于找到了，我指的是梵文的学习。这条道路，我已经走了将近 60 年，今后还将走下去，直到不能走路的时候。

这条道路同哥廷根大学是分不开的。因此我在这里要讲讲大学。

我在上面已经对大学介绍了几句，因为，要想介绍哥廷根，就必须介绍大学。我们甚至可以说，哥廷根之所以成为哥廷根，就是因为有这一所大学。这所大学创建于中世纪，至今已有几百年的历史，是欧洲较为古老的大学之一。它共有 5 个学院:哲学院、理学院、法学院、神学院、医学院。一直没有一座统一的建筑,没有一座统一的大楼。各个学院分布在全城各个角落,研究所更是分散得很,许多大街小巷,都有大学的研究所。学生宿舍更没有大规模的。小部分学生住在各自的学生会中,绝大部分分住在老百姓家中。行政中心叫"奥拉(Aula)",楼下是教学和行政部门。楼上是哥廷根科学院。文法学科上课的地方有两个:一个叫大讲堂(Auditorium),一个叫研究班大楼(Seminargebäude)。白天,大街上走的人中有一大部分是到各地上课的男女大学生。熙熙攘攘,煞是热闹。

在历史上,大学出过许多名人。德国最伟大的数学家高斯(Gauss),就是这个大学的教授。在高斯以后,这里还出过许多大数学家。从19世纪末起,一直到我去的时候,这里公认是世界数学中心。当时当代最伟大的数学家大卫·希尔伯特(David Hilbert)虽已退休,但还健在。他对中国学生特别友好。我曾在一家书店里遇到过他,他走上前来,跟我打招呼。除了数学以外,理科学科中的物理、化学、天文、气象、地质等,教授阵容都极强大。有几位诺贝尔奖金获得者,在这里任教。蜚声全球的化学家A.温道斯(Windaus)就是其中之一。

文科教授的阵容,同样也是强大的。在德国文学史和学术史上占有重要地位的格林兄弟,都在哥廷根大学待过。他们的

437

童话流行全世界，在中国也可以说是家喻户晓。他们的大字典，一百多年以后才由许多德国专家编纂完成，成为德国语言研究中的一件大事。

哥廷根大学文理科的情况大体就是这样。

在这样的一座面积虽不大，但对我这样一个异域青年来说仍然像迷宫一样的大学城里，要想找到有关的机构，找到上课的地方，实际上是并不容易的。如果没有人协助、引路，那就会迷失方向。我三生有幸，找到了这样一个引路人，这就是章用。章用的父亲是鼎鼎大名的"老虎总长"章士钊。外祖父是在朝鲜统兵抗日的吴长庆。母亲是吴弱男，曾作过孙中山的秘书，名字见于钱基博的《现代中国文学史》。总之，他出身于世家大族，书香名门。但却同我在柏林见到的那些"衙内"完全不同，一点纨绔习气也没有。他毋宁说是有点孤高自赏，一身书生气。他家学渊源，对中国古典文献有湛深造诣，能写古文，作旧诗，却偏又喜爱数学，于是来到了哥廷根这个世界数学中心，读博士学位。我到的时候，他已经在这里住了五六年。老母吴弱男陪儿子住在这里。哥廷根中国留学生本来只有三四人。章用脾气孤傲，不同他们来往。我因从小喜好杂学，读过不少的中国古典诗词，对文学、艺术、宗教等有自己的一套看法。乐森璈先生介绍我认识了章用，经过几次短暂的谈话，简直可以说是一见如故，情投意合。他也许认为我同那些言语乏味、面目可憎的中国留学生迥乎不同，所以立即垂青，心心相印。他赠过一首诗：

> 空谷足音一识君，相期诗伯苦相薰。
> 体裁新旧同尝试，胎息中西沐见闻。
> 胸宿赋才徕物与，气嘘大笔发清芬。
> 千金敝帚孰轻重，后世凭猜定小文。

可见他的心情。我也认为，像章用这样的人，在柏林中国饭馆里面是绝对找不到的。所以也很乐于同他亲近。章伯母有一次对我说："你来了以后，章用简直像变了一个人。他平常是绝对不去拜访人的，现在一到你家，就老是不回来。"我初到哥廷根，陪我奔波全城，到大学教务处，到研究所，到市政府，到医生家里，等等，注册选课，办理手续的，就是章用。他穿着那一身黑色的旧大衣，动摇着瘦削不高的身躯，陪我到处走。此情此景，至今宛然如在眼前。

他带我走熟了哥廷根的路，但我自己要走的道路还没能找到。

我在上面提到，初到哥廷根时，就有意学习古代文字。但这只是一种朦胧的想法,究竟要学习哪一种古文字,自己并不清楚。在柏林时,汪殿华曾劝我学习希腊文和拉丁文,认为这是当时祖国所需要的。到了哥廷根以后,同章用谈到这个问题,他劝我只读希腊文,如果兼读拉丁文,两年时间来不及。在德国中学里,要读 8 年拉丁文,6 年希腊文。文科中学毕业的学生,个个精通这两种欧洲古典语言,我们中国学生完全无法同他们在这方面竞争。我经过初步考虑,听从了他的意见。第一学期选课,就以希腊文为主。德国大学是绝对自由的。只要中学毕业,就可以愿意入哪个大学,就入哪个,不懂什么叫入学考试。入学以后,愿意入哪个系,就入哪个;愿意改系,随时可改;愿意选多少课,选什么课,悉听尊便。学文科的可以选医学、神学的课;也可以只选一门课,或者选十门、八门。上课时,愿意上就上,不愿意上就走;迟到早退,完全自由。从来没有课堂考试。有的课开课时需要教授签字,这叫开课前的报到(Anmeldung),学生就拿课程登记簿(Studienbuch)请教授签;有的在结束时还需要教授签字,这叫课程结束时的教授签字(Abmeldung)。此时,学生与教授可以说是没有多少联系。有的学生,初入大学时,一学年,或者甚至一学期换一个大学。经过几经转学,二三年以后,选中了自己满意的大学,满意的系科,这时才安定住下,同教授接触,请求参加他的研究班,经过一两个研究班，师生互相了解了，教授认为孺子可教，才给博士论文题目。再经过几年努力写作，教授满意了，就举行论文口试答辩，及格后，就能拿到博士学位。在德国，是教授说了算，什么院长、校长、部长都无权干预教授的决定。如果一个学生不想作论文，绝没有人强迫他。只要自己有钱，他可以十年八年地念下去。这就叫作"永恒的学生"（Ewiger Student），是一种全世界所无的稀有动物。

我就是在这样一种绝对自由的气氛中，在第一学期选了希腊文。另外杂七杂八地选了许多课，每天上课6小时。我的用意是练习听德文，并不想学习什么东西。

我选课虽然以希腊文为主，但是学习情绪时高时低，始终并不坚定。第一堂课印象就不好。

其间，我还自学了一段时间的拉丁文。最有趣的是，有一次自己居然想学古埃及文。心情之混乱可见一斑。

这都说明，我还没有找到要走的路。

至于梵文，我在国内读书时，就曾动过学习的念头。但当时国内没有人教梵文，所以愿望没有能实现。来到哥廷根，认识了一位学冶金学的中国留学生湖南人龙丕炎（范禹），他主攻科技，不知道为什么却学习过两个学期的梵文。我来到时，他已经不学了，就把自己用的施滕茨勒（Stenzler）著的一本梵文语法送给了我。我同章用也谈过学梵文的问题，他鼓励我学。于是，在我选择道路徘徊踟蹰的混乱中，又增加了一层混乱。幸而这混乱只是暂时的，不久就从混乱的阴霾中流露出来了阳光。12月16日日记中写道：

> 我又想到我终于非读 Sanskrit（梵文）不行。中国文化受印度文化的影响太大了。我要对中印文化关系彻底研究一下，或能有所发明。在德国能把想学的几种文字学好，也就不虚此行了，尤其是 Sanskrit，回国后再想学，不但没有那样的机会，也没有那样的人。

第二天的日记中又写道：

> 我又想到 Sanskrit，我左想右想，觉得非学不行。

1936年1月2日的日记中写道：

> 仍然决意读 Sanskrit。自己兴趣之易变，使自己都有点吃惊了。决意读希腊文的时候，自己发誓而且希望，这次不要再变了，而且自己也坚信不会再变了，但终于又变

了。我现在仍然发誓而且希望不要再变了。再变下去，会一无所成的。不知道 Schicksal（命运）可能允许我这次坚定我的信念吗？

我这次的发誓和希望没有落空，命运允许我坚定了我的信念。

我毕生要走的道路终于找到了，我沿着这一条道路一走走了半个多世纪，一直走到现在，而且还要走下去。

哥廷根实际上是学习梵文理想的地方。除了上面说到的城市幽静、风光旖旎之外，哥廷根大学有悠久的研究梵文和比较语言学的传统。19 世纪上半叶研究《五卷书》的一个转译本《卡里来和迪木乃》的大家、比较文学史学的创建者本发伊（T. Benfey）就曾在这里任教。19 世纪末弗朗茨·基尔霍恩（Franz Kielhorn）在此地任梵文教授。接替他的是海尔曼·奥尔登堡（Hermann Oldenberg）教授。奥尔登堡教授的继任人是读通吐火罗文残卷的大师西克（Sieg）教授。1935 年，西克退休，瓦尔德施米特接掌梵文讲座。这正是我到哥廷根的时候。被印度学者誉为活着的最伟大的梵文家雅可布·瓦克尔纳格尔（Jakob Wackernagel）曾在比较语言学系任教。真可谓梵学天空，群星灿列。再加上大学图书馆，历史极久，规模极大，藏书极富，名声极高。梵文藏书甲德国，据说都是基尔霍恩从印度搜罗到的。这样的条件，在德国当时，是无与伦比的。

我决心既下，1936年春季开始的那一学期，我选了梵文。4月2日，我到高斯—韦伯楼东方研究所去上第一课。这是一座非常古老的建筑。当年大数学家高斯和大物理学家韦伯（Weber）试验他们发明的电报，就在这座房子里，它因此名扬全球。楼下是埃及学研究室，巴比伦、亚述、阿拉伯文研究室。楼上是斯拉夫语研究室，波斯、土耳其语研究室和梵文研究室。梵文课就在研究室里上。这是瓦尔德施米特教授第一次上课，也是我第一次同他会面。他看起来非常年轻。他是柏林大学梵学大师海因里希·吕德斯（Heinrich Lüders）的学生，是研究新疆出土的梵文佛典残卷的专家，虽然年轻，已经在世界梵文学界颇有名声。可是选梵文课的却只有我一个学生，而且还是外国人。虽然只有一个学生，他仍然认真严肃地讲课，一直讲到四点才下课。这就是我梵文学习的开始。研究所有一个小图书室，册数不到一万，然而对一个初学者来说，却是应有尽有。最珍贵的是奥尔登堡的那一套上百册的德国和世界各国梵文学者寄给他的论文汇集，分门别类，装订成册，大小不等，语言各异。如果自己去搜集，那是无论如何也不会这样齐全的，因为有的杂志非常冷僻，到大图书馆都不一定能查到。在临街的一面墙上，在镜框里贴着德国梵文学家的照片,有三四十人之多。从中可见德国梵学之盛。这是德国学术界十分值得骄傲的地方。

我从此就天天到这个研究所来。

我从此就找到了我真正想走的道路。

(选自《留德十年》,人民出版社,2008 年)

从日本到美国①（节选）

何兹全

> 何兹全（1911—2011），历史学家，1935 年至 1936
> 年留学日本；1947 年至 1950 年留学美国，在哥伦比亚
> 大学学习。

去东京

1935 年北京大学毕业后，傅斯年老师本来约我去"中央研究院"历史语言研究所。这是很多大学历史系毕业生求之不得的职业。因为仙槎大哥已说了送我去日本留学，那时下意识里还有崇洋思想，留学日本，也比留在国内好。说老实话，我那时连历史语言研究所的意思都不清楚，以为是研究历史上的语言的。后来到我要到史语所时，才知道我当年是多愚蠢。

暑假期间，我回菏泽家里看了看父母，就去济南，从青岛坐船出国了。同行的有朱建业（俊岑），赵文蕴（英含）和孙镇南。

---

① 标题为编者所加。

朱俊岑已去日本一年，暑假回国，我们三人是跟着他去的。那时出国似乎还没有许多繁琐的手续，行前只去了一趟济南的日本领事馆，就去日本了。

船不大，日本船，忘了叫什么"丸"，客人好像也不多。我们就在甲板上铺了几个铺位，上有船篷，也不怕风雨。他们晕船的，就吃咸菜。我不晕船，说笑聊天外就看大海。第一次看到海，景色好新奇。

船好像是到了长崎，要停船卸货，旅客可以下船到市里观光。我们四个连跳带跑地上了岸。靠海一面是街的背后，穿过小巷走进大街，啊！别是一番天地，风景如画，和在中国所看见的景色完全不同。满街招幌，五颜六色。日本妇女，梳着高髻，身穿和服，足踏履板。真像到了仙国。对日本国的这第一眼印象，以后再也没有过。我怀疑我们到的可能不是长崎，而是一个日本小城镇，比较朴实，还多保留着一些日本风俗的小城镇。但船似乎不可能在小城镇靠岸卸货的。

到东京，即住进诹访町诹访 Hotel。朱俊岑大约原就住在这里，他和老板娘很熟。诹访 Hotel 是个方形木建筑，四边建筑，中间是庭院，两层楼房，每边约有四五间房向中开门。楼上一圈是长廊，凭栏可以看院子里的花草。我们四人都住楼上，我和镇南住一间，日本席铺地，进屋脱鞋。一人一个书桌，看书累了，就往席上一躺。被褥都在壁橱里，晚上睡觉才取出。生活非常简单。

我就在这里住了大半年。

这个地方靠近高田马场，是个长方形的大场地，长约四五百米，宽约二三百米。马场的一头有个高高的像土墙样的土山，有四五层楼高，上面宽约两米，高高低低，可以行人。

几十年来，我非常怀念那个地方。1992年六七月间，作为东京大学东洋史研究所的访问学者，我到了东京。有一天，由尾形教授的研究生汪诗伦女士（台湾学生）陪同，去寻访了旧居。当年那一带是日本式木建筑居民区，而今已是高楼大厦。我脑子里唯一的坐标高田马场已毫无影踪。问了几位街上的老人，也问不出头绪。五六十岁的老人，那时还没有出生，或出生了仍在童年时期。我脑子里的旧形象、旧蓝图，在他们脑子里是没有的。一位中年日本妇女听说我是来访古寻旧的，非常热心，陪我们走访了好多地方，也找不出头绪。最后，我只好败兴而归。

补习日语

在北大我学过日语，但学得不好。到日本后，仍需先补学日语。当时为华人补习日语的有个"同文学校"（好像是这名称），但在神田区，离我住的地方高田马场相当远。高田马场附近正好也有个日语补习学校，我们就就近入学了。

从我们住的地方，出院门左手转二三十步地就是一条小马路，右手转弯顺马路一直走下去，过了去新宿的马路仍一直往前，一边是马场，一边是居民房，约两站地，就到补习学校了。教师约四五十岁，高身量，不胖，中文说得很好。日语变格比较复杂，他讲得非常清楚。我们有两门课，一门日本语法，一门日本散文选。我语法学得很好，各种变格都学得清清楚楚。散文，仍取在中国的办法——背诵。

不久，我就练习着翻译文章。我译过道端良秀先生的一篇关于唐代寺院组织和管理的文章，寄回杨中一兄处，在他编的《益世报》（或《华北日报》）史学副刊上发表。

学习很紧张。

深山迷路

在日本一年，很少外出游玩，只有一次去参观东京附近的一个水库。

我们四个人去时是买的来回车票，水库游人很多，我们也

449

玩得尽兴。后来玩玩走走，走到一片山岭里。遇到一个老农，问他去东京的路，他说不清。我们就信步前行，越走越不见人，我们就拣起一片石头，把石头往上一抛，落地后尖端朝哪方就往哪方前进。哪知石尖指的正是去东京的相反方向。天就要黑下来了，好不容易遇到一个人，我们回去东京的方向，那人大笑，告诉我们走反了，越走将越远。我们掉转头走，走呀走，走出了山地，来到平地，看到了车轨。顺着车轨寻找车站，走到一个车站，好不高兴。一问，离我们回程的车站还有好远，要先补票。但我们口袋里都没了钱，没有办法，只好顺着车轨走向我们回程的车站。走呀走，走到了；等呀等，等来了车。我们回到东京诹访 Hotel，已是深夜。

拖着疲倦的身子，睡！

思想变化

日本人给我的最深刻印象是生活的勤劳和紧张。社会上你看到、接触到的人，都和赶庙会样的忙忙碌碌。对比之下，在北京看到的却是街头上悠悠闲闲拿着鸟笼子散步的人，是争权夺利的人，是釜底游鱼！

一般没有到过中国、不懂中日关系的日本人，对中国人还很亲,称中国人为"民国人"。说起西方人,有反感,称之为"洋鬼子"。有一位取送衣物的洗衣人,和我们混得很熟,现在已忘了他的名字。他很活泼,来取衣物时有时也聊聊天。有一次就谈到中日间可能发生战争,在战场上和他相遇:"呀,这不是某某君吗!"于是相对大笑,很有趣,大笑的背后,也很凄惨,友好的人民为什么要打仗呢?谁主宰人民的命运?日本军国主义!

我们吃不惯日本饭,贵,也很少到街上中国饭馆吃饭。中国饭馆一般有中国"定食"(预先做好的中国饭),很不好吃。我们一般就用老板娘家的厨房做饭吃。我们边做边吃,老板娘边看边学,说我们的饭香,好吃。她开玩笑地对朱俊岑说:"我要年轻几十岁,就嫁给你!"

也有对中国人不友好的人,大多是到过中国的人,特别是日本浪人。他们轻视中国,看不起中国人,说中国人是东亚病夫!有一次我们在高田马场散步,走在高土墙上。适巧一个日本浪人在训练狗,在土墙上埋有什么东西,要狗去找。那浪人远远地喊,大约是叫我们让开,我们听不见,也没听懂。后来,他也上了土墙,恶狠狠地眼看着我们,嘴里说什么日本话,大约是骂人的脏话,很不礼貌。

1935年12月,日本少壮派军人发动政变,杀害了日本首相。此时我正在东京。这天晚饭以后,忘了有什么事,我乘有轨电车去神田区。后来发现，街上气氛不对，路人惶惶，行色紧张。我也紧张起来，赶快乘车回返住处。车上人很少，车开得很快，更增加了紧张气氛。事后，才知是日本少壮派军人发动政变。政变失败，死了几个大臣，杀了几个少壮派军人。后来多少年，看过一个日本电影，描绘这一幕。有一个镜头是杀那几个少壮派军人的，一排人，蒙着眼，坐在地上，手臂绑在身后的木桩上，面对行刑的持枪人。行刑之前一刻，那些少壮派军人大喊：天皇万岁！天皇万岁！

日本军国主义终究是亚洲和平和世界和平的祸根。侵华战争、第二次世界大战，日本军国主义给中国人民、亚洲人民，也给日本人民带来深重灾难。

留学美国

送走了妻儿我就先到上海，住在沈巨尘家。沈巨尘在汪伪组织做了几年官，抗战胜利，汪伪组织垮台后，他就隐居上海。大约他的官也不大（行政院简任秘书），陶希圣或者暗中保护，使他平安无事。

在上海等船的时候，闲来无事，有时跟他去交易所看看。我是第一次看到交易所。那个叫经纪人吧？好忙！恨不能两手两耳都是电话,口里不断地喊,喊的都是上市股票的名称价格。下面听的人忙于喊卖出买进。人多声音杂,乱成一片。我也跟着他买进了一点,但跟着就落了。我十分恐慌紧张,虽然买得不多,但出国的血本,也不能砸到这里。一夜睡不好,还好,第二天又上去了,我就赶快抛出。没赔没赚,出了一身冷汗。

去美国的船是什么"总统号",大约仍是战时体制(称作Emergency),一房间住许多人。同船的中国人有几十个,多半是读书的,慢慢都熟起来。船上二十多天,都成了好朋友。但到美国以后,就各奔前程,起初还有几个人有联系,慢慢就都断了联系,现在连一个也想不起来。人间悲欢离合,就是如此偶然,又是如此无情。

船到日本东京,靠岸装货。有人组织客人到市内参观,乘车游了一圈。看到的是一片瓦砾,萧条、荒凉景象。1935年至1936年我在东京时的繁华,一点儿影子也找不到了。

船到夏威夷,我们也上岸走走。走到一家华人小商店,老板是广东人,一听我们是到美国读书的,上岸走走,大为高兴,马上把店门上锁,开车带我们游览。时已黄昏,不多会儿夜幕来临。他带我们一会儿市区,一会儿郊外,一会儿平地,一会儿山上。游了半夜,才送我们回船。萍水相逢,如此好客,如此热情。这热情，是海外游子对祖国的爱，看见华人，就如看到亲人。

海上生活，太好太美了。空气新鲜，陆上任何时候、地方都难以相比。清风徐来，真是一尘不染。有时没有风暴，仰卧在甲板躺椅上，只见水天一色，船行像鱼，如在水中。有时遇到大风大浪，一时船在浪顶，如被推上峰巅，斜眼四望，四周皆是深谷，只要船一滚动，便翻入海底；一时船在深谷，四面皆是高山，只要山向里一合，船便葬身海底。此时大多数人都晕船，或呕吐或静卧不动。我不晕船，不呕吐，随船上下，飘飘欲仙。下船吃饭，有时只我一人。

船到旧金山上岸，坐火车横穿美国去纽约。路上还出现一次蠢事。车到堪萨斯城，我随几位伙伴竟下车进城去参观，还在饭馆吃了一餐。等回到车站，车早已开走了。站上搬运行李的工人，斜着眼惊奇地看着我们：

"The train is gone. where are you going boys?"（车早走了，你们哪里去了，小伙子们?）

我们买票赶另一列车，到了芝加哥，先到的小伙子们在车站接我们。后来想想，怎么会出现这样蠢事！车行中途，即使是大站能多停几分钟？可以进市，可以吃饭？真是不可思议！过了半年，那段原买的车票钱，公司都退还了我们。资本主是资本主义,可这事我们不能不佩服人家做事的负责任! 资本主义经营,有他们的一套制度,不能一看见资本主义就骂剥削。车过芝加哥时,我下车停了一天,去看了董彦堂(作宾)先生。好像就住在他那里。有一个学汉学的美国学生在他那里坐,谈话完全用古汉语。我一直记得的是他告别时说的一句话:"吾去矣,尔勿送。"车到纽约,启贤来接我。第一天我先住在国际大厦(International House),靠近曼哈顿河边,离哥伦比亚大学不远。国际大厦里住的多半是学生。

船上大约是二十来天,旧金山到纽约火车上三天。那时还没有从中国到美国的横渡太平洋的飞机,二十多天就是那时从中国到美国的日程。不,也许那时也有飞机,可穷学生哪里坐得起! 所以连有没有飞机都不知道,根本没有打听过。

哥伦比亚大学

我大概是 1947 年 5 月到美国的,暑假中办了入学手续,9月开学就入了哥伦比亚大学历史研究院。北京大学在美国是有地位的,我还请了胡适之先生特为我给哥大历史学家古德瑞赤(Goodrich)教授介绍,我就直接入学了。

在哥大我主要学欧洲古代和中世纪史。我是学中国古代史和中世纪史的。我到美国去时思想上就很明确，学欧洲史是为了和中国史做比较研究，没有改行学欧洲史的思想。学欧洲古代史，首先需要文字过关，要会法文、德文，还要会拉丁文或希腊文。我只会点英文，根本不够学欧洲古代和中世纪史的条件。教授中我听课最多的是卫斯提曼（William L.Westmann）和爱文斯（Evans）。卫斯提曼讲欧洲古代史，爱文斯讲欧洲中世纪史。卫斯提曼有学问，是美国治欧洲古代史的一大家；爱文斯也很博学，但听不出他对欧洲中古史的独到见解。我在爱文斯教授课上写的读书报告（papers），却很偶然地保存下来了。有得 A 的，有得 B 的，也有得 C 的。一次在我写的《中世纪的城市》（Medieval cities）写了句评语说："思想丰富的论文，英语不够流畅。"不够流畅，就是英语写作能力差。在我另一篇《查理曼大帝帝国衰亡的原因》上的评语说："思想丰富的论文。但是，你需要把你的概括建立在更实际的知识的基础上。"大约他不同意我的概括和我的思想见解。我听过海斯教授（C.J.H.Hayes）的课。此人在我脑子里很有名气。他和穆恩教授（P.T.Moon）写的《世界通史》（World History），1930 年我在辅仁大学附中读书时，历史课曾用此书做课本，北师大历史系刘启戈教授曾译为中文出版。Hayes 讲课像钱穆先生，在课堂上走来走去，很有生气。在哥伦比亚大学他开的好像是欧洲近代史，我印象不深。

在哥大两三年,我读了不少欧洲古代和中世纪史的书,好书我都是一本本地仔细读的,印象深的有:

G. Gloty:*The Greek Gity*(《希腊的城市》)

R. H. Baviow:*Slavery in the Roman Empire*(《罗马帝国的奴隶制》)

Tenney Frank:*An Ecnomic Survey of Ancient Rome*(《古罗马经济概论》)

Paul Vinogradoff:*The Growth of The Manor*(《庄园制的发展》)

Villainage in England: Essays in English Medieval History(《英国农奴制》)

Frederic Sellohm:*The English Village Community*(《英国农村公社》)

Eileen Power: *The Wool Trade in English Medieval History*(《英国中世纪羊毛贸易》)

D. D. Cunningham: *The Growth of English Industry & Commerce During The Early Middle Ages*(《中世纪早期英国工业和商业的发展》)

James W. Thompson: *Economic & Social History of Europe in*

the Later Middle Ages（1300—1500）(《欧洲中世纪晚期［1300—1500］经济社会史》)

P. Boissonnnade: *Life & Work in Medieval Europe*（《生活在欧洲中世纪》)

我最喜爱和佩服的教授学者，除哥伦比亚大学的 Wsetmann 外，还有 M.Rostovtgeff 和 Henry Pirenne。我细读过 Rostovtgeff 的 *The Social and Economic History of The Roman Empire*（《罗马帝国社会经济史》)。我最受启发而喜爱读的是 Henry Pirenne 教授关于欧洲中世纪的著作，他是法国人，死于第一次世界大战时德国人的牢狱和不自由的日子里。他的书在英文有译本的，我几乎全读了。如：*Economic & Social History of Medieval Europe*、*Mohammed & Charlemagne*、*Medieval Cities*、*Belgian Democracy,it's Early History*、*A History of Europe* 等。我喜欢他的书大概由于他的史学思想和我相近。他看重交换经济、城市经济在欧洲历史上的地位和影响。同样，我看重交换经济和城市在中国历史上的地位和影响。

我的史学思想和政治思想都受到考茨基的很大影响，但在国内我也只读过他的《基督教之基础》《托马斯·穆尔和他的乌托邦》，到美国后才读到他的 *Thomas More & His Utopia* 的英译本，读到他的 *The Economic Doctrine of Karl Marx*, *The Labour*

Revolution 和他的 *Bolshevism at a Deadlock*。

我是只读书没有读学位，哥伦比亚大学的硕士学位是比较容易拿的，不容易拿的是博士。读博士学位，至少要会两门外国语，像我如果读古代史和中世纪史博士，还要会拉丁文或希腊文。博士论文对我来说还不是难题，我写中国史题目是可以的，问题在外语，学拉丁文或希腊文，在我是完全不可能的事。博士拿不到，硕士看不上眼，我就不读学位了。我不读学位，还受两位先生的影响，一是傅斯年，一是陶希圣。我出国前，他们都说不必读学位，说要读书，了解美国历史学的学派，各学派的学说内容，多结识一些史学名家。我生性不会活动，不善交游，他们的教导，有些我也没做到。

我喜欢买书，虽然穷，我也买了不少书。在美国买书，有好多好办法。你要想买已经绝版的书，你可以到旧书店去找，你往往可以找到你要买的书。万一哪里都找不到了，你可以委托一家书店代你征求，他们可以向全美国乃至欧洲各国的书店去征购。我确也通过这种方法买到过几本好书。

美国的课堂，真是太自由随便了。吸烟的可以嘴里叼着纸烟听课，坐在前排的可以把脚放在教桌上。老师讲着课，就可以提问，也不用正式举手，拿着铅笔、钢笔的右手食指往上一指，就表示有问题举手了。我特别看不惯吸着烟把脚放在教桌上,不尊师、不重道,太民主、太自由。这是现代和落后的矛盾,还是东西方文化的矛盾?反正我看着不顺眼。

小工　主笔　研究助手

我出国时大约只有 1000 多美元。在上海时有人说可以代买一点教会出来的美元,我就留下 300 美元在沈巨尘处,请他代我买了寄我,后来没有买到。时局日紧,沈巨尘为他的后路打算,竟然撕破脸皮不把这 300 美元还我。(前些年我和他联系上,他还了我这 300 美元。但这时的 300 美元已不是当年的300 美元了。)

外汇是买不到的。国内形势越紧,国民党越垮,外汇就更买不到。

多数穷学生没办法时就打零工,我也只有打零工。我做零工最多的地方是哥伦比亚大学教师学院(teacher's college)的饭馆(cafeteria)。报酬如何,我回忆不起来,无论早餐、午餐、晚餐都可以吃一顿饭。大概早餐做 1 个多小时,吃饭之外可以拿0.75 元,午、晚餐各两个小时,吃饭之外可以拿 2—3 元左右。大约每小时是 1 元左右。我的工作常常是在餐厅收拾餐具,把刀叉碗分开放在我背后多层的小格子电动机上往楼下洗涤室送。客人吃完饭，不走，坐在那里聊天。我就轻松地坐在那里无事可做。饭馆要关门了，他们说走都走，就把餐具往我台子上送。我就紧张地抓送起来，忙不过来，柜台上堆一大堆。工作完了，累一身汗。工作完，我们工作人员一块吃饭。愿意吃什么拿什么，愿意吃多少拿多少。这顿饭吃得最舒服、高兴、轻松。

有时站柜台卖咖啡和茶。有时做咖啡，不是家里来了客人那样细法做咖啡，我做咖啡是下面放个干净大桶，桶上放个铁算子，算子上放咖啡，用一大桶沸水往下冲，沸水冲着咖啡漏到下面桶里就是咖啡。一小壶一小壶地拿到柜台上去卖。

我还短期做过不到一个月的《纽约新报》主笔。时间是1948年7月12日到8月10日。原来的主笔是赖亚力同志，他也是北大同学。当时他正一面在哥大读书，一面做冯玉祥将军的秘书工作，他是我参加"民革"的介绍人之一。他要跟随冯玉祥将军回国了，让我去做主笔。《纽约新报》是个老牌华人报纸，属于国民党系统。赖亚力做主笔时，社长是余仁山。总编辑老谢，是"民革"成员。董事长李辛之，是个国民党，和南京国民党走得近，但和共产党无联系，保持中间偏右的政治态度。他对赖亚力还能容忍，赖亚力走了，他正要安插他的人，对我去他是拒绝的。如果我能在《纽约新报》待下去，也是"民革"的一个喉舌。这时"民革"的王昆仑同志正在纽约，为了使我能在《纽约新报》报社站得住，大家一块开过几次会，想办法，想门路，想对策。但李辛之态度很顽固，他一定要推石宝瑚进去。从1948年7月12日到8月10日，干了不到一个月，我就退出了。对我来说，主笔一个月有150元的收入，解决了生活问题，而生活问题又是当时最重要的问题。但也有不少困难，每天下午从我住处到中国城报社，要坐车走好多路。每天一篇社论还要一篇短文（每日一事），在我实在够呛。往往头天下午发完稿回住处的路上就得考虑第二天社论的题目。第二天上午就得到图书馆找材料写成粗稿，下午又得去报社了。因被社论搞得精疲力尽，也无精神读书了。报社主笔不干，是莫大损失，也是莫大幸福。

我也在魏特夫（Karl Wittfogel）主持的中国史研究室打过零工。中国学者王毓铨、冯家升都在这个研究室工作过，从中国古籍中搜集材料，供魏特夫写文章。这个研究室附设在哥伦比亚大学中文图书馆（Low Library）的楼上。我在哥大时，在中国史研究室的有瞿同祖和房兆楹，瞿的夫人赵增玖和房的夫人杜莲哲也在那里工作。我请毓铨去向魏特夫说我想到他研究室去工作。但他很抱歉，说已无这份钱。后来兆楹就找我去做零工，每小时一元钱。魏特夫知道我去做零工，非常高兴，说："原不知你可以做零工,不好意思请你。你能做零工,那太好了。"
于是他请我校阅和核对英文译稿,并写些专题小文供他使用。
他给我的报酬是每小时两美元,这在当时的零工中是高的了,
这也基本上解决了我的生活问题,假如我每天去两小时,星期
日去三小时,每月以四周计,我就可以得到120元。食住问题
都可解决了,不用分心又能学习(找的材料也多是我需要的),
比去报社做主笔好多了。生活安定下来。

大约1949年的暑假末,一天陈翰笙先生和毓铨来找我,陈
先生说:"现在霍普金大学国际政治学院(Page School)佛朗西
思教授(Professor Jhone de Frances)要翻译范文澜先生的《中国
通史简编》,需要个助手(fellowship)帮他翻译,我们介绍你去。
你翻译范著,回国也是一功,你跟魏特夫干什么,回国后检查都
检查不清!"就这样,由陈、王两位介绍,我去了巴铁摩尔霍普金
大学国际政治学院。

魏特夫,原是德国共产党员,好像还是中央委员,希特勒时
代他曾被捕,还传说他已被杀害,德国共产党还给他开过追悼
会。而他却逃出了德国,到了美国,到美国后,他背叛了共产
党,成为美国FBI(联邦调查局)的工具。在史学方面,他强调
古代东方社会是专制主义社会。东方是农业社会,农业需要兴
修大规模的水利工程,需要有组织者,皇帝就是水利工程的组

织者,在此基础上产生专制皇权。现代东方,仍有古代专制主义的传统。以此学说,攻击苏联斯大林为专制主义者。

翻译《中国通史简编》

霍普金斯大学国际政治学院(Page School)院长是欧文·拉铁摩尔(Owen Lattimore)。此人曾在抗日战争时期,由美国罗斯福(Franklin D. Roosevelt)总统推荐担任蒋介石的顾问。我和此人接触不多,我去霍普金大学时,他好像正在阿富汗,不久他就被调回国到国会作证。因为美国国会议员麦卡锡(J. Mecanhy)告他是共产党的间谍。这时正是麦卡锡疯狂时代的开始,他今天告这人是共产党,明天又告那人是共党间谍,搞得美国的一些比较开明的知识分子人人紧张自危。拉铁摩尔去国会作证的那天,国际政治学院的人和许多美国学人都去听。我对美国的事不怎么关心,而且是初到不久,我没有去。

我参加听拉铁摩尔的习明纳尔课(Seminar,讨论课),到他家去参加过一次鸡尾酒会,另外和他没有多少接触。我的印象,他是个开明的民主自由者。他认为美国要在远东特别是在中国和共产党势力对抗,只有培养民主势力、依靠民主势力,依靠反动落后的腐败势力如蒋介石,结果一定失败。当时我思想深处是欣赏他这种思想的,不同处是:他是民主加资本主义,我是民主加社会主义。

我到国际政治学院的位置和待遇是 fellowship(研究员职位),年薪 2000 美元,每月取 160 元。我的工作是做弗兰西斯教授的助手,翻译范文澜教授的《中国通史简编》。我和弗兰西斯的交往是比较多的,我一面译,他一面看我的译稿,讨论译稿中出现的问题。他不住在学校,但常到学校中来,来必和我一块在学校餐馆吃饭。有时也约我到他家去,去则多半由我做"中国菜"。我之所以在中国菜前后打了引号,因为我不会做菜,我做的菜不好吃,算不上中国菜。但他和他夫人总说我做的菜好吃。那时生活中吃住两项每月 100 元差不多可以够了,我还有点余钱买书。富兰克(Tenney Frank)的《罗马经济史》(An Economic Survey of Ancient Rome)就是在霍普金大学出版部补齐的,还有一本是残破本(damaged copy),是在书库烂书堆中找出来的。

我在霍普金斯大学只待了半年,1949 年 9 月到 1950 年春,因为我决定回国了,要在纽约办手续候船。我走了之后,他们大约约了王伊同教授去接我的工作,详细情况我就不知道了。

我回国时,国际政治学院办公室的同事们要我给中国科学院社会学研究所张之毅同志带一个高压锅(pressure cook)和一个小孩用的毛毯。20世纪50年代初，高压锅大概还是新产品。"文化大革命"时可不得了了，红卫兵们非说锅里有电台，迫我交代。他们还说毛毯一个角里也有电台。说老实话，我也不懂电，但常识使我认为电台不会这么小。他们非迫我承认是带的电台不可。现在看来是啼笑皆非的蠢事，当年却也是性命攸关的大事。

（选自《大时代的小人物：何兹全自传》，北京大学出版社，2010年）

游学印度[①]

金克木

　　金克木(1912—2000)，文学家，翻译家，梵学、印度学研究专家，1941 年至 1946 年游学印度，学习印地语和梵语，钻研佛学。

　　四十三年前，1942 年春天，太平洋战争爆发后几个月，晚间。

　　印度加尔各答的一间小房里，窗帘拉得严严的，因为日本飞机已经到过这里上空，所以实行灯火管制了。

　　房里是半印度式的布置：一张像炕一样的大木榻，旁边有一把椅子，对面还有一张沙发背窗放着，前面有一张矮桌子，上面有水杯、水瓶和一盘印度小点心，地面上铺满地毯，一盏电灯悬在中间。

　　不过十几个人，却把屋子挤满了。多数是印度青年人，席地而坐。椅上坐着一位身穿英国空军军服的中年人，军帽摘下

---

　　①　标题为编者所加。

来了,有点秃顶。榻上坐着一位印度中年人,陪着两个中国人,一个是中年,一个是青年。

中年印度诗人起身走过,坐上沙发,面向大家,说了一些孟加拉语,以后用英语说:

"今晚我们很高兴,来参加的有英国诗人哈罗德·艾克敦先生。他在中国北京大学教过书,译过中国现代诗。还有中国的温源宁先生。大家都知道,他是中国的英文杂志《天下》的主编。《天下》上刊登过一些中国现代文学的优秀作品,想必都读过。还有一位中国青年朋友,是新来加尔各答不到一年的。"

他随即半吟半诵一首孟加拉语的诗。没有诗稿,也不译成英语,大概是自己的新作。吟完了,用英语请艾克敦先生。艾克敦先生不吟诗,只讲了几句话。大意是说,自己现在穿上军服,成了武人,不好吟诗了;是可诅咒的战争毁坏了诗。原来他是被征入伍,紧急动员,飞来这里的。

主人又请温源宁先生。温源宁先生没有推辞,到沙发上一坐,用英语对大家谈了几句话。声音很低,很柔和,态度温文尔雅。他个子不高,虽穿西服,仍有中国文人气派;和那位英国诗人恰成对照。他说完引子,便一字一句诵出一首中文绝句,原来是"杨柳青青江水平……道是无情却有情。"诵完,用英语略说大意,站了起来,仍回榻上坐。

主人又请那位中国青年。他听主人介绍客人时有点吃惊，想起了在北京大学红楼听过艾克敦先生大声朗诵艾略特的长诗《荒原》，想起他的朋友，同艾克敦合作译《中国现代诗选》的陈世骧等等。他还在半出神时，经主人一拉，不由自主坐上了沙发。他一着急，想出了一个救急药方，跟温先生学。用英语说了几句客气话后，说自己也只能像温先生一样诵一首古人的诗，用中国的传统吟诗调子。随即吟出了杜甫的《秋兴》八首之一。

　　印度主人笑着说，听来很像印度人吟唱《吠陀》古诗。接着他宣布，青年诗人毗湿奴·德朗诵自己的新作。这位青年后来成为孟加拉语的一位进步诗人。当时他站起身来，高高的，瘦瘦的，手里拿着几张纸，却不看，也不去沙发那边，只用英语说了一句："我的诗题是《南京》。"稍停一停便高声朗诵，抑扬顿挫，慷慨激昂。诗很长，是孟加拉语的，大概是以南京沦陷和日寇大屠杀为主题吧？诗诵完，全场活跃。其余几个人不用请就站起来在原地朗诵，全是孟加拉语的。吟诗的间隙中夹杂着谈话。

　　中国的青年和温源宁说了几句话，知道他是路过，第二天就飞去伦敦。叶公超不久会来。青年又去同艾克敦先生说了几句。这位英国人本来沉默不语，一脸严肃，这时忽而睁大眼睛，问起陈世骧。青年回答说已去美国了。不料他接着问："卞之琳、何其芳有什么新作？"青年回答：卞之琳、何其芳和李广田，这三位合写《汉园集》的汉花园（沙滩）诗人听说都去延安了。他刚好收到一本卞之琳的新出版的诗集，是在前线写的，名《慰劳信集》。话未说完，英国诗人立刻说：

"你拿来我看。我们马上动手翻译。陈世骧不在这里，你来合作。我住大东酒店。"他说了房间号码，约定第二天就去，因为他不知道能在这里过几天。

在艾克敦的房间里，青年给他译卞之琳的给前线士兵的一首诗。诗中有个"准星"，他不知英文叫什么，随口照字面译出来。不料这使听的人大为兴奋。"什么？这是什么？我知道，一下子说不出。你看我这个军人。你说得好，瞄准的星星。哈哈！"他记下了诗意，又闲谈几句，约定第二天再去。

第二天青年看到他时，他正在房间里乱转。地上放着一口箱子。他非常愤慨地对青年说："我接到命令，马上飞锡兰（斯里兰卡）。战争啊！战争啊！这也好，我可以离开这地方。我不愿留在这里。可是我们的译诗完结了。只好等战后了，我想念那些中国青年诗人。中国的一切我都喜欢。"于是他对青年大发一通自己的牢骚。青年默然听着，好像听他讲课，不过是坐在旅馆房间的沙发里，喝着汽水。从此一别，没有再见。

他记下这件小事时已经是过了七十岁的老人了。

20世纪初期，印度有三位"汉学"博士，都不是到中国学习汉文得学位的，而且学习目的也不是研究中国而是研究印度本国，学汉文为的是利用汉译的佛教资料。他们留学的国家正好分别是法国、德国、美国；博士论文题目全是有关佛教的。应当说，他们不是"汉学"博士而是印度学博士。

　　到加尔各答不久，我就由友人介绍到师觉月教授家里去拜访。"师觉月"是他自己取的中国名字，是意译他的姓名三个字。这个姓并不表示他的"种姓"，而是祖上得过的一个称号，正像"泰戈尔"这个姓一样。婆罗门种姓支派的"姓"是不拿出来的，"内部掌握"，不对外人说的。照英国人习惯用的"姓"也像英国人一样是用些祖先称号顶替的。氏族的"百家姓"讲究得最厉害的，无过于中国，可上溯三代以至多少代。印度却不是这样，只有他们自己人才一望而知，心里明白；外人除非熟悉了他们的各地不同习惯，是不容易明白的。这是第一课，是师觉月教授给我上的。后来又见到各种各样的印度人，才慢慢有点开窍，知道光凭书本不行。无论古、今，欧、印，书上总是讲不清，各有自己一套"密码"，局外人难以一下子解译出来。

　　每当我在加尔各答，总是忘不了去一次师觉月教授的小书房。这位法国留学回来的博士有点传染了法国人的习气，一熟了就谈天说地，他那里，不必事先约会也可以去。他留着小胡子,说话带着学者气,但不是不苟言笑。小小书房也是客厅,墙的一面是书架,从地板直到天花板,架前有个小梯子。不大的书桌靠窗摆着,前面墙上是一幅放大的法国人照片,那是他的导师,著名的东方学家烈维。在烈维的指导下他写出了博士论文《中国的佛教藏经》,核定并发展了日本人南条文雄在马克斯·穆勒指导下写的汉梵对照《大明三藏圣教目录》。

他能去法国留学,这是由于 20 世纪初期的风云变幻。1905 年由英国政府要分割孟加拉而引起的一次民族运动浪潮,使加尔各答大学也有了变化。尽管孟加拉省的省督仍兼校长即监督,握有否决权、批准权,但是实权已下落了一些到印度人副校长和大学评议会主席手里。后来人们为他树立铜像的阿苏托什·穆克吉掌握了大学的行政,便提倡派人去法、德等国留学,实际是企图打破英国高等教育的枷锁。诗人泰戈尔兴办国际大学也在这个时期。师觉月博士便是在这个浪潮中去了法国,而且学中文,为的是利用中国资料研究印度历史。19 世纪中叶英国吞并印度时的文化教育控制从一部英文《英属印度史》(詹姆士·米尔著)开始,印度民族主义的文化反抗也从印度历史研究开始,这不是偶然的。

到德国去学中文的戈克雷教授也是同一时期的同一时代浪潮中的学生。他是西南部的马拉提人,却到东部的孟加拉来上泰戈尔的国际大学。他不去英国而去德国留学，同时加入了当时西部一些民族主义者倡办的一个教育团体。加入这个团体的条件是留学回国后必须在本团体办的学院中工作二十五年，只拿仅够一家生活的工资，但是子女的教育费，直到留学，都由那个团体负责。这是带有互相合作性质的一种办法。他到德国海德堡大学学了汉文和藏文，研究佛教哲学，写出论文译解《大乘缘生论》，得到博士学位，回国便去教那个二十五年不能脱身的学院。

另一位在这一时期学中文的巴帕特教授的情况完全相同，不过去留学的地方是美国哈佛大学，研究的也是佛教，论文是巴利语本《清净道论》和汉译本《解脱道论》的比较研究和考证。他回国后也是在同一个学院教二十五年书。

我到浦那时，经戈克雷教授介绍住在潘达迦东方研究所的"客舍"里。潘达迦是孟买大学第一个印度人梵文教授。他以他的藏书为基础成立了这一个纪念他的研究所。当时所里的主要工作是校刊印度大史诗《摩诃婆罗多》。说起潘达迦当教授的事，也非同寻常。孟买大学的梵文教授位置，从 19 世纪中叶英国人建立孟买大学起，就是聘请欧洲人担任，不是英国人，就是德国人。因为学院的教授多而大学正教授的位置只有这一个，必须一个退休，一个继任；所以潘达迦教授有旧学又有新知,虽然在学术上的地位已经得到本国和西方学者的承认,却还到不了这个位置上。后来好容易那位英国教授退休回欧洲了,大家以为继任的一定是他;不料传出消息,英国的省督兼校长又聘请了一个德国人。这时印度人大哗,群起反对。为什么本国古文要请外国人当教授呢?过去说,本国学者不能用英语教课,不懂西方近代一套所谓科学,现在国际驰名的印度学者潘达迦具备了一切条件为什么不能当这个教授呢?难道印度学者在印度本国都不能当印度文的教授吗?在印度本国教印度古文都非请外国人不可吗?这不是对全民族的极大侮辱吗?这不是对印度文化的极度蔑视吗?实在说不过去的不公平引起这一场激烈的抗议,迫使英国当局不得不承认潘达迦教授的地位。从此印度大学中的印度古文教授就一直由印度本国人充当了。这大约是 19 世纪末的事,是悷赏弥老居士对我谈的。我至今还记得老人谈这事时的激动口气。他还说,他学了巴利语佛典回到孟买时,潘达迦教授听说了,立刻要见他。他去时,那位老教授见面就用巴利语问他关于佛教的问题。他当然也用巴利语引经据典回答。这次“考试”使当时的青年悷赏弥得到不少益处。他说完加了几句:“这都是因为我们失去了本国语言,失去了佛教,他才那么着急要见我啊!我们失去了本国,连在自己大学里教自己语言的资格也失去了。教本国语言也要用外国话，要请外国人了。"

师觉月教授有次谈话中也流露了一句："我们现在还是奴隶啊！"

戈克雷教授对我说过："最可怕的是精神奴役。印度在政治上独立不会再等很久了，可是精神上和文化上的奴役往往是不知不觉的，难摆脱啊！"

当然他们的感慨不是无根据的。研究本国的宗教、哲学、历史，甚至语言，都要去外国留学，才能得博士学位和当教授，这不是愉快的事啊。英国人把印度的哲学贬得那么低，简直是原始人的文化思想；德国人又捧得那么高，简直是和康德、黑格尔同一流派；这是怎么回事？戈克雷博士到德国去研究佛教哲学，师觉月博士到中国北京大学来讲印度哲学(1948)，都不是偶然的吧？他们并不认为印度哲学是虚无缥缈的。

戈克雷教授校梵本《集论》，邀我去他住房门口的只能容一张床的半间屋里合作。由于原写本残卷的照片字太小又太不清楚，我们就从汉译和藏译先还原。他将面前摆着的藏译一句句读成梵文，我照样将玄奘的汉译也一句句读成梵文，然后共同核对照片上的原文，看两个译本根据的本子和这个原本是不是一样，也免得猜谜似的读古文字先入为主，自以为是。结果使我们吃惊的不是汉译和藏译的逐字"死译"的僵化，而是"死译"中还是各有本身语言习惯的特点。三种语言一对照,这部词典式的书的拗口句子竟然也明白如话了,不过需要熟悉它们当时各自的术语和说法的"密码"罢了。找到了钥匙,就越来越快,文字形式不是难关了。(校本后来在美国刊物上发表。)

"如果中国人和印度人合作,埋藏在西藏的大量印度古书写本就得见天日,而且不用很久就可以多知道一些印度古代的文化面貌了。"戈克雷教授说。

巴帕特教授当时正忙他女儿的婚事。有一天他忽然找我,邀我去参加婚礼。原来印度的婚礼是由女方办的,男方只管来迎亲。于是我得到一次参加古典式印度宴会的机会,用中国古代传统婚礼眼光看,这种席地而坐在芭蕉叶上用手抓吃实在不免原始,可是那个热闹排场和礼仪却是同中国并无二致。新中国成立后他作为一个代表团的团长来中国访问时,有次宴会我也参加了。他一高兴讲了几句话,临时拉我当翻译,因为他要引佛经。这次宴会使我想起他家里的那次宴会,他的"呵呵"的笑声和拉住"中国朋友"的神态也是并无二致。

同这三位学过汉文并研究佛教的教授的接触使我增加了不少对印度的知识,也使我对讲印度的现代书的疑问更多了。

(选自《游学生涯》,东方出版中心,2008年)

牛津、剑桥掠影记

——1982 年 7 月之游

王佐良

> 王佐良(1916—1995),诗人,翻译家,英国文学研
> 究专家,1947 年至 1949 年留学英国,在牛津大学学
> 习,1949 年获牛津大学 B. Litt 学位。

真正是掠影。牛津只停留了一上午,剑桥也不过一夜一天。

然而能去还是比不去好。至少,我重温了旧梦。

1949 年 8 月,我离开牛津的时候,没有想到能重来。现在,虽然隔了三十三年,我毕竟又出现在茂登学院的门口。

这是我当年做研究生时的所在,应该说是一个很熟悉的地方。然而我从"玫瑰巷"进去,居然把大门的朝向都弄反了。

一进门是传达室。仍然是师生们取信的地方,一格一格的信架还在那里,但是没有一个人认识我。后来才在门口看见了一位女工,她点点头,把我领到了总务长的房里。总务长是一位退役的中校,名叫亨特生。寒暄之后,他就陪我在学院各处

看了一下,首先走进我当年住过的宿舍。

房间的内部现代化了,有一个白瓷洗脸盆,冷热水俱全(过去,我们用小盆,每天早晨由管房间的工人送来一瓷瓶热水,供刮胡子用)。但那面大窗子还在,窗外仍是那棵大梨树,树下是一片草地。记得我刚住进去的时候,诗人艾特蒙·勃伦登来看我,他指着那棵树说:"春天这树开满白花,你会喜欢它的。"他原是这学院的教师,后来去了伦敦,这次偶然回来,听说我是燕卜荪的中国学生,因此主动来看我。我请他喝中国绿茶,他是我在学院宿舍里招待的第一个客人。

现在房里是另一代的学生了。我们向他道谢一声,就走了出来。

然后走进新近重修过的教堂。这是牛津城最老的教堂之一,13 世纪建的。外墙是淡黄色的石头,已经一块一块重新换过,几世纪风吹烟熏的黑迹没有了。里面因无人而显得宽大,橡木做的祭坛和桌椅之类发着典雅的光泽,但我更喜欢长窗上的彩色玻璃,它们拼出的图画是宗教故事,然而打动我的却是那在幽暗中忽见光线透过红蓝黄绿等色玻璃而来的绚烂景象。

然后进了图书馆。只有一位教师管着,我问他那些用铁链拴着的古书还在吗。(中古时期的英国学生也有偷书的,所以图书馆里贵重书都用铁链拴住,可以拿下来放在前面的长条桌子上读,但拿不走。)在我当学生的时期,那样的"拴链的书"还颇有一些。现在,这位管理员说:"还有,只是不多了,这里只留下一本做个纪念。"我记得三十年前的图书馆长是盖罗德先生(H.W.Garrod)。他是古典文学专家,又是当时标准版《济慈诗集》的编者,好像一直是单身,我常见他同学生在大树下下棋。

接着是大厅。所谓"大厅",是饭厅兼课堂。凡牛津正式学生,都一定要在所属学院的大厅里吃上至少三个学期的饭。学校的饭天下一样,总是大锅菜,卫生而无味道。我们那时候正值战后英国经济紧缩,新上任的工党政府厉行节约,主要食品也定量配给。我们学生去吃早饭时,每人手托一盘,上有一小块黄油,一周的配给在此,得很吝啬地、有计划地吃。鸡蛋也是每周配给一两个,但是好心的英国同学常常从乡下的家里或农场带来一些鸡蛋送给我吃。大厅里吃饭,有各种规矩,例如迟到或说了什么不雅的话要罚酒,总是先有人大喊:罚!罚!然后由受罚者出钱买啤酒,盛在一个很大的银杯里让大家传着喝。院士们另在大厅上端一个桌子吃饭,桌子放在一个平台上,叫做高桌。他们吃得比学生好,菜是另做的,有多种酒助餐,吃完之后还要一边喝着葡萄酒,一边各逞才智地谈笑一番。

大厅四壁挂着历任院长和重要院士的油画像,师生们就是在这些历史人物的注视下吃饭。我注意到有了几张新的画像。

我当年的院长是一位研究亚里士多德的哲学家，早已去世。新挂的像是他的继任者，已经有两三位了。

这样周游一过，总务长又陪我在校园里走走。茂登学院的校园不大，但历史久远，一边靠着古城墙，沿墙有一条路，叫作死人之路。这个名称的来源我已忘了，现在我贪看的是那茂密的草地、大树和花丛，想起了过去我在那里坐着看书的日子。

也就想到了我的导师 F.P.威尔逊先生。牛津各学院往往文法理等学科都设，但又各有所长。茂登学院所长在哲学和英国语言文学。牛津的教授为数甚少，但有两位英国语言文学教授就是属于茂登的，当时威尔逊就是其一。另一位是研究中古英语，后来以写多卷本古代传奇小说出了大名的托尔金。威尔逊教授在英国学术界以外几乎不为人知，但在英美文学研究界颇受尊崇。他是文学史家，是当时牛津大学出版社正在出版的多卷本《英国文学史》的两个主编之一，又是版本学家，曾改编原由有名的版本学者麦开罗编的《戴克全集》。他写的《莎士比亚与新目录学》一书虽然篇幅不长，却引起研究界的一致好评，因为在这里他把一个复杂的学术问题交代得十分清楚，重要的事实叙述得十分翔实，而又叙中有评，重点突出，同时文章又写得典雅而有风趣，令人爱读。

然而他写的书不多，只有几本讲稿汇集，如《马洛与早期莎士比亚》《17世纪散文》《伊丽莎白朝与詹姆斯朝》，都是薄薄的小书。他筹划中的一本大书是上述牛津文学史中的十六十七世纪戏剧卷，其中心人物就是莎士比亚，但是没有写完他就去世了。

我遇见他的时候，他年约五十，衣着随便，走路微跛（第一次世界大战中受伤所致）。牛津的教学主要靠各学院自己进行，大学无"系"，但为了日渐增多的研究生的需要，有一个英文部，附设一个图书馆。威尔逊当时就主管这个英文部，研究生入学、听特设的专业课、参加合格考试（考五门专业课，笔试再加口试，考试及格才能写论文），以至最后交论文安排口试（即答辩），都要经他批准。

我写有关17世纪剧作家韦勃斯透的论文就经过他的指点。他告诉我，要注意历代对这位剧作家的看法，但看法不一定只在评论文章里，还应注意他的剧本上演、改编、摘选等等的情况，因此他要我去查各种私人抄本、各代剧本目录、剧院广告等等。这类事看似琐碎、枯燥，但一个研究者必须搜集一切有关材料，然后加以选择。当然，更重要的是通过历代作家、文论家对韦勃斯透的反应，追溯出历代对于英国文艺复兴时代诗剧的爱憎、迎拒的弧线，从而看出历代的文学风尚，这样就又揭示出文学史和文学批评史的一个侧面。另外，他说一个学者要写得确实，但又要有点文采，例如能叙述图书目录和剧院广告等十分枯燥的细节而做到眉目清楚，文字不枯燥才算本领。他自己的著作，特别是上面提到的《莎士比亚与新目录学》一书，就做到了这一点。

我还记得，我的论文口试刚完，就接到他的信，问我考试经过，并要我去他家吃饭。像许多老一代的英国学者一样，他写信给朋友不用打字机，而且书法雅致。我去过他家多次，同他的夫人和女儿（也是读英国文学的牛津学生）也都熟了。

现在他已过世，他的夫人和女儿又在哪里？……我站在曾同他一起散过步的茂登校园内，感到惆怅。

托尔金也不在了，盖罗德也不在了，当年的同学也星散了，这地方充满了记忆，却没有一个熟人。等到总务长邀我进入小餐厅，我遇到了新一代的院士们，包括院长、教务长、现任茂登英国文学教授，还有一位九十多岁的老人——有名的勃莱克威尔书店的老板贝索尔·勃莱克威尔爵士，他倒是我在1948年见过的。他告诉我他早已不管书店的事，现在是茂登学院的荣誉院士。他仍然爱说爱笑。"我今年九十四岁。"他说，"而萧伯纳只活了九十①，将来我在阴间看见他，还得向他道歉去迟了。"而当荣誉院士呢，"只意味着我一直到死，在这里吃饭不花

---

① 这是说笑话，萧伯纳实际上活了九十四岁。

钱,如此而已"。

这是一次午餐会。每人自己动手。我取了热火腿、色拉、饼干、奶酪、香蕉和葡萄,亨特生又给我端来一大杯冰啤酒。有人问我当年茂登的情况,有人问到中国和北京。我除了回答,也问英国文学研究和出版情况,例如牛津版《英国文学史》是否已经出全。约翰·凯莱(John Carey,现任茂登英国文学教授,常在伦敦《泰晤士报文学副刊》写评论文章)说,还未最后出全,但早出的几卷已在修订。我又问,是否现在不兴写大部头文学史了?(美国有人这样说。)凯莱说,不然。据他所知,剑桥大学正在计划编写另一套多卷本《英国文学史》。

可惜这种吃饭场合,无法多谈,而我下午还得去剑桥,只得匆匆吃完,就向院士们道别了。

这一次走出学院大门,我放慢脚步,回头多看了几眼。

走上大街,我的情绪起了变化。这条曾被称为欧洲最高尚的街道的牛津大街仍是老样,连那些卖纪念品的商店也仍然像以前一样古色古香。恰好来了大批外国游客,在街上东张西望,犹如昔年暑假所见。这时候我就觉得牛津又属于我了。我决心要做一两件我过去爱做的事。去河边漫步已不可能,徜徉大草地也无时间,想进包德林图书馆看看那美丽的亨弗莱公爵阅览室怕已关门,于是走进大街中段的牛津大学出版社门市部——幸好它还在那里！赶紧买了一本《弥尔顿诗集》。出来，过街，经过一条叫作透尔的小巷，抵达宽街，对面就是勃莱克威尔书店，我又进去，匆忙浏览一下，买了一本牛津新版的《彭斯诗集》。

接着，直奔汽车站，看见英国文化委员会牛津办事处的一位女士拿着票在等我，并且带来了我的行李，这才喘息稍定，向她道谢之后就上了车。

来也匆匆，去也匆匆！后来想想，也许这样倒好。如果多事盘桓，很可能记忆将多得无法承担，真要变成感伤的旅行了。

到了剑桥，第一件事是去看老同学。

因为伊恩·杰克(Ian Jack)在那里。伊恩同我一起在牛津茂登学院做研究生，不久他结了婚，我帮他找房子，同他的妻子琪恩也成了好朋友。琪恩也研究文学，后来成了笛福专家，但前几年同伊恩离婚了。伊恩现在是剑桥大学的英国文学教授。他一听说我来英国，就写信约我来剑桥。几天后，我到了苏格兰，刚进格拉斯哥的一家旅馆，放下行李，就接到他的长途电话。三十年后第一次交谈，他还是那样热情而又幽默。

他住在剑桥郊外。我坐出租汽车到达时，已是黄昏，他与夫人伊丽莎白在很大的花园里等我，旁边一个四五岁的男孩在玩耍。

我们两人对看了好久。三十年的逝水年华，两个大洲的距离，那心情，真如彭斯所咏：

> 我们曾赤脚蹚过河流，
> 水声笑语里将时间忘。
> 如今大海的怒涛把我们隔开，
> 逝去了往昔的时光！

> 忠实的老友，伸出你的手，
> 让我们握手聚一堂。
> 再来痛饮一杯欢乐酒，
> 为了往昔的时光！

一连串往事浮上心头：他在课堂上写小条子告诉我，勃莱克威尔书店来了一套路卡斯编的《韦勃斯透全集》，我一下课就赶紧跑去买下（他也对韦勃斯透有兴趣，曾写一文，题为《韦勃斯透是一个存在主义者么》，发表在著名文学理论家 F.R.利维斯主编的《细察》杂志上）；他第一次带着琪恩来看我，琪恩是一位漂亮的苏格兰姑娘，但与始终不改苏格兰口音的伊恩相反，说一口纯正的牛津英语；我们一起上牛津大街上某处一所古老而简朴的小饭店，三人站在木楼梯上耐心地等待桌子；我们参加学生社团苏格拉底学会,坐在地板上听牛津名学者 C.S.路易士雄辩滔滔地批判萨特的存在主义;我和伊恩骑自行车,随着一群同学周游处处都是玫瑰花的牛津乡下,每到一个小酒店就停下喝一大杯从木桶里汲出来的啤酒……

然而两个人都还没有衰老。伊恩的脸上多了皱纹,但头不秃,满满的一头白发,显得雄迈。他告我他仍然每天骑自行车去讲课。伊丽莎白年轻、和气,看来很会持家,那天晚餐桌上的一大块羊肉就是她自己烤的。孩子呢,很健壮,吃完了甜菜(黑莓加奶油),自个儿玩去了。

饭后伊恩把我让进了他的书房,点起了一根小雪茄,我啜着咖啡和白兰地。只在这时候,我们才像过去那样谈了起来。

彼此的工作,出了什么书,到过什么国家讲学,剑桥文学教师中传统派与革新派之争,过去一些同学的近况,学术界、出版界的动态……

但是我心中有一个问题,迟迟不好提出。伊恩也终于觉察到了。

"琪恩?"他问。

"对了,她怎么样?"

"她还在牛津,是圣休学院的院士。你知道,我们离了婚以后,仍然是好朋友。"

那么，又何必离婚呢？见证过他们婚后快乐的我，对这事总感到遗憾。如果我知道琪恩还在牛津，那么今天上午我是会去看她的。现在我听了伊恩的话，只能默默地祝她幸福了。

第二天早上，阳光灿烂。我在所住的大学纹章旅馆吃了早饭，就漫步街上，照着一张小地图上的标记，去寻一些我想看的地方。过去我来过剑桥一次，住了两天，但是现在连路也不认识了。好在这大学城不大，比牛津还小，寻找那几所有名的学院还是不难的。

通过一两条几乎无人的小巷，我就到了国王学院。这是剑桥有名的地方，游客总要来看这所学院的教堂的。教堂立在一片剪得平整的草地之后，建筑的样式庄重中带灵巧，通体白色，被那片草地的绿色衬托得特别鲜明。它旁边没有零乱的小屋，草地又很大，草地边上是康河，所以人人可见它的全貌，加上旁边学院本身的一长排建筑，屋顶上塔尖林立，整个布局真是美极了。而且这地方幽静中有生气，河边草坡上常有许多男女学生或坐或躺，河中则不时有人撑着小船而过。只不过我到的那天早上，大学已放假，所以更见幽静广阔，我一个人享有了这难得的清晨胜景。

教堂内部，也是令人流连。首先，全部是略带沙色的白石砌成，因此坚固而又干净。许多条哥特式的细长石柱组成了屋子的主要支撑，它们线条挺秀，像是直冲天庭，到了高高的顶上又交拱而成花格。同这种朴素美和高腾感相对照也相衬托的则是长窗上的彩色玻璃，其鲜丽，其绚烂，简直动人心魄。1948年我在欧洲看过更大更老的教堂，当时另有一种心情；这一次，也许因为教堂刚经整修，我似乎更能欣赏这类宗教建筑的美学效果。

就是在这个优美的环境里，我访问了弗兰克·寇莫特教授（Frank Kermode）。他是我来英前提出想见的学者之一。幸好他还没有休假，所以约好今天在此会面。

寇莫特是当今英国文学研究界的重要人物，著作甚多，我国学生熟悉的两大卷的《牛津英国文学选》就是由他和另一人主编的。他与一般文学教授有两点不同：一是他对流行法、德、美等国的新的文艺理论有兴趣，自己也做出了贡献；二是他除了研究英国文艺复兴时期文学，也注意现代主义及其以后的当代文学流派。

在前年剑桥大学解聘柯林·麦开勃的争论中，他站在麦开勃一边，因为剑桥之所以不喜欢麦开勃这位青年教师，正因为他讲授了新派文学理论。剑桥的传统派根深蒂固，争论虽引起报纸和外面世界的注意，仍然以新理论派的失败而告终。麦开勃去了苏格兰的一所大学，寇莫特自己虽然从伦敦转到剑桥不久，也不得不让出许多人认为是剑桥文学教师的第一职位——

英王讲座。

我在国王学院一间书房里见到了他，一个温文尔雅、中等身材、脸容略显瘦削的中年人。他首先向我道歉，说英国文化委员会通知他太晚，他只能挤出现在这个时间。我告诉他我并无特别事情找他，不过由于看过他的几本书，既有访英机会就想来看看他。他说我们也算有点因缘，原来我的导师威尔逊教授曾经担任寇莫特在利物浦大学做的博士论文的口试人。

"当时，他对我还不错。"寇莫特说，"不过他说我的文章缺乏文采。"

"对，老先生很注重这一点。他希望人人都写得像他那本《莎士比亚与新目录学》。"

这样就谈了开去。他问我都柏林开乔伊斯讨论会的情况，听说燕卜荪也出席了，又问起老先生的近况。我问他最近在研究什么，也问了他对当前英国文坛的看法。他认为有几个小说家不错，其中有写《白色旅馆》的英格兰作家 D.M.多玛斯和写《午夜的儿童》的印度裔作家勒熙地。（这两本书当时正在盛销，我在伦敦听到过许多人称赞它们。）

他也问到北京学校的情况。所提问题之一，是乔治·奥威尔在中国有无人读？我说，有的，例如他那篇《政治与英语》还曾列入大学教材。奥威尔的散文写得好，而我们中国人是喜欢好散文的。

他忽然说："我刚才接到英国文化委员会的一封信，就在你来之前几分钟。他们问我愿不愿意考虑去中国讲学？"

我说："你如能去，那就太好了。你会发现北京有不少学者愿意同你讨论问题的。他们也同你一样喜欢读书、研究、教书、写书，一直到编英国文学的选本。"

"选本？哦，我们那本'牛津文选'正在修订，准备出第二版。"

"当然，我们的选本规模小些，重点也不同，例如我们会包括威廉·莫里斯的《乌有乡消息》。"

"完全应该。是一本好书。记不得为什么我们没有选它。"

"那么，去吧？"

他有点踌躇。"今年秋天我去美国哥伦比亚大学，明年也早有约定了。也许1984年会有时间。"最后，他说："当然，我是想去的。北京总是有吸引力的。"

来找他的研究生已在敲门。我站了起来，同他握手告别，几乎想加上一句：你当然清楚，北京不只是一个城市，它是一种文化，正同牛津、剑桥是一种文化一样。

1982 年

（选自《心智文采》，北京大学出版社，2007 年）

比京学歌记

郎毓秀

郎毓秀(1918—2012)，女高音歌唱家，音乐教育家，1937年至1941年留学比利时，在布鲁塞尔皇家音乐学院学习。

经过了约一个月的时间，(一九三七年十月中)我们所乘的意邮船 Conte Biancamano 由沪抵达了热诺亚码头，赴巴黎的火车，要到黄昏时才开，我们于是有整个下午的时间可以畅游这座相当古旧的城市，我们所走到的地方，至少有十五六个男女孩子们围着，有些竟跟着我们趟马路，大概他们极少见到中国人，所以都奇怪地看着我们，我的心里怀疑着他们，究竟对我们有何印象！毕竟在他们的语气中觉得是很和气的好奇罢了，这小城市是筑在一座小山上，高高低低的街道，好似香港，电车是围绕着山道开行，我们坐了周游一圈，风景多很幽静。在那里最使我满意的可说是饭店中小圆形的面包新鲜而可口，我们简直连鱼肉都不想吃，只顾尝着小面包。那意大利茶房，也知道我们的口味，一碟一碟的递送上来。

坐上夜车第二日，清晨就到了巴黎，那时街道店面还关着，清静得很，去找到了一位同船的亲戚，带着我们去一咖啡馆吃了早点，那是在拉丁区，可说是学生区，因这一区住的多数是大学生，房租也便宜，学生们在欧洲，生活都很舒适，因为多处都有优待学生的办法。

巴黎的咖啡店，多如牛毛，一条小小的街，至少也有四五家，甚至有两三家接连着，喝杯咖啡或酒，可由你坐很久的时间，店内并供给纸笔，所以有许多学生们简直整日坐在那里工作，并有许多闲着的人们，坐着看街道上来往的行人，我奇怪他们如此空闲的坐过一天，什么也不做，勤俭的却又特别的勤俭，晚间十二时的巴黎，正似白天一样，行人多极，在那儿，他们以每天二十四小时计算，所以下午一时，都说十三时。

在巴黎耽搁的三日中，正遇着是法国博览会，可惜时间不够，只去了两次，不能看全，因那时已十月中旬，各校都已开学，我急着赶往比国进学校，法国的博览会中，各国都参加展览，唯有我国，独付阙如，我等在巴黎又去参观蜡人馆，那是很有趣的，一进门就有哈哈镜，使我们大笑，那些蜡人，惟妙惟肖，都排坐在橱窗内，有电影明星，有当代伟人在厅堂沙发上，有蜡人坐着看报，大家都以为是真人，这蜡人馆并没有窗可以透进天然光线，全是用灯光照着，所以有些阴沉沉的气象，假如一个人单

492

独在里面，真有点害怕。到了里面一间，我正对着橱窗细看，旁边却也有一个较高的女子，在我前边侧着身看，一直没有移动。我走近她身边细看时，才知也是个蜡人。

到了比国，朋友介绍住在一家四人的小家庭里，因言语不通，闹了许多笑话，幸亏房东夫妇，稍懂几个英文字，一会儿做手势，或加一个英文字，和他们过了一个月，倒也相处得很安，一切照顾均极周到，但为了离音乐院太远须四十分钟电车，并且房租很贵，洗澡又须外出，太不方便，一月后搬在近音乐院的一女子公寓中住了。

为了皇家音乐院正式招考已过期，我到比利士的第五天，就只在校长及选定的声乐教授前考试，考取了高级的声乐班，初级是由助教教的，声乐班的必修课，只有乐理视唱练耳及Diction（读的法文字，母音规则，及法国诗词等），为了言语关系，第一年我没法入班，另外我选钢琴伴奏班，也正似学琴一样，不过同时要弹些伴奏，有时试练看谱。

伴奏于我们学唱者是需要的，使自己练唱时，得到许多便利，一星期约上二十个钟点的课，声乐班学生并须入合唱班，每星期一次，这也就是我们音乐院的合唱队，除了我们这一队正式受着声乐训练外又须上合唱队，约五十余人，合唱队中，男生只据女生的四分之一，此外比京另有一个人数较多的业余合唱队,有五十岁左右的老年男女队员,在内兴高采烈的唱着,这精神是可佩服的,他们每年约开两三次音乐会,我们的合唱队,也时时出席参加。

皇家音乐院内,学生有六百多人,学钢琴的较多,学唱的较少,外国的学生,程度也参差不齐,课室约有二十间,甚宽敞,每室都有大钢琴,除了可容约一千余人的大礼堂外,并有一个二百座位的小礼堂,学校内并有图书馆,学生可随时借书及乐谱等作参考,还有饭店,以便别处来上课的学生留着吃午饭,平时课余,还可去喝杯茶,吃些点心,价钱较外面要便宜四分之一,这小饭馆也就成了我们学生休息谈笑的俱乐部了,在工作之余和我来往的欧洲同学极多,她们都极真诚爽快,所以我在欧洲的几个学期中,很少有感到寂寞的时候,工作时亦总极兴奋,环境之佳,更合乎求学的人们。

我们的皇家音乐院,自己有一个很考究的音乐厅,和上海的兰心戏院差不多,共有四层楼,在欧洲的戏院,都是好几层的,愈高票价愈廉,除了电影院最多二层外,此戏院在比京城内较为正式,大规模的音乐厅,不过两个,最大的是 Palais des Beaux arts 内的大礼堂,这 Palais 内并有较小的演讲厅及电影院等,其次就是皇家音乐院,一星期至少约有三次开音乐会。在欧洲学生们,除了考试时公开外,(即在音乐院的大礼堂举行,为了恐乱秩序,故卖票入座)学生们未毕业前,是不许出外演奏的,所以在音乐会公演中,虽有成绩不甚高妙的,但也不致与标准相差过远。我们在音乐院的学生们,时常可得免费票去听音乐会。

比利士唯一的歌剧院,每晚演不同的歌剧,有一个四座的包厢是免费给我们音乐院学唱者所享受,每个学生照理每月可去二次,先在学校内领得入场券,然后至戏院,院内表演者的艺术,有的也不过如此,只有我听 Lily Pons 一次最为满意,当然全世界很少几人是数一数二的角色,但是纵使听到次一等的,于学者也不无有益,所以我们上唱时,都全集在一教室。轮流着上课,也是这理由,我们的视唱练耳并乐理的教授,还是个三十许年轻小姐,她也是比京城的高音,每星期我们有六小时在一起,同班共约有二十人,全是女生,她也是个和气可亲的教授,每年将放暑假前都发起着带我们一班去别省游一天(以前毕业的也被约同去),比国到最远的一省,也不过二三小时,正似我们由上海赴苏州一样,另外又请我们全班去喝茶,在她家我们玩着各种游戏,当我在她班上毕业的一天,她拥抱着,叫着中国万岁,其余的同学也齐声而叫,因为我得了全校第一,那时的我,好像忘了自己,耳边只叫得中国两个字,我是多么的骄傲着是个中国人呵!

必修课的考试,和主课考是不同的,必修课考时,只有校长和教授在座,是由校长决定,同时教授将学期分数,及学生们的平时功课报告交上,并没头二奖只是得分数最多的算第一罢了,不过校长可加上 Avec grande satisfaction 等等,不满十二分的须再读一年,第二年再考,共有三次的机会,若第三次再不及格,就要取消,因此于主课也有害,不能继续,入考与否,那是教授以你资格预先决定。

主科的考法,各科全是一律的,声乐及各乐器先由教授决定,你有资格加入考试,须预备一个月,练习曲及一种技巧的曲,在公众考前一月,先经过一技巧考,由各处请来几位评判员,连校长共六七位,教授不在内,有的是巴黎请来的,有的是本国别省的,由评判员们给分,分数及格的,就准许加入公众考,这技巧考后的一个月中,就预备公众考的节目,共五首,专论声乐二首,Opera 二首,Classic 一首。Melodie 考时,和平时举行音乐会一样,学生们穿着礼服上台,不过第一排是评判员座位,学生们既有了资格加入这公众考试,就不会落选,不过就是得奖的分数不同,但也绝对没有第一次考,就得头奖的,除非已在别处得过二奖,还得看这二奖和音乐院的是否差不多,因音乐的成功,也是一步步来的,就是怎么有天才,至少那些技巧等,总得训练出来,第一次能加入公众考试,就是学生知道自己已经高了一级，进步了，公众考得奖的规矩是极简便，评判员们合拢的分数，加上技巧考得的分数，满二十五分是褒奖，满三十分是二奖，满四十分的是头奖，得头奖都是已在前一年得过二奖的，若这一年仍考得二奖，这学生就是一年中没有进步，所以每年并不限一名头奖，凡是同分数的，都是头奖。

我们戴依斯小姐（Pref Thys）班上，共有十二个学生，每班最多十二人，每星期二次，由午后二时至五时，一星期每学生只唱半小时，为了要进步快些，差不多每个学生都跟教授多上一小时个别课，戴教授是比京数一数二的高音（Dramatic Soprano），年约四十左右，她永远是现着笑容，说话时更是和气，她那仁慈的态度，使我们都自愿勤奋从学，她的教授法之妙，难以形容，所有的难题，她总很简便的给我们解决。我个人所得到的，不知怎样的表示对她的谢意。她平时笑容可掬，对学生上课，却极认真，我们学生绝对不因此而变成顽皮，她那笑容内带着庄严，使我们敬而爱之，但在课余，她很会说笑，玩起来比我们还淘气。她非但是我们学唱的教授，而且还像慈母一般的关怀我们一切，尤其是远离祖国的我，她使我竟有时忘了是在异乡。

去年五月中因比利士牵入战争旋涡各事停顿，距考期仅几个星期，就放弃了回国，实使我痛恨莫加，父亲在一九三九年九

497

月，法国开战时，就电促回国，那时我还在巴黎暑假，既听得比利士一切照常，当然我仍可继续求学，十天后火车通了，我就立即又回到比京，但以后父亲每来信总是担心着欧战延蔓，要我返国，我怎舍得学业半途而废呢，曾经给我父亲信说，让我亲耳听得了炮声再回来吧。果然五月十日，清早五时，竟被高射炮及炸弹声闹醒，便无法再等六月底的公众考试了。

为了战争，学校也停课了，我也就逼着离开了比京，临别当戴教授抱着我的时候，我的心跳着，想着这战争是多么无情呀。

(原载《良友》第 168 期，1941 年 7 月号)

也堪回首之巴黎生活

雷竞璇

雷竞璇，学者，1976 年至 1983 年留学法国，在波尔多大学学习，1983 年获波尔多大学政治学博士学位。

如果要将留学生分类的话，我自问应该归入"糊涂派"，虽然这个标签说来不是很光彩，但事实如此，不好否认。

近代中国的留学生出过不少大人物，这是大家都知道的。我自己也遇见过几位立志要在学成之后为国为民请命，或者锲而不舍追求知识的留学生，我对他们当然很尊敬，他们应当属于"模范派"。但如果睁开眼睛看事实，恐怕我们都得承认，还是"功利派"人数最多，而且会愈来愈多。季羡林在回忆录中说到当年出国，是为了"争饭碗"。季老是有大成就的人物，尚且如此坦然，如果你属于此派，实在不必扭扭捏捏，讨生活没有什么可耻，何况你们还最人多势壮。

我们糊涂派也不必自卑，一则下面还有"浑噩派"垫底，二则成功的留学生当中，不少曾经糊糊涂涂过。比较纯粹的浑噩派据我所知没有留下什么文字资料,对他们的最佳写照,恐怕是钱锺书的《围城》,钱老在这方面说来也未免有点缺德。至于成功留学生的糊涂事,所在多有,最好的例子可能是胡适,他当年出国的情况我看也真有点糊里糊涂。当然,他后来得了大名,这点早年的糊涂于是成了生命中不可多得的点缀。

我说自己留学糊涂,不是为了吸引读者而硬凑说话。我念大学时不是很用功,成绩平平,外语差劲,家境也不好,毕业后的正道是找份安安稳稳的工作,减轻上一代的负担,扶持一下弟妹们成长,工余进修或者做做义工,遇有不平事上上街,争取对社会作点贡献。谁知我千里迢迢跑了去法国,而且心中无数,见一步行一步。说我是留学,可能还有点抬举,当时的心情准确来说是"向生活请假",找个地方挣脱一下俗累网罗,假期能够长一点当然最好,但实在没有把握,也不敢奢求。结果是"放假"之后,不大能够重归以前心目中的正道生活。如果你带着同情的眼光看我这段历程,也许会欣赏我的随遇而安,没有名利之心,不诸多计较,将我拨入"偶然派"。我不好意思自己同情自己,所以愿意当个糊涂派。

到欧陆的中国留学生向来不多,将来相信仍会如此。德国、意大利等的情况我不熟悉,以法国而言,我觉得这里特别适合糊涂派。一九七六年我们前往法国时,拿的是旅行签证,抵埗后先到大学办理修读法语课程的手续,然后到警察局将旅行签证改为学生签证,没有什么困难。往后的几年,既无奖学金,也没有家庭的资助,靠做点小工,偶尔由朋友处得点接济,也就平平稳稳地度过了。对于我们这样子既乏大志,又没有具体目标要追求的穷青年来说,法国是片乐土,糊涂派虽然糊涂,也不会糊涂到挑日子不好过的地方�。当然,如果你需要扎实而又体面的资格,好便将来创一番事业,法兰西恐怕不是首选。

留学生的本分当然就是求学,但对于糊涂派留学生来说,生活的重要性不在求学之下。回到香港之后,通过观察,我粗略地比较过到不同国家留学的同辈朋友,发觉我们留法派的兴趣比较广泛,对各种事物和各类问题有较多的关心,对艺术、文化特别敏感,换言之,我们因留学而得的专业训练未必优胜,但"综合收获"往往比较丰富。这种综合收获很大程度来自学院、课堂、书本以外的实际生活,这也可说是我个人的切身体会。现在我就来回忆一下当时的生活,虽然柴米油盐的事情追述起来,不可能像求学历程那样有条有理。

"你为什么会去法国?"

对于上面标示的问题,我不知回答了多少次,只是提问者的用语往往大同之中不免有小异，我的回答于是也有变化。一九八六年我到成立不久的香港城市理工学院求职，主持面试的是当时的院长，一位中文名字好像叫庄贤智的英国人。他看到我的履历，第一个问题便是："What sparked you to go to study in France?"（[什么原因导致你去法国留学?]）因为他用 spark 这个字，我印象比较深刻。他的老家和法国不过相隔一个小小海峡，但还是免不了"物以罕为奇"的心理。

如果我是拿奖学金去法国读书的，那回答起来一句话也就足够了。但偏偏我没有这样体面的理由，迫得要多费唇舌，而且根据对象的不同，答案的轻重不时还要随机调整一下。不过，如果是明心见性的朋友，我回答的第一句话，也是不折不扣的真心话，是"一言难尽"。

我一九七四年从中文大学毕业，当时的大学生数量不多，比今日来得矜贵，但可惜那一年香港经济不好，找工作比较困难，我由于读书时是个积极学运分子，求职也就特别不容易，当时的报纸，将我们这种常常带头上街示威的青年视为"搞事分子"。我本来想找份教书工作，中小学都无所谓，但不成功，到暑期结束才勉强在一间青年中心找到一份社会工作。我在大学修读历史和哲学，跟社会工作对不上口，这个机构觉得我搞过学运，还算有点组织能力，于是聘用了我，幸好当时的社工还不算是专业，没有今日的资格和注册制度。我很不喜欢这种工作，觉得为一些社会必然产生的问题作点小修小补，实在无济于事，这份工作需要晚上当值，这也令我很不适应，很快就产生了厌倦的情绪，但又别无出路，想想将来的日子就这样子过下去，开始惶恐起来，于是萌生了离开香港，到外面喘息一下的念头。这是当时表面可见的理由，但决定离开和选择前去法国，还有来自感情方面的更大动力。

我在大学的四年，虽然修读过不少名师的课，但并不用功，学业成绩平平。不过，这并没有打击我的信心，因为觉得即使这样混混，也能够比上不足比下有余，如果有一天痛下决心学习，应该还有可观。我后来敢于在法国求学而且念完几个学位，凭的就是这股信念。在大学的四年，我的主要精力用在搞学运，其次是谈恋爱。这其实很自然，也很普遍，尤其在风起云涌、全球青年趋向左倾的七十年代，我不觉得自己有什么特别，只不过性格中冲动、不安分、不顾后果的倾向可能比较严重。大学毕业不久，我就和爱玲结婚，是同学中最早的一对。结婚之后又缺乏今日青年人一般会具备的生理知识，在荷尔蒙的作弄下很快便怀孕（当然不是鄙人），于是更加惶恐。工作已经不如意，将来还要养育小孩，长路漫浩浩，想想就觉得可怕，如果不趁早出去闯一闯，很可能没有机会了，于是下定了决心。

但能够去什么地方呢？我们当时虽然两人都有工作，但收入只能应付日常开支，毫无积蓄可言，根本无法付得起英、美大学的学费。我英语也不好，想想要考什么托福之类就头痛。加上态度左倾，不愿意到美帝、英帝的地方受折磨，剩下来的选择于是不多。我们当时听说法国的大学不用学费，半信半疑，刚好有一位名叫邝根的中文大学校友从法国留学回来，我特意找他打听，证实了有这回事。这时候香港的一些文化团体也开始不时举行法国电影放映，多属新浪潮导演的作品，我们看得相当陶醉，尤其喜欢杜鲁福（François Truffaut）和高达（Jean-Luc Godard）的影片，隐隐约约觉得法国这地方好像很有人情味，生活不会太困难。特别是影片中见到的巴黎楼房，常常附有一种小室，窗户很大，内里简单而明亮，往往是穷青年的栖身之所，关起门来就仿佛成了一个自足的小天地，觉得非常吸引，想想能够在一个这样的地方重新开展生活，心里无限兴奋。于是和爱玲商量好，就去法国。大家接着到法国文化协会报名读法文。后来到了法国，才发现这种当地华人称为"楼顶房"的小室一点也不好住，夏热冬寒，多数没有自来水，厕所和浴室就更不用说，空间也小得可怜，我们带着小孩，根本住不进去，在法国的几年，我们都没有住过这种小房间。

以上这个情节，在求职面试等正规场合被问及时，我当然会隐去不提。但决定前往法国,这种朦朦胧胧的感情力量还是主要的。也幸好如此,当时如果想得多,知道得清楚,可能根本就不会踏出这一步。三十多年后的今天回首旧事,对于青年时期能这样一鼓作气,我们感到庆幸,甚至骄傲。

一年的准备

决定做得有点糊涂,但准备却不能不做好。我们在这方面花了一年时间。

因为是大学毕业生,我和爱玲的薪水不低,但由于要租屋自住,也无法储蓄。于是我们想到先去纽约投靠我外父,在那里工作一年,赚取将来在法国第一年的生活费。我外父定居美国已经多年,那边的房子比较大,他们也欢迎我们搬过去,于是我们办了一个旅游签证,在一九七五年秋天去了美国。

途中经过伦敦,我们先在这里游玩几天,参观了大英博物馆和一些公园,住的是一般留学生都熟悉的 B & B(睡床加早餐),这是我们第一次到英国,一切都感新鲜。其中一晚还看了舞台剧《噢,加尔各答!》(*Oh, Calcutta!*),演员的台词我们半懂不懂,但他们的全裸演出真令我们瞠目结舌。这种由于文化和道德尺度差异而出现的尴尬情况后来还发生过不少次,例如在巴黎第一次看日本导演大岛渚的《感官世界》(*L'empire des sens*)时,觉得很呕心,无法忍受,中途离场而去。后来随着眼界的开广,标准也放宽了,倒觉得这还是一部相当耐看的作品。出国留学能学到什么有时真也说不准,但能够看到世界的五花八门,不一而足,自己于是变得开明和包容起来,已经是个不小的收获。

因为准备在外一段时间,我们携带的东西不少,抵达伦敦时就将大部分行李寄存在机场,但不知什么原因,完全没有想到寄存行李要付费用。游玩几天之后,回到机场,准备拿行李飞往纽约时,从管理员的口中知道要付钱,我错愕不已,数数我们身上剩下的英镑和美元,根本不够付,尴尬之余,只好求情。这位管理员大概看到这两个年青家伙不像说谎,答应我们身上有多少就付多少。我马上又担心,因为我外父虽然应该会到纽约机场接我们,但万一他有什么事不能前来,我们身无分文,岂不是狼狈不堪?于是再向管理员求情,希望留下两三枚美元硬币,好便必要时可以在纽约机场打电话,结果他也答应。于是,我和爱玲,带着一堆行李,袋中只有几枚硬币,便飞越大西洋前赴纽约。由于自小在香港生活,见识过殖民统治的不公正,我一向对英国人没有好感,但对于伦敦这位行李管理员,我还是心存感激的。现在所见的留学生,往往都是在无微不至的保护下踏出家门,我们当时的遭遇,恐怕他们不能想象。这样的狼狈情况,我们后来还一再经历过。

我们在纽约生活了一年,身份属于逾期非法居留,但中国人的生存本领强,我们听从长辈的指引,领取了社会保障号码也就安然地工作和交税。我先后在两个地方工作过,都是小工,还需要一点体力劳动。由于住、吃都在外父家里,我们在纽约的朋友也不多,应酬少,一年下来也就储蓄了一些钱。当时打听过,在法国一家三口的生活费一年大约一万五千法郎。我们在纽约工作一年,也就勉强凑足了这数目,当时一法郎大约相等于一元港币。

这一年除了努力赚钱,我们也温习和自修法语,为下一步作点准备。我自己还因为有机会多接触英文而有得益。由于读完中文中学之后读中文大学,我的英文一直不好,到大学毕业时还不敢开口说英语,也写不出像样的东西。在纽约的一年,我每天读《纽约时报》(New York Times),渐渐就改善了阅读的能力,生活和工作也要用英语,听和讲也就有了进步。至于写英文的能力,我是学了法文之后才变得有信心起来,因为法文的语法和结构比英语精密,弄通法文之后回头看英文,觉得容易得多。由于天天读《纽约时报》,自觉对美国的政治和国际局势有点认识,这一年我还为《大公报》写过这方面的航讯。

所以称为航讯，是由于稿件用邮政寄出，当时还没有传真机，更不用说电子邮递了。

不过，现在回顾起来，这一年过得也有点浪费，主要是当时想省钱，不能多活动，而且我自己左倾，主观上憎厌纽约这样子的资本主义都会，不愿意用开放的心情来领略这个城市丰富的文化生活。懂得欣赏纽约的活力和刺激，是从法国留学回来之后的事。我在纽约的第一份工作，地点是第五大道和二十街交界的曼哈顿下城区，附近不远有一间名叫"中国书刊"（China Books and Periodicals）的书店，售卖有关中国大陆和马列主义内容的左翼英文书报，另有一间 Barnes and Noble 书店的门市部，上下两层，里头有很多廉价的二手英文书，我中午休息和下班后常常到这两个地方流连，回忆中这就是这一年里主要的文化生活内容。

这一年的十二月，我们生下了文秀。七六年秋天我们起程前去法国时，他才满八个月。带着小孩去留学，很多人会立刻联想到"负累"，但就我们的体验来说，这却是天大的恩赐。因为有了小孩，我们过上了比一般单身留学生丰富的生活；因为有了小孩，我们和法国社会在很多方面增加了接触；因为有了小孩，我们结交了很多如果没有小孩就不会结交得上的朋友和家庭；因为有了小孩，我们学会了很多一般留学生不会学到的法语词汇。这真是莫大的恩赐。

一九七六年九月十一日，我们一家三口从纽约前往巴黎，这一次飞越大西洋，口袋里塞着一堆钱，和上一次身上只有几枚硬币不一样了。这个日子很容易记住，因为就在这一天的北京天安门城楼，有悼念毛泽东逝世的仪式。我登机前在机场买了一份《纽约时报》，封面有一张毛穿着解放装的全身照。我在飞机上阅读有关的报导，内心有极其复杂的感觉。我当时是毛的忠实信徒，直到如今，我对主席还是有无法磨灭的敬意。

波尔多的最初印象

我们是在黄昏抵达巴黎的，结果要在塞纳河畔的街头度过在法国的第一夜，原因是当时不知道度假对于法兰西来说，是如此重要的事。

第二天清晨，坐上第一班火车，就直奔波尔多。当时我们只知道波尔多在西南方向，是法国第四大城市，法语课程办得不错。巴黎有好几个火车站，去波尔多要由奥斯特尔里茨站出发，这是我在飞机上询问坐在身旁的一位法国男士才知道的。

抵埗之后，我们先住进火车站旁一间小旅馆，接着去市郊找张鸿宁兄，我们是来法之前通过书信跟他们取得联络的。他们一家不在,我们在门上留下便条。当时法国的家庭还没有电话,找人要直接上门,电话普遍起来,是八十年代才开始的,比香港慢得多。我们从波尔多市中心坐计程车到鸿宁家去,但从那里回来时,无法找到计程车,于是在路边截顺风车,不久便有一对驱车进城的父女载送我们,在车上,我们用极其有限的几句法语结结巴巴地和他们交谈。他们非常有人情味,不但将我们送到旅馆门口,还留下地址,说有困难可以找他们。当日傍晚,鸿宁兄就到旅馆找我们,驾着他那辆我印象极其深刻的二马力汽车。

坦白说,我们初抵波尔多时,印象不是很好,甚至感到失望,一来市容陈旧,二来节奏慢吞吞。

波尔多是法国西南地区的重镇,很侥幸地在两次大战中都没有受到战火摧残,之后也就不必大规模重建,市内的旧建筑完整,但也非常陈旧,外墙黑黑的。其实当时法国各处的城市都差不多这样,巴黎也不例外,只是后来经济发展,尤其为了吸引游客,各地政府投下大量资金,将老建筑洗刷干净。波尔多是个富有的地方,但没有这样做,这可能跟这里的旅游业不大发达有关。住下来之后,我们渐渐对这古旧的一面增加了认识,例如市内很多房子的门前有个铁环,是以前用来拴马的,门口下侧近地面处有一个半圆形铁圈,从墙上伸出来,上边作锯齿状，是以前的人内进时将鞋底黏着的泥土刮去用的。屋子里多数还保存着从前取暖用的壁炉，虽然不再烧木炭了，但还是要定期找人疏通烟囱，这种工作法文叫作 ramonage。由于城市的旧面貌还在，一些拍摄法国大革命的电影，便来波尔多取景，冒充二百年前的巴黎。市内除了几条主要的马路外，汽车、行人疏落，晚上更是一片死寂。以前我们想当然地以为西方很先进，没想到在辉煌的法兰西，第四大城市会是如此一片光景。习惯了香港的繁华生活，又在纽约过了一年，我们感到不易适应。

在这样的地方，生活节奏缓慢也就很自然。我们抵达波尔多是在中午时分，安顿下来后我到街上准备为小孩买点牛奶，谁知店铺都关上门，这天又不是周末，感到很奇怪，之后一连多次出去看看，还是这样，不免担心起来，难道法国只是半天营业？到了下午四五点钟，店铺才渐次开门，原来之前大家都午睡休息去了。la sieste（午睡）是我们在法国最早学到的词语之一，这个字来自西班牙语，据《小罗贝尔辞典》（*Le petit Robert*）的说明，是十七世纪末、十八世纪初吸纳到法语来的，释义是"午饭后的休息，不论是否伴随睡眠"，例句引自纪德（André Gide）："我的午睡有时长达两小时，丝毫不影响晚间的长时间安寝。"（Mes siestes... durent parfois près de deux heures, sans préjudice aucun pour le long sommeil de la nuit.)我自己没有这福分，先被这习惯吓了一跳，后来也没有将午睡学上手，在巴黎时还因为思前想后而度过了不少失眠的日子。

　　法国的西南盆地是农业区，波尔多虽然是大城市，但没有什么工业，生活节奏相当程度还保留田园时代的缓慢，这里又是酒都，据我的观察，凡是喝酒的地方和喝酒的民族，都快不起来，除了喝啤酒的例外，因为喝啤酒可以张大喉咙灌下去。由于节奏慢，很多古旧东西就保存下来。我们中国也很多古旧东西，还常常自诩历史悠久，只是我们近代勇于破旧，而且彻底，法国在大革命时期也义无反顾地破过旧，但如今对古老事物的依恋很大，还往往因此而对现代文明的产品缺乏足够的热衷。例如电视，我们八十年代中离开法国时还在看黑白荧幕，而且不是每个家庭都有，记得有一次播映《七侠荡寇志》，好几位没有电视的朋友便到我们家里观看。我在法国时没有听说过微波炉，回到香港发觉家家都用这东西，吓了一跳。学生由于金钱有限，买卖旧物非常普遍，旧书本、衣服、皮鞋都可以拿出来卖，大学里有很多布告板，供学生张贴出售旧物的小告示，我们家里的用品有部分就是这样买回来的。小孩的衣服更是一个传一个，一代传一代。

　　到西方留学，一般期望看到先进的事物，我们倒是先碰上了"守旧"的一面,而且住下来之后,还愈来愈欣赏这传统、缓慢的一面。人生本来就由一张一弛堆砌起来,只懂得不断向前冲,就有如永远张满的弓,难免断折。我们中国人从前很懂得这种辩证的道理,如今不知被什么魔力抓住了心,变得只争朝夕。传统国画讲究留白,想想真有道理,如果整个画面都涂满了,那无论是多好的色彩,也令人透不过气来。不过,话也要说回来,我们见识过法国慢吞吞的一面,但随着岁月的流逝,也看到这一面的日渐消亡,例如午睡,现在基本上没有了,不用担心会在下午买不到牛奶。在午睡这个问题上,中、法两个民族算是打个平手。

对于波尔多大学,我们初抵达时难免心存疑惑,一个这样陈旧残破的地方,会有好大学吗?后来发觉市容的新旧和大学的好坏没有关系,波尔多大学有几门学科在全国还排名第一,这是由于法国有中央集权的传统,政府刻意将一些学科安置到特定地区,以便将研究力量集中起来,其中热带地理、非洲研究等便放置在法尔多,这又和波尔多在法国殖民时期跟非洲大陆关系密切有关,有一个时期,波尔多还是黑奴贩卖的中心。不过,虽然有这种种值得欣赏的好处,过了两年,我们还是感到单调沉闷,不能抗拒大都会的诱惑,迁到巴黎去了,我们毕竟已被城市生活深刻腐蚀,曾经沧海,难作静水。不过,在叙述往后在

513

巴黎的生活之前,对于在波尔多遇上的几位人物,还是值得一记,他们都丰富了我们的人生体会。

双双对对

在波尔多的第一年,我们住在一个名为"蓝波"的小住宅区(Résidence Rimbaud),蓝波是十九世纪法国一位早慧而短命的诗人。小区的楼房刚建成,是专门租给大学生住的,房子没有间隔,但附有独立的浴室和厨房,设备当然比较简单。波尔多大学学生人数多,宿舍不足,从外地来这里读书的很多要租住这种便宜的房子。我们在二楼,地下有一对孪生姊妹合住一间,名字分别是苏菲和萧菲。这是一对莫负青春的姊妹花。

像大多数法国南部人一样,苏菲和萧菲并不高大,但面孔和体型娇俏。在我们见过的法国女子中,她俩说不上特别漂亮,但芳菲绮年,只有玉貌,不会有丑颜。两人都相当用心打扮,眉目常常描得深浅分明。好像都念法国文学,反正功课不多,可以经常流连在家里,我们不时到她们处请教法文,她们都乐意协助,还很主动替我们看管小孩,每次都称赞这个"洋娃娃"趣致可爱。但她们最多的时间还是用在招呼异性朋友,社交生活很活跃,在家里进进出出的男士很多。波尔多大学由于和科罗拉多大学有交换计划，每年有不少美国学生前来，姊妹俩和几个美国留学生来往特别密切，双互之间有时还会闹点争风吃醋。我记得有个时期来了一个美国学生，从头发、面孔到身材都有点像后来出了大名的网球手麦根莱（John McEnroe），令姊妹俩甚为着迷。有时其中一个和这位美国男孩在房子里亲热，将门关上，另一个就跑到我们这里或别的邻居处吐苦水，过不了多久，另一位又来埋怨说美国男孩这些日子老向另一位献殷勤，将她冷落了，活脱脱是同一屋檐下的欢喜冤家。我现在这里执笔记述当时所见，没有丝毫恶意。法国人像杜鲁福电影描写的痴情男女当然不少，但年青时放开怀抱尽情享受的更多。这对姊妹花刚好从家里解放出来，不想辜负青春是很自然的事，我推想她们将来成长了，就会结婚生子，过着大家所说的正常生活，这段无拘无束自由自在的快活日子于是成为生命中的美好回忆。因为遇见过苏菲、萧菲和类似的男男女女，我后来看伊力·卢马（Eric Rohmer）的电影，就特别陶醉，卢马几乎每一部电影都带给我极大的精神享受。

在波尔多的第二年，我们搬到"白杨"小住宅区（Résidence des peupliers），房子附近的确植了几株高大的白杨树。也是住在二楼，地下一层的几户邻居中有一家和我们来往密切，男的叫贝尔纳，正在波尔多大学医学院攻读，女的叫法兰素瓦丝，长得很漂亮,脸孔尤其端庄,她没有读书,也没有工作,主要是看管他们的女儿雅舍儿,这是个不多见的名字,雅舍儿的年纪和我们的小孩文秀相若。天气好时大家都带孩子到草坪上玩耍,很快便相熟起来。

这是一对乐于过平淡日子的夫妻,人不知,而不愠。和我们一样,也没有雄心壮志,但没有我们的不安分性格,很习惯安稳而流于单调的生活。和他们交谈,多是儿女日常小事,偶然扯上大一点的家国问题,他们也只是语气平和地说一两句,好像这类大事总不会和他们有什么关系。两人脾气温和,贝尔纳尤其如此,法兰素瓦丝有时埋怨说他的弱点是不懂得向雅舍儿说不。他们都来自波尔多北面的鲁瓦扬市(Royan),车程约一小时多,接近干邑(Cognac)的产酒区。鲁瓦扬市在战时受到严重破坏,战后重建得非常好,是著名的海滨度假城市,贝尔纳夫妇邀请过我们到那里度周末。我们于是得知法兰素瓦丝的家庭很富有,父亲拥有一片大庄园,种植酿制干邑的葡萄,已经退休,以前当过干邑酒生产商会的主席,房子是法文所说的château,很大,附有一间用作木工作坊用的小屋,老人家经常在里面消磨时间,自制象棋、杯、盘等,工艺很不错。两位老人都热情,对于有我们这样罕见的东方人到临探访,高兴得不得了。贝尔纳来自一个中产家庭,父亲是位乡村医生,孩子很多,我们

516

前去拜访时满屋子是人，非常热闹，也非常融洽。

　　每次回忆起贝尔纳、法兰素瓦丝夫妻，我就不期然想到"江山静好，岁月无惊"这两句话。法国虽然是高度现代化的社会，但田园生活的传统根深蒂固，不求闻达者还是比较容易在这里觅得平和的心境和宁静的生活，不像我们这些来自东方的城市人，老是觉得有东西要追寻，身心都难以安静下来。我移居巴黎之后，回波尔多见论文老师时探望过他们，后来贝尔纳毕业，去了昂古列姆市（Angoulême）当医生，这个城市也在波尔多以北，离两人父母所在的鲁瓦扬市更为接近，我很肯定他们将会一直延续这种安稳、与世无争的生活，快快乐乐地过日子，祈求不会有意外发生在他们身上。

讨生活

　　来法国时，我们带了一笔钱，以为足够一年的生活开支，谁知过了半年，已差不多花光了。

　　也不是我们奢侈，只是初到一地，很多东西都要购置，开支比较大。当时很怕惊动香港或者美国的家人，但在波尔多又实在没有兼职工作的机会，于是只好写信给以前大学时期的好朋友求助，结果洪长泰兄和廖淦标兄分别从美国和加拿大汇钱来接济。淦标借给我们的一笔款项相当大。当时他在多伦多大学修读地理学的博士学位,住在离唐人街不远处一幢旧楼的一间细小房间里,为了省钱,和远在另一个城市读书的未婚妻约定,每天在特定时间听到电话响若干下表示平安,但不接听,免得要付电话费。这是我后来才知道的事。他在如此不易的情况下还二话不说慷慨地汇一笔钱过来接济,真是感激。我是过了很多年,直到离开法国时才将钱还给他的。法国的大学不用学费,生活也比较便宜,但很少提供奖助学金,除巴黎外找兼职的机会很少,对欠缺经济能力的外国学生来说,困难是有的,这种情况到现在还是差不多。

一年之后的暑假,我回到纽约,在长岛一间餐厅找到一份全职工作,拼搏了约三个月,基本上赚足了第二年的学费和生活费,于是又回到波尔多。这一年因为家里的用品基本齐备,开支较少,所以勉强挨过了。暑期时我重施故伎,回到长岛的餐厅工作,又基本赚够了来年的费用,之后的一年我们开始在巴黎生活。到达巴黎不久,就在台湾留学生 S 君的介绍下,找到在宏恩餐馆的兼职侍应工作,基本上解决了生活,不必每年暑假再漂洋过海到纽约了。

宏恩在巴黎华人餐馆史上有特殊的地位,由来自越南的华人梁姓夫妇开办,两人早年都在法国读书,梁先生学物理,后来成为国家科学研究中心的物理学研究员，所以只是偶然来一下餐馆。梁太太本来学唱歌剧，进入著名的巴黎音乐歌剧学院（Le Conservatoire de Paris），但东方人在这方面不容易发展，所以转行经营餐馆，宏恩的日常业务由她打理。由于受过正规的声乐训练，梁太太虽然矮小，但中气十足，声音洪亮。越南、柬埔寨解放以前，巴黎的华人不多，卖中国食品的杂货店也只有三数间，我们在波尔多时，连酱油、筷子都找不到，谁要是去巴黎，就托他代买一点东西回来，当时一般中国餐馆也是水平低下。七十年代中印支半岛解放后，涌到法国的华人就多起来，梁氏夫妇看准时机，开办了宏恩，从香港购入设备和聘请师傅，提供广东点心和水准较佳的中菜，结果不但吸引了法国人，当地华人也多来光顾，是巴黎第一间正宗的广式点心菜馆。营业时间还特意延长到凌晨一时许，好便在其他餐馆工作的华人可以在下班之后来吃夜宵，生意相当好。梁氏夫妇两人都是虔诚基督徒，所以餐馆的法文名称叫作 La Reconnaissance，中译作"宏恩"，也相当贴切。因为两人都受过高等教育，所以乐于聘用兼职身份的留学生，我们一班当跑堂的，除了三两个是全职工作外，都是兼职的大学生。对于留学生做兼职工作，法国政府本来有严格的管制，梁氏夫妇由于有一点上层社会的关系，认识劳工部的一些主管，我们每年办理兼职工作证非常方便。

法国人和中国人在走后门这一方面颇为相似，都很发达，法文piston这个字本来指"活塞"，但往往引申为"靠山""门路"的意思。和我同期到法国的香港学生如丁伟、梁文辉等都是在餐馆兼职，自力解决生活，只不过我比较稳定，在巴黎期间一直在宏恩餐馆工作，前后约六年，除赚得了生活费外，也得到观察人生百态的机会，例如当时中国驻法使馆的一些中、下级人员偶然会到来请客，他们一律不用现金，都是带备支票，吃完结账，填上银码，但往往宴请是一桌，同时会有其他人员前脚后脚到达，衣着较为随便，坐到另外一桌进餐，结账时一并算到正式请客一桌的账单上。我体会到他们工资不高，也想吃吃外面较佳的菜肴，于是占占国家的便宜。

我在宏恩餐馆一直是当晚上最后一班的侍应，工作时间由十时开始，至凌晨一、二时结束，这样对日间的学习就较方便。餐馆位于第二区的黎塞留街，和国家图书馆很近，走路不用五分钟，我很多时是从国家图书馆读完书之后，就到餐馆上班。梁氏夫妇由于是教徒，特意在星期天不营业，这在当时巴黎的餐馆中也是绝无仅有的。虽然主要是出卖劳力换取生活，但我一直很感谢梁先生、梁太太在那几年给我们的帮助，近年我回巴黎，还和他们联络。宏恩餐馆后来结束了，具体在哪一年我不清楚，不过，如果将来有人撰写法国华人餐馆史，是应该对这间餐馆记上一笔的。

在餐馆工作时收入多少，我现在记不起来了，但不足以应付一家三口的开支。我们在巴黎多年能够挺得过去，还得多靠两条，一是爱玲做一些小工，赚得收入，包括一些需要体力劳动的清洁工作，二是一直不用付房租，基本上是免费居住。后面这一条要多谢法兰西的社会主义。

《社会主义好》

我在青年时期的左倾岁月，唱过不知多少次《社会主义好》，现在还能支支吾吾地哼出来。但真正领略到社会主义的好处，亲自尝到社会主义的甜头，还是到了法国之后的事。

在波尔多的两年，我们住在市郊的塔朗斯市（Talence），大学校园也在这个地方。波尔多地区由于盛产红酒，相当富庶，右派政党的力量在这地区一直占优势，但很奇怪，塔朗斯市却长期由社会主义党人出任市长，我想大概是由于和大学接近，年青人多的缘故，法国的年青人向来比较支持左派。因为有这样的背景，塔朗斯市推行了不少市政措施，令中下阶层受惠，对于我们这个外国留学生家庭来说，照顾小孩的问题由此而得以顺利解决。

到达法国时，文秀还不足一岁，我们两个都要上学，自然要找保姆，但费用是个顾虑。由于鸿宁兄的经验，我们到塔朗斯市政厅求助，很快便得到安排，白天将文秀托给一个法国家庭看管，地点就在我们住处附近。小孩的睡床、椅子等用品由市政府提供，我们由于是学生，没有收入，只需要付象征性费用，其余由市政府津贴。当地很多中下家庭乐于参与这种托管工作，因为不必外出上班，在家里代为看管小孩便能够得到一定的收入。市政府也做了相当周详的安排，对有关的家庭作出考察，主要看主妇的经验、住屋的面积和卫生情况，此外又定期派人上门探访。

这两年一直替我们看管小孩的家庭姓缪斯卡（Muscat），这本来是一个葡萄品种的名称，何以变作他们的姓氏，我没有机会查究过。他们原来在北非的阿尔及利亚经营小生意，阿尔及利亚独立后，被逼离开，回到法国。对于这些由以前的非洲殖民地回来定居的同胞，本土法国人称之为 pied-noir，直译是"黑色的脚"，是个不大尊敬的说法。由于有过这样的创伤，缪斯卡太太申明不愿意看管阿剌伯裔小孩，其余什么人种都无所谓。当时缪斯卡夫妇五十多岁，没有其他工作，住在政府廉租屋，属于典型的法国中下家庭，经市政府安排看管两个小孩。我居住在巴黎之后，每次回波尔多都探望他们，最后一次见到这个家庭是在一九九四年春天，当时我回波尔多大学任教一门短期课程，顺道前去探访，缪斯卡老先生已经逝世，老太太还健在，显得有点寂寞，但我的到来，还是令她精神焕发。由于三个孩子都已经成家立室，她换了一个面积较小，租金也较便宜的房子，地点还在原来的小区。之后每年的圣诞节我都寄贺卡给她，她由于读书不多，没有写信的习惯，从来没有回音，一直是单向的问候。到了前年，贺卡被邮政局退了回来，我心里惆怅，去年底再寄发一张，又再退回来，于是不得不面对现实，又是天长地久有时尽了。

无论如何，小孩得到妥善照顾，是我们抵达法国后得到的第一项社会主义恩惠，但更大的甜头，在巴黎尝到。

"长安居，大不易"是唐朝士子的苦况，近代的巴黎恐怕一直不易居，因为旧楼很少拆卸，新房子不多，人口却不断增加。我们虽然早已作好心理准备，依然遇到不少困难，还因为租房子被骗，打过一场官司，将一个用心不良的法国房东告上法庭，最后胜诉。当时的单身学生一般租住"楼顶房"，我们由于一家三口，无法住这种狭小的房间，后来经由大学的学生服务部门介绍，租下了第十一区伏尔泰大道一百零四号地面一层的一个单元，有二个睡房和一个客厅，另加厨房和后建的厕所，厕所内有一个可作淋浴的小角落。在同期来法国读书的一班香港同学中，我们算是住得最为体面，但租金不便宜。不过，非常幸运，拜社会主义之赐，我们在巴黎这么多年都没有付过租金，原因是我们得到了政府的住房津贴（allocation de logement）。世界上提供住房津贴的地方很多，但连外国留学生也可以拿津贴的，恐怕甚少，法兰西在这方面的确能够贯彻"平等、博爱"的训条。领取住房津贴有两个基本条件，一是已婚，二是住所的面积要合乎一定的标准。当时一个三人家庭的住房面积起码要有三十六平方米，我拿着尺量来量去，发觉老是欠二三米，最后决定大着胆子填报三十六平方米，心想如果有政府人员来测量，就抵赖说四面墙壁的厚度也要计算在内。法国人有小事糊涂的老传统，结果没有人来量度，书信来往几次就得到了批准，还一次过发还给我入住以来付过的租金数额。由于我们的月租没有超过规定的上限，政府按月全数津贴，我们于是幸运地不必负担任何住屋费用。能在"不易居"的巴黎体面地生活了几年，很大程度就靠这个帮助。这是法国人民经过几十年争取得来的权利，而且惠及外籍家庭，当中有崇高的社会主义国际精神。

我们的房东是一位犹太裔老太太，姓苏桑，丈夫已经逝世，独自一人生活，我估计她的家庭在战时受过相当的磨难。她很有礼貌，为人也厚道，和我们一直相安无事，来往不多，只是她有一个名叫费力斯的儿子，是巴黎政治学院的毕业生，当时好像在经商，不时怂恿苏桑老太太增加租金，弄得我们间歇地要神经紧张一番，因为租金数额一旦超过津贴上限，我们便要自掏腰包支付差额。幸而老太太一直没有听儿子的谗言。

当然，我们受惠的还不止这些，例如我曾经因为胃病入医院动了手术，无法负担费用，也得到免除。我们一家前来学习，包括小孩在内，不必付学费，这其实是极大的恩惠，是锱铢必较的资本主义无法想象的。例子还有很多，但我学学季羡林说话的口气：就举这么多已经足够说明了。

躬逢其盛

列宁说过：马克思的学说由德国哲学、英国政治经济学和法国社会主义这三个来源发展而成，这是我们大学时代就熟读的。所以，我们来法国之前，多少已做好接受社会主义熏陶的心理准备。抵达法国时，毛泽东去世不久，街头还留有很多"向毛致敬"（Hommage à Mao）的标语和海报。毛逝世的消息传到法国时，巴黎的一些市民自发举行悼念游行，沙特（Jean-Paul Sartre）和伊芙·蒙丹（Yves Montand）等人都有参加，这是我们抵埗以前的事情。我们抵达时，大学校园里还有一些纪念集会活动。波尔多大学有一个相当活跃的毛派学生组织,经常在膳堂前摆一两张桌子,售卖书籍、像章等,又用播音筒宣传。法国左翼的力量很大,但也分裂得厉害,战后盛极一时的法共此时已经从高峰滑下,门派很多的社会主义团体则在六八年暴动后由米特朗统合起来,组成社会党,党徽是握在手上的一枝红玫瑰花,很有欧洲左派的浪漫味道。此外还有一些立场极端的小党派。我们在法国的几年,正好经历了社会党由崛起到执政的过程,而且一度兴奋得有如身在其中。

抵达法国时,在任的总统是吉斯卡尔·德斯坦(Valéry Giscard-d'Estaing),根据当时的宪法,总统任期七年,这对耐性不足的法国人来说,无疑是个大考验,所以社会上一直有缩短总统任期的呼声。吉斯卡尔是右翼一个小党的领袖,长于理财,属于缺乏个人色彩的技术官僚,本来没有驾驭整个右翼的地位,但在上一任总统庞比杜(Georges Pompidou)突然逝世,右派几个领袖争持不下的情况下,他作为妥协者得以上台。这时法国的经济在经历了战后的重建和增长后,正进入调整期,吉斯卡尔委任无党派的经济学教授巴尔(Raymond Barre)担任总理,这位总理每次在电视上出现,我们的儿子文秀都发笑,指着荧幕说:是河马(c'est l'hippopotame),巴尔也的确长得肥头大耳,脸上总是堆着不自然的笑容,很不讨好。他说得最多的话是"经济重整"（la restructuration de l'économie），政府施政这时期也的确全部集中在这一方面，对政治、民生问题甚为忽略，和目下香港由董建华伙拍唐英年的格局相仿。当然，我这样说是大大抬举了这两位香港领导。回到当时法国的情况，社会党看准了执政党的弱点，以公平分配、共享成果为纲领，努力争取工人、青年、中下家庭的支持，力量渐渐加强，而当时的法国左派也真是人才济济。一九八一年举行总统选举，吉斯卡尔和米特朗是主要角逐者，事前调查显示，两人所得选票极其接近，胜负不易预测。我们留学生虽然没有投票权，但还是非常开心，白天看报，晚上伏在电视机前看竞选辩论和新闻。

总的来说，我们这些留学生都支持社会党，我自己尤其如是。我一直对米特朗怀有好感，这一年的竞选又增加了我对他的认识。印象特别深刻的是他和吉斯卡尔的一次电视辩论，辩论开始时吉斯卡尔摆出一副高高在上的权威样子，米马上作出反应，说：吉斯卡尔·德斯坦先生，你现在坐在我的面前，只是作为辩论的一方，不是总统的身份，辩论要在公平的基础和态度上进行。后来辩论进入台下记者发问的环节，有一个右派报纸的记者请米特朗发表一下对死刑问题的意见，这显然是故意为难，因为大家都知道米特朗和法国的左翼一向反对死刑，但当时法国民意的多数支持死刑。米特朗目光坚定，语气平和地回答:某某先生,我十分明白你提出这个问题的用意,我可以很清楚地回答你,我反对死刑,如果我当选,我会尽快废除死刑,这是信念和原则问题,我不会为了选票而妥协。米说完后,台下先是沉默半晌,然后一片掌声。我当时坐在电视机前,很受感动。后来米特朗当选;委任平民出身的法学教授巴丹泰(Robert Badinter)出任司法部长,巴丹泰很快便完成废除死刑的立法工作。在正式通过废除死刑的国民议会会议上,巴发表了一篇词情并茂的演说,《世界报》刊载了全文,并且评论说:这将是一篇法国史上传诵的演说。去年底香港举行的法国电影节,选映了一批有关法律事件的纪录片,其中一部正好是巴丹泰和死刑废除的纪录,我得以在银幕上重温当年这一页。坐在黑漆的影院里,观众寥落,我的心情依然激动如昔。

一九八一年五月十日,总统选举进行第二轮投票,晚上八时正,投票结束,电视台根据调查结果,在荧幕上播出米特朗的头像,宣布他当选。马路上不少汽车响号示意,人群同时涌向巴黎各大广场,聚集庆祝。我们一家三口亦马上出动,到离住处不远的巴士底广场,抵达时那里已经一片人海,大家载歌载舞,气氛热烈,我们到了筋疲力尽才回家,心情仍然不能平伏。电视上米特朗接受访问,非常扼要地总结他的当选:这是正义、青年、工人和革新力量的胜利(C'est la victoire de la justice, de la jeunesse, de la force ouvrière et de la rénovation）。

之后，我们密切地注意社会党政府的各项改革，有如上了一门深刻的政治课。八三年五月，米特朗率领庞大的政府代表团到中国访问，当时我在巴黎新开办的一份华文日报工作，和梁文辉一起被派随团到北京采访，有机会近距离接触和观察法国的政要，包括当时出任财政部长，后来当上总理的法比尤斯（Laurent Fabius），以及当时担任农业部长，后来也当上总理的克雷松夫人（Edith Cresson）。采访期间，有一次米特朗和邓小平会谈，我们站在人民大会堂某个厅门口等候两位领袖到临，邓抵达时特意举起右手向记者招呼，说了一句：bonjour，可惜我们未有机会向他提问。至于社会党政府的改革，后来遭遇很大挫折，得到贯彻的不多，但肯定包括以下两项：一是废除了巴黎地铁列车的头等车厢，二是将合法每周工作时间先缩短到三十八小时，再到三十五小时。如今法国执政的右派政府对三十五小时工作制恨得牙痒痒，但又不敢轻举妄动。我们近年到巴黎，在那里的朋友往往可以在星期三下午陪我们逛博物馆，就是拜社会党政府留下的三十五小时工作制所赐。

米特朗在一九九六年一月八日逝世，离开他卸任总统职位不过半年，是我有机会长期观察过的政治家。他当了两任共十四年总统，执政之初有改革的锐气，但随着社会党政府接连受挫，他开始将个人的荣誉放在第一位，追求自己在历史上的地位，晚年更有好大喜功的毛病。法国传媒常常称他为"狐狸""马基维里型人物"，他的确也具有审时度势，不争朝夕，既能合纵又能连横的本领。我对他始终怀有钦佩之情，通过对他的观察，我多少体会到人的复杂，和政治人物既能为善，又不回避作恶的双重性格。他晚年患上前列腺癌，但对全国隐瞒病情，直至任期结束。他死后法国传媒得知他有一位情妇，长期保持关系，还诞下私生女，他的夫人丹妮埃尔（Danielle Mitterrand）又大方地邀请这位情妇和私生女出席丧礼，体现了法兰西民族对待感情问题的宽容态度。

激情岁月的终结

近代中国留学生有深厚的爱国传统，这是大家都知道的。杨宪益在他的自传中，便记录了三十年代时他如何在遥远的英伦支援中国抗战。对于我们这一代人来说，最激情澎湃的是七十年代初的保钓运动，之后一段时期的留学生普遍左倾，向往社会主义祖国，搞组织，办刊物，进行宣传，也有人下定决心，回国"服务"。我们抵达法国时，接上了这传统，但已经是尾声。

从保钓运动开始，欧陆的中国留学生动员起来，以德、法两地为主,中国台湾、中国香港和来自印支三国的学生混在一起,后来组织了一个"欧洲和平统一促进会",联络地点设在德国的斯图加特,主要通过一份名为《欧洲通讯》的刊物作为联系,刊物在一九七二年初创办,基本上每月出版,但不时脱期。七十年代中期,运动开始退潮,少数几位积极分子去了北京定居,仍在欧陆的开始要为工作和生计奔波,不能像上一阶段那样活跃,同时,令人气馁的报道不时从内地传来,大家渐渐陷入低潮。我抵达巴黎之后,负责《欧洲通讯》的朋友很快便找我写稿,我读大学时办过学生报,摇摇笔杆可谓驾轻就熟。未几,刊物的编辑工作转移到巴黎,由我们几个香港留学生主持,我记得当时参与得最多的有刘少冰、曾永泉、丁伟、源放、戴海鹰和我们夫妻两人,大家动手,又写又编,用的是几部手摇的"飞鸽牌"中文打字机,工作地点在我们家里,每个月一次,大家一边剪剪贴贴,一边谈天说地。经费靠募捐,我们也自掏腰包,相熟的朋友过境,往往也被迫捐助一点。每期刊物拼好版面后,我们拿到《红色人道报》(L'Humanité Rouge)的印刷厂印刷,《红》是马列法国共产党的机关报,这个政党和法共不一样,是个亲北京的毛派小党,法共当时亲苏,在我们眼中是修正主义政党。到了今日,马列法共相信已经烟消云散,昔日强大的法共也沦落成为小政党,陷入苟延残喘的局面。刊物印好后,会寄发到欧洲各地，于是我们再在家里入封套、贴邮票。记得有一次搞发行时，林寿康过境，他是从香港出发，到非洲横越撒哈拉沙漠，再四处闯荡，路经巴黎被我们抓去帮忙贴邮票。他和我同时在中文大学读书，都是当时学运的积极分子，不时一起上街派传单、贴海报，大家没有想到多年之后海外重逢，还是要干同样的勾当，不禁相视而笑。

我现在手头还有最后几期的《欧洲通讯》，翻阅一下，心里别是一番滋味。由于条件的限制，这种留学生刊物从用纸、印刷到内容都不会好到哪里去，但洋溢着一股朝气和理想，为一个时代留下了深刻的印记。我们接手编印之后，将刊物名称简化为《欧讯》，由原来的八开改为十六开，每期十六页，封面上印着"关心祖国、联络侨胞、促进中国和平统一"这三项宗旨，内容小部分转载自港、台或内地报刊，主要仍由欧洲各地的留学生执笔。参与编辑工作的几位朋友中，戴海鹰是画家，封面和内页的版面设计由他负责，他一丝不苟，非常认真，我们条件虽然简陋无比，他还是力求美观，动用了各种土办法。当时由于用中文打字机，很难将字体较大的标题弄得好，他就往往从搜集到的香港报章中将大字剪下，一个一个的拼起来。记得有一次碰到"庆祝国庆"这四个大字，找来找去都找不到"祝"字，他将"电视"的"视"字剪下，细心的剔去中间二个横划，成了一个非常有性格的"祝"字贴到版面上去。

不过，这类刊物始终难以长期维持，我们接手之后，出版了七期，终于在一九八零年中停刊，这个时候的留学生运动亦进入偃旗息鼓的阶段。除了现实条件的困难外，随着中国大陆的政治变动和我们认识上的变化，这种刊物也实在无法再办下去，简单来说就是失去了精神的动力。我现在翻阅最后几期《欧讯》，既有为北京摇旗呐喊的文章，也有就魏京生、王希哲呼吁抗议的评论，矛盾重重，反映了我们当时思想上的混乱。这份刊物从一九七二年二月开始，延续了八年多，共出版六十八期，也算得上是个难得的纪录。由于参与刊物的编、印、写工作，我和中国驻法使馆以及当地的华侨团体有了接触，后来一批华侨在使馆的支持下在巴黎开办一份中文日报，我得到推荐，担任了副总编辑，真也是"山有木兮木有枝"，因缘攀附到什么地方去了自己有时也说不清。

除了办刊物外，我们有一个时期也热衷于搞学习会，自己轮流作报告，或者请外面一些朋友主讲，地点还是在我们家里，我还特意从旧货市场买来一张有扶手的椅子，让讲者看起来有点派头。这时候古兆申得到法国领事馆的奖学金正在巴黎进修，刘国英、梁美仪夫妇从中文大学毕业后，也开始在法国的学习，于是都成为聚会的常客。中国社会科学院世界经济研究所的研究员刘振邦这时以交换学者的身份来到巴黎，他发表在《人民日报》上一篇有关农业问题的文章引起我们很大的兴趣，特意请他作了一次报告。另一次特别的讲座是由一位英国女留学生谈论当代英语诗歌，她以英语主讲，由丁伟即时传译。八十年代初返回内地后在改革开放中一度活跃的温元凯此时也在巴黎，常常参加我们的聚会。此情此景现在回想起来还觉得有趣，一方面是思想混乱，同时却又态度认真。

画家朋友

上一节提到戴海鹰，他是我们在巴黎时交往最多的两位画家之一，我现在来谈谈这些朋友，他们的气质和创作给过我很大的启发。

海鹰比我们早几年到法国，是曾永泉夫妇介绍我们认识他一家的。大家投缘，很快便成了好朋友，无话不谈。一般即使是好朋友见面，开头总还不免寒暄几句，我们则一开口便进入正题，不是谈双方关心的事物，便是某一方有浓厚兴趣要讨论的问题，而且每次都一发不可收拾，我想要不是有时间和体力的限制，我们可以一直谈论到天地重复洪荒。这主要是海鹰的缘故，他有艺术家特有的敏锐和好奇，任何问题碰上他，都可以引申出很多大家之前想象不到的深层意义来，但他其实不是特别好动唇舌，遇上波段不同的人，他不大开口，到了好朋友聚首，说话有如涌泉，永不涸竭。当然，他最爱谈也谈得最多的还是绘画和艺术，这刚好是我们一众朋友比较陌生而又有兴趣的一面。跟他逛罗浮宫，是无可比拟的享受，他可以在一张喜爱的绘画之前谈上半天，而且是满怀深情地谈，听者不能不动容。特别是他谈的不只是技巧方法等问题，还触及画家创作时的意念和作品反映的精神世界。他工作的画室在巴黎北面蒙马特小山上一个叫"洗衣船"（Bateau-lavoir）的角落，是以前毕加索工作过的地方，最近两次到巴黎，我们都特意到他那里流连，享受谈话的乐趣，看看他的新作，和窗前一株常开着桃红色小花，有点像中国南方夹竹桃的植物。他是风雨不改，每天早上到画室绘画，为了集中精神，免受干扰，他连电话也没有安装，孤寂地全心全意投入他要追寻的艺术世界，伴随着他的只有一部收音机，和无声无臭地流逝着的时光。从我认识他开始，我没有看见过他戴腕表，他是看天色行事，光线不足了，不能再绘画了，就收拾东西回家去。巴黎夏季的白天特别长，以前要是在夏天的晚上约他吃饭或者聊天，我们需要格外有耐性，因为天还未黑的话，他是不会到来的。

　　海鹰生于湛江，在广州美术学院学油画，大约"文革"开始时来了香港，一九七零年到法国。他的作品色彩偏向素淡，描绘的多是眼前常见的空间和事物，有一种幽远、冷静的感觉，看他的画，不会有冲动的反应，倒比较有现代生活中时时浮现的孤寂和疏离情绪。最近几年他好像着意追求油彩的质感和画面上透见的光影，看上去有一种时间在流转中悠然凝住，可以令人回眸的感觉。当然，画是要用眼睛看，然后自己感觉的，无法用逻辑性的文字描述或者说明。海鹰也绝少对自己的作品解释，他是用油画呈现内心世界的种种感情，呈现出来的世界如果能在同时代的人当中引起共鸣，因而得到欣赏，那最好，不然的话就接受一下时间的考验吧。艺术家之可贵，在于忠实而固执地将自己的内心世界呈现出来，不会揣摩外间想要什么、想看什么，于是依样葫芦。艺术家跟常人一样，都是希望得到知音的，但到头来遇与不遇，谁也说不准，更不是一时一地可以见出端倪。梵谷生前的凄凉故事，就令我们明白到，即使在艺术传统这样深厚的法国，几代人的眼光还是可以错得如此彻底。海鹰开过很多画展，至于他的作品卖得好不好，我不清楚。一九九八年他应邀到澳门举行画展，展出的一批作品我看得最为陶醉，画面上的景物、颜色和光线，是他作品中少见的开朗和喜悦。

海鹰的夫人何漪华也画油画，我过往看她作品的机会比较少,还是到了近年才稍为有缘多看一点。她的作品色彩比较丰富,有较强的故事性,画面上的细节很多,有浓厚的悬疑甚至诡异气氛,很像孩童时代的梦,呈现出来的却又是西方世界的景象。海鹰虽然在巴黎画油画,但画面透示的是比较有东方触觉的孤寂和冷静,漪华的作品则无论色彩或者构图都较为西方,要不是认识她,我想很难猜得出是出自一位东方女性之手。

在巴黎时我们交往得很多的另一位画家是贺慕群,由于她年纪比我们大,大家都尊称她"贺大姐"。她是上海人,在台湾学画,然后在巴西生活过,为了绘画最后来了巴黎。她仿佛生来就是为了绘画,生命中除了画油画其他都不重要。她不善词令,说话不多。她的画构图并不复杂,用色往往是大笔大笔的,线条简单而有力,不大讲究技法,但感染力极强。看她的作品,很容易感觉到她内心难以抑制的冲动,画面上表达的意念也许很简单,但呈现的力量却是巨大的。

她当时住在第十三区一间政府分配给画家的房子里,窗很大,楼顶很高,是为了让画家得到充足自然光的设计,她一个人在里面生活和工作,儿女都不在法国。说她是为绘画而活并非夸张,那几年她际遇不好,作品不大卖得出去,吃饭往往都成问题,但她从来没有中止过画画,无论有多大困难,都没有放弃,仿佛一旦不创作,生命就没有意义了。后来她大病一场,做了手术，但不久就恢复过来，继续画画，她强大的生命力大概是她有一些东西要追寻，要表达，要完成。如是者过了很多年，她的画在台湾开始受到欢迎，香港的艺倡画廊为她举行过几次画展，中国大陆的画坛也注意到她，二零零二年九月，上海美术馆为她举行一个大型画展，我和爱玲特意前去参观，展出的油画七十多张，还有版画、蜡笔画和速写，展览场地非常大，幸而贺大姐的作品中有部分是面积很大的油画，色彩和画面传达的感觉浑厚有力，完全能够镇住这样的空间。由于作品受欢迎，贺大姐近年的生活大为改善，在上海买了房子，而且基本上就定居在那里，只偶然回转一下巴黎。随着阅世经验的增加，我明白到人世间不是努力耕耘便有收获，很多眼前有成就的人和他的真正贡献也往往并不相称，但贺大姐的作品，是用生命的心力绘画出来的，无论是否得到欣赏，她还是要画，现在看到她的作品得到回响，我们有衷心的喜悦。通过和这些艺术家的接触，我们体会到创作之可贵，在于它全然来自内心的驱动，这和为了外在回报而作出的种种行止，有根本的区别。不是每个人都能成为艺术家，也不是每个人都要做艺术家，但每个人能多得一点艺术家的熏陶，就能多一点抗拒俗累的羁绊，一个社会多受一点艺术的感染，就多一点真正的心性，和多一份创造的原动力。

寻觅感情归宿的女子

在法国的日子，我们遇过很多人，交了不少朋友，他们的印象现在都留在我脑海里，成了一本大书，可以不时翻阅，细嚼人间种种哀乐。在本书的下篇，我记述了他们的一些故事，我在这里想回忆一下一位努力地寻觅感情归宿的女子，她是我们的邻居，又是后期在巴黎交往得很多的朋友。

我们住处 C 进口的一幢楼房最为陈旧残破，内里一些房子还住着流浪汉，后来在地面的一层却搬进一户体面的人家，一位年青法国女子带着一个六七岁的小孩。女子的名字是玛莉丝，小孩皮肤微黑，头发鬈曲，一看便知道是混血儿，名字叫马克西米利安。法国人本来没有英语民族那种将人名简化的习惯，但马克西米利安这个名字读起来实在太长，于是例外地简化为马克西，我们当时也就这样呼唤他。

玛莉丝在巴黎大学念医科。医科向来不好念，不但淘汰率高，而且要念七年，之后还要实习。她父母买下 C 进口地面的一层，让玛莉丝和马克西居住。装修这种老房子工程很大，但全由玛莉丝父亲自己动手。这位老先生已经退休，约六十岁，但很健壮，木工、水电俱能，上一代的法国人往往有这样子的手艺传统。他和老太太住在巴黎郊区，由于要装修，每天都到我们这地方来，东弄弄，西弄弄。我非常喜欢这位老先生，他那种敦厚、平实、慷慨，是田园时代生活留下来的品质，不会有过分的热情，也不会有过多的好奇，心胸坦荡，一切事物看在他眼里，都好像自然不过，对待我们这样的异国人，就有如对待任何其他人，没有半点刻意。玛莉丝和她父亲的关系很好，但很讨厌她妈妈，每次提到她妈妈，总不忘咒上一两句，最常说的一句是：elle me fait chier（她令我烦死了）。子女总不免和父母有点矛盾，这种事在法国尤其多见，但像她这样子毫不掩饰地表达不满的，还是不多。我们见过这位老太太，没有觉得她有什么不妥，对我们还相当热情。不过，家庭里的事，谁能说得清？

拉丁民族可能由于古来受地中海和煦阳光的熏陶，性格偏向率直开朗，不像英伦三岛或者北欧那样冷漠内敛。和法国人打交道比较容易，稍为接触便可以感觉到面前这个人可以不可以成为朋友，这是我们的经验。玛莉丝尤其如此，她是不能将感情和说话藏在心里的人，性格甚至近乎暴烈，她高兴或者不高兴，旁人很快便知道。我和她说话有时不免有点困难，因为她话说得很快，耳朵不容易跟上，而且俚语很多，和她医科学生的身份不甚相称。我在循规蹈矩的政治学院读书，对这种市井用语不是很擅长。她是一个性格鲜明的女子。

因为是邻居，大家都有孩子，年龄又相近，我们很快便和玛莉丝成了好朋友，常常互相看管对方的孩子，当然是马克西来我们家的时间比较多。玛莉丝之前和一位来自多明尼加的中美洲黑人结婚，生下了马克西，这位黑人男子是舞台剧演员。因为探访马克西的缘故，他来过我们家里。虽然已经离婚，玛莉丝和这位男子见面时双方很有礼貌，互相问候，玛莉丝还收敛起她平日的急躁，语调温柔起来，我感到一点"相敬如宾"的气氛，只是两人已不再是夫妻。谈话中玛莉丝很少向我们提到这段婚姻，对她来说，这显然是生命中已经翻过的一页，只不过她当时还继续用这位男子的姓氏。

第一段婚姻的"失败"（这失败当然是按我们的标准而得出的感觉），丝毫没有挫折玛莉丝对爱情生活的追求。当时她正在暗恋一位比她高一班的医科学生，名叫恩尼，每次提到这个名字，脸上总是甜美的表情，好几次拉着我们到医学院附近偷窥这位男子，或者是在路旁，或者是在咖啡馆里，一旦见上，她就心花怒放，眼和口都着了迷，我陪她干过这样的傻事两次，只是连这位男子的面孔都没有看清。夜里电话响起而另一边没有人说话，第二天早上玛莉丝便会兴奋地告诉我们，说一定是恩尼打电话来，要听听她的声音，但自己害羞，所以一言不发。这样的情况发生过很多次，我们答不上嘴，陪着她笑。法国女子用情时往往有这样的痴迷，一心一意，而且很享受寻寻觅觅的过程，觉得没有什么值得隐瞒或者不好意思。有些朋友看杜鲁福的电影《情泪种情花》(*L'histoire d'Adèle H.*)，觉得难以理喻，也许我们在法国看到过这样的男男女女不少，对人间自是有情痴有点体会，不觉得惊讶。我自己从小受温柔敦厚的文化熏陶，虽然性格反叛，但老是感到，能真正放开怀抱让感情舒展是很不容易的事，无论内心有多大的激情，落到现实世界，还是循规蹈矩得多。几千年下来，就练成了我们中国人温温吞吞的性格，不信？你看看银幕上的吴楚帆，他最擅长表演中国男子自我压抑的绝活。法兰西民族到如今还是重视激情，也懂得欣赏激情。我这样说未免有简化的毛病，但我们的确见识过像玛莉丝这样子在感情之前毫不畏缩，毫不退让的女子。我很佩服她们，虽然自问做不来，由于我的文化基因，也由于包围着我的伦理网罗。

　　不过，玛莉丝的暗恋后来没有成果。我们离开法国时，她还在这场寻寻觅觅之中。几年后我回到巴黎探望她，她还住在原来的地方，和一位不是叫恩尼的法国男子一起生活，这位男子没有工作，很喜欢读文学作品，大概由于这样子的缘故，玛莉丝没有再用前夫的姓氏，信箱上换了她父亲的姓。再一次见到她时，她已经不再和这位男子生活在一起了，也不再住在老地方,毕业后行医,搬到另一处。说话还是以前一样的快,俚语用得不比从前少,之后结过一次婚,多生了一个孩子,又离了婚,似乎还是没有找到感情的归宿。不过,我心里想,未找到也许不坏,如果找到了,变成日出而作,日入而息,柴米油盐,也是挺没趣的事,到她将来老了,激情调动不起来了,才会甘于这样的生活,她现在还年青,应该好好享受这过程,何必理会结果?

上一次到巴黎,我们不断打电话找她,都找不到。最后她回电,但只是留言,语调急促一如往昔,她说的话译成中文,大致如下:"你们为什么不早些通知我会来巴黎,我现在忙得很,见不上了,我拥抱你们。"我和爱玲相视而笑,唏!是百分百的玛莉丝。

唐人街政治

我在巴黎的几年,过得算是平静,记忆中只有抵埗时稍为狼狈一点,以及有一年的暑假由于英国一间新开办的航空公司提供优惠票价,香港到伦敦来回九十九英镑,很多朋友不期然涌到英国,顺道前来巴黎,我们家里有一段时间夜晚地上躺满相熟或者不很相熟的香港友人,体会到古人所谓"贫无立锥之地"是什么一种情况。此外,日子是平静的,这也养成了我们懒

543

惰的习惯，回到香港后，老是无法适应这里匆促的节奏。

不过，在巴黎的最后一年，我经历了一段为时不长，但极其忙碌，甚至说得上心力交瘁的日子。这时候我的博士论文基本完成，因缘际会参加了《欧洲时报》的创办工作，对海外华人的政治增加了不少认识。

这份中文日报的创办背景我只是一知半解，大概是亲台湾的力量在巴黎出版一份《欧洲日报》，于是亲北京的华侨创办另一份报章以作平衡。政府方面相信有政治和统战种种考虑，当地华侨的动机恐怕更为复杂。巴黎的华侨以来自越南、柬埔寨为主，温州人也不少，但这回没有参与报纸的工作。事情来得颇为突然，先是中国驻法使馆向我透露有办报这回事，说可能要我出力帮忙。接着几个印支华侨来找我，已经进入具体部署阶段。这几位印支华侨以前在越、柬办过报纸，部分在法国还经营不小的生意。也不只是找我，也同时找几个香港留学生，原因很简单，毕竟我们的文化水平比较高。我们也乐于参与其事，因为正面临毕业，需要找工作，而在法国求职实在很难，办中文报纸对我们来说虽然算不上吸引，但到底能够解决居留和生活的问题。

报纸是一九八三年初正式出版的，找厂房、买机器等事务由一班华侨负责，编辑工作则以我们一群香港学生为主，包括丁伟、梁文辉、刘少冰和刘国英等，他们几位都是中文大学的校友，和我大致同期来到法国。此外有杨英妮和另一位我忘记了姓名的女士，也是来自香港，她们两位主要负责新闻翻译。我们这些香港背景的年青人组成了编辑工作的主力。我担任日报的副总编辑，由一位以前在越南办过报的黎姓华侨任总编。由于巴黎实在缺乏出版业人才，报社还特意从香港请来几位青年，担任中文打字的工作。各方面的条件算是勉强凑合起来。

我们的工作从一开始就显得不是很愉快，一方面是大家文化背景差异大，不容易合作，但更重要的恐怕是期望有别，我们几个香港留学生眼睛老是望着法国报纸，认为要这样子才合标准，华侨成员将货就价，从现实出发，能够拼拼凑凑弄出东西来没有什么不好。现在回想起来，我们当时未免太心高气傲，不知天高地厚。我记得每天编出来的报纸头版，我们往往在第二天拿来和《世界报》比较，如果两者所选内容相若，就以为自己眼光不错，没有想到办给华侨看的报纸怎能和法国第一大报相比。由于有这种眼界上的偏差，有一次法国的金价大跌，这对华侨来说是件大事，我们没有注意到，当然也没有报道，因为我们这些香港留学生根本不会和这种投资活动发生关系，结果引来报馆内华侨成员很大的不满。相反地，负责编副刊的一位华侨老报人常常东剪西剪将版面贴满就付印，我们对此很是鄙视，觉得这根本不是办报。没想到后来回到香港，在一九八九年，程翔兄离开《文汇报》，出版一份月刊，我提供过一点帮助，有一次向李子诵老先生请教办报和办杂志的经验，他说我们报人最犀利的武器之一是剪刀，东剪一段西剪一节并合起来版面还是可以好看。吃过苦头的人说话有分寸，我们这些初出茅庐的小子当时是口中有大言，脸上无惭色。

一九八三年五月，米特朗总统到中国访问，我和梁文辉被报馆派到北京采访。这是我第一次到北京，以前念大学时左倾，老是梦想到首都朝圣，没想到结果要从巴黎坐飞机到来，抵达时有梦里做客的虚幻感觉。北京的天气比巴黎干燥得多，结果抵埗第二天喉咙就出问题，不能说话。当时传真机还未普遍，我们每天用电话向报馆报读采访所得，这件事于是只能由文辉来办。我们来北京，其实有双重任务，一是采访，二是向国务院侨务办公室汇报日报开办以来的情况，所以全程的安排和开支都由侨办负责。我们当时看得出，因为报馆内部各派的矛盾很大，使馆和侨办的有关人员感到头痛。

北京的工作结束之后，侨办招待我们到昆明游玩几天，然后文辉和我取道香港，再返回巴黎。这是我这十年之中惟一一次回到香港，但没有想到入境时竟然遇到困难。事缘我一直拿香港的"身份证明书"作为旅行证作在法国居留，后来证明书到期,我前往英国驻巴黎的领事馆更换新证,谁知领事馆人员态度傲慢,我一气之下决定不要这英国人的证件,这时候我和中国驻法领事馆关系良好,于是请求发给我一个中国护照,在法国的最后几年,就是拿这个护照办居留。这次到内地公干,由中国领事馆发给一个特别通行证。当时香港居民进出内地,还用回乡证,我从法国到北京再到香港,只有中国护照,没有回乡证,坐直通火车到了红磡时入境处的职员不准我进入香港,扰攘一番最后发给我一张特别证明,规定只准在香港逗留三数天。我母亲当时在火车站接我,见久久还未出现,急得哭了起来,她一直担心我由于性格不安分而闯祸。我的中国护照用了一段时间,每次出门都手续麻烦。直到护照期满,我才再申领香港的旅行证件。

从北京出差回到巴黎不久,报馆就陷入重大的困难,主事的几派华侨斗得死去活来,这中间涉及重大的利益纷争,详情我们无法确知,接着是财政出现困难,开始无法准时发薪。其实是否真的如此左支右绌,抑或故意为难我们这些无隔夜粮的穷青年,实在弄不清。不过,我们陷入被动境地,更严重的是报社没有按承诺为我们申请工作证,我们只能继续以学生身份居留,这当然不是办法。经过连番折腾之后,我们几个香港学生商量,觉得不能待下去,于是说走就走,马上离职,结束了一次

547

对我们来说极不成功的尝试。当时由于气愤,还做了一点现在回想起来未免无聊的报复举动。

书生所长,是纸上谈兵。我们几个留学生,刚准备离开大学校门,就和唐人街的政治现实发生接触,结果很快败下阵来,我自己、丁伟和梁文辉而且还是念政治学的。这种唐人街政治当然有其复杂性,但放在中国人社会的更大政治来看,大概连作为入门初阶还未说得上。我离开报馆后,赶紧完成了博士论文和巴黎第十大学的学位,期间替专卖中文和汉学书籍的友丰书店工作了一两个月,整理存仓的书册,实实在在地体会到在巴黎能够找到合适工作的机会微乎其微,于是收拾行装,怀着依依不舍的心情,举家离开法国。《欧洲时报》据说一直都在出版,只是我们离开时非常不满,之后就提不起兴趣来关心和打听了。

月如无恨

动笔的时候,没想到这篇回忆生活的文章会写得这样长。那七年多的经历实在丰富,坐下来静静思索,当时见过的人和遇过的事就不住的涌现出来。不能再拖曳下去了,只是结束之际,心里一个问题自然而然地跳出来:在法国的日子真是这样美好吗？真的没有遗憾的事吗？

正如月不会长圆一样，那段日子的确也有令人失望、令人沮丧的事情。只是人性善良，老想抱住美好甜蜜的回忆，可怕的往事，能埋没的会尽力埋没，埋没不了的如无必要，也不想再谈，免得又一次受苦。这恐怕是人之常情，我自然不会例外。回忆在法国的那几年，我只能说美中有不足。

其一是法国大学的门户开得太大，以至品流复杂。由于门开得阔，进来的人多，连串问题就产生，例如上课时人头涌涌，秩序不是很好；学生多了，老师穷于应付，课堂之外要见见老师不是易事，等等。政府对学生提供不少优惠，包括膳食津贴，交通费用减免，拿着学生证进博物馆和看电影都有优惠，等等，于是老待在大学里不愿离开的青、中年大有人在，弄得各种设施都追不上，图书馆尤其落后。另一方面是大学生多，但又不能不控制质素，于是各种考核繁重，不少人年复一年重读，或者读完这个学系不及格转到另一个学系，头是变白了，但没有读出什么经来，青春耗掉，我们就碰到过不少这样子在大学里头拖拖拉拉的人，对个人和对社会都是可惜。所以，我奉劝有志到法国求学的青年，最好先审视一下自己是否有足够的定力，因为那里是近乎自生自灭的环境。我们算是有点运气，前去法国时年纪已经不小，心智比较成熟，未几就在一片混沌之中摸索到自己想走的道路。只是关山难越,法国的学制容易制造失路之人。

其次是就业难。读书时找兼职难,读完书后找正式工作更难,这主要是欧洲国家没有接受移民的传统。这个问题当然关乎你求学是怀抱什么动机,如果没有打算留下来的话,也就不是问题。我们当时很想留下来,没有成功,所以脑海里这还是一个问题。

那几年里最令我们不快的是办理居留证,这要每年更换一次,先往所住区域的警察局申请,再按指定日期带备各种文件到巴黎警察总局办理。每次都受很大折磨,原因是巴黎的外国留学生实在太多,龙蛇混集,良莠不齐,有关部门于是一律从严处理,弄得我们这些循规蹈矩者要陪着受罪。手续繁复不在话下,最难堪的是警局里办事人员的嘴脸,诸多挑剔,百般呼喝,好像每个留学生都心怀不轨,他们对外国人的不满和歧视得趁这个机会尽情宣泄出来。社会党上台后有些人员的态度稍为好转,但不久还是故态复萌。文件稍有欠缺便要往返警局几次,每次都在长长的人龙里挤来挤去,无尊严可言。每年到了这个时候,都不免诚惶诚恐,感到寄人篱下,很不是味道,而且情况一年比一年糟糕。我想除非将来留学生大量减少或者政策出现变化,不然这个问题不好解决。

不过，虽然如此，我们还是对那段日子非常怀念。一个人年青时到过一个地方求学，之后总会对这个地方有一份特别的感情。我观察过身边的朋友，大都如此，只有到日本留学的有点例外，这里头有复杂的历史和心理因素，不易平衡。我是非常怀念在法国留学的一段日子，如果时光倒流，需要再一次作出选择，我会抱着一样的热情，踏着相同的步伐，走上和那时候同样的道路。

（选自雷竞璇《穷风流》，进一步出版社，2004年）

艾城记事

陈洪捷

陈洪捷（1959— ），学者，1987 年以来多次赴德国学习、考察。

来到德国忽已一年了，见闻经历与日俱增，时有一吐为快的冲动。虽然来德的国人早已成千上万，中国人对德国的了解早已不限于马克思、啤酒或希特勒、奔驰等；而我也不过在一德国小城待了一年，既是井底之蛙，又是点水蜻蜓，自知难以再讲出什么新鲜动人或天方夜谭式的故事。所幸者，同在一个世界，人人所见所闻不同，所感所想各异，虽无马可·波罗之命，不妨聊补茶余饭后之谈助。再者，回到国内，亲朋好友难免问东问西，德国这如何那如何，木讷如我者，一时定会剪不断，理还乱，一部二十四史，不知如何说起。索性未雨绸缪，求诸纸笔，一展了之，是为序。

艾城

我所在的城市叫艾希施泰特（Eichstätt），我简称为艾城。

艾城为一偏远小城，一般的德国地图上常被省而略之，许多德国人也不知艾城的所在。其实艾城地处巴伐利亚州，在慕尼黑以北，纽伦堡以南约 100 公里处，距两个大都市各不过一个小时的火车路程。在中国人看来，这根本谈不上偏远。但在德国，艾城已是货真价实的偏远之地了。

初到艾城，手捧一张大大的市区图，看着老远的目标，一眨眼便到了。最初还纳闷，继而醒悟，艾城原来是弹丸之地。整个市区，从北端到南端，步行也用不了一个时辰。在市中心转一圈，看遍个个角落，一小时足矣。遍布德国的一些连锁超级商场，诸如购物庄园（Kaufhof）、卡尔施达（Karstadt）在艾城均无踪影。鞋上还带着北京街头的尘土，站在艾城行人稀少的街道上，东瞧瞧，西看看，一家邮局，两家小电影院，三家书店，四条汽车路线，心里忍不住想乐：这也算个城市？！在俗人眼里微不足道的艾城，却是历史悠久的宗教重镇。艾城最早由修道院演化而出。早在公元 471 年，艾城就已成为教区首邑。首任主教维利巴尔德（Willibald）被奉为艾城之父，至今还被人们所纪念。城北山上耸立着维利巴尔德城堡，城南有维利巴尔德中学。在城中心的广场上，面貌清瘦的维利巴尔德老人的雕像还在日夜庇护着艾城的父老乡亲。没有历代亲政于此的主教们，也就没有今日的艾城。特别是巴洛克时代的主教们为这里留下了一城的典型巴洛克式的建筑。走在碎石块铺成的路上，看着两旁古色古香而又面目严肃的建筑，时时有种时光错位的感觉，仿佛置身于17、18世纪。风格各异的教堂，以及此起彼伏的教堂钟声给艾城增添了一层宁静、虔诚的色彩。看看街上的行人，个个似乎都是心无杂念的教徒。

艾城不仅为神圣的宗教气息所笼罩，更为绝色的自然环境所拥抱。艾城位于群山环抱的阿太美山谷（Altmähltal），四面皆山，一水环绕。山不高，布满绿树青枝，虽有青山遮目之嫌，却可近揽山色之秀。河不大，委婉曲折，虽无浩荡之气，却有灵秀之美。无论清晨，还是黄昏，沿河的曲径、绿地、古树及河上的小桥，始终安详、静谧、空灵，而且四季皆有可观：春回目爽，夏至心爽，秋来神爽，冬临气爽，堪称修身养性的胜地。步行10来分钟，上山鸟瞰全城，青绿丛中，一堆形状各异、错落有致的屋顶和塔尖，绿水如带。遇有阳光明媚的日子，红瓦黑顶，白墙灰壁，各呈其彩，熠熠生辉。时而再飘来一两声悠远的钟声，大有羽化而登仙之感，让人有口难赞。

到了艾城，赶紧写信回国，盛赞这座古、美的艾城。一位朋友回信，说我到了"名言不出，唯有赞叹；赞叹不出，唯有欢喜"的人间佳境。一位来艾城看我的朋友也称，此处堪称世外桃源。

也许有人会说,依你所言,艾城古则古矣,美则美矣,想必是不错的旅游胜地,但毕竟是小城,远城。偏僻之地总让人想到穷困之乡。且慢!艾城虽然地处偏远,但生活水准并不低于柏林、汉堡;只要不想穿贝纳通的最新款式,不想看麦当娜的演出,艾城很少不便之处。衣食住行有保障,决无缺水断电无气之虞。早在我大清王朝开始引进洋枪洋炮之时,小小的艾城已通了火车(1870年),用上了自来水(1889年);早在五四青年高喊德先生、赛先生时,艾城已开始用电照明(1920年)。今天,每两名艾城居民就拥有一辆汽车,每天从早上5点到晚上11点,有80余次列车为艾城带来带走南来北往的旅客。区区1万余人的小城,拥有一所大学,两所综合中学,两所专科中学及其他各类学校10余所;一家医院,50余家诊所。玩足球的学生们若受伤倒地,急救直升机呼之即来。小城还有小城的好处,如办事很少排队,住房相对便宜等等。当然艾城并非完美无缺,久居也多有不便之处,下面自有交代。

大学

　　艾城虽小,却拥有一所大学。在小地方建大学,是德国的传统,哥廷根、图宾根、弗赖堡均为弹丸之地,却以大学城而闻名。艾城虽为大学城，但尚根不深，叶不茂，难以与其他大学城相提并论。论起历史，艾城的学术传统可追溯至建于 16 世纪的神甫学校，但真正建大学则是 1980 年的事情。十几年来，大学惨淡经营，学生数量最新统计已达 3982 人，据称，明年学生数若越过 4000 大关，将有一番庆祝活动。

艾城大学全称为天主教艾城大学，由罗马教皇批准，德国天主教会建立，是德语区中唯一的天主教大学。既然是天主教大学，当然就少不了天主教的味道。大学董事会由艾城主教亲自挂帅；神学系阵容强大，为德国大学神学系之冠；男女生宿舍楼大都相互分离，这在德国当属绝无仅有的例子；在教室及公共场所都挂有制作精美的十字架；每逢开学和学期结束都要在教堂中举行大的礼拜活动，学生自愿参加。刚到艾城时，出于好奇，参加了开学礼拜。大大的教堂，座无虚席。先是神甫主持礼拜，他讲一段，众人站起歌咏一段或高声诵读一段。几番站起坐下之后，神学系主任进行布道讲演。所讲无非信仰（上帝）与科学并不冲突，而且会正确引导科学，为学习指明方向等等。最后大伙依次走到前面，领取了象征性的圣餐。在随着涌动的人流走出教堂时，心想，真不愧为一所天主教大学。

但另一方面，艾城大学与其他德国大学又没有多少差别。学生不必信教，教授也不必忠于教会，信奉新教者也可在此任

556

职。实际上，艾城大学虽为教会所立，但州政府也提供相当份额的资助，因而也受到州文化部的管辖，服从一般有关大学的法律规定。记得来艾城前，缪勒教授，即我的导师，写信特别说明，艾城大学虽是天主教大学，却从事非天主教的学术。同时，艾城大学还有得天独厚之处。近年来，德国大学深受人满之患和经费短缺两大妖魔之害，学府大厦危机四伏。而艾城大学学生不多，又有教会的援助和政府的补贴，尚不至吃了上顿愁下顿。大部分学生对大学都比较满意。计算机房面向全校，从早上8点到晚上9点，一般都有空位在等你上机，还有针式或喷墨打印机，供免费使用；激光打印机则需购卡使用。图书馆借书方便迅速，无论在计算机房还是在图书馆的微机上，你只需找到你要的书，然后按键，一刻钟后取书就是了。只要目录上有，一般马上就能借到。而在其他大学，比如在科隆大学或哥廷根大学，头一天递条，第二天才能取书。一篇报道称，在其他大学中常常人等书，而在艾城则是书等人。艾城大学图书馆没有的书，可通过馆际借书渠道借阅，随时可借，通常两星期后取书，虽嫌慢了点，但有求必应，有求必灵。

艾城大学的建筑也有可夸耀之处。大学建筑大都出自名家之手，体现了人工与自然、古老与现代完美结合的建筑理想。大学图书馆建于阿太美河圈的绿茵地带上，翘然独立，虽不高大,但造型独特,四面均以玻璃为外墙。每逢阳光明媚时,馆内洒满灿烂的阳光。坐在馆中,外面景色近在身旁,一卷在手,俯仰有山水悦目,学者之乐,莫过于此。每到夜幕降临,远远望去,两山之间,平坦的谷地上,图书馆通体透亮,如同水晶宫殿,似乎向学子们昭示着知识就是光明的真谛。大学办公楼为昔日的主教夏宫,面对巴洛克式花园及喷泉和雕像,周围古树参天。大学的许多系和研究所分别被安置在古老的建筑之中,内部巧妙装修,实用美观,外表却旧貌依然。神学、哲学系图书馆尤其值得一提,它建于殿堂式建筑妩媚府(Ulmer Hof)院中,三面借建筑的内墙,另一面新建了分为五层的书库,中间搭起高高的天棚,用作阅览室。坐在阅览室中,如同坐在古老的大殿之中。艾城大学这些传统与现代、功能与审美浑然一体的建筑风格,每每吸引外地的建筑系学生或专家,前来观摩学习。

说一千道一万,由于艾城大学背了天主教之名,总是被另眼看待。自 19 世纪以来,新教在德国的大学和学术界一统天下,天主教地区的大学及信奉天主教的学者鲜有大的建树;而且天主教常与保守和落后相联系。时至今日,许多德国人一听天主教大学,总有一种不屑一顾的神情。与北方的德国朋友说起我在艾城学习,首先的问题便是:天主教大学? 然后就是:"在那儿能做什么学问?"艾城大学的学生也深受其苦,许多人在外只称在艾城大学读书，有意略去天主教三字。学校也一再努力，改变其形象，新上任的校长称，我们的大学应首先是一所通常的大学，然后才是天主教大学，这样我们站得住脚，才会有所发展。眼下学校正委托本校新闻专业设计一套公关战略，以图展示艾城大学的真实面貌，消除成见和偏见。

大学生

围墙是中国的特色，小有庭院围墙，大有万里"大墙"（长城）；而且往往墙中有墙，墙外套墙。围墙，无所不在，大学也不例外。中国的大学生以校园围墙为界，坐地为营，寒暑四载，学于斯，吃于斯，住于斯，消遣娱乐于斯。校园生活成了在大学读书的代名词。

初到艾城，怪其大无围墙、无大门，想在嵌着"艾城大学"金字的大学正门或主门前留张影，悻而不得遂愿。艾城大学没有校园围墙，学生们也就无墙可依，不得不混迹于满城的市民之中，穿梭于城里城外之间。德国的大学其实大都如此，散落于市区之中，与周围并无泾渭分明的界限。没有围墙，也就没了东南西北4个大门，当然也不用花钱建造代表一校之精神的宏大门面，也不用在个个大门小门前日夜安排保安卫士。学生满城乱住,满城价跑,大学如何规定其作息时间？如何组织其课余活动？如何对其"管"理？看来我是替古人担忧了。德国大学其实没有管学生之义务,其任务是教学和研究,学生之吃喝拉撒与之何干？学生来读书,大学管教书,其余的都是自家门前的雪,各自扫之。学生首先得自己找住房,学校里都有扎眼的百衲衣般的租房启事栏,不妨瞪大眼睛,搜寻一番;看到满意的,赶紧抄下电话号码,并马上联系,晚一分钟,或许便失去一间离大学又近、租金还能接受的房间。一时没有合适的房间,不妨从笔记本里撕下一片纸,写上"寻房/一可爱大学生急需一房间,大学附近最佳/租金可在 200—350 之间",然后写上联系地址或电话,最好在可贴之处多贴几张。谋事在人,成事在天,等吧！大学一般虽也有学生宿舍,但房间极为有限,非数月前申请登记,休想拿到钥匙。许多新生初来乍到,人生地不熟,先胡乱租房住下,距大学也许 10 来公里,等日后再换。找到住房,当然还得自己去市政户籍部门办理迁入手续。若想申请奖学金,请找专管部门申请,少不了填写一摞摞的表格,出具一张张证明,这一切当然还得自己去办。

到此还都是些外围事宜。熟悉学业要求,并相应地开始规划自己的选课步骤,则更为复杂。虽然学生一开始便可拿到本专业的学业及结业考试的规定,但要弄明白这些规定却非易事。德国的大学就像一个巨型农贸市场，教授们各有其摊位，以售其货。学生们涌入市场后，顿见林立的摊位和攒动的人头，手里的学业规定好比春节前家长开列的购物单，既长且繁，十有八九会住步踟蹰，抓耳挠腮。先到一售货摊前，照单买上几样，然后去旁边的摊上看看。每个摊位独立经营，只售自家产品，不问你购物单的要求。你也许转了好多摊位之后，忽然发现少了甲，缺了乙，再回头去补。而且每个人的购物单不尽相同，难以找人搭伴同行，只好人自为战。有人机智一些，或运气好点，天黑之前，单上所列，一应购齐，回家向爹妈交差。更多的人不是阴差，就是阳错，要么你想要的，此时无货，只好等着。

也许会有人说，何不整顿一下"市场"，加强一下学校管理？！非也！君不知，德国的大学看似零乱，却有其自己的系统。按照这一系统的哲学，大学生不是学生，而是成熟、自主的成人，其生活当然应由其自己负责。衣食也罢，住行也罢，您就自己料理吧！大学是学术的场所，大学生是独立求学者，虽也听课，但学业的本质却是独立的求学致知。所谓独立，就是要自己选定自己的攻读方向重点，同是学近现代史，意趣却不尽相同，甲读政治史，乙攻社会史，丙对 19 世纪有偏好，丁对 18 世纪感兴趣，而且主修之外还有辅修，各种选择更是五花八门，从文学到企业经济,从社会学到艺术,多不胜举。所谓独立还意味着自己把握自己学业的进度,何时修哲学方面的课,何时选政治学方面的课,都要自己根据考试条例的规定一一落实。学校只关心最后的结果,即你所修的课程是否满足考试条例的原则性要求。因此,同是社会学专业的毕业生,所学的内容却可大相径庭。在这里,当然没有从入学到毕业须臾脱离不得的班集体,更无操心费累的班主任和辅导员。在这种大学里,有志于学术,且素质中上的学生往往如鱼得水,可尽情嬉戏于学海之中。但现如今,大学早已不只是高深的学术殿堂,对于更多的人,它不过是职业训练的场所,来此不外是指望将来谋到一满意的职位。他们只想混几年,学得一技之长,因而弄不明白,有了主修,为何还要有辅修,而且是两门辅修,不得已,胡乱选两门弹性大、好过关的辅修专业,以图过关。他们在这种"缺少章法"的学业制度下常常不知所措,穷于应付,甚至心灰意懒,干脆与大学不辞而别。据统计,约三成的大学生学不到终,去向不明。

在德国当大学生,其实有很多好处,尽管对大学满腹怨言,许多人仍愿意待在大学,并不急于毕业。大学生享受许多优惠,如乘汽车、坐火车、订报纸、装电话、看电影、去博物馆,等等。学业嘛,反正也无人问津,你不找教授,他绝不找你谈话、做思想工作。只要每学期别忘了注册，没人问你是否每天晚上坐酒吧，还是看电视，或是天天 10 点起床。有不少人，中途已找到差事，但仍年年注册，继续享受学生之待遇，此即德国大学中不见其人、只注册在案的"名录僵尸"（Karteileiche）。

通常的大学生，虽也看重学业，但并不孜孜于学，既不晨读，也难得夜读。交际活动当然少不了，今天是学期之首的聚会，明晚是张某的生日 Party，后天则是本专业的聚会，下星期与李某王某约好出去吃饭，周末还有场电影，电影之后当然一起去喝杯啤酒。在艾城，一半以上的学生来自周边地区，学生回家方便，一到周五，便开始车马零落。到了周一，各路人马才渐次杀回。哪位教授若想在周一上午或周五下午开课，则必须敢冒天马行空之风险。实际上，大部分课程都排在周二、周三和周四三天。当然不少教授住在外地，每周也就三天在校，排课集中，在所难免，这是另一话题，此处暂且不表。另外每年还有长达五六个月的假期。掐头去尾，七折八扣，问君能有几多苦读时？当然不能忘记，德国的大学重在自学，课堂往往只用于报告成果及讨论，知识的积累大都是课外进行的，课少并不意味着负担轻。而且学习重在理解、批评与方法，而不在于读万卷教科书，于考试时如数家珍，条分缕陈，一一道出，所以，也许不必头悬梁、锥刺股，一样能学其所应学，会其所应会，圆满毕业。

度假

在德国，旅游的浪潮兴起得很早，还在我们关起门来大革文化之命之时，德国的旅游之风已如火如荼，且于今不衰。德国人喜欢把旅游称为度假，熟人朋友相聚，总会谈及度假的经历或计划。经常见到的面孔，若数天不见，准是何处度假去了。德语度假一词为 Urlaub，其音犹如"勿卧老铺"，它像一道无形的命令，催促举国上下的男女老幼离开朝夕厮守的"老铺"，走向大自然，走出国门，走出欧洲，走向亚洲、美洲。度假归来，个个春风满面，侃侃而谈。若有人由于囊中羞涩而无法遵循"勿卧老铺"之命，自然有矮人半头之感。我有一位在德数年的中国朋友，他曾讲起其 5 岁儿子在幼儿园的经历。他说："幼儿园放暑假三周，家长们面临的头一件大事，便是去哪里度假。孩子们再度聚首幼儿园时，若是哪一个说不出一点 Urlaub 的经历，小脸蛋便没处可搁。"孩子们既已如此，大人们更可想而知。

据统计，德国人的工作时间最少，居世界之首。相应地则假期甚多，度假当然地成为生活中雷打不动的内容之一。度假有不同的层次。最低一层可称为地区旅游，目标通常德国境内、离家不太远的文化、风景名胜，艾城便是地区旅游的一个小小景点。艾城所在的阿太美河谷还是自行车旅游的理想之地，春夏之季，在阿太美河畔，常能看到三五成群或一家老小数人的自行车旅游小队。但更多的人不满足于在国内度假，特别是德国漫长的冬季或阴多晴少的天气，使德国人常常向往阳光、海滩。意大利或西班牙，法国或希腊便成为德国游人争相前往的度假之地。而且一个国家可多次光顾，同是意大利，今年去托斯卡纳，明年去西西里，后年还可去那波里。东欧近年来也开始吸引越来越多的德国度假人。志向不够远大或用外语交流困难的德国人，则不厌其烦地去奥地利及瑞士度假，虽是异乡，却语言相通，多少让人感到踏实。游遍了欧洲，许多德国人便把目光转向世界，亚洲的泰国、中国，美洲的加勒比海都是时下远程度假人的热门目标。

每年度假有夏冬两季高潮。一到七八月份，上至部长总理，下至职员工人，举国上下"勿卧老铺"，各奔其程。企业通常大量雇佣打工的大学生，以替补度假的职工。但政府机构却无法靠打工的学生来维持运转，往往仅派人留守，暂停办公。在此期间找人办事，十有八九会碰壁而归。政界要人度假而去，政坛难免冷漠。新闻记者都知道，此期政坛无新闻，谓之"夏季空穴"（Sommerloch），烹调有时都会上到头条新闻。到了二三月间,度假的浪潮再次涌起。冬季度假的重点是滑雪,目标是奥地利、法国的阿尔卑斯山地带。每到此时,南下的高速公路上,一辆辆顶上载有滑雪器具的轿车川流不息,浩浩荡荡。去阿尔卑斯山脚下各滑雪场地一看,几乎全是德国来的汽车。这一带的农民们正是靠着每年踊跃而来的德国滑雪人,告别了守着贫瘠土地度日的时代,走上了富裕之途。若老天爷那年不给面子,吝于降雪,这里的人们便坐卧不宁,会不惜力量,大量人工造雪,以保证每年的旅游收入。

对于德国人,"勿卧老铺"意味着休息放松,如去海边、雪山,更意味着增长见识,了解异国风情。度假人的行囊里往往旅游手册、指南齐备,途中反复阅读。这类手册指南品种繁多,有小册子,简明扼要,也有大部头,系统详尽,以满足不同人的需要。一番钻研之后,游人多少成竹在胸,到了目的地,虽是陌生之乡,有时竟也像行家里手,有目的地看,有计划地游。归来后,自然满腹经纶,多有所述。更进一步,则有所谓文化旅游,旨在走马观花的观光之外,侧重对一国家文化历史的认识和对文化背景的了解。文化旅游的兴起,从一个侧面反映出德国度假人的意趣。

尚旧

德国是西方美学理论的故乡，大名鼎鼎的康德、黑格尔等都为后世留下了彪炳千古的美学巨著。作为外行，曾据此推断，德国人的审美趣味一定不同凡响。到艾城一看，却颇为失望。城市建筑，除去教堂古迹，均为平平淡淡的房屋。店铺的门脸也平平常常，很少有惹人注目之处。就算艾城为一小城，不可苛求，但到一些大城市看看，虽多了些色彩和装饰，也不过尔尔。没有北京长安街头令国人自豪的排排高楼不说，满城建筑旧多新少。大商场内部虽然商品琳琅满目，争奇斗艳，门前却无国内盛行的花篮、飘带和横幅。宾馆饭店更缺乏国内那种神气十足的光亮。餐厅饭馆也大都其貌不扬，更无夺人眼目的"经济实惠"或"正宗川菜"之类的红绿大字，或其他五颜六色的装扮。总之，陈旧、单调的印象挥之不去。

按理说，在第二次世界大战中，德国的许多城市几乎被夷为平地，战后重建，正是去旧布新的好机会，所谓白纸上好画最新最美的图画。德国人却不，偏偏在废墟之上执着地复原城市的旧貌（似乎只有法兰克福例外），而且往往复制得如此逼真，看上去俨然是岁月沧桑的面目，不像北京圆明园中的复旧建筑,虽意在重现历史原貌,却处处闪烁着 20 世纪的光彩。艾城没有遭受战争的破坏,更是无缘旧貌换新颜。在城中心一带,若是没有汽车穿梭其间,若是没有交通标志,其景象估计与一二百年前无异。新盖的居民住房,一幢幢二三层小楼,内部设施极为现代,外表却毫无可炫耀之处,既无色彩,又无装饰。墙的外表,非但不光不亮,反而凹凸不平,像是土著用泥巴随意涂抹而成。

从平淡、暗淡的市容街景,我忽而悟到了德国人审美趣味之所在。德国的美之最高境界,一字以蔽之:旧。换句话说,以旧为美。在德国,新东西要做得像旧东西一样,方为美的极致。旧东西更要维持其旧。旧,意味着一种经过岁月洗礼、脱尽艳泽的质朴之美。它给人以踏实、随意和亲切的感觉,透出时光的痕迹与大智若愚的气质,意味着历史和文化。反之,明晃晃、亮锃锃或艳丽的东西则让德国人感到缺乏根底,无可回味、肤浅、俗。精品店里的服装,大半像是旧物。价值昂贵的新皮包却似被摩挲了千遍万遍。刚刚盖成的新房与居住多年的旧房往往看似相类。以旧为美的观念还导致了收藏旧物的风尚。德国人家里常常陈设有不少旧物,墙上挂一台 20 年代的照相机,或桌上摆一台希特勒时代的打字机,以显示主人的品位。遍布德国的旧货市场(亦称跳蚤市场),不仅是穷人的购物天堂,同时也是众多德国人的需求所在。周末逛逛旧货市场,捧回一个早已过时,且陈旧不堪的手动咖啡磨,或抱回一斑驳的老式熨斗,都会有一种由衷的满足,然后选好位置,郑重地陈而列之。

德国人的尚旧审美偏好究竟缘何而来,没有研究,不敢妄言。但在大学读德国文学史时,便知道温克尔曼的名字。这位受到大文豪歌德推崇的学者,潜心于古希腊艺术文化,盛赞古希腊人的朴素之美、静穆之美。此言一出,成为不刊之论,古希腊人的朴素之美被奉为美的最高境界。今天崇尚质朴之美、古旧之美的风尚,或许可溯源于温克尔曼的时代,也未可知也。中国没有温克尔曼,所以中国人刚来到德国,难免困惑:论古代,金碧辉煌的故宫有目共睹,说现代,纽约、芝加哥的街景照片也看过几张,香港的市容也常在电影里看到,怎么到了如此发达的德国,竟难以见到那种摩登绚丽的场面?! 在中国文化里,文学艺术中虽也有"清水出芙蓉"之说,但在生活中则注重浓艳之美,锦上添花之美。信手举一例,请看曹雪芹笔下的宝玉出场时,"头上戴着束发嵌宝紫金冠,齐眉勒着二龙戏珠金抹额;一件二色金百蝶穿花大红箭袖,束着五彩丝攒花结长穗宫绦,外罩石青起花八团倭缎穗褂;蹬着青缎粉底小朝靴⋯⋯顶上金螭璎珞,又有一根五色丝绦,系着一块美玉"。这位中国美男子的装束形象地反映出中国人的审美理想。

在德国的中餐馆,无论质量如何,门面无一例外都精雕细琢,雕梁画栋,内部更是重彩浓绘,五色齐备,以向老外展示地道的中国风格。

走出中餐馆,再进入德国餐馆,就像袭人从大观园回到自己的家中,一室的色彩顿然消失,满目陈旧,像是百年千年老店,堂中装饰或是几件废弃的旧乐器,或是数件祖父一辈用过烧火笼火的家什,要么是瘪了巴几的旧铁桶或不知哪一年代的街道牌子。总之都是旧物、废物。桌椅板凳也多为木头原色,式样也不标新立异,虽说不上简陋,却也相去不远。中国人不解,德国人却视之亲切,谓之有气氛、有味道,有宾至如归之感。

德国人尚旧,但却不能忍受破旧和衰败。房屋街道看似陈旧,却是精心营造的结果。餐馆酒吧看似暗淡,却极其清洁整洁,客人绝用不着饭前把碗筷擦拭再三。堂内的摆设是陈年废物,但却不会有陈年的灰尘。桌椅也不会咯吱作响。一句话,可以放心。慢慢地,我也领略到一点尚旧的美感所在,悟到了一点陈旧的外表与实在的内容相互结合的妙处。

（选自《旅德追忆:二十世纪几代中国留德学者回忆录》,商务印书馆,2000 年）